KB234176

한국 풍수의 원리 ②

한국 풍수의 원리 ②

柳鍾根 · 崔灤周 共著

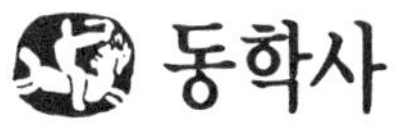 동학사

머리글을 대신하여

수강 선생님을 모시고 간산(看山)을 나가면 어김없이 이런 말을 들었다.
"두 분은 부자지간인가요?"

굳이 사연을 설명하기 싫어 선생님과 나는 '그렇다'는 듯이 미소로 답하곤 했다. 이런 인연으로 선생님을 모시고 이른바 풍수공부를 한 지 10년이 가까와졌다. 그 사이 신문과 잡지에 선생님의 간산기를 여러 차례 게재했다. 그중 한편인 『신한국 풍수』(동학사)가 외람되게도 소생의 이름으로 발간되기도 했다.

천학비재한 사람이 이제 다시금 선생님과 함께 책을 내게 되었으니 그 부끄러움과 송구스러움을 어찌 말로 다 표현하겠는가. 스승의 그림자도 밟지 않던 옛 사람의 예는 저만큼 버려둔 채 감히 스승의 명성에 어깨를 걸었으니 분명 평생을 두고 흠이 될 일을 저지른 셈이다. 다른 한편 생각하면 이보다 더 큰 영광 또한 없다고 하겠다.

선생님은 글도 빼어나지만 강의가 더 일품이시다. 한번 말문을 여시면 온몸이 마치 떠오르는 태양처럼 붉게 타오르신다. 그 열기에 자칫 가까이 있는 제자들은 화상을 입을 정도다. 강의실이든 간산의 현장이든 선생님의 가르침에 혼쭐이 난 제자들도 한둘이 아니다. 이는 그만큼 학문에 대한 집념은 물론 제자들에 대한 애정 또한 남다르게 강한 탓이셨다. 제자들은 그때마다 선생님의 말씀을 모아 한 권의 저작을 남겨야 한다는 보은의 정을 가꾸어왔다. 그리고 또한 선생님께서 직접 풍수의 대중화를 위한 저작물을 새로이 써주실 것을 간청했다. 이 책은 바로 이 같은 사연을 바탕으로 오래도록 준비되어 이제야 세상에 내놓게 된 것이다.

돌이켜보면 어느 시대든 그 시대를 주름잡는 과학정신이 있게 마련이다. 동양의 경우, 오래도록 풍수로 집약되는 과학사상이 사고와 생활방식을 지배해 왔다. 나라의 수도를 정하거나, 새로운 도시를 건설하거나, 개인적 삶의 자리를 선택하는 데는 물론 모든 건축물을 설계하는 데 있어서도 반드시 그 과학적 근거는 곧 풍수학이었다. 뿐만 아니라 생과 사를 분리하지 않는 동양인의 사고방식은 사후(死後)의 안식처도 지리학을 기준으로 결정했다.

그러나 서양문명의 동점(東漸)이후, 풍수학은 여러 가지 이유로 인해 서양의 과학에게 그 자리를 물려주게 되었고 대신 음지의 비술(秘術)로 전락되고 말았다. 학문의 세계를 벗어난 풍수는 일종의 미신 내지 길흉화복을 점지하는 신탁(神託)처럼 취급됐다. 이로 인해 온갖 잡술이 동원되고 너나없이 지사(地師)로 지칭하는 세상이 되어버렸다.

"의사가 환자를 잘못 진단하면 그 한 사람에게 화가 미치지만, 풍수가 오판을 하면 한집안 나아가 3대를 망하게 한다"는 것이 수강 선생님의 가르침이셨다.

이론과 학문 체계를 갖춘 풍수학의 재생 없이는 거짓 풍수사를 가려낼 수가 없다. 시류를 타고 시중에 많은 풍수관련 서적들이 출간되었지만 그 중에는 한갓 야담에 지나지 않는 것이 있는가 하면, 무슨 뜻인지 저자도 모르면서 이 책 저 책의 내용을 옮겨놓은 것도 적지 않다. 자칫 선생님의 말씀을 글로 옮길 때 이런 폐단에 먼지를 더하는 우를 범하지 않을까 하는 우려가 없지 않았다.

그런 점에서 이 책은 우선 누구나 쉽게 지리학의 원리에 접할 수 있도록 쉬운 우리말로 표현하는 데 주력했다. 우리말로 정확히 옮기기 어려운 풍수학 고유의 용어들은 함축된 의미를 살리기 위해 그대로 사용했고 역학의 용어들은 한자까지 노출시켰다. 또 지리학이 현장을 바탕으로 한다는 점에서 많은 그림을 이용하는 데 주저하지 않았다. 편제도 초보자에서 전문가에 이르기까지 두루 섭렵할 수 있도록 장·절을 세분화했다.

제1편 '풍수학의 기초'에서는 지리학의 역사와 풍수사의 조건, 역(易)의

원리, 간지와 오행 그리고 나경의 원리를 설명했다. 풍수에 관심 있는 이들이 최소한 짚고 넘어가야 할 기초 상식과 이론의 틀을 기술했다.

제2편 '만두형세론'에서는 이른바 산과 물을 보고 지리학의 핵심인 생기를 찾는 원리를 설명했다. 혹자는 만두형세를 파악하는 것으로 지리학을 다한 것으로 착각하기도 한다. 그러나 산과 물의 기가 이기(理氣)에 합당한 것인가를 다시 판단하지 않으면 안된다.

제3편 '천성이기론'은 앞의 '만두형세론'과 표리(表裏)의 관계를 이루는 이론이다. 만두형세가 눈에 보이는 현상을 파악하는 데 반해 천성이기는 눈에 보이지 않는 기의 흐름을 이론으로 검증하는 단계이다. 지리학이 오묘한 학문으로서 자리를 굳히는 것도 바로 이기론을 바탕에 두고 있기 때문이다.

제4편 '장법'은 묘지풍수에 관련된 여러 이론을 집대성했다. 한국지리학의 특징이 가장 잘 드러난 부분이다. 전래의 비서(秘書)들에 담긴 이론과 내용을 소개했다.

제작 여건상 부득이 제1, 2편을 한 책으로 제3, 4편을 한 책으로 하여 2권으로 나누었다. 이 밖에도 지리학의 중요한 분야인 양택론은 별책으로 발간할 계획이다.

앞서 밝힌 것처럼 이 책의 기본 이론은 모두 수강 선생님의 강의가 기초를 이뤘다. 문장에 있어 다소 미흡하거나 잘못된 표현이나 설명은 모두 천학비재한 소생의 잘못임을 밝혀둔다. 강호제현의 질정을 기대한다.

끝으로 이 책이 상재(上梓)되기까지 물심양면으로 조언을 아끼지 않은 이수학회 회원 여러분께 감사드린다. 또 어려운 출판사정에도 불구하고 흔쾌히 출판을 맡아주신 동학사 유재영 사장님과 편집부 여러분께도 심심한 사의를 표한다.

1997년 새날이 열리는 날
수강 선생의 말제자 최영주 삼가 쓰다.

한국 풍수의 원리 ②

제3편 천성이기 (天星理氣)

제4편 장법(葬法)

제5편 단험론(斷驗論)

제3편 천성이기(天星理氣)

제1장
풍수학의 묘용(妙用)

풍수의 이치는 오직 하나라고 할 수 있다. 그런데 학파에 따라서 어떤 학파는 천성(天星)만을 주장하여 형세(形勢)를 가볍게 보아 용세는 살피지도 않고 나경(羅經)을 꺼내 들고서 방위 운운하는 경우가 없지 않다. 이는 실로 근본을 모르는 처사다. 또 다른 학파는 방위는 믿을 것이 못 된다고 하면서 나경과 괘례(卦例)를 쓰지 않는 경우도 있어 묘리(妙理)를 얻지 못하여 좋은 자리를 화기(禍基)로 바꾸어 버리기도 한다. 이는 묘용(妙用)을 모르는 처사라고 하겠다. 이 양자 모두 편벽된 소견이요, 이론에 정통한 바가 아니다.

지리에서 형(形)은 중(中＝體)이요, 이(理)는 화(和＝用)다. 중화는 본래가 체용(體用)이다. 중은 지리의 근본이요, 화는 지리의 묘용이다. 그러므로 만두(巒頭)와 천성은 어느 한 가지만을 주장할 수가 없다. 즉, 천성을 주장하여 형세를 잃어도 안 되고, 형세만을 주장하여 방위를 잃어도 안 되는 것이다. 필히 만두 형세와 천성 이기가 중과 화를 이룬 후에 비로소 명지(明地)가 되는 것이다.

천성이란 지기(地氣)의 상승과 천광(天光)의 하림(下臨)을 살피는 이법(理法)을 말하고 만두란 산수의 모양새를 살피는 형법(形法)을 가리키는 것이다. 이(理)는 형이상으로서 도(道)가 되고 형(形)은 형이하로서 기(器)가 된다. 그러므로 체와 용이니 일리(一理)일 뿐이다(道不離器 器不離道).

보다 자세하게 설명하면 이기란 나경을 사용하여 용·맥·수의 내거(來去)와 사(砂)의 방위를 측정하여 용의 생왕휴수(生旺休囚)와 맥의 통구(通媾), 수의 왕쇠 그리고 장(葬)의 승기(乘氣)를 살펴 천광과 지기를 합일·융통시키는 이학(理學)인 것이다.

그러므로 이(理)를 통한 후에야 풍수학을 논할 수 있다. 따라서 풍수학에 궁통(窮通)하기를 바라는 학인은 선행조건으로 이수(理數)를 깨달은 후에야 비로소 풍수학에의 궁통이 가능하다는 점을 잊어서는 안 된다.

제2장
격룡(格龍)

제1절 격룡의 원리

격자(格字)는 바르게 궁구한다는 뜻이 있다. 따라서 격룡은 심룡(審龍)의 세기(細技)를 말한다.

그 원리는 다음과 같다.

첫째, 음양은 순청(純淸)하여야 한다(淨陰淨陽의 법칙).

둘째, 오행은 생왕(生旺)하여야 한다(12운성의 법칙).

셋째, 팔괘는 구육충화(九六沖和)하여야 한다(陰陽相配의 원칙).

넷째, 구성(九星)은 3길(三吉: 탐랑·거문·무곡)이어야 한다.

다섯째, 간지는 오행에 배속(配屬)돼야 한다.

격룡은 용맥의 합도 여부를 깊이 살피는 작업이다. 바꿔 말하

면 생왕의 정기가 혈장에 모였는지 여부를 살피는 기초작업으로
서 형이상적 측면이다.

위의 원리와 원칙을 바르게 찾기 위해 나경을 이용한다.
나경을 바르게 놓는 곳[下盤針處]은 다음과 같다.
내룡을 측정하는 경우에는 과협 분수척상이 원칙이며 과협이
없는 산은 주성후(主星後)의 내룡 기복(起伏) 속인처(束咽處)
분수척상에서 초절처(初節處)를 측정한다.
여기서 유념할 것은 초절처라는 단어이다. 용맥을 재는 법은
매 절처에서 타맥(他脈)으로 뻗어가는 맥을 재는 것이지 절이 아
닌 곡절처마다 재는 것은 아니다.
예를 들면 乾亥로 출신(出身)하여 지현(之玄)으로 행도한다면,
앞의 맥은 乾亥요, 뒤의 맥도 乾亥로 판단하는 법이다. 지현하는
중에 혹 마디[節]를 이루면, 절을 이룬 곳에서 다시 측정하는 법
이다.
또 하나 분명하게 알아두어야 할 것이 있다. 좌를 결정하는 것
은 용입수(일명 外入首라고도 함)가 기준이요, 혈정(穴情)을 판
별하는 것은 맥입수(일명 內入首라고도 함)가 기준이라는 점이
다.
여기서 입수의 정의는 혈성 뒤 초절처, 곧 승금(乘金) 뒤 분수
척에서 바라본 초절처 또는 각 뒤[角後]의 초절처를 말한다.
바꿔 말하면 용의 끝은 혈성에 접속되지만, 입수는 용에 속한
다는 점이다(통상 입수라 하면 용입수를 말한다).

제2절 정음정양

용맥은 음양이 뒤섞이지 않고 양이나 음으로 순청함을 좋아한다. 기맥을 깊이 살피는 데 있어 정신을 전일하게 하여 조금도 오차가 없도록 정확을 기하여야 한다.

먼저 입수룡을 재고 다음에 후룡(소조산↔부모산)을 잰다. 여기서 입수·소조·태조(太祖)의 3절처가 순청(純淸)하면 족하다.

즉 전변협(轉變峽=용입수)·뇌후협(腦後峽=후룡)·과협(過峽=소조산 뒤)이 순청하면 합격이다.

음양이 섞이지 않는 순수한 용이 가장 좋지만 용의 행도가 천변만화하여 은현막측(隱顯莫測)하니 음양 박잡(駁雜)이 보통인 것이다. 박잡룡은 양다음소(陽多陰少)하면 양에 의지하고 음다양소(陰多陽少)하면 음에 의지하는 법이다. 입수맥이 결정되면 입수맥을 기준으로 음양을 따져본다.

후룡과 낙맥이 순청한데 반해 겸구응낙(鉗口應樂: 겸구는 내명당. 應은 앞에 있는 朝·案산, 樂은 뒤에 있는 후고산을 말함)이 불합치하는 곳도 있다. 이런 국에서는 내외가 서로 다른 향〔內外兩向〕을 취할 수 있다(內接脈氣 外合砂水).

진행위락(眞行僞落)

조산으로부터 陰으로 행도하다가 입수처에서 陽으로 변한 것을

말한다. 양기를 취하여 양국(陽局)으로 혈을 잡되 양맥기가 다하
면 옮겨야 한다.

위행진락(僞行眞落)

양룡으로 행도하다가 음국(陰局)으로 변한 것을 말한다. 음국
으로 혈을 잡되 음기가 다하면 자리를 옮겨야 한다.

여기서 정양은 乾甲, 坎癸申辰, 坤乙, 離壬寅戌이고 정음은 艮
丙, 震庚亥未, 巽辛, 兌丁巳丑을 말한다. 그 구분법은 쉽게 말해
팔괘의 초효와 3효가 같은 경우는 양이고 다른 경우는 음이다.
예컨대 乾은 초효 3효가 모두 양이다. 이하 같은 방법으로 추론
하면 된다.

한편 도선국사는 진음진양(眞陰眞陽)의 법을 사용했다. 이는
제4편 장법을 참고하기 바란다. 다만 여기서 진음진양을 구분하
면, 진음은 坤·坎·兌·巽 4괘이고, 진양은 乾·離·震·艮 4괘
를 말한다.

제3절 용의 왕쇠와 천성귀천(天星貴賤)

용의 왕쇠라고 하면 태골(胎骨), 천산(穿山), 투지(透地), 분금
(分金) 등 전반에 걸쳐서 설명하여야 한다. 그러나 여기서는 24
룡의 오행 속성에 따른 8간기(八干氣)의 왕쇠만을 논하고, 나머

지는 각각 해당하는 부분에서 상론하기로 한다.

1. 양생법(養生法)

정오행은 간지의 음양으로 음·양기를 판단하고 팔간기(八干氣)는 쌍산(雙山)으로 입수를 재서 용의 행도가 좌선이면 양기오행(陽氣五行)이고, 우선이면 음기오행(陰氣五行)으로 8간(八干)의 생왕패절(生旺敗絶)을 논한다. (破口를 기준하여 干氣를 정하는 수도 있다.)

생왕룡(生旺龍): 예컨대 양 목룡(陽木龍)이 亥에서 발신하였으면 생룡이 되고 卯에서 출신하였으면 왕룡이다. 음 목룡(陰木龍)이 寅에서 출신하였으면 왕룡이고, 午에서 나왔으면 생룡이다. 다른 것도 이에 준하여 판단하면 된다.

사절룡(死絶龍): 예를 들어 양 목룡이 申에서 출신하였으면 절(絶)한 용이고 未 출신이면 묘룡(墓龍)이 된다. 子 출신이면 패룡(敗龍)이고 午 출신이면 사룡(死龍)이다.
그러나 유의할 점은 양 목룡이 申酉에서 발신하면 사절(死絶)의 용인데, 다시 해궁(亥宮)으로 행도하면 죽은 자가 생을 만나 생룡이 되며, 반대로 亥에서 출신한 용이 자궁(子宮)으로 행도하면 생자반사(生者反死)가 된다는 점이다(子는 敗宮).

용의 행도는 변화막측한 것이기 때문에 매 절마다 전부를 일일이 측정하는 것은 아니며 태조산·소조산·입수의 3절만을 논하는 것이 보통이고 12지궁을 기준으로 삼는다.

2. 율려법(律呂法: 隔八相生)

혈좌의 생궁에서 포(胞)를 시작으로 역행하여 후각(後角)의 하나는 생각(生角)이 되고 다른 하나는 왕각(旺角)이 되어야 한다.(매 절마다 이렇게 되는 것이 좋다.)

예를 들자면 子坐일 경우, 子의 생궁은 巳이므로(＝巳生子) 巳에서 역으로 포태양생의 12운성을 짚어가면 寅이 생이 되고 戌이 왕이 된다. 따라서 子坐면 오향(午向)이 되니 향오(向午)와는 인오술(寅午戌) 삼합화국(三合火局)이 되고 坐水(子는 水: 雙山五行)와는 수화기제(水火旣濟)가 되어 생왕이다(그림 참조).

율려 생왕각의 예

육팔율려표(六八律呂表)

4월(巳)	中呂	無射	9월(戌)
2월(卯)	夾鍾	夷則	7월(申)
12월(丑)	大呂	蕤賓	5월(午)
10월(亥)	應鍾	姑洗	3월(辰)
8월(酉)	南呂	太簇	1월(寅)
6월(未)	林鍾	黃鍾	11월(子)
陰月(支)	六呂	六律	陽月(支)
陰		陽	

　동지를 기준으로 하여 율려(律呂)의 진동음계에 따른 것으로 황종(黃鍾)이 임종(林鍾)을 생하고 임종이 태주(太簇)를 생한다.
　이것을 12지로 바꾸면 다음과 같다.

子生未　丑生申　寅生酉　卯生戌
辰生亥　巳生子　午生丑　未生寅
申生卯　酉生辰　戌生巳　亥生午

　여기서 기포처(起胞處)는 생궁(生宮)이 된다.
　예를 들자면 子의 기포(起胞)는 巳生子이므로 巳가 되어 12지궁에 12운성이 배당된다(이때 산은 우선하고, 물은 좌선한다).
　육팔이란 말은 子에서 未까지는 시계방향〔左旋〕으로 8번째의

지(支)이고 또한 반시계방향으로 6번째의 지궁(支宮)이 되는 데서 비롯됐다.

3. 천성의 귀천

용의 정음정양과 왕쇠를 판단한 다음에 인반(人盤)중침으로 교량한다.

(1) 24룡의 길흉
壬龍 : 亥룡과 동행하면 박잡이다. 乾에서 壬으로 맥이 바뀌면 높은 벼슬이 난다. 또한 離방에서 坤宮을 돌아 壬으로 맥이 나면 회룡고조로 큰 부자가 나는데, 이는 간괘상납(干卦相納)이 되기 때문이다.

子龍 : 용맥이 분명하고 국이 합법이면 가장 좋다. 坤룡으로 전결(轉結)하면 큰 부자와 벼슬하는 이가 나고 쌍둥이를 낳는다. 乙룡으로 전변입수하면 영웅호걸이 난다. 子宮日宿가 乙宮土宿를 생하기 때문이다.

癸龍 : 癸룡이 우선 전기(轉起)하여 申으로 혈을 맺으면 영웅호걸이 나고, 좌선하여 乙로 전결하면 부귀의 혈이다. 또 申을 돌아서 午로 회룡결혈하면 속발하여 벼슬하는 이가 난다.

丑龍 : 丑으로 낙맥하였으면 艮과 동행하지 않는 것이 좋다. 丑은 星宿가 金이고 艮은 木이기에 살성이 된다. 艮으로 돌아서

卯로 혈이 나면 문무를 겸비한 인재가 난다. 이는 艮木宿가 卯火宿를 생하기 때문이다. 艮기가 丑을 돌아 壬으로 혈이 나도 큰 부자가 난다.

艮龍 : 金星으로 혈이 나면 이름을 날리고, 火星으로 작혈하면 艮木이 혈을 생하여 벼슬이 나고 土星으로 작혈하면 艮木殺이 된다. 木星으로 결혈하면 비화(比和)되니 문재(文才)가 난다.

寅龍 : 艮과 동행하면 음양착잡이다. 寅으로 맥이 나서 乙로 돌아 午로 작혈하면 午日火는 乙土〔星宿〕가 寅水〔星宿〕를 제압하여 부귀가 난다. 乾木宿로 발조(發祖)하여 壬火宿를 돌아서 寅水宿로 혈이 나면 水生木·木生火하나 또한 水克火하니 불길하다.

甲龍 : 문무가 갖추어진 재상의 궁이다. 甲룡은 혼자 뻗어가야 청수하다. 봉우리가 단정하고 사수(砂水)가 합법하면 소년에 장원급제하는 이가 나온다.

卯龍 : 혼자 뻗어나와 과협이 생동해야 좋다. 도두(到頭)가 火形으로 작혈하면 출장입상(出將入相)한다. 甲乙로 동행하면 멸문의 화가 있게 되는데 이는 음양이 섞여 있기 때문이다.

乙龍 : 곤작조(坤作祖)가 甲으로 전변하여 乙로 출맥하여 혈이 나면 명리(名利)가 고루 갖추어진다. 坤木·甲火·乙土가 상생하여 坤納乙로 간괘(干卦)상납이기 때문이다. 만약 건조(乾祖)가 壬甲을 돌아 혈을 맺으면 높은 벼슬에 오른다. 이는 乾목이 壬甲을 생하기 때문인데, 乾이 납갑임수지(納甲壬隨之)로 간괘상납인 까닭이다.

辰龍 : 辰이 과협이면 큰 자리가 될 수 있다. 辰봉이 뿌리가

되고 개장하여 기복하면 개국공신이 난다. 乾을 돌아서 甲을 거쳐 辰으로 결혈하면 정승이 나는데 乾木·甲火·辰金으로 화련금(火煉金)하기 때문이다. 火와 金 사이에 木이 있는 까닭이다. 큰 도시나 촌락은 辰룡으로 된 곳이 많다.

巽龍: 辰과 동행하면 흉이다. 巽으로 출맥하고 생동력 있게 판을 내면 상등(上等)의 혈지이다. 兌에서 출발한 산이 丙으로 돌아와 丁으로 돌고 辛으로 갔다가 亥로 돌아 巽으로 개면하여 결혈하면 삼공(三公)이 난다. 巽木·兌火·丙火·丁土로 상생하고 辛도 土이기 때문이다. 이와 같은 행도는 손생(順生)이요, 도두일절(到頭一節)이 또한 亥水宿로서 生巽木宿한다. 卯로 시작하면 庚을 거쳐 艮으로 돌고 巽으로 혈이 나야 한다.

巳龍: 庚방에서 출발하여 艮으로 돌아 결혈하거나 卯방에서 출발하여 亥를 거쳐 艮으로 돌아 결혈하면 벼슬도 하고 큰 부자도 난다.

丙龍: 丙에서 출발하여 홀로 가는 용이라도 판이 합법하면 상격이다. 午와 동행하면 寅午戌年에 화재의 위험이 있고 巳와 동행하면 부귀가 난다.

午龍: 午에서 출발하여 구불구불하게 이어지면 길하다. 丙과 동행하지 말아야 한다. 丙午가 동행하면 廉貞火星이 되는데 이것은 午〔離〕에서 구성을 짚어가면 丙〔艮〕이 염정이기 때문이다. 壬방에서 출발하여 午방으로 돌아서 출맥과협을 놓고 혈이 나면 한림학사가 나고 甲을 지나서 坤으로 전변하여 坎으로 결혈하면 공후재상이 나는 혈이 된다. 그러니 午룡을 나쁘다고만 말하지 말아야 한다.

丁龍 : 丁이 조산(祖山)이 되어 도두결혈하면 문무를 겸한 인재가 나고 부귀와 청귀(淸貴)를 누린다. 만두형세가 단정하고 수려해야 함은 물론이다. 丁방의 혈주(穴主)가 높고 수려하면 장수(長壽)한다.

未龍 : 未納震인데 震은 뇌(雷)라, 움직이면 화기(火氣)가 생한다. 卯입수 甲坐庚向에 未득수는 번개같이 빠르게 흥하고 未水가 파국이면 번개같이 망한다. 이유는 卯甲庚이 모두 火宿이고 震庚이 상납하니 金羊의 상태를 보아서 번개같이 동하기 때문이다. 艮 조산(祖山)이 亥를 돌아 未로 혈을 내면 재산은 얻으나 명예는 없다.

坤龍 : 坤룡으로 도두결혈하는 경우에는 절대로 未氣가 섞여서는 안 된다. 용신이 4金을 대동하면 어려서 죽고 과부와 승려가 난다. 즉 坤木星이 未金宿와 혼합되어 未는 坤을 극하는 악살(惡殺)이 된다는 것이다. 坤으로 혈이 났을 때에 乙砂나 乙水가 조응(朝應)하면 재산도 모으고 명예도 얻게 된다. 이는 坤괘가 상납하기 때문이다.

申龍 : 坤과 동행하여 출맥하면 乾으로 좌선하여야 하고, 申水〔宿〕가 생왕하여 坤乾木宿를 생조하여야 길하다. 庚과 병행하면 음양박잡이니 살이 된다.

庚龍 : 10월의 태양은 申향에 해를 비춘다. 조산(祖山)이 庚으로 발맥하면 丁에 들어 巽으로 전변하여 卯로 결혈하면 庚火宿가 生丁土宿하고 巽木宿가 生卯火星하며 震庚이 상납하니 충렬과 재

사(才士)가 난다. 조산이 艮이고 사(砂)와 수(水)가 합법하면 문무를 겸한 높은 벼슬이 난다. 壬龍丙向에 庚砂가 높으면 강도가 나온다. 그 이유는 壬은 火宿陽神이고 庚은 火宿陰神이 서로 살기가 되기 때문이다.

酉龍 : 소미원(少微垣)이 비추고 있는 궁이다. 兌에 있는 조산이 亥로 출맥하여 卯로 전신하고 사수수미(砂秀水美)하면 장상(將相)이 나고, 丙에 있는 조산이 丁으로 출맥하여 艮으로 혈을 맺으면 아주 높은 벼슬이 난다.

辛龍 : 辛이 조산이 되고 丙을 거쳐 亥로 돌고 艮으로 혈이 나면 장원급제하는 인재가 난다. 또한 坤으로 돌아 艮으로 결혈하여도 벼슬이 나고 巽을 거쳐 결혈하면 여자가 귀하게 된다.

戌龍 : 규목(奎木)과 더불어 누금(婁金)의 자리이다. 조산이 戌룡으로 출맥하면 음룡인 辛은 살이 되므로 동행해서는 흉이다. 판이 단정하고 봉우리가 수려하면 나라에 충성하고, 부모에게 효도하는 귀한 인물이 난다.

乾龍 : 乾룡으로 출맥하였거나 과협을 놓으면 亥와 함께하면 안 된다. 乾은 金卦이고 亥는 震木卦라 동행하면 살성이 된다. 홀로 뻗어오고 판과 사수(砂水)가 합법이면 큰 벼슬과 큰 부자가 난다.

亥龍 : 자미원(紫微垣)이다. 亥로 홀로 나아감이 좋다. 발복이 가장 큰 혈을 이룰 수 있는 용이다. 艮룡으로 박환하면 부귀가 난다.

(2) 길격

간(艮 ; 天樞星) : 극귀(極貴)·수(壽)·부(富)·소년 등과

병(丙 ; 天貴星) : 귀영(貴榮)·장수

태(兌 ; 天開星) : 부귀·문무겸전

정(丁 ; 南極星) : 고수(高壽)·부·문장·청고(淸高)

손(巽 ; 太乙星) : 영귀(榮貴)·총명·문장·과갑(科甲)

신(辛 ; 天乙星) : 영귀·문장

진(震 ; 天理星) : 위무(威武)·충용·부귀

경(庚 ; 天漢星) :   위무·영작(榮爵)·연수(延壽)·옥당직(玉堂職)

해(亥 ; 天皇星) : 극귀·거부·인품준수·국사(國師)

자(子 ; 陽光星) : 부·귀·무략(武略)·어사(御史)

오(午 ; 陽權星) : 이발이패(易發易敗)·형제 등과

(3) 흉격

진(辰)·술(戌)·축(丑)·미(未) : 금신살(金神煞)

위의 이론을 개관하면 정음(巳丑未 제외)은 길하고 사금(四金)은 흉하며, 정양은 일반적으로 좋지 않다는 것이다. 깊이 연구할 여지가 있다고 본다.

제4절 용맥의 분류

용맥은 포(胞)·태(胎)·순(順)·강(强)·정(正)·장(藏)의 6
격으로 나눈다.

1. 4포맥(四胞脈)

인신사해(寅申巳亥)로 뻗어오는 용을 말한다. 만물의 결과 궁
이다. 과협에서는 허리가 길고 궁형(弓形)이다. 가운데로 오면 유
형(乳形)이고 들에서는 회두포선(回頭布扇)하고 강을 건너면 입
석(立石)을 남긴다. 입수에서 寅申은 반월형, 巳亥는 설장(雪場)
과 같은 것이 합법이다.

산봉우리는 화형(火形)이요, 생지주(生之主)로서 연두이호태
(連頭而呼胎)하고 연음양(連陰陽)하면 입수(入首)가 된다.

2. 4태맥(四胎脈)

乾坤艮巽으로 오는 용이다. 천지의 네 기둥이요, 만산지시(萬
山之始)이다. 봉우리가 주먹〔覆掌〕과 같다. 봉우리를 이루면 귀
(貴)를 낳고 누워 있으면 부자가 난다. 입수 부문은 볼록〔突〕하

여 작은 종과 같다. 만약 움푹 꺼졌으면 혈이 맺지 않는다.

산봉우리는 목형(木形)이요, 지지주(地之主)로서 연수이생지(連岫而生枝)하여 호접교(呼接交)하면 혈을 맺는다.

3. 4순맥(四順脈)

甲庚丙壬으로 오는 용을 말한다. 천지의 양위(良位)로서 국가의 양신격(良臣格)이다. 볼록하지 않으면 흰돌이 서 있게 마련이다. 볼록하면 甲은 짧고 庚은 왕성하고 丙은 뾰족하며 壬은 구슬과 같다.

산봉우리는 금형(金形)이다. 지연돌이산태(只連突而散胎)하다가 연음양(連陰陽)하면 간간이 결혈하기도 한다.

4. 4강맥(四强脈)

乙辛丁癸로 오는 용이다. 천지의 난위(亂位)이며 전쟁터의 난장(亂將)과 같다. 혹은 훈(暈), 혹은 돌(突), 혹은 요(凹)한데 언제나 수석을 동반한다. 입수에서는 돌(突)하면 가짜고 누워 있으면 진짜다.

산봉우리는 수형(水形)이다. 지연요이열맥(只連凹而裂脈)하여 4금(四金 : 四藏脈을 뜻함)을 만나면 넓어진다.

5. 4정맥(四正脈)

子午卯酉로 오는 용이다. 동서남북 정중앙의 위치요, 4태맥과 더불어 기의 종궁(從宮)이다. 과협은 봉요(蜂腰)이다. 들에 와서 짧아지면 길하고 길어지면 죽은 것이다. 4금맥을 만나면 몸이 넓어진다. 홀로 있는 4정맥은 넓지 않다.

입수에서는 몸이 짧은 것이 진짜인데 4태맥(四胎脈) 사이에서 나오는 경우에는 입석을 볼 수 있다(예컨대 乾戌·艮寅 사이에서 나온 子의 경우 입수에 돌이 있다).

산봉우리는 목형(木形)이다. 연지주(連之主)로서 지연맥이전신(只連脈而前伸)하여 음·양맥이 이어지면 간간이 혈이 맺는다.

6. 4장맥(四藏脈)

辰戌丑未로 오는 용이다. 일명 4금맥(四金脈)이라고도 한다. 과협은 평지이다. 입수에서는 짧고 둥글어야 하며 넓게 흐르면 가짜다.

만두는 토형(土形)이다. 비지주(秘之主)로서 지연와이호태(只連臥而呼胎)한데 음·양이 이어지면 혈을 만든다.

7. 용맥의 단험

포·태맥은 장손을 주관한다.

순·정맥은 가운데 자손, 강·장맥은 막내와 서자를 주관한다.

4주맥(主脈)〔포·태·정·장〕이 한 자리에 응하거나 절, 각에 모이면 극귀(極貴)가 난다.

3주맥이 한자리에 응하면 부와 권세를 얻는다.

2주맥이 한자리에 응하면 가장지(可葬地)이다.

여기에서 특히 강조할 점은 4태는 간지의 제왕(帝王)이요, 천지의 사주(四柱)요, 만산의 시작이라는 점이다. 4태가 다른 맥과 만나서 이루는 형세는 다음과 같다.

4정을 만나면(＝呼四正) 통로가 되며

4금을 만나면(＝呼四金 : 또는 藏) 개야(開野)하고

4순을 만나면(＝呼四順) 더욱 강해지며〔自旺〕

4포를 만나면(＝呼四胞) 수기(收氣)하고

4강을 만나면(＝呼四强) 통혈(通穴)하니

오른쪽으로는 불핍고장(不乏庫藏 : 辰戌丑未가 있다는 뜻)하여 부경(扶敬)하고 왼쪽으로는 불핍장생(不乏長生 : 寅申巳亥가 있음)하여 봉령(奉令)한다.

제5절 용의 공망(空亡)

공망론은 매우 복잡하여 세심한 주의 없이는 지나치기가 쉽다. 자세하게 설명하니 완전히 이해하기 바란다. 만두형세가 비록 왕성하여도 이기공망(理氣空亡)이면 죽은 용이다.

1. 24산명목(二十四山名目)

乾과 巽은 양, 坤과 艮은 음이다.
4태맥은 신(神), 4순·4강맥은 사(使)이다.
4정맥은 매(媒)이고 4포맥은 손(孫)이다.
4장맥은 금(金)이다.

2. 부두법(符頭法)

부두표

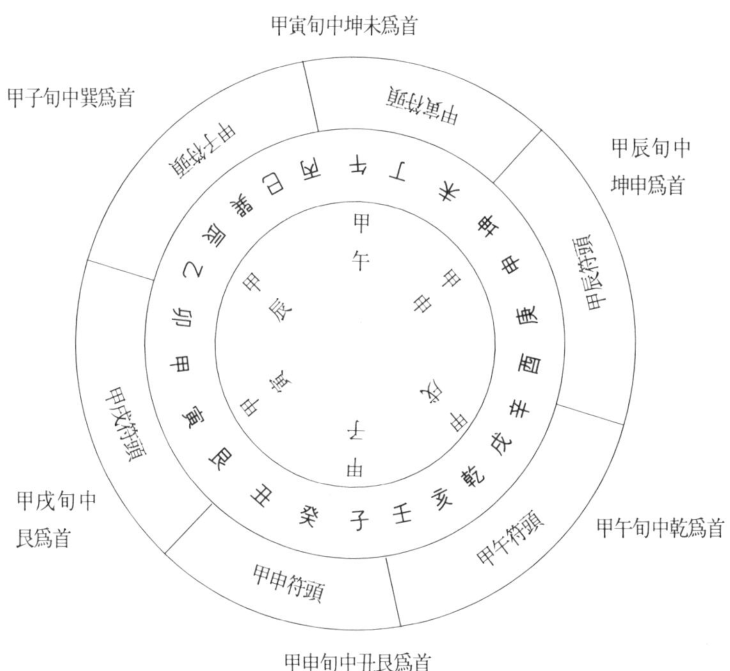

갑자순중 손위수(甲子旬中 巽爲首): 乙 辰 巽 巳 丙
갑술순중 간위수(甲戌旬中 艮爲首): 艮 寅 甲 卯
갑신순중 축간위수(甲申旬中 丑艮爲首): 子 癸 丑
갑오순중 건위수(甲午旬中 乾爲首): 辛 戌 乾 亥 壬
갑진순중 곤위수(甲辰旬中 坤爲首): 坤 申 庚 酉
갑인순중 미곤위수(甲寅旬中 未坤爲首): 午 丁 未

(1) 초기부두(初起符頭)

초락처를 기준하여 부두를 붙인다(재기부두 참조).

(2) 재기부두(再起符頭)

입수 후 15보 이내의 교지(交枝)·각(角)을 기준하여 부두를 붙인다.

예를 들면 乾亥룡이 壬子·癸丑·甲寅으로 입수하면, 甲午旬中 乾爲首이므로 甲午부두가 된다.

子 丑 寅은 甲午 乙未……庚子 辛丑 壬寅이 된다(초기부두).

만약에 입수 후 15보 이내에서 甲卯가 교지(交枝)하면 甲卯는 표에서 찾아보면 甲戌부두이다.

입수 子 丑 寅은 甲戌 乙亥 丙子 丁丑 戊寅으로 변한다(재기부두).

만약에 巽巳가 교지하면 巽巳는 甲子부두이니 甲子 乙丑 丙寅…… 으로 변한다.

여기에서 주의할 점은 계봉(界縫:경계선상)이 되면 좌·우선을 판단하여 해당하는 부두를 찾는다는 점이다. 즉 丑艮이면 甲申부두이고 艮丑이면 甲戌부두가 된다.

부두순중에 천간 무(戊)나 기(己)가 붙으면 戊己공망이 된다(예를 들면 甲子부두에서는 辰·巳).

(3) 좌우선공망(左右旋空亡)

용의 좌·우선에 따라 판단하는 법이다. 좌선룡은 甲乙이 공망이고 우선룡은 壬癸가 공망이 된다.

예를 들면 巽辰룡이 亥戌로 입수하면 우선이다. 巽辰은 甲子부두이니 辰은 戊辰이 되고 戌亥는 甲戌 乙亥가 된다. 그러므로 용은 戊己공망이나 입수는 우선공망이 아니다.(우선에 甲乙蓋頭)

그러나 巽巳룡이 戌亥로 혈을 만들었으면 좌선룡에 甲子부두이니 巽巳는 己巳로 戊己공망이고, 戌亥는 甲戌 乙亥가 되니 좌선공망이 된다.

(4) 무주공망(無主空亡)

죽은 용이며 백장백망(百葬百亡)의 대흉지다.

예를 들면 亥壬 아래에서는 甲午부두이므로 己亥가 된다. 이 경우에는 상배(喪配)하거나, 후손이 천하게 되거나 또는 불구의 화가 있게 된다.

巳丙 아래에서는 甲子부두이므로 己巳가 공망이 된다. 관재(官災)·화재가 자주 나고 맹인이 난다.

寅甲 아래에서는 甲戌부두이므로 戊寅이 공망이 된다. 규문(閨門)이 깨끗하지 못하다.

申庚 아래에서는 甲辰부두이므로 戊申이 공망이 된다. 아들을 낳지 못한다.

(5) 황천팔요(黃泉八曜)

3산1괘(三山一卦)로 효(爻)가 본산을 극하면 요(曜)라 한다. 대현공오행으로 생출극출(生出克出)이 되면 황천이 된다.

(6) 황천살룡(黃泉殺龍)

용과 입수가 서로 황천살이 되는 경우다.

乙卯룡이 巽巳 입수, 丙午룡이 巽巳 입수,

甲卯룡이 艮寅 입수, 癸坎룡이 艮寅 입수,

壬坎룡이 乾亥 입수, 申兌룡이 乾亥 입수,

庚兌룡이 坤申 입수, 午丁룡이 坤申 입수이면,

황천절원지공망(黃泉絶源之空亡)으로 10년 내에 인망패재(人亡敗財)한다.

(7) 팔요살룡(八曜殺龍)

용과 입수가 팔요살이 되는 경우이다.

壬坎룡이 乙辰 입수,

坤申룡이 甲卯 입수,

乙卯룡이 坤申 입수,

巽巳룡이 庚兌 입수,

乾亥룡이 丙午 입수,

庚兌룡이 巽巳 입수,

午丁룡이 乾亥 입수,

丑艮룡이 寅甲 입수이면,

형옥(刑獄)공망이니 형무소에 가거나 유배된다.

(8) 상멸룡(相滅龍)

용이 선후천 쌍행(雙行)이면 상멸하게 된다.

寅甲 : 寅은 離壬寅戌로서 후천이궁(后天離宮)에 속해 낙서의 9궁자리이다. 또 甲은 乾甲으로서 선천 乾宮에 해당, 역시 9궁이다. 그러므로 상멸한다.

亥壬 : 亥는 震庚亥未로 후천 震宮에 속하는 3궁이다. 또 壬은 離壬寅戌로 선천 離宮에 속해 역시 3궁이다.

이 밖에도 곤신(坤申) 을진(乙辰) 술건(戌乾) 등이 있다.

(9) 60화갑자 길흉론(六十花甲子 吉凶論)

이 법은 주로 부두법에서 쓴다.

甲子·乙丑 : 水生木, 金克木이니 요사자(夭死者)가 많아 반은 근원이 끊긴다. 상극이므로 혹 형제가 나와도 장손은 후손이 없다. 卯가 있으면 그렇지 않으나 처음에는 요절자가 생기고 뒤에는 자손이 번성한다.

丙寅·丁卯 : 木火가 서로 통하고 丙丁은 寅의 천월덕(天月德)이다. 그러므로 5대 장손이 귀하게 되고 대대로 5형제씩 두고 인재가 많이 나온다. 丙丁은 문명지덕(文明之德)에 속하기 때문이다.

戊辰·己巳 : 土克水, 土生金이니 길흉이 서로 반반이다. 5대에 가서 유리산망(遊離散亡)하는 것은 戊己의 수가 5이고 己는 유리(遊離)에 해당하는 까닭이다.

庚午·辛未 : 火克金, 金克木이니 상극이다. 혹 4, 5형제가 나오지만 요절하는 참변이 끊이지 않고, 혹은 살인자도 생기는 것은 午는 뇌옥(牢獄)을 주장하고 未는 귀금(鬼金)인 까닭이다. 태원

(胎源)이 있으면 이를 피할 수 있다. 이 경우 처음에는 요절자가 있어도 자손은 보존한다.

壬申·癸酉 : 金生水요, 壬은 申의 월덕이므로 6대 장손이 귀하게 된다. 癸酉는 천하므로 무인(巫人)이 생기거나 유리산망한다. 그 까닭은 壬癸水가 왕성하기 때문이다.

甲戌·乙亥 : 木火가 서로 통한다. 甲乙은 亥의 천월덕이니 대대로 3, 4형제가 무과에 오른다. 甲乙은 동방 木이오, 戌亥는 서방 金이니 木이 금향(金鄕)에 들면 사(死)라, 金으로 木을 깎는 자는 일꾼이니 곧 목공이다.

丙子·丁丑 : 水克火, 火克金이다. 그러므로 총명한 재사가 일찍 죽고 나라를 배반하고 귀양살이하는 적신(賊臣)이 되거나 혹은 적의 신하가 되기도 한다. 이는 丙丁은 문(文)을 뜻하지만 丙子는 水克火의 상극이 작용하기 때문이다.

戊寅·己卯 : 火生土, 木克土하니 반길반흉이다. 혹 외손봉사(外孫奉祀)하는 경우가 있는데 戊己가 있는 까닭이다. 혹은 눈먼 자가 나기도 한다.

庚辰·辛巳 : 金生水요, 庚辛은 巳의 천월덕이므로 대대로 4, 5형제를 두고 무과에 급제하는 인물이 많이 나온다.

壬午·癸未 : 水克火, 水生木이다. 상극이 있어 요절자가 끊어지지 않고 고향을 떠나 망하는 후손이 있고 재산도 손실이 크다. 혹은 재산을 사용해 출세하는 자도 나온다.

甲申·乙酉 : 水生木이나 반은 근원이 끊기고 金克木 상극이므로 금구목설(金口木舌)이다. 酉는 병(病)에 속하므로 앓는 사람이 많이 나오고 申酉는 모두 여자에 해당하여 7형제의 딸을 낳는다.

丙戌·丁亥: 木生火에 丙은 戌의 천월덕이고 亥는 귀인이 된다. 그러므로 5대에 5형제를 두고 홍패(紅牌) 차는 인물이 나온다. 亥는 귀(貴)요 丁은 천(賤)이라 혹은 천인(賤人)도 나온다.

戊子·己丑: 土克水와 土生金이니 반흉반길이다. 子丑은 이성지합(二姓之合)이니 외손봉사하게 된다. 이는 사당지지(祠堂之地)라 하겠다.

庚寅·辛卯: 火克金, 金克木이니 4대 독자요, 진사가 나오는 것은 흉이 변하여 길이 된 것이다. 서방에 백석(白石)이 있으면 그렇게 된다. 태원(胎源)이면 金이 火를 얻어 단련되고 木은 金으로 인해 그릇을 이루니 인재가 많이 나온다.

壬辰·癸巳: 金生水에 壬은 辰의 천월덕이요, 巳는 癸의 천을귀인이다. 그러므로 귀하게 되면 부(符)를 차고, 천하면 관노관비(官奴官婢)가 된다. 辰申巳맥이 돌출하면 도인(道人)이 나온다.

甲午·乙未: 木生火에 甲은 未의 천월덕이다. 3대에 3형제가 무과에 오르고 혹은 여자 8자매를 둔다. 장손은 끊어지고 중말손(中末孫)이 제사를 이어간다.

丙申·丁酉: 水克火, 火克金이다. 5대에 걸쳐 4형제를 두고 인재가 많이 나온다. 兌가 丁을 납(納)하니 춘분·추분에 남극노인성이 어두울 무렵 丁방에 보이면 자손이 모두 장수한다.

戊戌·己亥: 火生土, 木克土라 3대에 걸쳐 혹 형제가 나오는데 고향을 떠나면 망한다. 乾에 壬이 있으면 살인하고 패망한다.

庚子·辛丑 : 金生水에 庚은 丑의 천월덕이다. 그러므로 대대로 4형제를 두고 무과급제자가 나온다. 장손은 배형(配刑)을 받거나 혹은 치사(致死)한다. 이는 辛丑이 형배(刑配)에 속하기 때문이다.

壬寅·癸卯 : 水克火, 水生木이다. 요절자가 많이 생기고 9대에 독자가 유리패망한다. 이는 壬癸가 水에 속하여 수가 왕성하면 흘러가는 까닭이다.

甲辰·乙巳 : 水生木, 金克木이라 상극이 있어 요절하는 변이 끊이지 않는다. 만일 乙卯角이 있으면 대대로 3, 4형제씩을 두고 재산과 자손을 보전한다.

丙午·丁未 : 木生火, 상생에 丙은 午의 월덕이다. 초시(初試)에 합격치 못하고 여자는 청춘에 과부가 된다. 이는 음양이 동거하는 까닭이다.

戊申·己酉 : 土克水, 土生金이다. 2녀손이 제사를 받든다. 申酉는 모두 여자를 뜻하고 2란 酉가 이태택(二兌澤)인 까닭이다.

庚戌·辛亥 : 火克金, 金克木이다. 그런데 金은 火를 얻어야 더욱 정금(精金)이 되고 木은 金의 克을 받아야 그릇이 되는 이치가 있어 대대로 4형제씩 두고 인재가 많이 나온다. 혹은 강경(講經)에 합격도 한다. 이는 亥가 辛의 삼기인 까닭이다.

壬子·癸丑 : 金生水요, 壬은 子의 월덕이므로 당대에 진사가 나오고 2대에 패망한다.

甲寅·乙卯 : 木生火, 甲祿在寅, 乙祿在卯로 쌍록(雙祿)이 있어 초운은 혹 재물이 모인다. 그러나 음양동거이니 홀아비나 홀어미가 많이 생기는 땅이다.

丙辰·丁巳 : 水克火, 火克金이다. 그러므로 재주 있는 선비가 일찍 죽고 丁이 巳에 숨어서 규살(窺殺)이 되므로 절름발이가 나오는데 이를 巳局이 入丁한 것이라 한다. 자손 중에 병인(病人)이 많이 생긴다.

戊午·己未 : 火生土, 木克土이니 반길반흉이다. 외손봉사하게 되고 혹 자손이 물에 빠져 죽는다. 이는 우두미수(雨頭尾水) 가운데 火가 하나 있기 때문이다.

庚申·辛酉 : 金生水, 庚은 酉의 월덕이요, 庚의 祿은 申이며 辛의 녹은 酉다. 그러므로 대대로 4형제가 나오고 집집마다 거부가 된다.

壬戌·癸亥 : 水克火, 水生木이다. 요절하는 참사가 끊이지 않고 혹은 고기잡이하는 이가 나온다. 수중에 뜨는 것은 배가 되기 때문이다.

제6절 통맥(通脈)과 교구(交媾)

만두형세가 아름다워도 상하의 맥이 교통하지 못하든가 또한 상하가 통성(通性)하였어도 음양이 교구하지 못하면 그저 생맥(生脈)이요, 생근(生根)일 뿐이지 혈이라는 열매는 맺지 못한다.

통맥과 교구의 판단에는 여러 가지 방술이 있으나, 선후천 통맥법·일월소식법(日月消息法)·육팔율려법(六八律呂法)·사선

음양법(四旋陰陽法)이 그 대표적인 것이다.

1. 선후천 통맥법

용의 마디〔節〕에 있어 앞의 마디와 뒤의 마디가 팔괘납갑(八卦納甲)으로 선후천 상견(相見)을 이루는 것을 말한다.

건(乾＝甲)과 이(離＝壬寅戌)·간(艮＝丙)
이(離＝壬寅戌)와 진(震＝庚亥未)·건(乾＝甲)
진(震＝庚亥未)과 간(艮＝丙)·이(離＝壬寅戌)
간(艮＝丙)과 건(乾＝甲)·진(震＝庚亥未)
곤(坤＝乙)과 감(坎＝癸申辰)·손(巽＝辛)
감(坎＝癸申辰)과 태(兌＝丁巳丑)·곤(坤＝乙)
태(兌＝丁巳丑)와 손(巽＝辛)·감(坎＝癸申辰)
손(巽＝辛)과 곤(坤＝乙)·태(兌＝丁巳丑)이다.

예1

乾 ↔ 艮 ↔ 震 ↔ 離 ↔ 乾

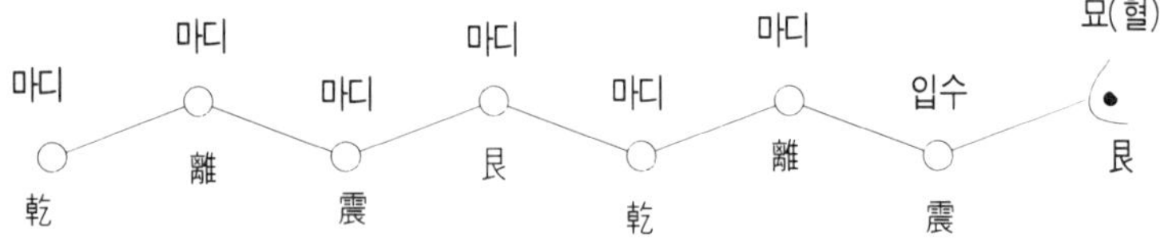

예2

坤 ↔ 巽 ↔ 兌 ↔ 坎 ↔ 坤

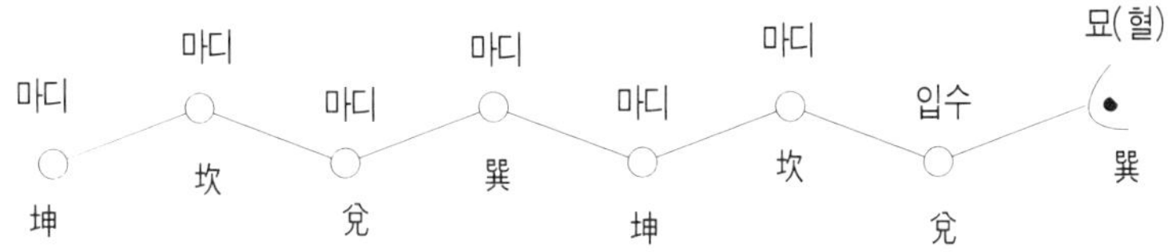

2. 일월소식법

기가 차 오르는 것〔＝息〕을 길(吉)로 하고 이지러지는 것〔＝消〕을 흉으로 하는 원리이다. 선후천 통맥법과 병용한다.

선천팔괘 배위(配位)의 그림에서 시계방향으로 차 오르고 반시계방향으로 이지러진다.

즉 건식손(乾息巽), 손식간(巽息艮), 간식곤(艮息坤), 곤식진(坤息震), 진식태(震息兌), 태식건(兌息乾)으로 된다. 여기서 감리(坎離)는 해와 달의 출입문이므로 소식이 없다.

소식법의 예

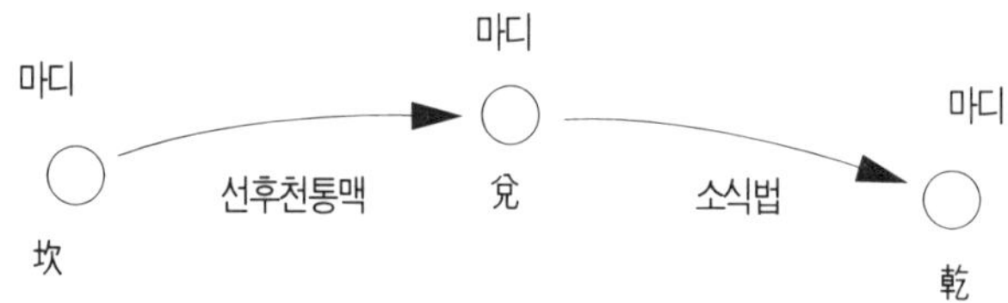

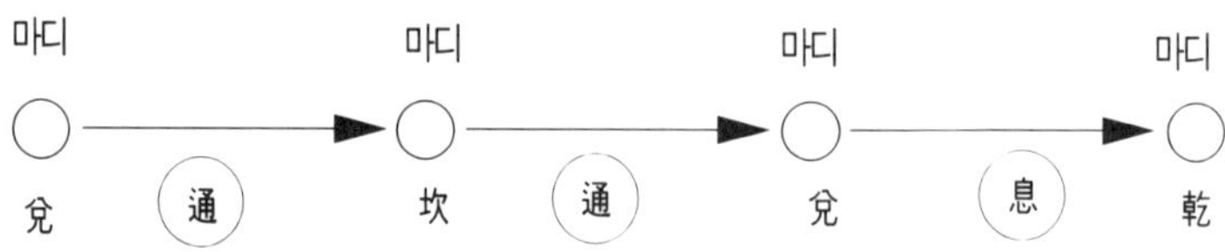

　저자의 경험으로는 절과 절은 선·후천 통맥이 많고 용·혈은
소식법으로 이뤄진 것이 많았다. 혈좌를 기준하여 용과 혈은 상
식하(上息下)가 길(吉)하고 파식혈(破息穴)이 되어야 합법이다.

3. 육팔율려법(六八律呂法)

　윗마디와 아랫마디가 율려법(律呂法)으로 생(生)이나 왕(旺)
이 되면 통맥이 된다. 또는 마디와 용이 쌍산오행으로 상생(相

生)하고 위쪽의 지각이 율려로 아래 용의 생·왕이 되어도 통맥
한다.

율려통맥도의 예1

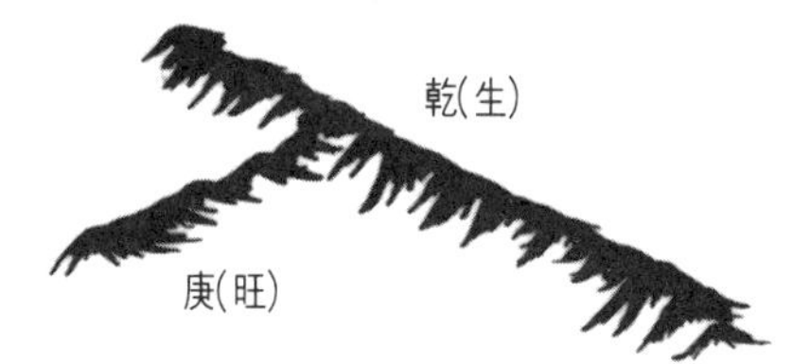

위 그림에서 건(乾)과 경(庚)을 대비하여 살펴보면, 건의 율려
생궁(生宮)은 乙이다. 그러므로 乙에서 기포(起胞)하여 역행하면
甲이 태(胎), 艮이 양(養), 癸가 생(生), 壬이 욕(浴), 乾이 대
(帶), 辛이 관(官), 庚이 왕(旺)이 된다.

또한 庚의 율려생궁은 艮이니 艮에서 기포하여 역행하면 癸가
태, 壬이 양, 乾이 생이 된다. 나머지는 이와 같이 대비하면 이해
가 되리라고 본다.

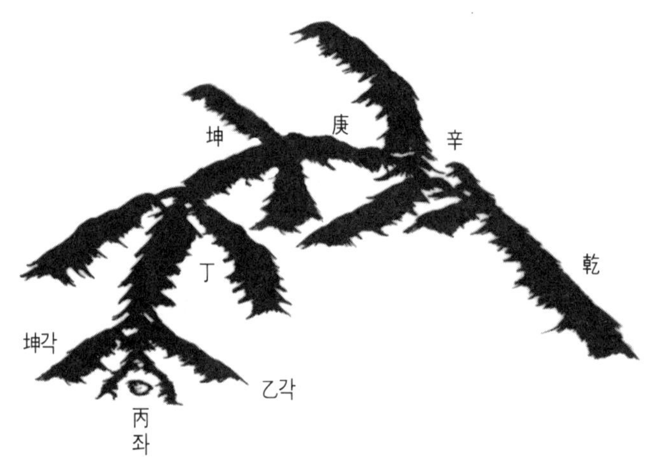

위 그림은 乾〔木〕 마디에서 辛〔火〕으로 나아가 庚〔金〕으로 마
디를 이루고 다음 다시 坤〔水〕으로 나아가 丁〔木〕 마디를 만들고
여기서 坤·乙〔水〕 각을 벌린 후, 丙〔火〕으로 이뤄진 것을 말한다.

4. 사선음양교구법

사선에는 4태맥(乾坤艮巽)을 기준으로 24산을 4개 집단으로
나누고 각 집단에는 금·목·수·화의 오행이 갖추어짐은 물론이

요, 음·양과 신(神)과 사(使)와 매(媒)와 손(孫)과 금(金)이 고
루 갖추어져 있다(24산 명목 참조).

사선음양도

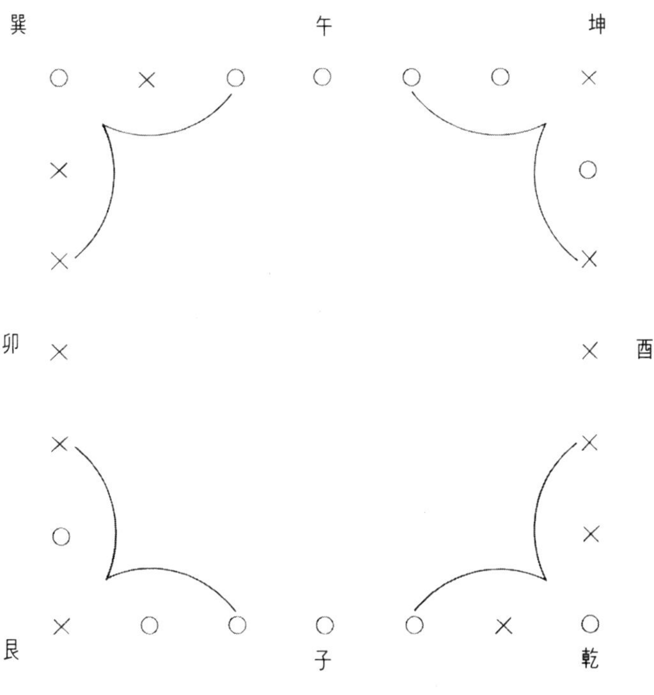

(1) 좌선·우선법과 배합

乾〔陽之頭〕·巽〔陽之尾〕은 坤〔陰之首〕·艮〔陰之尾〕과 교구하여야 혈을 맺게 된다.

예를 들면 乾이 亥로 돌아오면 寅을 만나야 교구가 되고 乾이 戌로 돌아오면 未를 만나야 교구한다.

巽룡이 巳로 돌아가면 申을 만나야 교구하고 巽룡이 辰으로 돌아가면 丑에 가서야 교구가 된다.

艮룡이 寅으로 돌아가면 巳에 가서 교구하고, 艮이 丑으로 변하면 戌에 가서야 교구가 된다.

乾亥와 艮寅은 선후천 통맥이요, 壬坎과 庚兌도 선후천 통맥이다.

甲卯와 丙午도 또한 선후천 배합이다.

(2) 삼방론(三方論 : 一面之龍法)

일면(一面) 육기맥(六氣脈)이 팔자(八字)로 성격(成格)한다.

북방일면지룡(北方一面之龍) : 乾亥 壬子 癸丑 艮寅 입수 左旋
　　　　　　　　　　　　　　　艮丑 癸子 壬亥 乾戌 입수 右旋
　　　　　　　　　　　　　　(이하 같은 방법으로 이해하면 된다.)
동방일면지룡(東方一面之龍) : 艮寅 甲卯 乙辰 巽巳 입수
남방일면지룡(南方一面之龍) : 巽巳 丙午 丁未 坤申 입수
서방일면지룡(西方一面之龍) : 坤申 庚酉 辛戌 乾亥 입수

　이 법은 타장(他藏) 타포(他胞)와 본매(本媒) 가매(假媒)를 구별하는 법이다. 본매작국(本媒作局)은 본처손이 발음하고 가매작국에서는 후처손이 발복한다.
　타장·타포작국은 양손(養孫)이 봉사(奉祀)하게 된다.

가매작국도

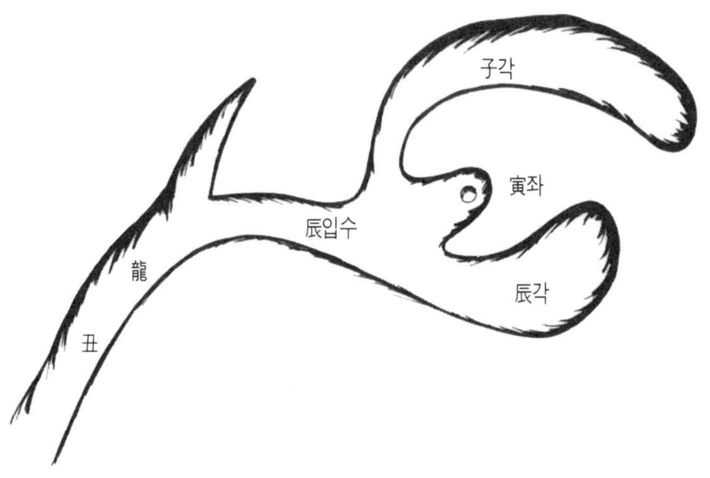

庫葬상통(辰丑)
후처손 발음(子가 假媒)
좌寅은 丙寅(辰각)
　　庚寅(子각)

(3) 작혈의 예

乾亥룡이 艮寅을 만나고 艮寅으로 입수하면 壬子·乙辰坐
또는 壬子·乙辰角이 있으면 艮寅坐.(이하 같은 이치로 추리.)
艮寅룡이 乾亥로 입수하면 庚酉, 癸丑좌
坤申룡이 巽巳로 입수하면 甲卯, 丁未좌
巽巳룡이 坤申으로 입수하면 丙午, 辛戌좌

壬子룡이 庚兌로 입수하면 乾亥, 丁未좌
庚兌룡이 壬子로 입수하면 艮寅, 辛戌좌
丙午룡이 甲卯로 입수하면 巽巳, 癸丑좌
甲卯룡이 丙午로 입수하면 坤申, 乙辰좌

乙辰룡이 癸丑으로 입수하면 乾亥, 甲卯좌
癸丑룡이 乙辰으로 입수하면 艮寅, 丙午좌
辛戌룡이 丁未로 입수하면 巽巳, 庚兌좌
丁未룡이 辛戌로 입수하면 坤申, 壬子좌

이 사선의 법은 선후천 통맥법에도 맞는 지리법(地理法)의 조
종이다. 후룡에서는 음양교구(陰陽交媾)가 필요하고 혈처에서는
순음순양이어야 한다.
예를 들면 子좌에는 양[支陰陽]인 寅·戌角이 있어야 되고 亥
좌에는 음인 酉, 丑각이 있어야 혈이 이뤄진다. 또한 포맥(＝
孫)·장맥(＝財)·정맥(＝媒)이 구비되어야만 완성이 된다.

이 밖에 불배합 쌍행룡이 있다. 이는 쌍산으로 다른 오행과 간지가 쌍행하는 용으로서 乾戌〔목·화〕·坤未·巽辰·丑艮·子癸·卯乙·午丁·辛兌 등이다. 戌乾 아래에서는 戌좌·亥좌로는 혈을 맺지 못하고 오로지 戌 단자(單字)로 변한 후에야 子좌가 되거나 申좌가 되어 작혈이 가능하다.

여기서 교(交)란 음양두미(陰陽頭尾)가 갖추어져 있는 것이고 구(媾)란 좌우에 포(胞)와 장(葬)이 갖추어져 있음이다.

명산(明山)같이 보여도 교구가 없으면 가화(假花)이며, 아름답지 못한 것처럼 보여도 교구가 갖추어지면 진혈(眞穴)이다.

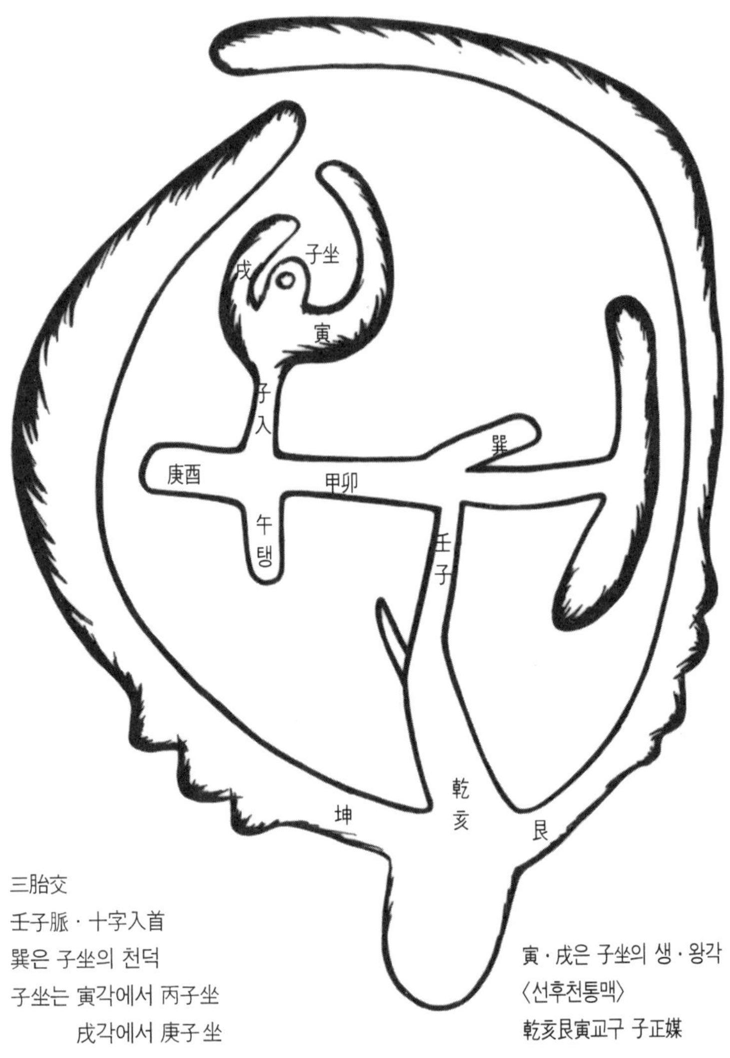

三胎交
壬子脈 · 十字入首
巽은 子坐의 천덕
子坐는 寅각에서 丙子坐
　　戌각에서 庚子坐

寅 · 戌은 子坐의 생 · 왕각
〈선후천통맥〉
乾亥艮寅교구 子正媒

작혈도

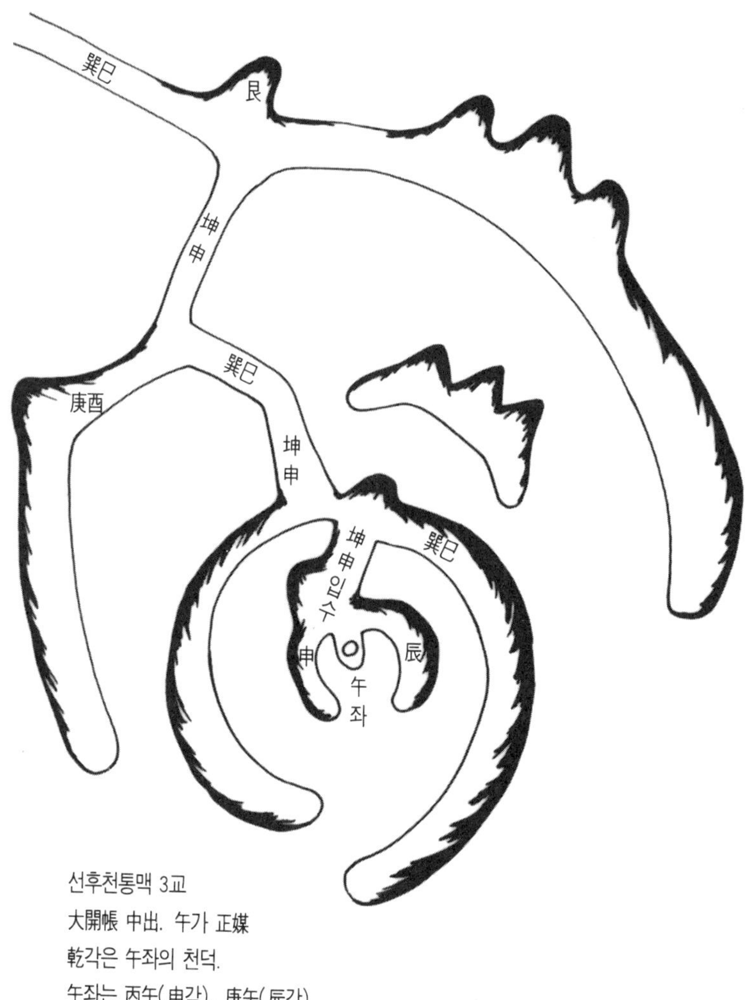

선후천통맥 3교
大開帳 中出. 午가 正媒
乾각은 午좌의 천덕.
午좌는 丙午(申각), 庚午(辰각).

길지란 포·태·순·정·강·장의 6개 유형의 맥기(脈氣)가 총집합하여 음양이 배합되고 목·화·토·금·수의 오행정기가 뭉쳐서 모인 곳이다.

예를 들자면(다음 그림), 子좌의 판 오른쪽에 艮寅角, 왼쪽에 辛戌角이면 水좌에 火각이요, 또한 좌와 각은 서로가 율려법으로 생왕(生旺)이 되며 오른쪽 인목(선익이든 우각이든) 癸는 金이고 왼쪽 인목 亥는 木이니 금·목·수·화의 4행기가 함께 뭉쳐 있는데 土기는 좌지(坐地) 자체가 담당하고 있다.

이렇게 되면 좌子는 천(天), 왼쪽 각 辛戌은 지(地), 오른쪽 각 艮寅은 인(人)이 되어 천지인 3재가 구비되니 乾亥·艮寅이 부부요, 癸·丑·辛·戌이 금(金:돈)이 되어 子산을 밑받침한 길지가 된다. 다른 좌는 이를 미루어 짐작하면 된다.

임자국(壬子局)의 예

※신임회이취진(辛壬會而聚辰) 水局의 예

　3태(艮·坤·巽)와 3포(寅·申·巳)가 배합하여 두미상접(頭尾相接 : 艮·坤)하고 또한 申 가운데 암장간(暗藏干)인 庚과 辰中癸가 巽庚癸로 3合 金局을 이룬다. 또 좌우에 있는 6장(將:좌 艮甲乙과 우 坤丁丙)이 천·월덕(坤은 甲卯의 천덕, 丁은 艮寅의 천덕, 丙은 艮寅의 월덕 등)으로 서로 옹호하고 2水(申辰)·2木(卯未)·2火(寅午)로 철통같이 지킨 가운데 물이 乙방으로 흘러가면 수국(水局)이 된다. 다른 국은 이를 미루어 짐작하면 된다.

신임회이취진 수국의 예

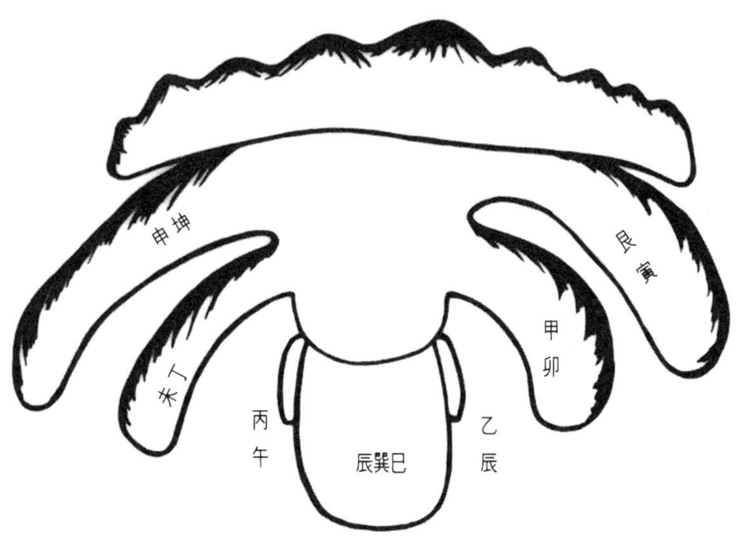

제3장
심혈(審穴)

제1절 사상(四象)

용·사·수가 한데 어울려 혈을 만드는 것이지만 여기서는 사상(四象)만을 설명한다.

하나의 혈에는 음양이 통맥·교구하고 또한 삼재(三才)와 오행의 기가 갖추어져야 한다(제2장 작혈도 참조).

1. 와유현릉(窩有弦陵)

와혈은 통상 4금맥(辰戌丑未)으로 혈을 맺는다. 현(弦)이란 금국포훈(金局抱暈)을 말한다. 예를 들면 辰좌에는 巽〔胎〕·巳〔胞〕

의 훈이 혈을 감싸줌을 말한다.

능(陵)이란 장두횡대(藏頭橫臺)를 말한다. 즉 辰좌에 卯〔正脈〕
인목(印木)을 뜻한다.

2. 겸유낙조(鉗有落棗)

겸혈은 통상 4강맥(乙辛丁癸)으로 혈을 맺는다. 4정맥(子午卯
酉:落棗)이 앞에 있어야 한다. 예를 들면 乙좌로 된 겸혈에는 卯
가 감싸고 있는 법이다.

3. 유유선익(乳有蟬翼)

유혈은 보통 4포맥(寅申巳亥)으로 혈을 맺는다. 선익(藏脈・正
脈의 暈)이 있어야 한다. 예를 들면 寅좌에는 丑(=藏)과 卯(=
正)가 합교(合交)되어야 하는 법이다.

4. 돌유현침(突有懸針)

돌혈은 통상 4순맥(甲庚丙壬)으로 혈이 난다. 4포맥(寅申巳亥)
이 앞에 뻗어〔前伸〕 있어야 한다. 예를 들면 壬좌로 된 돌혈에는

亥 탱조가 뻗어야 진짜 혈이다(여기에서 前伸한 것은 撐助砂이다).

이 밖에도 작혈의 이론이 많지만, 이치는 하나다. 위의 내용을 깊이 연구하면 스스로 통하게 되리라고 본다.

작혈의 요체는 음양의 통맥과 교구이며 또한 오행의 기가 한 덩어리로 뭉쳐야 한다는 점이다. 기의 흩어짐을 막기 위해 아주 가깝게, 완전하게 감싸는 인목(印木)과 각이 있어야 한다.

제2절 혈의 음양 배합

동(動)하면 양이 되고 정(靜)하면 음이 된다. 와혈(窩穴) 가운데에서 맥을 찾는 것은 양중(陽中)에서 음(陰)을 취함이다. 겸혈(鉗穴)에서 훈(暈)이나 각(角 : 지각과는 뜻이 다름)을 찾는 것 또한 양중배음(陽中配陰)이다. 유혈(乳穴)에서 평탄한 곳은 음중배양(陰中配陽)의 자리이며 돌혈(突穴)에서 오목한 곳을 찾는 것은 이것 또한 음중배양의 원리가 구현돼 있기 때문이다(이상은 형세의 음양배합을 말함).

와·겸혈에는 원기(元氣)가 얕게 모이고 유·돌혈에는 원기가 깊게 모이는 법이다. 혈심(穴深)에도 신중하여야 한다.

예를 들어 설명하면 산중평맥(山中平脈)에 좌우가 드높으면 보토하여 묘를 쓴다. 평양(平洋＝평지)에서 물의 흐름 때문에 관을 묻기가 어려우면 객토를 부어 천광하기도 한다. 원기가 모인 곳이 틀림없는데 물이 나면 숯을 묻고 숯 위에 하관하여도 맥불이 관(脈不離棺)하고 관불이맥(棺不離脈)이면 상관없다. 그러나 초학자에게는 매우 어려운 문제다.

용은 집이 되어서 혈을 짓고 혈은 안방마님이 되어 규중에 안정하는 이치다. 좀더 자세히 살펴보자.

1. 와는 태양혈이니 태음으로 짝을 이룬다

(1) 돌혈(突穴 ;☰☰) : 물방울 같기도 하고 엎드린 거북 같기도 하니 평평한 곳에 천혈한다.

애(埃) : 변실변허(邊實邊虛) ; 실한 쪽에 관을 놓는다.

병(竝) : 돌출쌍기(突出雙起) ; 짧은 쪽에 관을 놓는다.

사(斜) : 돌상단정(突像端正) 후맥직래(後脈直來) ; 비껴서 관을 놓는다.

삽(插) : 돌상편칙(突像偏側) 후맥사래(後脈斜來) ; 정수(正受)로 관을 놓는다.

(2) 맥혈(脈穴 ;☰☰)

개(蓋) : 맥래완(脈來緩) 게고심훈(揭高尋暈) ; 높은 정상이 자리다.

점(粘) : 맥래급(脈來急) 사현유(似懸乳) ; 낮은 끝부분이 자리다.

의(倚) : 맥래급직(脈來急直) 섬측고신(閃側靠身) ; 30도 내외
　　　　의 각을 유지하여 쓴다.
당(撞) :　맥래횡사(脈來橫斜) 정수(正受) ; 각도 없이 쓴다.

2. 돌은 태음혈이니 태양으로 짝을 이룬다

(1) 굴혈(屈穴 ; ⚏)
정(正) :　굴상협착(屈像狹搾) 지개일척(只開一尺)하여　중심처
　　　　에 쓴다.
구(求) :　굴상활대(屈像闊大) 배토위분(培土爲墳)하여 기선(氣
　　　　線)상이 혈이다.
가(架) :　굴상심함(屈像深陷) 배토방관(培土放棺)한다.
절(折) :　굴상천로(屈像淺露) 생기부상(生氣浮上)이니 훈처(暈
　　　　處)가 혈이다.

(2) 식혈(息穴 ; ⚍) :　토미기(土微起)하여 양중유음(陽中有
　　　　　　　　　　陰)이다.
참(斬) :　맥완자(脈緩者).
절(截) :　불완자 절거기중(不緩者 截去其中).
조(弔) :　불급자(不急者) 사조종이천(似弔鍾而扦).
추(墜) :　급직래이(急直來而)　반음반양자(半陰半陽者)　사점
　　　　(似粘).

3. 유는 소음혈이니 소양으로 짝을 이룬다

(1) 용혈(龍穴 ;☵)

순(順) : 후완자(後緩者) 고후천(靠後扦) ; 용이 오는 쪽에 의
지하여 쓴다.

역(逆) : 전완자(前緩者) 도기천(倒騎扦) ; 180도로 돌아앉는
다.

횡(橫) : 급직래자(急直來者) 횡기천(橫騎扦) ; 90도로 혈이
난다.

주(走) : 지현이래자(之玄而來者) 구지현중(求之玄中) ; 꾸불
꾸불한 곳에 혈이 난다.

(2) 벽혈(鑴穴 ;☲)

압(壓) : 살재하자(殺在下者) 양고천(揚高扦) ; 살이 보이지
않는 높은 곳에 쓴다.

장(藏) : 살재양방자(殺在兩傍者) 장살이천(藏殺而扦) ; 살이
보이지 않는 오목한 곳이 혈이다.

섬(閃) : 살재일변자(殺在一邊者) 섬피이천(閃避而扦) ; 살이
없는 곳으로 당겨서 쓴다.

탈(脫) : 살재상자(殺在上者) 탈살점천(脫殺粘扦) ; 맨 아래
평지에 혈이 난다.

4. 겸혈은 소양혈이니 소음으로 짝을 이룬다

(1) 관혈(關穴 : ☵)

탄(呑) : 관완만자(關緩漫者) 광중매관(壙中埋棺).

토(吐) : 관급자(關急者) 관지하반배토(棺之下半培土).

부(浮) : 관침자(關沈者) 배토성분(培土成墳).

침(沈) : 관부자(關浮者) 침하이천(沈下而阡).

(2) 장혈(掌穴 : ☲)

기(起) : 전장자(前長者).

복(伏) : 전단자(前短者).

파(擺) : 전탕자 파이상지(前蕩者擺而上之)〈사장살(似藏殺)〉

타(拖) : 전첨자 타이하지(前尖者拖而下之)〈사탈살(似脫殺)〉

　위에서 언급한 것들은 엄격하게 말하면 형세론이라고 할 수 있으나, 괘상(卦象)의 배합을 고려하여 이기편에서 설명한 것이다.

<h1 style="text-align:center">제4장
입향(立向)</h1>

입향이라고 하는 것은 좌(坐)를 정한다는 말과 같은 뜻이다. "좌를 정한다"고 하지 않고 입향이라고 하게 된 이유는 용과 향의 관계가 주인과 손님의 관계〔賓主待對〕로 보기도 하고, 또한 음과 양의 상호관계〔陰陽待對〕로 보기 때문이다. 즉 용과 향이 짝을 이룬다는 말이다(龍向爲一, 坐得爲一).

앞에서 말한 격룡(格龍)은 기가 오는 것을 맞이하는 방법인데 그 주안점은 입수에 있다. 입수가 결정되면 이것은 바로 자연으로 이뤄진 지기(地氣)라 할 수 있고 그 쓰임의 묘법은 향을 정하는 데에 있다고 하겠다.

즉, 용맥의 기운이 혈장으로 이어졌음이 분명하면 다음 작업은 향을 정하는 것이다.

그 원칙은 다음과 같다.

첫째, 용맥의 기운을 완전하게 받아들여야 한다〔收斂〕.

둘째, 혈판 주위의 사(砂)와 물이 법칙에 맞아야 한다〔合度〕.

세째, (正五行으로) 용이 향을 극(克)함은 무방하나 향이 용을 극하여서는 안 된다. (팔요살과 같다.)

위의 세 가지 조건에 맞으면 용과 향은 정음정양으로 순청하게 된다. 여기에 음과 양이 서로 짝을 이루어 화합하고 협력〔相配 · 相和〕하여야 길지가 되는 것이다.

제1절 수기(受氣)의 방법

기를 받는다〔受氣〕는 것은 입수에서 혈로 이어지는 지기의 축 〔氣線〕과 시신의 중심축〔坐線〕과의 각도에 따른 구분이다.

일반적으로 기맥이 순하고 완만하면 각도가 작고 기맥이 급하고 강하면 각도가 큰 것이 기본이다. 기맥은 조금도 편차가 있어서는 안 되는 것이다. 따라서 향을 정하는 데에도 자연으로 된 형세를 따라야 할 뿐이지 인위적으로 고칠 수는 없다.

이 원칙을 바르게 알지 못하고 사람이 마음대로 향을 고르는 것으로 착각하는 지사가 있다. 그러나 향을 정한다는 법칙도 따지고 보면 바른 혈 자리를 찾는 기술에 불과하다는 점을 명심해야 한다.

바꿔 말하면 입향도 정확한 혈심을 찾기 위한 정혈(定穴)의 기법일 뿐이지 지사의 마음대로 이렇게도 할 수 있고 저렇게도 할 수 있는 성질의 것이 아니다. 하나의 혈에는 오직 하나의 향이 있을 뿐이다.

혈이라고 하는 것은 자연으로 이뤄진 것〔天造地設〕임을 잊어서는 안 된다. 석곽혈(石槨穴)을 경험한 사람이라면 수긍이 갈 것으로 믿는다.

수기하는 방법을 구분하는 요령은 혈자리를 사람의 몸에 비유하여 다음과 같이 이름을 붙인다.

(1) 신문(顖門)수기

신문이란 머리 정수리의 가운데에서 약간 앞 이마 쪽으로 자리한 숨구멍을 침구혈명(鍼灸穴名)으로 말하는 것이다(필자의 생각으로는 百會수기라고 하는 것이 정확할 듯한데 백회는 氣動이 없고 신문은 氣動을 육안으로도 볼 수 있기 때문에 백회를 버리고 신문을 취한 것 같다). 子입수 子坐午향의 예와 같이 기선과 좌선의 각이 전혀 없이 두 개의 선이 중첩된 것으로 발음(發蔭)이 아주 빠르다.

(2) 이(耳)수기

기선이 귀와 접속하도록 향을 놓는다는 방법이다. 나경의 1궁~2궁(30도 이내)을 띄워서 수기하는 것으로 좌이(左耳), 우이(右耳)의 구별이 있다. 壬입수 子坐(右耳수기)나 艮입수 癸坐(左耳수기)의 예다. 발음이 비교적 빠르다.

(3) 요(腰)수기

기선이 허리 부위에서 접속하도록 향을 정하는 방법이다. 3궁 이상(45도~90도 내외)을 띄워서 옆으로 맺힌 것〔＝橫結〕으로 좌요(左腰), 우요(右腰)의 구별이 있다. 乾입수 艮좌(右腰수기)나 艮입수 乾좌(左腰수기)의 예와 같은 경우. 발음이 비교적 느리다.

(4) 용천(湧泉)수기

용천이란 발바닥에 있는 침구혈의 이름으로 기선을 발바닥에 접속시키는 방법이다. 기선과 좌선은 겹쳐지게 되나 그 각은 180도가 되는 도기룡(倒騎龍)으로 亥입수 巳좌亥향의 예. 일명 속발혈이라고 한다.

제2절 괘기입향법(卦氣立向法)

선·후천괘위에 의하여 향을 정하는 법으로서 입향법 중 최상의 방법이다.

간괘(干卦)가 상납(相納)하고 자웅(雌雄)이 상견한 것이다. 괘기가 상납하면 오행의 생극은 작용하지 못한다.

혈정을 살피고 기맥의 입수(＝입수룡)를 보아서 향을 정하는데 용과 수(水)와 사(砂)가 괘기배합에 합도하면 다음 방법 중에서 하나를 고른다. 간지는 납간한다.

1. 선천대대(先天待對) 사대국(四大局) 〈최상격〉

용과 향이 선천팔괘의 배위도(配位圖)에서 서로 마주보고 있는 경우[待對]로 벼슬이 난다.

① 천지정위(天地定位) : 乾甲룡 坤乙향, 坤乙룡 乾甲향
② 산택통기(山澤通氣) : 艮丙룡 兌丁巳丑향, 兌丁巳丑룡 艮丙향
③ 뇌풍상박(雷風相搏) : 巽辛룡 震庚亥未향, 震庚亥未룡 巽辛향
④ 수화불상사(水火不相射) : 坎癸申辰룡 離壬寅戌향, 離壬寅戌룡 坎癸申辰향

2. 후천합십(後天合十) 사대국

용과 향이 후천팔괘의 배위도(配位圖)에서 서로 마주보고 있는 경우[合十]로서 자손이 번성한다.

① 一九合十 : 坎癸申辰룡 離壬寅戌향, 離壬寅戌룡 坎癸申辰향 (선천사대국 水火不相射)
② 二八合十 : 坤乙룡 艮丙향, 艮丙룡 坤乙향(음양박잡)
③ 三七合十 : 震庚亥未룡 兌丁巳丑향, 兌丁巳丑룡 震庚亥未향

④ 四六合十 : 巽辛룡 乾甲향, 乾甲룡 巽辛향(음양박잡)

3. 선후천상견국(先後天相見局)

선후천이화도(先後天理化圖)에서 같은 궁에 자리한 두 개의 괘가 용과 향이 되는 경우로 세대과갑(世代科甲)과 자손이 창성하는 향이다.

① 乾宮 : 乾괘와 艮괘, 乾괘와 離괘(간지는 납간. 이하 같음)
② 坎宮 : 坎괘와 兌괘, 坎괘와 坤괘
③ 艮宮 : 艮괘와 乾괘, 艮괘와 震괘
④ 震宮 : 震괘와 艮괘, 震괘와 離괘
⑤ 巽宮 : 巽괘와 坤괘, 巽괘와 兌괘
⑥ 離宮 : 離괘와 震괘, 離괘와 乾괘
⑦ 坤宮 : 坤괘와 坎괘, 坤괘와 巽괘
⑧ 兌宮 : 兌괘와 巽괘, 兌괘와 坎괘

4. 납갑팔대국(納甲八大局)

상납되는 간지(干支)끼리 서로 하나는 용이 되고 다른 하나는 향이 되는 경우로서 관운(官運)이 좋다.

① 乾룡 甲향 (甲룡 乾향, 이하 같음)
② 坤룡 乙향
③ 兌룡 丁巳丑향
④ 離룡 壬寅戌향
⑤ 震룡 庚亥未향
⑥ 巽룡 辛향
⑦ 坎룡 癸申辰향
⑧ 艮룡 丙향

5. 낙서사대국(洛書四大局)

후천팔괘의 배위(配位)가 낙서(洛書)의 구궁수(九宮數)로 1:6, 2:7, 4:9, 3:8로 용과 향이 이루어지는 경우.

① 수국(1:6) : 乾괘와 坎괘
② 화국(2:7) : 坤괘와 兌괘
③ 금국(4:9) : 巽괘와 離괘
④ 목국(3:8) : 震괘와 艮괘
주의할 것은 괘에 앞서는 것이 음양이라는 점이다.

6. 간화오국(干化五局)

　용과 향이 간합(干合)되는 경우이다. 팔간(八干) 외의 辰戌丑未坤艮 土는 戊土와 己土로 장간(藏干)을 표출하여서 화합(化合)시킨다.

　① 화토국(化土局) : 坤方의 길사(吉砂)가 천재성(天財星)이 득위(得位)하였을 경우에만 국을 이룰 수 있다. 甲과 坤丑未(己土藏干이므로)가 서로 용과 향이 되는 경우.

　② 화금국(化金局) : 庚兌方 길사가 금성(金星)이 득위하였을 경우에만 국을 이룰 수 있다. 乙과 庚이 서로 용과 향이 되는 경우.

　③ 화수국(化水局) : 壬子方의 길사가 문곡성(文曲星)으로 득위하였을 때만 국을 이룰 수 있다. 丙과 辛이 서로 용과 향이 되는 경우.

　④ 화목국(化木局) : 甲卯方의 탐랑수사(貪狼秀砂)가 있을 경우에만 판을 이룰 수가 있다. 丁과 壬이 서로 용과 향이 되는 경우.

　⑤ 화화국(化火局) : 丙午方의 길사가 염정성(廉貞星)이 득위하였을 경우에만 판을 이룬다. 癸와 艮辰戌(藏干 戊土이므로)이 서로 용과 향이 되는 경우.

제3절 이기오행(理氣五行) 사대국 입향법
(一名 水口五行法)

혈정과 입수의 맥을 살핀 결과, 용(龍)·사(砂)·수(水)가 괘기입향법 중에서 어느 방법으로도 향을 찾을 수가 없으면 아쉬운 대로 출수구(出水口)만을 살펴서 다음 방법으로 향을 정한다.

1. 판을 정하는 법(定局法)

판을 횡으로 지나가는 물(= 過堂水)이 시계(視界)에서 사라지는 곳(= 破口)이 천반봉침으로,

辛戌 乾亥 壬子 가운데 어느 한 간지면 火局
癸丑 艮寅 甲卯 가운데 어느 한 간지면 金局
乙辰 巽巳 丙午 가운데 어느 한 간지면 水局
丁未 坤申 庚酉 가운데 어느 한 간지면 木局

이 된다.

2. 정오행(正五行)으로 보는 법

정오행으로 용(龍) 또는 좌(坐)와 득(得)이 국(局)의 생

(生)·왕(旺)·관(冠)·쇠(衰)·양(養)에 해당하면 합법이다.(용보다는 좌와 득을 중요시한다.)

좌로 볼 때에는 양포태(陽胞胎)로만 본다.

예를 들어 亥입수 壬좌 申득 辰파라면 水局에 해당하는데, 坐壬을 기준하면, 壬은 水이니 巳에서 기포하여 순행하면 得申은 생, 입수 亥는 관, 坐壬은 왕, 破辰은 묘가 되어 冠입수 旺좌 生득 墓파로 길격이다.

(이 예의 경우에는 卦氣立向이 합법이다. 다만 설명을 위해 예로 든 것뿐이다.)

3. 팔간기(八干氣)로 보는 법

이 법은 쌍산오행(雙山五行)으로 산기(山氣)와 수기(水氣)가 하나는 좌선하고 다른 하나는 우선하다가 같은 이불에서 만나게 된다(＝會歸於衾)는 부부교구(夫婦交媾)의 원리이다.

산이나 물이 좌선하면 양간기(甲庚丙壬)이고, 우선하면 음간기(乙辛丁癸)이다. 그러므로 산이 양이면 물은 음이 되고, 물이 양이면 산이 음이 된다. 산과 물은 서로 반대 방향으로 돌아야만 혈을 맺기 때문이다. 따라서 출수구(出水口)로 판을 정하는 법과 입수 간기(干氣)로 정국(定局)하는 법이 있다.

① 을병교이추술(乙丙交而趣戌 : 乙간기와 丙간기가 戌衾에서

만남)은 火局.

　파(破)가 辛戌乾亥壬子로 나가면 화국(火局)이다. 입수는 목기(木氣) 우선(右旋) 또는 화기(火氣) 좌선이 된다. 이 화국에서 좌선하는 산이나 물은 丙간기가 되고 우선하는 산이나 물은 乙간기가 된다. 좌와 득은 간기의 생·왕·관·양·쇠 중에서 각각 하나가 되고, 파는 묘·포·태와 쇠 또는 욕이 되면 합격이다.

　예를 들어 寅좌 午득 辛파라면 화국이다. 乙간기와 丙간기의 교구이다. 물이 좌선하였다면 丙간기가 된다. 물이 丙간기가 되면 산은 자연히 乙간기가 되어 坐寅은 乙간기의 왕(旺)이고 丙간기의 생(生)이다. 得午는 乙간기의 생, 丙간기의 왕이고 辛破는 乙·丙간기가 같이 묘이다. 즉 산 乙간기는 왕좌 생득 묘파(旺坐 生得 墓破)가 되고 물 丙간기는 생좌 왕득 묘파(生坐 旺得 墓破)가 되어서 길격이다.

　여기서 우리는 산의 왕궁은 물의 생궁이며 물의 왕궁은 산의 생궁이란 것을 알게 된다(水之生處 山之旺處, 山之生處 水之旺處).

　이하 ①과 같은 내용으로 추론하면 된다.

　② 신임회이취진(辛壬會而聚辰)은 水局 :　辛간기와 壬간기는 辰에서 만난다.

　③ 두우납정경지기(斗牛納丁庚之氣)는 金局 :　丁간기와 庚간기는 丑에서 만난다.

　여기서 두(斗)는 丑宮의 28수명(宿名). 우(牛) 역시 丑을 의미한다.

④ 금양수계갑지영(金羊收癸甲之靈)은 木局 : 癸간기와 甲간기는 未에서 만난다.

금양(金羊)에서 금은 未의 칠정오행, 양(羊) 역시 未를 뜻한다.

4. 향상법(向上法)

이 법은 위 3항에서 설명한 방법의 변용이다. 좌(坐) 대신 향(向)을 주산(主山)으로 하여 향·득·파의 12운성을 보는 것이다.

괘기입향도 불가능하고 정오행 방법도 불가능하며 팔간기 좌상(坐上)도 불가능하고 다음에 설명할 육팔율려법(六八律呂法)으로도 입향이 불가능할 경우에 한하여 불가피하게 쓰는 최하등의 방법이다.

속칭 법장지(法葬地 ; 혈이 아닌 곳)에서 피살(避殺)만을 고려한 입향법이다. 음양과 좌·우선은 구별하지 않고 양포태만 쓴다.

예를 들어 艮좌 坤향 亥득 巳파라면 수국(水局 : 坤水)이다. 좌는 병(病)이지만 향이 생(生), 득은 관(冠), 파는 절(絶＝胞)이 되어 좌 대신 향이 생왕케 하는 방법이다.

제4절 육팔율려법(=隔八相生法)

좌(坐)와 득(得)과 파(破)가 상생하면 합격이다.
① 득생좌 좌생파(得生坐 坐生破) : 子좌 巳득 未파의 예.
② 좌생득 파생좌(坐生得 破生坐) : 子좌 未득 巳파의 예.
③ 좌생득 득생파(坐生得 得生破) : 子좌 未득 寅파의 예.
④ 좌생파 파생득(坐生破 破生得) : 子좌 寅득 未파의 예.

제5절 선후천 일월 상견법(先後天日月相見法)

이 법은 괘위로 坎〔月〕·離〔日〕상견이 되는 것이나, 팔괘납갑을 쓰지 않고 子·午·卯·酉〔四正〕만을 가지고 논한다. 자칫 잘못하면 상파국(相破局)이 되는 우려도 있으나 선천일(先天日)과 후천월(後天月) 또는 후천일과 선천월이 하나는 입수룡(入首龍)이 되고 하나는 향(向)이 되는 방식이다.

① 卯룡 子향 : 卯는 선천의 이괘(離卦)자리로서 일(日)이고
              子는 후천의 감괘(坎卦)자리로서 월(月)이니
              선천의 일과 후천의 월이 마주함이다.
② 子룡 卯향 : 선천의 月과 후천의 日이 마주함이다.
③ 午룡 酉향 : 午는 후천의 이궁(離宮)이요, 酉는 선천의 감

궁(坎宮)이다. 후천의 日이 선천의 月과 마주함이다.

④ 酉룡 午향 : 선천의 月과 후천의 日이 마주함이다.

제6절 구성변효법(九星變爻法)

용이 양래(陽來)하였으면 천간좌(天干坐)로 정할 경우에는 음좌(陰坐)로 하고 지지좌(地支坐)로 정할 경우에는 양좌(陽坐)로 한다. 혹 용이 음래(陰來)하였으면 천간좌는 양좌로 하고 지지좌는 음좌로 함이 합법이다.

요약하면 천간좌는 음래양좌·양래음좌로서 용(龍)·향(向)이 상배하고 지지좌는 음래음좌·양래양좌로서 용·향이 순청하다.

변효법은 좌의 납갑괘(納甲卦)가 본괘(本卦)가 되며 다음과 같은 순서로 정한다.

일상 탐랑(一上貪狼)

이중 거문(二中巨門)

삼하 녹존(三下祿存)

사중 문곡(四中文曲)

오상 염정(五上廉貞)

육중 무곡(六中武曲)

칠하 파군(七下破軍)

팔중 복음(八中伏吟)

예를 들면 다음과 같다.

천간 艮坐일 경우 : 본괘는 艮이고 일상탐랑하면 坤卦요, 다시 이중 거문하면 坎이 되고, 다시 삼하 녹존하면 兌가 되며, 兌에서 사중 무곡하면 震이 되고 계속하여 오상 염정하면 離卦가 된다. 또 육중 무곡하면 乾, 칠하 파군하면 巽, 다시 팔중 복음하면 艮이 된다. 즉 천간좌는 본괘가 음이면 양괘궁(陽卦宮)이 길방위(吉方位)이고 음괘궁(陰卦宮)은 흉방위(凶方位)임을 알 수가 있다.

이것은 바로 용·향이 정음정양(淨陰淨陽)으로 순청(純淸)해야 함을 뜻한다.

지지 寅坐일 경우 : 지지좌는 천간좌보다 복잡하다. 즉 선동하지법(先動下指法)이라는 것이 있어서 변효과정에서 하지(下指)를 선동(先動)하는 단계가 있다. 지지에서 선동하는 이유는 천간은 천(天)이니 본동(本動)이고 지지는 지(地)이니 본정(本靜)이기 때문이다.

그런데 이 선동하지법이 각가각법(各家各法)으로 구구하나, 저자는 1·5·6·8(一五六八)에서 선동하는 법을 주장한다.

寅좌의 본괘는 離壬寅戌인 고로 寅은 이궁(離宮)에 괘납한다. 먼저 離에 선동하지하면 艮이 되어 艮으로부터 일상 탐랑(一上貪狼)하면 坤이 되고, 坤에서 이중 거문(二中巨門)하면 坎이요, 坎에서 삼하 녹존(三下祿存)하면 兌가 되고 계속하여 사중문곡(四中文曲)하면 震이 된다.

여기서 즉 다섯 번째에서 다시 선동하지를 하여 坤으로 작괘한

다음에 오상 염정(五上廉貞)하면 艮이 된다. 또 여섯 번째에서 다시 선동하지하면 이괘(離卦)가 된다. 離에서 육중 무곡(六中武曲)하면 乾이 되고 계속하여 칠하 파군(七下破軍)하면 巽이 된다. 이어서 여덟 번째에서 다시 선동하지를 하여 乾을 만든 뒤에 팔중 복음(八中伏吟)하면 離가 된다.

특별하게 기억할 점은 지지좌는 본괘가 양이면 양괘궁이 길방이 되고 음괘궁이 흉방이 되는 법으로 이도 역시 용·향이 순청해야 함을 보여준다.

구성변효법을 자세히 고찰하면 바로 용과 향이 정음정양으로 순청하여야 길(吉)이 되는 방술인 것임을 알 수 있다.

제7절 순제목미법(脣臍目尾法)

내룡(來龍)을 기준하여 좌를 정하는 법으로 입향에 참고할 만하다. 순서는 순제목미상복각이요족비협(脣臍目尾顙腹角耳腰足鼻脇)의 12개 지지(地支) 순행이며 제·복·상·이·비 5혈은 길하고 나머지 7혈은 흉이다.

坤艮寅申룡은 子에서 순(脣)을 시작하고
乾巽巳亥룡은 午에서 순을 시작하며
丙壬子午룡은 申에서 순을 시작하고
甲庚卯酉룡은 寅에서 순을 시작하며

乙辛辰戌룡은 辰에서 순을 시작하며
丁癸丑未룡은 戌에서 순을 시작한다.

예를 들면 癸룡일 경우, 丁癸丑未룡의 기순(起脣)은 戌이므로
戌이 순, 亥가 제, 子가 목, 丑이 미, 寅이 상, 卯가 복, 辰이 각,
巳가 이, 午가 요, 未가 족, 申이 비, 酉가 협(脇)이 된다. 만약
酉좌라면 협혈로 흉에 속한다.

제8절 천월덕 보는 법(天月德法)

용과 좌와 파의 관계가 천덕(天德)·월덕(月德)·월덕합(月德
合)·월덕공(月德空)이 되도록 하는 방식이다.(一名 天·人·地
三卦法이라 한다)
天道行龍·人道行龍·日月行龍·道德龍의 別이 있다.

① 천덕
子通巽 午通乾 卯通坤 酉通艮
寅通丁 巳通辛 申通癸 亥通乙
辰通壬 戌通丙 丑通庚 未通甲

② 월덕
寅午戌 月德在丙(月德合辛 月德空壬)

申子辰 月德在壬(月德合丁 月德空丙)

亥卯未 月德在甲(月德空庚)

巳酉丑 月德在庚(月德合乙 月德空丙)

〈예〉

① 天道行龍(四胎龍 四强坐 四正破 龍通天德) : 용이 파의
천·월덕

　　가. 乾亥龍 坤壬分角 辛坐 丙午破 (파午의 천덕은 乾, 辛은 午
　　　　의 월덕합)

　　나. 坤申룡 巽庚분각 丁좌 甲卯파 (파卯의 천덕은 坤, 丁은 룡
　　　　申의 월덕합)

　　다. 巽巳룡 艮丙분각 乙좌 壬坎파

　　라. 艮寅룡 乾甲분각 癸좌 庚兌파

② 人道行龍(四藏龍 四胎坐 庫藏破 破通天德) : 파가 좌의
천·월덕

　　가. 辛戌룡 庚癸분각 乾亥좌 乙파

　　　　(파乙은 좌亥의 천덕, 각庚은 천덕합, 용辛은 天空)

　　나. 丁未룡 丙辛분각 坤申좌 癸파

　　　　(파癸는 좌申의 천덕, 용丁은 癸之空)

　　다. 乙辰룡 丁甲분각 巽巳좌 辛파

　　라. 癸丑룡 壬乙분각 艮寅좌 丁파

③ 四胎교구하고 천덕이 통하는 격(天道行龍)

가. 乾亥丑艮甲卯룡 甲卯좌 庚兌파

　　(乾亥丑艮은 사선교구, 용艮은 파兌의 천덕, 甲은 亥卯의
　　월덕, 파庚은 월덕공)

나. 艮寅辰巽丙午룡 丙午좌 戌乾파

　　(파乾은 용·좌 午의 천덕, 丙은 戌의 천월덕)

다. 巽巳未坤庚兌룡 庚兌좌 丑艮파

라. 坤申戌乾壬坎룡 壬坎좌 辰巽파

④ 도덕룡(道德龍) :　용·좌·각·파가 서로 천월덕인 경우

가. 巽巳룡 甲卯입수 壬坎乙辰분각 艮寅좌 丁未파

　　(生旺각, 寅通丁, 辰通壬, 子通巽, 未通甲)

나. 癸丑룡 甲卯입수 壬坎乙辰분각 艮寅좌 丁未파

다. 甲卯룡 癸丑입수 壬坎乙辰분각 艮寅좌 丁未파

　　(四庫入首 長孫亡 枝孫大昌)

라. 乾亥룡 癸丑입수 壬坎乙辰분각 艮寅좌 丁未파

⑤ 日月行龍(四正龍 四胎坐 向通天德)

제9절 기좌법(忌坐法)

사람〔仙命〕의 생년을 기준하여 흉살(黃泉·八曜·三殺·沖·

破·刑 등)에 해당하는 좌나 향은 가급적 피하는 것이 좋다. 부부가 서로 다를 경우에 혈좌(穴坐)가 한 사람의 흉살에 해당한다면 합장을 하여서는 안 된다. 자세한 내용은 제4편 중 택일하는 법에서 설명한다.

제10절 24룡 길혈(吉穴)의 예

壬룡에는 子좌 艮좌 辛좌

子룡에는 艮좌

癸룡에는 艮좌 子좌

丑룡에는 壬좌

艮룡에는 癸좌 寅좌 甲좌 乙좌 卯좌 乾좌 亥좌 丑좌

寅룡에는 艮좌 寅좌

甲룡에는 艮좌 巽좌

卯룡에는 甲좌 乙좌 癸좌 巳좌

乙룡에는 艮좌

辰룡에는 巽좌 艮좌

巽룡에는 乙좌 巳좌 坤좌

巳룡에는 巳좌

丙룡에는 巳좌 甲좌 乙좌 坤좌

午룡에는 坤좌 巳좌

丁룡에는 坤좌 巳좌

未룡에는 坤좌

坤룡에는 丁좌

申룡에는 丁좌 庚좌

庚룡에는 酉좌

酉룡에는 坤좌 乾좌 亥좌

辛룡에는 乾좌 酉좌 坤좌

戌룡에는 辛좌

乾룡에는 辛좌 戌좌

亥룡에는 壬좌 乾좌 癸좌 丑좌 酉좌

위의 혈좌를 살펴보면 입향의 여러 법칙이 적용되었으며, 이수기(耳受氣)는 상격이고 요수기(腰受氣)는 그 다음임을 알 수가 있다. 이 예는 하나의 표본인 것이지 불가변의 철칙은 아니다.

제5장
발사(撥砂)

발(撥)은 헤친다는 뜻을 지니고 있다. 따라서 발사는 전후좌우에 흩어져 있는 사(砂)를 하나씩 헤쳐가면서 점검한다는 의미이다.

산이 비록 지상에 있기는 하나 실은 천성(天星)이 관장하기 때문에 혈장(穴場)은 북진(北辰)에 비하고 용신(龍身)은 구성(九星)에 비하며 사(砂)는 28수(宿)에 비한다. 마치 28수가 주천경포(周天經布)하여 북진을 공위하듯 여러 사들이 주위에서 혈장을 둘러싸고 있는 것이다. 그러므로 칠정오행(七政五行)을 사용하며 혈심처에서 인반중침으로 여러 사의 방위를 측정함을 원칙으로 한다.

첫째, 사는 혈장을 방조하는 것이 길하다.

둘째, 길사(吉砂)는 고수(高秀)하고 흉사(凶砂)는 저열(低劣)함이 좋다.

셋째, 사는 국(局)과 어울려야 좋다는 것이 일반적인 원칙이다.

그러나 "사여미녀(砂如美女)하여 귀천(貴賤)이 종부(從夫)라"고 하였듯이 그 중요성은 용과 혈만은 못하다. 용과 혈이 주인이라면 사는 주인이 부리는 종업원과 같은 것이다. 따라서 인위적으로 재성보상(裁成輔相)이 가능한 것이다.

예를 들자면 흉사(凶砂 : 암석 포함)를 나무를 심어서 보이지 않도록 가리든가 또는 흙으로 덮든가, 심할 경우에는 공사를 하여 잘라버리기도 하며[截殺], 또는 인조적인 구조물(건물·탑·비석 등)을 설치해 중화(中和)하여 살기를 누르기도 한다.

사의 유력·무력을 판단하는 법은 만두형세가 첫째이고 이법상(理法上)으로는 득위득지(得位得地)하여야 길하다.

예를 들면 목성이 동방이나 북방에 위치하면 유력한 것이며 서방이나 남방에 있다면 이미 죽은 것으로 판단하는 것과 같다. 북화남수(北火南水)가 어찌 임무를 다하겠는가. 따라서 오행의 생극제화(生克制化)를 자세하게 살펴서 판단하여야 한다.

제1절 천성법(天星法)

천성법이란 칠정오행으로 혈심처에 하반침하여 혈좌를 기준으로 전후좌우를 보는 법인데, 특히 전면(前面)의 사가 화복(禍福)

에 지대한 영향을 미친다.

생아자(生我者)는 식신(食神)인데, 주로 부동산 위주로 부(富)를 이룩하며 미모(美貌)의 자손이 많이 난다.

아극자(我克者)는 재성(財星)이니, 부호가 나고 노복(奴僕)이 충실하다.

비화자(比和者＝比我者)는 우형(友兄)이니, 재발(財發)하고 등과(登科)한다.

극아자(克我者)는 칠살(七殺)이니, 인패(人敗)가 난다.

설아자(泄我者)는 문장·공명이 혁혁하다고 판단한다.

이상이 일반적인 준칙이나, 생극제화(生克制化)를 잘 살펴야 한다. 비아자(比我者)는 재발·등과하나 너무 강하면 극재(克財)하여 도리어 처(妻)와 재(財)가 상할 수도 있다. 이 밖에 생왕방(生旺方)의 사(砂)가 유력(有力)하여야 길하며 병패방(病敗方)의 사는 무력하여야 길하다.

제2절 길사(吉砂)와 흉사(凶砂)

사(砂)는 일반적으로 용과 혈을 돕는 것(輔泄하여 中和토록 하는 것)은 길사(吉砂)이고 용·혈을 돕지 못하는 것은 흉사(凶砂)라고 한다.

사의 방위를 보는 법은 원칙적으로 자연방위로 보는 법과 국(局)에 따라 전이(轉移)되는 방위를 보는 법이 있다.

예를 들면 24산의 정방위(定方位)는 고정불변의 방위이고(예
컨대 乾은 어느 경우에도 乾), 녹(祿)·마(馬)·귀(貴)라든지 생
(生)·왕(旺)·패(敗)·절(絶) 등은 국에 따라 달라진다.
　사의 응험은 아주 정확하여 화복을 판단하는 데에 중요한 요소
이다. 다음에 주요한 길사와 흉사의 예를 든다. 그 원리를 이해하
면 변통에 능하게 된다.

1. 길사의 종류

　사신전(四神全)：　乾坤艮巽이 4신(四神)이니 주로 귀(貴)를 관
장하며 어느 한 곳이라도 빠졌으면 그만큼 힘이 감해진다.
　팔장비(八將備)：　艮丙巽辛兌丁震庚으로 주로 귀(貴)를 관장한
다.
　삼각치(三角峙)：　艮巽兌로 역시 귀(貴)를 관장한다.
　삼양기(三陽起)：　巽丙丁으로 문현(文賢)을 주관한다.
　팔국주(八國周)：　甲庚丙壬乙辛丁癸로 매우 귀하나 하나라도 빠
지면 불합격이다.
　사세고(四勢高)：　寅申巳亥로 주로 귀를 관장한다.
　일월명(日月明)：　子午 방위에 있는 봉우리로 귀를 관장한다.
　녹마취(祿馬聚)：　부와 귀를 담당한다.

　이 밖에도 남자 자손의 길흉은 坎艮震의 사(砂)이고 여자가 많

은 경우는 巽離兌의 사(砂) 등으로 유추할 수 있다.

2. 흉사의 종류

사살당권(四殺當權) :　辰戌丑未 4방위의 사(砂)가 고압(高壓)한
　　　　　　　　　　것.
팔문결(八門缺) :　팔괘의 정위방(正位方 : 三山一卦의 중앙자리)
　　　　　　　　이 요함(凹陷)한 것.
사신소(四神塑) :　乾坤艮巽 방위의 사(砂)에 돌이 박혀 있는 것이다.
양관함(陽關陷) :　申방이 낮고 꺼지면 주로 전쟁 등에 나가 병
　　　　　　　　사(兵死)하게 된다.

이 밖에도 자궁허(子宮虛) 녹위결(祿位缺) 등 20여 종의 이름
이 있으나 앞의 원리를 유추하면 된다.
예를 들면 마사(馬砂)가 乾方이면 천마(天馬)이고 艮方이면
신동마(神童馬)요, 午方이면 장군마(將軍馬)이고 丁方에 있으면
재상마(宰相馬)가 된다. 또한 금어사(金魚砂)가 서방에 있으면
귀인사(貴人砂)가 되고 동방에 있으면 목탁이요, 북방에 있으면
수어(水魚)가 되나 남방에 있으면 약주머니로 바뀐다.

3. 24방위 사(砂)의 길흉

壬方 : 壬방위의 봉우리가 첩첩하면 대대로 부귀를 누린다.

子方 : 子방위의 사(砂)가 높고 아름다우며 乾방의 사도 우뚝하면 벼슬이 나며 艮방과 丙·午·丁방에 문필사가 있으면 고귀한 인재가 배출된다.

癸方 : 癸방위의 사가 높고 빼어나며 4정방(四正方)에 길사(吉砂)가 있으면 훌륭한 인물이 난다.

丑方 : 丑방에 네모진 봉이 있거나 또는 우뚝한 봉이 있으면 도인이 난다. 丑未方 창고사에 乙辛方의 사가 높고 빼어나면 부자가 난다.

艮方 : 艮은 소남궁(少男宮)이며 천시원(天市垣)이다. 이곳의 봉우리가 높고 아름다우면 소년등과하고 나즈막하면 부자가 난다.

寅方 : 寅甲方이 높고 아름다우면 삼공(三公)이 난다. 낮고 방원(方圓)하면 이인(異人)·역술인·무당이 나서 이름을 날린다.

甲方 : 甲峰이 수려하면 부귀를 누리는데 乾·坤봉도 높고 좋으면 장원급제하고 巽봉이 쌍천(雙薦)귀인이면 정승이 될 자손이 난다.

卯方 : 卯峰이 드높으면 병권(兵權)을 잡는 영웅이 난다.

乙方 : 乙峰이 우뚝하고 4태봉(四胎峰)이 보호하면 고귀한 자손이 난다.

辰方 : 辰峰이 수려하고 丁癸봉이 첨수(尖秀)하면 후손이 연이여 과거에 급제한다.

巽方 :　巽方은 문장과 벼슬을 주관하는 방위다. 높고 빼어나면 권세와 학문을 이루고, 낮고 둥글면 부자가 난다. 또 아미사(蛾眉砂)이면 권세 있는 집안과 혼인한다.

巳方 :　이 방위의 필봉은 문무겸전의 영걸이 나고 辰봉이 있어 높고 아름다우면 극품의 관직에 오른다.

丙方 :　巽峰과 함께 수려하면 고관이 나고 艮방에 귀인봉이 있으면 장원급제한다.

午方 :　丙午峰이 화성(火星)이면 화재를 입는데, 乾壬봉이 제압하면 도리어 훌륭한 인물이 난다.

丁方 :　丁峰은 수명과 관계가 있다. 또한 丁봉의 정기는 재앙을 막아준다.

未方 :　4고사(四庫砂)가 모두 수려하면 매우 귀한 도학군자가 난다.

坤方 :　坤峰이 높고 아름다우면 여걸이 난다. 그러나 坤方砂가 헌군·흔군·포두사이면 한 이불 안에서 두 남자와 음행(淫行)한다.

申方 :　申峰이 높고 흉하면 도적 떼의 괴수가 난다.

庚方 :　庚酉辛峰이 수려하면 무적의 장군이 난다. 그러나 庚봉이 홀로 높기만 하고 험하면 악당의 괴수가 된다.

酉方 :　酉巽峰이 높고 아름다우면 귀한 지위에 오르고 酉방이 푹 꺼졌으면 전사자가 난다.

辛方 :　巽方처럼 문장과 벼슬을 관장한다. 그러나 辛봉이 수려한 듯하면서도 한쪽으로 기울었으면 풍류탕아가 난다.

戌方 : 辰戌峰이 드높고 마주 있으면 부귀가 난다.

乾方 : 乾峰이 높고 아름다우면 고귀한 인품이요, 낮고 단정해도 벼슬에 나간다.

또한 乾峰이 드높으면 경세의 인물이 나와서 큰 일을 이룬다.

亥方 : 巳亥峰이 높고 아름다우면 높은 벼슬이 난다.

4. 28수(二十八宿)방위의 길흉

성수(星宿)는 365와 1/4도에 벌려 있으나 반은 지상에서 볼 수 있고, 반은 지상에서 볼 수가 없다. 따라서 어느 시점에나 같은 위치에 있는 북두칠성과 같은 정위(定位)의 별이 있는가 하면 동지에는 초저녁에 실성(室星)이고 새벽녘에는 진성(軫星)인 경우와 같이 윤전(輪轉)하는 역궁(易宮)의 별이 있다.

따라서 여기서는 입수룡을 기준하여 주천성수(周天星宿)의 자리와 그 길흉을 논하고자 한다.

子龍(冬至龍) : 위성(危星)이 午에 자리하고 우선 주천(右旋周天)한다.

癸龍(小寒) : 실성(室星)이 午에 있고 우선 주천한다.

丑龍(大寒) : 벽성(壁星)이 午에 있고 우선 주천한다.

丑艮龍 : 규성(奎星)이 午에 있고 우선 주천한다.

艮龍(立春) : 누성(婁星)이 午에 있고 우선 주천한다.

寅龍(雨水) : 위성(胃星)이 午에 있고 우선 주천한다.

甲龍(驚蟄)：　묘성(昴星)이 午에 있고 우선 주천한다.

卯龍(春分)：　필성(畢星)이 午에 있고 우선 주천한다.

乙龍(淸明)：　자성(觜星)이 午에 있고 우선 주천한다.

辰龍(穀雨)：　삼성(參星)이 午에 있고 우선 주천한다.

辰巽龍：　정성(井星)이 午에 있고 우선 주천한다.

巽龍(立夏)：　귀성(鬼星)이 午에 있고 우선 주천한다.

巳龍(小滿)：　유성(柳星)이 午에 있고 우선 주천한다.

丙龍(亡種)：　성성(星星)이 午에 있고 우선 주천한다.

午龍(夏至)：　장성(張星)이 午에 있고 우선 주천한다.

丁龍(小暑)：　익성(翼星)이 午에 있고 우선 주천한다.

未龍(大暑)：　진성(軫星)이 午에 있고 우선 주천한다.

未坤龍：　각성(角星)이 午에 있고 우선 주천한다.

坤龍(立秋)：　항성(亢星)이 午에 있고 우선 주천한다.

申龍(處暑)：　저성(氐星)이 午에 있고 우선 주천한다.

庚龍(白露)：　방성(房星)이 午에 있고 우선 주천한다.

酉龍(秋分)：　심성(心星)이 午에 있고 우선 주천한다.

辛龍(寒露)：　미성(尾星)이 午에 있고 우선 주천한다.

戌龍(霜降)：　기성(箕星)이 午에 있고 우선 주천한다.

戌乾龍：　두성(斗星)이 午에 있고 우선 주천한다.

乾龍(立冬)：　우성(牛星)이 午에 있고 우선 주천한다.

亥龍(小雪)：　여성(女星)이 午에 있고 우선 주천한다.

壬龍(大雪)：　허성(虛星)이 午에 있고 우선 주천한다.

예를 들어 설명하면 다음과 같다.

癸입수룡의 경우, 癸는 소한룡이니 실성(室星)이 午에 있어 우선함으로 24방위에 윤포(輪布)하면 아래와 같다.

벽성 午, 규성 巳, 누성 巽, 위성 巽辰, 묘성 辰, 필성 乙, 각성 卯, 삼성 甲, 정성 寅, 귀성 艮, 유성 艮丑, 성성 丑, 장성 癸, 익성 子, 진성 壬, 각성 亥, 항성 乾, 저성 乾戌, 방성 戌, 심성 辛, 미성 酉, 기성 庚, 두성 申, 우성 坤, 여성 坤未, 허성 未, 위성 丁으로 윤포된다.

여기서 별은 28성인데 방위는 24방위이므로 辰戌丑未 방위만은 1궁에 2개 성(星)이 병림(幷臨)한다는 점에 유의해야 한다. (正位와는 다르다.)

각 별의 길흉을 판단하면 아래와 같다.

子입수룡이면 동지룡이다.

위성(危星) : 午방에 있다. 午봉이 아름답고 세 봉우리가 연이어 있으면 진위성(眞危星＝月星)이니 정승이 나고 봉우리가 하나면 그 분야의 지방관이 나는데 그 해는 壬年이다. 이는 위성의 정방위가 壬方이기 때문이다. 여기서 어느 壬年이냐 하는 것은 午봉과 혈장의 거리와 크기를 참작한다.

午봉이 지나치게 높으면 화재가 난다. 이는 위성의 오행이 火이기 때문이다. 반대로 매우 허약하면 일찍 죽는다.

실성(室星) : 丙방에 있다. 丙봉이 기이하게 생겼으면 경호직을 맡게 되고 한 봉우리가 빼어나면 그 분야의 지방관이 나는데 亥

年에 발음(發蔭)한다. 丙봉이 고압적인 모습이면 물에 빠져 죽거나 전기사고로 죽는다. 또 허하면 짐승에게 물려죽고 저두석(猪頭石)이 있으면 나병환자가 난다.

벽성(壁星) : 巳방에 있다. 巳峰이 빼어나고 아름다우면 문관이 난다. 그러나 지나치게 높으면 전기사고가 있고 허하면 맹수의 화가 있다. 亥年에 응험한다.

규성(奎星) : 巽방에 있다. 巽峰이 아름다우면 어사가 난다. 그러나 지나치게 높으면 압사하거나 목을 매고 죽는 화가 있다. 또 허하면 맹수의 화가 있으며 낭사(狼砂)면 악한 자손을 두게 된다. 대개 戌年에 응험한다.

누성(婁星) : 辰巽間방에 있다. 辰巽간에 3봉이면 장상이 난다. 몹시 높은 것은 화가 없으나 허하면 미친 개에게 물려 미치는 자손이 있게 된다. 戌年에 응험한다.

위성(胃星) : 辰방에 있다. 辰봉이 아름다우면 문관이 나고 높은 것은 무방하나 허하면 장사꾼이 난다. 때는 辛年에 응한다.

묘성(昴星) : 乙방에 있다. 乙봉이 7개 연이어 있으면 백의 재상(白衣宰相)으로 불리는 큰 학자를 배출한다. 봉우리가 하나로 아름다우면 임금 옆에서 벼슬하는 관리를 배출하고 허하면 간사하여 나라를 망치는 요물이 난다. 酉年에 응험한다.

필성(畢星) : 卯방에 있다. 卯봉이 아름다우면 장수가 나고, 금오사(金烏砂)면 효자가 난다. 허하면 물로 인해 패가한다. 음험은 庚年에 일어난다.

자성(觜星) : 甲방에 있다. 甲봉이 아름다우면 종교 지도자가 난다. 그러나 지나치게 높으면 화재가 있고 허하면 장사꾼이 난다. 때는 申年에 응험한다.

삼성(参星) : 寅방에 있다. 寅봉이 기특하면 충효인이 나고 지나치게 높으면 사형수가 나오게 되며 허하면 물로 인한 재액이 온다. 그 때는 申年이다.

정성(井星) : 艮방에 있다. 艮봉이 아름다우면 공을 세우는 인물이 난다. 그러나 지나치게 높으면 가난으로 망하고 허하면 물과 불의 환란을 만난다. 未년에 그런 일이 있다.

귀성(鬼星) : 丑艮방 사이에 있다. 丑艮봉이 아름다우면 뛰어난 의사나 명안의 지사(地師)가 나고 지나치게 높으면 변사하나 허하면 무방하다. 未年에 응험한다.

유성(柳星) : 丑방에 있다. 丑봉이 기특하면 어진 선비가 나고 매우 높은 것은 무방하나 허하면 안방에 괴변이 생긴다. 그 해는 丁年이다.

성성(星星) : 癸방에 있다. 癸봉이 아름다우면 후비(后妃)와 어진 선비가 나고 매우 높은 것은 무방하나 허하면 낙사(落死)하고 천마사(天馬砂)면 공후(公侯)가 난다. 그 때는 午年이다.

장성(張星) : 子방에 있다. 子방의 후룡이 아름답고 6봉이면 어사와 나라를 구하는 충신이 나고 몹시 높은 것은 무방하나 허하면 후손이 끊어진다. 丙年에 응험한다.

익성(翼星) : 壬방에 있다. 壬봉이 아름다우면 도사가 나고 높은 것은 무방하나 허하면 화재나 유랑의 재앙이 있다. 특히 사두사(蛇頭砂)면 간질병자가 난다. 巳年에 응험한다.

진성(軫星) : 亥방에 있다. 亥방에 4봉우리가 있으면 교통부장관이 나고 높은 것은 무방하나 허하면 무덤 속에 지렁이가 가득하다. 구인사(蚯蚓砂)면 음악인이 나는데 巳年에 응험한다.

각성(角星) : 乾방에 자리한다. 乾방에 2개의 봉이 있으면 정승이 나고 몹시 높으면 병권(兵權)을 잡고 허하면 도적떼의 우두머리가 되어 집안이 망하게 된다. 辛·辰年에 응험한다(辛은 巽에 納干하기 때문이다).

항성(亢星) : 戌乾방 사이에 위치한다. 戌乾 사이에 있는 봉우리가 4중으로 되어 있으면 대통령비서실의 보좌관이 난다. 봉우리가 몹시 높으면 성품이 지나치게 강하고 허하면 병고를 만난다. 辰年에 응험한다.

저성(氐星) : 戌방에 위치한다. 戌봉이 삼태봉을 이루면 검찰총장이 나고 몹시 높은 것은 무방하나 허하면 전쟁터에서 죽는다. 乙年에 발음한다.

방성(房星) : 辛방에 있다. 辛봉이 삼태를 이루면 정치인이 나고 몹시 높으면 딸자식이 많고 허하면 음란한 후손을 본다. 효험은 卯年에 난다.

심성(心星) : 酉방에 있다. 酉방이 삼태를 이루면 7명이 동시에 고시에 합격하고 허하면 여우 같은 여인으로 패가한다. 甲年에 효험이 난다.

미성(尾星) : 庚방에 있다. 庚방에 9봉이 있으면 왕후가 나고 몹시 높으면 화재 또는 맹수의 화를 당하게 된다. 또 허하면 도적으로 망한다. 때는 寅年에 시작된다.

기성(箕星) : 申방에 있다. 申봉이 작대(作臺)를 이루면 시립교향악단의 단장이 나고 몹시 높으면 자주 송사가 있다. 허하면 수재(水災)를 만난다. 때는 寅年에 응한다.

두성(斗星) : 坤방에 있다. 坤방에 6봉이 있으면 정승이 나고 몹시 높으면 맹수의 화를 만난다. 허하면 수·화의 재난이 따른다. 丙·丑年에 응험한다(丙은 艮에 納干).

우성(牛星) : 坤未방 사이에 있다. 그 방위의 봉우리가 아름다우면 국부(國富)가 나고 몹시 높으면 종교지도자가 나며 허하면 걸식하는 일이 생긴다. 때는 丑年이다.

여성(女星) : 未방에 있다. 未방의 봉우리가 아름다우면 여인으로 인하여 집안이 일어나고 몹시 높으면 꽃을 탐하다가 집안이 망하는 수가 있다. 허하면 홀아비가 생긴다. 때는 癸年에 일어난다.

허성(虛星) : 丁방에 자리한다. 丁봉이 기이하면 정승이 나고 몹시 높은 것은 무방하나 허하면 초상이 계속난다. 때는 子年에 일어난다.

이상으로 子룡에 대한 성수(星宿)의 길흉을 설명했다. 28수의 성리(性理)와 성수의 정궁(定宮) 및 역궁(易宮)과 금수상식법(禽獸相食法＝28수의 상호관계) 등을 추구하면 이치를 알게 된다. 먼저 24방위에 별자리를 배포하여 각 별의 성리와 상호관계를 검토하고 사수(砂水)의 형세를 분석하면 다른 용들도 추리가 가능할 것이므로 다른 예는 생략한다.

제3절 팔괘변요법(八卦變曜法)

수사(收砂)에는 자미악(紫微岳)괘를 쓴다. 이를 알기 쉽게 변요(變曜)하자면, 혈향을 기준으로 문(文)·녹(祿)·거(巨)·탐(貪)·보(輔)·파(破)·무(武)·염(廉)의 순서이다. 길흉을 말하자면 다음과 같다.

문곡(文曲) : 홀아비, 과부가 난다.

녹존(祿存) : 자손이 많지 않다.

거문(巨門) : 문과 급제자가 난다.

탐랑(貪狼) : 무과 급제자가 난다.

보필(輔弼) : 관재구설이 있게 된다.

파군(破軍) : 횡사한다.

무곡(武曲) : 무관이 난다.

염정(廉貞) : 병고가 그치지 않는다.

제6장
수수(收水)

물은 지어미요, 산은 지아비다. 납수(納水)는 부부가 서로 가까이 있는 것과 같이 산과 물이 서로 교구하여야 길한 것은 재론할 필요도 없다.

양균송은 "수사정병(水似精兵)하야 진퇴(進退)는 유장(由將)"이라고 하였다. 이 말은 물이 비록 중요한 것이기는 하나 역시 용·혈을 보조하는 요소일 뿐이지, 물 자체가 주장(主將)이 될 수는 없다는 이론이다. 풍수학에서는 용·혈이 주된 것임을 잊어서는 안 된다.

수법은 각기각설이라 어느 법이 옳은 것인지는 판단하기가 쉽지 않다.

첫째, 반침부동(盤針不同)이니, 3반 중 어느 것을 써야 옳으냐 하는 것이다. 이 문제에 관해서 혹자는 천반(天盤) 혹자는 지반

(地盤) 혹자는 인반(人盤) 등 각각 다르게 주장하고 있다.

둘째, 주산부동(主山不同)이니, 용을 기준으로 하느냐 혹은 좌를 기준으로 하느냐 혹은 향상(向上)을 기준으로 하느냐의 문제다.

셋째, 오행부동(五行不同)이니, 정오행을 쓰느냐 혹은 홍범오행·쌍산오행·현공오행·성수(星宿)오행(＝칠정오행) 등을 쓰느냐에 관해 설이 각각 다르다.

넷째, 음양부동(陰陽不同)이니, 정음정양을 주장하는 설, 진음진양(眞陰眞陽)을 주장하는 설이 있다.

다섯째, 생왕부동(生旺不同)이니, 물의 좌·우선에 관계없이 생왕쇠병(生旺衰病)을 붙인다는 설과 좌·우선을 가려서 순역을 달리한다는 설이 있다.

여섯째, 지간부동(支干不同)이니, 물의 오고 감이 간위(干位)여야 길하다는 설, 혹은 간지(干支) 모두 무관하다는 설이 있다.

일곱째, 생극출입(生克出入) 부동(不同)이니, 생입극입(生入克入)은 길하고 생출극출(生出克出)은 흉하다는 설과 생입극출(生入克出)이 길하고 극입생출(克入生出)은 흉하다는 설 등이 있다.

이 밖에도 녹마부동(祿馬不同)·보수부동(步數不同)·성도부동(星度不同) 등이 있어서 준거가 혼란스럽다.

제1절 수수의 원칙

1. 득파(得破)

첫째, 내득파(內得破)에서 내득은 내용호(內龍虎) 안에서 과당수의 시견수처(始見水處)이다. 혹 평상시에는 물의 흐름이 없다(=乾流)하더라도 소명당에 앉아서 보이는 시견수처가 득이 되는 것이다. 내파는 소명당에 앉아서 흘러가는 곳이 보이지 않거나(보통 용호의 끝) 또는 내당수가 외당수와 합하는 곳이 된다.

그러나 천성이기에서 주로 논하는 득과 파는 판의 과당수(過堂水)를 기준으로 하되 큰 물을 중요하게 본다. 즉 용호가 겹겹인 경우에 같은 내당수라도 큰 골짜기의 물로서 득파를 본다는 말이다.(득파 판별도 참조.)

둘째, 하반침처는 묘의 소명당 중심이다.

셋째, 배룡수(配龍水)의 오고 가는 방위를 측정할 때, 나경(羅經)을 놓는 곳은 물 가운데이다. 보다 자세하게 설명하면 계간수는 계간 중앙선상에서, 전당수(田塘水)는 깊은 곳의 물 흐름을 따라서 잰다. 큰 강이나 하천은 중류에, 넓은 들판에서는 물이 가장 깊게 흘러가는 곳에서 잰다. 그리고 매 곡절처마다 재야 한다.

내룡(來龍)과 배합(配合)함을 길(吉)로 본다.

넷째, 물의 내거(來去)가 곧 득파이다. 물은 용·혈의 섭생에 필요한 양식과 같은 것이어서 득수처는 음식을 섭취하는 입에 비

유되며, 파구는 찌꺼기인 노폐물을 배설하는 하문(下門)에 비유
되어 일명 파정처(破精處)라고도 한다.

따라서 사람이 음식으로만 양생이 부족하면 약으로 보양하듯이
물의 내거(來去)도 사람의 힘으로 어느 정도까지는 고칠 수가 있
다.

2. 원칙

납수(納水)의 요체는 수산출살(收山出殺)이다.

수산이란 입수룡과 향수(向水＝向과 得)가 정음정양으로 순일
부잡(純一不雜)함을 말한다. 출살이란 합득일가오행(合得一家五
行)이 근본이다. 납기법으로는 납갑(納甲)을 쓰고 종기법(從氣
法)으로는 쌍산일가(雙山一家)를 쓰며 화기법(化氣法)으로는 화
기교합(化氣交合 예 : 乙庚丙辛)을 쓰는 것이다.

여기서 합득 일가오행이란 용어를 명심해야 한다.

이상 몇 가지 출살법 중에 어느 방법도 적용할 수 없을 경우에
는 또 다른 차배승기(借配乘氣)의 법을 적용할 수 있다.

다음은 앞에서 말한 여러 학파의 서로 다른 설에 대해 정리해
본다.

첫째, 반침은 수납의 방법에 따라 정침을 쓸 경우가 있고 천
반·인반을 쓰는 경우가 있다.

득파 판별도

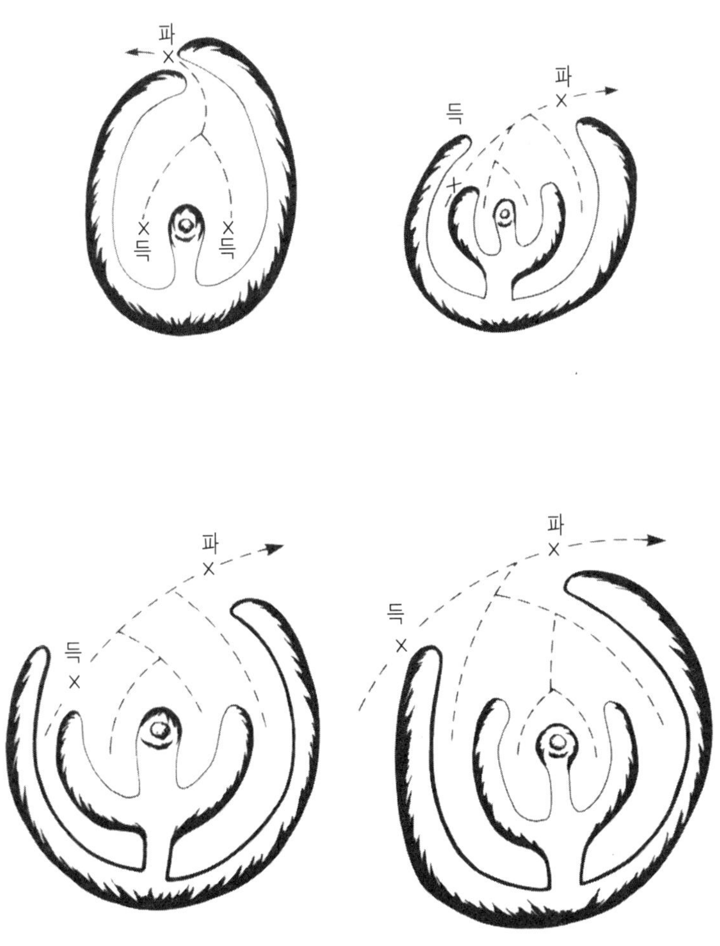

둘째, 주산부동(主山不同)은 좌상(坐上)을 주로 한다. 그 다음에 입수·향상(向上)의 순이다. 좀더 알기 쉽게 설명하면 입수룡으로 배합을 정하고 좌상에서 길흉을 변화시킨다. 득파는 길흉지문(吉凶之門)일 뿐 용의 생사와는 무관하기 때문이다(坐得一家).

셋째, 오행부동(五行不同)은 합득일가 오행이면 가하다.

넷째, 음양부동은 진음진양이 대원칙이다. 혈좌가 양이면 양위(陽位)로 납수하고 입수룡이 음이면 음위(陰位)로 납수함이 원칙이다. 산수가 음양순청(陰陽純淸)하면 오행의 생극을 꺼리지 않는다.

다섯째, 생왕부동은 오는 물은 생왕방(生旺方)을 좋아하고, 나가는 물은 쇠절방(衰絶方)을 좋아하는 것이 원칙이다. 물의 왕쇠(旺衰)는 혈장에서 보이는 범위에 국한한다. 납수의 방법에 따라서 음양을 가려서 기포순역(起胞順逆)의 구별이 있기도 하고 오로지 양포태만을 쓰는 경우도 있다.

여섯째, 간지부동(干支不同)의 경우, 물의 내거는 4정(四正)과 4유8간(四維八干)을 좋아하고 지지에 속한 것을 꺼린다. 그러나 지지라 하더라도 청탁(淸濁)의 차이가 있을 뿐이지 사용하지 않는 것은 아니다.

일곱째, 생극부동(生克不同)은 향상수수(向上收水)의 원칙을 따른다. 현공오행으로 오는 물이 향을 생입극입(生入克入)하면 진신(進神)이고 나가는 물이 향에서 생출극출(生出克出)하면 퇴신(退神)이다.

황천수가 생극과 관계가 깊다는 점을 유념해야 할 것이다.

제2절 광전절수법(壙前折水法)

1. 광전절수의 원칙

천지 자연은 용과 물이 합법한 곳은 적고 서로 맞지 않는 곳이 대부분이다. 그러므로 용진혈적(龍眞穴的)한데 물이 법도에 맞지 않는 곳에서는 인력으로 재성(裁成)하여 추길피흉하는 법이다. 이 법 중의 하나를 광전절수라 한다. 원훈수(圓暈水)가 화복과 가장 깊은 관계가 있으므로 절수법은 원훈수에 한함이 보통이다.

첫째. 원훈수가 내달리면 이를 막도록 보완하고 곧장 나가면 굴곡이 되도록 물길을 고쳐야 한다. 또 원훈수가 흉방(凶方)으로 나가면 길방(吉方)으로 흐르도록 고쳐야 한다.

둘째. 양수는 乾·甲·坤·乙·壬·癸의 6방위, 음수는 艮·丙·巽·辛·丁·庚의 6방위만을 택하는 것이 좋다.

셋째. 수수법상(收水法上)의 길방위를 택한다.

넷째. 2도(二道)가 상합하여야 길(吉)이다. 2도란 명당(明堂) 대수(大水)인 누도(漏道)와 혈전 절수인 식도(息道)를 말하며 이 2도가 상합하여야 길하다. 2도는 서로 역(水來左하면 折水口가 向左)이어야 한다.

다섯째. 매절처(每折處)는 기어가는 뱀처럼 완만하게 구부러져야 길하다. 목수들이 쓰는 곡척처럼 각이 뚜렷하면 흉이다.

2. 절수(折水)의 길흉 판별법

여기서 파는 소명당의 출구인 장구(葬口)를 말한다.

(1) 乾甲坐

길파(吉破)면 부귀하여 자손이 크게 번창하고 남녀의 머리가 영리하다. 흉파(凶破)면 이혼·상처하고 안질환·맹인이 태어나고 자손이 사망하기도 한다.

특히 甲破는 장자가 사망하고, 여자는 간사하며 객지에서 굶어 죽기도 한다.

① 坤乙破 : 집안이 잘 되고 벼슬길에 나간다. 수부다남(壽富多男)에 5형제를 둔다. 亥卯未年에는 처가의 도움을 받고 또 고향사람의 도움도 크게 받는다. 교관·편집·관세청 등의 벼슬길에 나간다.

② 坎癸申辰破 : 子癸方의 물이 길하고 육합 귀인이 있으니 재산이 풍족하다. 자손이 크게 흥하고 3형제가 장성한다. 남녀 모두 현명한 인물이 난다.

③ 離壬寅戌破 : 자손이 흥왕한다. 午壬이면 두 아들이 청와대에 근무한다. 寅은 벼슬이 나며 戌은 무과의 벼슬에다 고향을 떠난 뒤에 부귀를 누린다. 부부가 화합하고 네 아들이 장성하며 효자도 배출된다. 巳酉丑年月日에 재물을 모은다.

군의 지휘관·외교관·세무직·교육기관 등에서 이름을 얻는다.

④ 乾甲破 : 가정불화에 장자는 죽고 여자는 간사하게 된다. 甲水면 화염이 들고 객사하며 재물을 잃는데, 특히 여름철이 불리하다. 남소녀다(男少女多)에 상처하고 관재·구설이 따른다. 특히 亥卯未年에 금·은 등 패물의 손해를 본다.

⑤ 震庚亥未破 : 안질·병사·풍병·화재를 만난다. 庚破면 여자가 화재나 낙상으로 팔다리가 불구가 되고, 장남은 물로 인해 패가망신한다. 간혹 초년에 축재하는 수도 있으나 申子辰年에 축재하면 상처·이혼·풍질·신경통·관재·도난 등이 생긴다.

⑥ 巽辛破 : 천을귀인, 문창이므로 장상(將相)이 나온다. 문무에 재주꾼이 나오나 상처·호색·절손의 위험도 따른다. 재산은 모을 수 있다. 시신에 목염이 든다. 申子辰年에 재수가 있다. 辛破라면 약사·간호사·세무사 연구직이 합당하다.

⑦ 兌丁巳丑破 : 두 아들이 다리를 전다. 음란하고 주색잡기에 풍병·벙어리·간장병·신경통·낙태 등으로 후손이 없는 경우가 허다. 丑破면 주색으로 패가한다.

⑧ 艮丙破 : 장남과 중남이 패가하나 고향을 떠나면 성공하기도 한다. 승려나 걸인이 배출되기도 한다. 艮破는 열병, 丙破는 빈궁·객사한다.

(2) 坤乙坐

길파(吉破)면 윗사람의 도움으로 감사·군수 등 공무원과 정치인을 배출한다. 흉파(凶破)면 장남이 불행하고 안질·천질·객사의 화가 끊이지 않는다.

① 乾甲破 : 장남이 부자가 되고 장수한다. 甲破면 먼저 부자가 되고 뒤에 귀하게 된다. 세 아들이 벼슬을 하며 부 또한 겸비한다. 亥卯未년월일에 이득이 많다. 감사직·외교관·군인·지방수령 등이 유리하다.

② 離壬寅戌破 : 큰 부자가 나고 자손들이 고향을 떠나 성공한다. 申子辰年이 유리하다.

③ 坎癸申辰破 : 세 아들이 부귀를 누리고 자손이 창성하며 무과에 장원급제한다. 申破가 제일 좋다. 巳酉丑年이 유리하다.

④ 坤乙破 : 여자가 음란하다. 후손이 화재를 입고 장자는 사망한다. 상부·상처·아사의 횡액이 있다. 辰戌丑未月이 불리하다.

⑤ 震庚亥未破 : 공후장상이 나며 종교지도자와 장군도 배출한다. 과부·낙태 등의 흉사도 있다. 庚破면 문인의 벼슬과 큰 부자가 동시에 난다. 그러나 목염이 든다. 또한 산액(産厄)·화재·도난·관재·구설·불화가 있고 병으로 재산을 탕진한다.

⑥ 巽辛破 : 장남과 장녀가 고독해지고 여자는 외간 남자와 정을 통하고 도망한다. 초년에 혹 축재하는 수가 있으나 오래 가지 못한다. 신경통·풍질로 사망하고 관재·구설이 많다. 申子辰年에 손해가 있다.

⑦ 兌丁巳丑破 : 酉方水는 막내아들과 막내딸이 음란하고 병으로 고생하며 빈곤하게 된다.

⑧ 艮丙破 : 애꾸눈이 태어나고 천재지변으로 객사하는 등 좋은 일이 전혀 없다.

(3) 震庚亥未坐

길파(吉破)면 신동이 나서 문과 급제한다. 악기·철물·해물장사가 유리하다. 흉파(凶破)면 화재·병고·형액(刑厄)·이혼, 처의 간부가 본남편을 살해하는 극흉의 일이 생긴다.

① 巽辛破 : 문장·명필이 끊이지 않는다. 수부다남자(壽富多男子)에 일품 재상격이다. 다섯 아들 중 셋째 아들이 부귀를 두루 갖춘다. 亥卯未年이 유리하다.

② 兌丁巳丑破 : 신동(神童)과 소년 급제자가 난다. 유년이 유리하다. 네 아들이 장성한다. 간혹 무당이 생기고 丁破는 혈식군자(血食君子)가 나고 후손이 없다.

③ 艮丙破 : 자손이 부귀하고 부동산을 많이 모은다. 세 아들이 장성한다. 申子辰年이 유리하다.

④ 乾甲破 : 맏아들이 사망하고 상부상처(喪夫喪妻)한다.

⑤ 坤乙破 : 자살하거나 물에 빠져 죽는 등의 흉한 일이 있은 후에 장상(將相)이 나며 빈곤한 후에 부귀가 난다. 반길반흉(半吉半凶)이라고 하겠다.

⑥ 坎癸申辰破 : 낙태·질병·패륜·형액(刑厄)·암 등이 빈번하며 후손이 없어 제사가 끊기는 일이 많다.

⑦ 離壬寅戌破 : 亥坐에 戌破나 辛方에 검사(劍砂)가 있으면 간부(姦夫)가 본남편을 살해한다. 화재·화상·안질·열병·산액(産厄)·형액 등으로 패가(敗家)한다.

⑧ 震庚亥未破 : 장남은 빈궁하고 다리가 병신이 된다. 열병·

맹인·농아·언청이 등이 많이 나고 정신이상·두통 등으로 급살
(急殺)한다.

(4) 巽辛坐

길파면 수부다남(壽富多男)에 임금을 만난다. 내외가 같은 庚
破면 문무가 겸전하고 卯破면 문무가 대대로 이어진다. 흉파면
이혼·상처·객사가 있다.

① 震庚亥未破 : 가운데 아들이 가장 길한 운을 받는다. 부귀
다남자에 임금을 만난다. 내외 자손에게 두루 좋은 일이 생긴다.
5형제 중 셋째 아들이 귀하게 된다.

② 兌丁巳丑破 : 자손이 크게 번창하고 융성하게 되나 셋째 아
들은 후손이 없게 된다.

③ 艮丙파 : 부귀영화를 누리고 화목·장수하며 넷째 아들이
특히 번창한다.

④ 巽辛破 : 장남이 사망한다. 남자는 적고 여자가 많다. 상
처·빈궁을 면키 어렵다.

⑤ 乾甲破 : 상처(喪妻) 수가 있다. 문무장상에 효자·충신이
난다. 목염(木廉)과 수염(水廉)이 든다. 처음에는 길하나 나중에
는 패한다. 申子辰年이 유리하다.

⑥ 坤乙破 : 장남이 도적이 된다. 남녀가 주색잡기에 빠지며
관재환란(官災患亂)으로 패가한다.

⑦ 坎癸申辰破 : 장남은 고향을 떠나 교도소에서 죽고, 가운데

아들은 도적으로 패가망신한다. 결국은 절손(絕孫)의 땅이다.

⑧ 離壬寅戌破 : 화재로 패가한다. 장자는 일찍 죽고 과부는 자살한다. 혹 짐승에게 화를 당하는 수도 있다.

(5) 兌丁巳丑坐

길파면 부자와 효부·효자가 난다. 흉파면 간병으로 죽는다.

① 艮丙破 : 수부다남(壽富多男)에 문무겸전이다. 다섯 아들이 장성하지만 특히 막내가 귀하게 된다. 亥卯未年에 부귀 겸전한다.

② 震庚亥未破 : 둘째 아들이 크게 길하게 된다. 재수 대통에 충효가 난다. 네 아들이 장성하여 巳酉丑年에 복을 받는다.

③ 巽辛破 : 남녀의 의식이 풍부하고 장자가 발복 치부한다. 초년에 부귀를 누리나 오래 가면 질병과 고독이 따른다.

④ 乾甲破 : 고독·객사·빈궁하게 된다.

⑤ 坤乙破 : 상처(喪妻)·빈궁에 정신적 고통이 심하다.

⑥ 坎癸申辰破 : 子癸방의 물이면 화재를 당한 후에 발복한다. 수염·화염이 들고 길흉이 상반하며 흉한 병액이 있다.

⑦ 離壬寅戌破 : 화재·형액·음란·도박이 따른다. 戌破면 물에 빠져 죽고 壬破면 음란으로 죽는다.

⑧ 兌丁巳丑破 : 酉方의 물은 열병·풍병에 장자가 후손 없이 사망해 서자가 제사를 받들게 된다.

(6) 艮丙坐

길파는 큰 부자와 군자가 나고 고향을 떠나 성공하며, 소년 등과한다. 특히 큰아들에게 좋다. 흉파면 여자가 산망(産亡)하거나 자살하며 맏이의 처가 음란으로 도망간다.

① 兌丁巳丑破 : 자손이 고향을 떠나 수부다남(壽富多男)한다. 다섯 아들 중 셋째 아들이 부귀 겸전한다. 亥卯未年이 좋다.

② 震庚亥未破 : 물의 근원이 길면 백자천손에 거부가 나고 충효 자손이 끊이지 않는다. 세 아들이 장성하여 초년에 복을 받는다.

③ 巽辛破 : 양잠·의복으로 치부한다. 巳酉丑年이 좋다.

④ 乾甲破 : 남녀가 단명한다. 寅午戌年에 관재·구설이 따른다.

⑤ 坤乙破 : 산망 또는 여자가 자살하거나 정신이상에 걸린다.

⑥ 坎癸申辰破 : 자손이 모두 종교인으로 출가한다. 그렇지 않으면 형액·살상·안맹·정신이상으로 후손 없이 사망한다.

⑦ 離壬寅戌破 : 장군이 많이 나지만 맹인과 상처하는 후손이 나는 경우가 있다. 亥卯未年이 불리하고 申子辰年이 유리하다.

⑧ 艮丙破 : 질병으로 재산 탕진하고 장자가 사망한다. 남아는 적고 여자는 많으며 가정은 보전하나 상처한다. 자손이 근근이 대를 이어간다.

(7) 坎癸申辰坐

① 離壬寅戌破 : 백자천손에 거부가 난다. 亥卯未年이 유리하다. 戌破면 부귀영화를 누린다.

② 乾甲破 : 자수성가하고 자손이 많으며 현명한 인물이 배출된다. 申子辰年에 벼슬이 나는데 午酉亥月이 길하다. 특히 甲방위의 물이면 자수성가하여 부자가 된다.

③ 坤乙破 : 네 아들이 장성하여 부귀영화를 누린다. 무인(武人)도 간간이 배출된다. 巳酉丑年이 좋다.

④ 坎癸申辰破 : 중남이 방탕하여 객사하고 술로 패가한다. 辰破면 음란·형벌·화재요, 癸破면 장남이 물에서 죽는다.

⑤ 震庚亥未破 : 장남은 안맹(眼盲)이거나 곤고하여 상처하고 중남은 후손이 없다. 상처·낙태의 재앙이 있다.

⑥ 巽辛破 : 장남의 첩이 패가하고 구걸하게 된다. 巳酉丑年에 주의하라.

⑦ 兌丁巳丑破 : 귀(貴)는 있으나 주색으로 병을 얻는다. 상처·축첩·형액·패륜·풍병·산액(産厄)이 있다. 그러나 문장재사·효자·충신이 나기도 한다.

⑧ 艮丙破 : 병액으로 패가한다. 申子辰年이 불리하다.

(8) 離壬寅戌坐
壬은 요사(夭死)·호색·과주라.

① 巽辛破 : 장자가 망한다. 주색으로 패가한다. 위병, 남녀가 요절한다.

② 震庚亥未破 : 화재·형액·패륜·음란·빈궁이 따른다.

③ 兌丁巳丑破 : 낙태·화상·낙상·주사가 있고 부녀가 요절한다. 셋째 아들은 후손이 없게 된다.

④ 艮丙破 : 정신이상자나 종교인을 배출하거나 화재가 따른다. 패가하나 丙破면 공후장상(公侯將相)과 부마가 나기도 한다.

⑤ 乾甲破 : 자손이 매우 흥한다.

⑥ 坤乙破 : 고향을 떠나 큰 부자가 된다.

⑦ 坎癸申辰破 : 백자 천손으로 가계가 번성한다.

⑧ 離壬寅戌破 : 화재·심장병·폐병이 따른다. 午破면 가운데 아들이 화재로 죽는다.

위에서 설명한 법은 묘의 중심처에서 하반침하고 혈좌 대(對)물 빠져나가는 곳(=葬口)을 보고 판단한다. 장사 후 대개 15년 정도의 길흉에 참고할 만하다.

총괄적인 것을 요약하여 설명하면 다음과 같다.

나경의 반침은 지반정침과 천반봉침을 함께 쓴다.

寅午戌은 심장/申子辰은 신장/巳酉丑은 폐/亥卯未는 간장/巽辛은 다리/震庚亥未는 발에 각각 배정한다.

乾甲은 머리와 뇌/坤乙은 배/離壬은 눈/兌丁은 입/艮丙은 소장에 속하며 손[手]을 뜻한다.

24방위는 각각 다음과 같이 배정한다.

子는 생식기 / 癸는 콩팥 / 丑은 위장, 소화불량 / 艮은 손가락 / 寅은 허리와 심장 / 甲은 머리 / 卯는 눈(백내장 녹내장 등, 실명) / 乙은 쓸개(담석증 등) / 辰은 피(빈혈, 백혈병 등) / 巽은 다리, 무릎 / 巳는 간(간암, 간경화 등)과 발 / 丙은 어깨, 소장 / 午는 시력, 눈 / 丁은 치아 / 未는 당뇨병, 신경성 질환 / 坤은 복부 / 申은 신장질환 / 庚은 대장, 맹장 / 酉는 폐암, 폐병 등 / 辛은 발목, 발가락 / 戌은 항문, 치질, 심장 / 乾은 머리, 뇌, 신경 / 亥는 뇌신경 계통 / 壬은 장딴지

예를 들면 巳坐에 亥卯未方으로 물이 나가면 巳는 간이요, 亥卯未도 간이라 간이 나쁘다는 판단을 하게 된다. 간출혈 등의 병이 巳酉丑月日에 발생한다고 판단한다.

제3절 괘기법(卦氣法)

입향의 방법과 같다. 향(向) 대신 득(得)을 보면 된다. 여기서 산은 혈좌(입수의 경우도 있지만)를 말한다.

① 정음정양 : 양산(陽山)은 양수래(陽水來)하고 음산(陰山)은 음수래(陰水來)를 좋아한다.
② 간괘상납 : 乾산에 甲득수, 坤산에 乙득수의 예
③ 선천대대 : 乾甲산이 坤乙득수의 예

④ 후천합십 : 坎癸산이 離壬득수의 예

⑤ 하도생성법 : 甲산이 乙득수, 丙산이 丁득수의 예

⑥ 낙서생성의 법 : 乾산이 坎득수, 艮산이 震득수의 예

⑦ 괘지자모(卦之子母) : 한 괘의 납갑된 것이 득수면 좋고 파는 안좋다. 예컨대 乾입수에 甲득수가 되는 것은 좋으나, 甲으로 파가 되는 것은 흉이다. 坤산은 乙득수는 좋으나 乙파는 꺼린다.

⑧ 괘지삼합(卦之三合) : 예컨대 卯입수는 亥未득이 길하고 坎입수는 申辰파가 흉이다.(삼합이 용좌와 득으로 만나는 것은 길하고, 용과 파, 좌와 파가 삼합이면 흉하다.)

⑨ 선천대대(先天待對) 불가상파(不可相破) : 乾甲좌에 坤乙파가 되는 경우의 예

⑩ 상소국(相消局) : 상소라고 하는 것은 선천팔괘가 좌선으로 점장(漸長)하고 우선으로 점소(漸消)하는 것을 말한다. 예컨대 乾이 兌를 보면 건소태(乾消兌)가 되고 震이 坤을 보면 진소곤(震消坤)이 된다. 坎과 離는 소(消)가 없다.

수수(收水)에서 용좌 소파(龍坐消破)는 길하고 파구소용좌(破口消龍坐)는 흉이다. 예를 들면 震룡 坤파는 길하고 坤룡 震파는 흉이다.

이상의 모든 괘기법은 지반정침(地盤正針)을 쓰며 오행생극과는 무관하다.

제4절 보성법(輔星法)

보성수법(輔星水法)은 팔괘변효법인데, 자세히 고찰하면 정음 정양의 법도를 좀더 구체화한 것이다.

1. 변효법(變爻法)

향(向)을 1상 보필괘로 기준하여 2중 무곡, 3하 파군, 4중 염정, 5상 탐랑, 6중 거문, 7하 녹존, 8중 문곡의 순서로 부친다. 乙 向을 예로 들면, 향상곤궁(向上坤宮)에서 기보(起輔), 2중 무곡하니 坎궁이 되며 3하 파군은 兌, 4중 염정은 震, 5상 탐랑은 離, 6중 거문은 乾, 7하 녹존은 巽, 8중 문곡은 艮이 된다.

여기서 탐·거·무·보는 양괘(陽卦)가 되고 파·염·녹·문은 음괘(陰卦)가 되니, 양향(陽向)에서는 양방위가 길방(吉方)이 되는 법이다.

2. 물의 길흉

보필수 : 내즉수부귀(來則壽富貴)하고 거즉패재(去則敗財)하며 남요여망(男妖女妄)

무곡수 :　내즉고관(來則高官)이요,　거즉이향혈광사(去則離鄕血
光死)
　　파군수 :　내즉인패(來則人敗)요, 거즉고관근왕(去則高官近王)
　　염정수 :　내즉화앙(來則禍殃)이며　거즉일방부귀(去則一房富貴)
　　탐랑수 :　내즉인정(來則人丁)이요, 거즉인색패가(去則因色敗家)
　　거문수 :　내즉영창(來則榮昌)하고　거즉빈천이향(去則貧賤離鄕)
　　녹존수 :　내즉장방패(來則長房敗)하나　거즉장방부영(去則長房
富榮)
　　문곡수 : 내즉빈궁음행(來則貧窮淫行)하고　거즉쌍태풍재(去則雙
胎豊財)

앞 절의 괘기상납과 이 절의 보성수법은 수수(收水)의 중요한
핵이니 깊이 분석하여 체득하는 것이 좋다.

제5절 이기오행 사대국법(理氣五行 四大局法)

제4장 입향 제3절에서 자세히 설명했다.
이를 보다 간략히 정리하면 다음과 같다.

　　사포(四胞)좌향 :　좌수도우(左水到右)하면 문파(文破)
　　　　　　　　　　　우수도좌(右水到左)하면 고파(庫破)
　　사정(四正)좌향 :　좌수도우하면 고파
　　　　　　　　　　　우수도좌하면 문파

사묘(四墓)좌향 : 우수도좌하고 좌수도우하여

　　　　　　　　　양수(兩水)가 태파(胎破)하면 합법이다.

1. 선천수구법과 후천수구법

수법에는 선천수법과 후천수법이 있다. 후천수법은 묘고출수
(墓庫出水)이고 선천수법은 문고출수(文庫出水)를 말한다. 후천
묘고에는 정고(正庫)와 차고(借庫)가 있고 선천문고에는 정문(正
文)과 차문(借文)이 있어서 이를 4대 수구라 하는 것이다.

묘고에는 절포양궁(絶胞兩宮)을 겸하니 6위가 되고, 문고에는
대(帶) 1궁을 겸하니 4위가 된다. 양묘(兩墓) 12위와 양문(兩文)
6위를 합하여 18門이 된다. 따라서 매 1간기(干氣)에는 4대 수구
18위 수문이 있게 된다.

예를 들면 병화기(丙火氣)는 戌로 나가는 것이 정묘고(正墓庫)
요, 未로 나가면 차묘고(借墓庫)이다. 卯로 나가면 정문고요, 巳
로 나가면 차문고이다(祿宮이라는 데 주의). 정묘고에는 묘절태
(墓絶胎)이니 모두 6 수문이고, 차묘고는 쇠병사(衰病死)이니 모
두 6 수문이다. 정문고에는 욕대(浴帶) 2위인데 대궁은 차문고의
대궁과 동일궁인 고로 6 수문이다. 이를 합하면 18개의 수문이
된다.

4대 수구법에서 각별히 유념할 것은 입향소납(立向消納)이라
는 점이다(向上 5행의 생·왕·녹·파는 불가). 그리고 좌상(坐

上)의 선천수법은 향상의 후천수법이 되고 향상의 선천수법은 좌상의 후천수법이 된다.

그러나 子좌 午향일 경우, 酉戌로 물이 나가면 좌상 선천이자 향상 후천이다. 卯辰으로 물이 나가면 향상 선천이자 좌상 후천이다.

그러나 艮寅으로 물이 나갈 경우에는 좌상 후천이 되나 향상으로는 충파생방(沖破生方)이 되어 대흉 패절하게 된다는 것을 깊이 살펴야 한다.

그리고 이기4대국법이라도 괘기법의 원칙에 상반되면 쓸 수가 없는 것이다. 水국이 子좌申득辰파면 坎癸申辰의 모자상파(母子相破)가 되어서 흉한 파국임을 명심해야 한다.

2. 88향에 대한 소고(小考)

앞에서 설명한 간기(干氣) 4대 국법(4대 수구 18문)의 변용으로 매국(每局)마다 22위의 입향으로 4개 국이면 88향이 된다고 한다.

저자는 88향론을 회의적으로 생각하는 입장에서 이 법의 대요를 개설하고 몇 가지 불합리하다고 생각되는 점을 지적하려 한다.

이것은 어디까지나 저자의 개인적인 생각으로 그 깊은 묘를 터득하지 못한 어리석은 견해일 것이라고 생각한다. 앞으로 더욱 깊게 연구를 계속할 것이며 고수의 지도를 바라는 마음 간절하다.

(1) 88향법의 개요

첫째, 정국(定局)하는 법은 수구를 기준으로 한다. 丑寅卯로 나가는 물은 金局, 辰巳午로 나가는 물은 水局, 未申酉로 나가는 물은 木局, 戌亥子로 나가는 물은 火局이 된다. 즉 매국마다 묘(墓)·포(胞)·태궁(胎宮) 6자 위로만 출수한다는 것이다.

둘째, 입향하는 법은 정국(正局)입향과 변국(變局)입향으로 크게 나눈다. 생·왕·묘·양·태·쇠향은 정국입향이 되고 자생(自生)·자왕(自旺)향은 변국입향이 된다.

火局을 예로 들면 다음과 같다.

장생향(長生向)인 艮寅은 丙午 왕수(旺水)가 우선(右旋) 辛으로 나간다(墓出).

왕향(旺向)인 丙午는 艮寅 생수(生水)가 좌선 辛으로 나간다(墓出).

묘향(墓向)인 辛戌은 丙午 왕수가 좌선 乾으로 나가고 艮寅 생수가 우선 乾으로 나간다(絶出).

양향(養向)인 癸丑은 丙午 왕수가 우선 乾으로 나간다(向上敗水病出).〈坐上死水生出〉〈局上旺水絶出〉

태향(胎向)인 壬子는 巽巳 관수(冠水)가 우선 壬으로 나간다(向上絶水旺出).〈坐上祿水胎出〉〈局上冠水胎出〉

쇠향(衰向)인 丁未는 巽巳 관수가 좌선 壬으로 나간다(向上病水浴出).〈坐上生水胎出〉〈局上冠水胎出〉

자생향(自生向)인 乾亥는 甲卯 왕수가 우선 辛으로 나간다(向上旺水養出).〈局上敗水墓出〉

자왕향(自旺向)인 庚酉는 巽巳 생수가 좌선 辛으로 나간다(向上生水衰出). 〈局上死向 冠水墓出〉

자왕향(自旺向)인 甲卯는 乙 쇠수(衰水)가 우선 壬으로 나간다(向上衰水敗出). 〈局上敗向 帶水胎出〉

화국(火局)에서 乙향은 하지 않는다. 乙향은 辛좌가 되는데 이렇게 되면 수가 불귀고(不歸庫)하기 때문이다.

(2) 88향법의 문제점

첫째, 정국(定局)에 대해 살펴보면 용주수종(龍主水從)이라고 하는 것이 풍수의 정론임에는 이의가 없다. 물이 산을 따라 흐르는 것이지 산이 물을 따라 흐르는 것이 아니라면 국의 주체도 산룡(山龍)이 되는 것이 당연하지 않겠는가. 그런데 88향론은 출수구가 정국(定局)의 주체로 되어 있다. 그러나 이를 다시 살펴보면 출수는 묘고(墓庫)만이 있는 것이 아니고 문고(文庫)출수도 있다는 것을 알 수 있다.

둘째, 입향에 대하여 분석하면 자생향(自生向)이라고 하는 법은 국의 절향(絶向)이다. 자왕향법은 국의 사향(死向)과 패향(敗向)이 되고 있다. 이른바 변국입향법이라고 하는 법은 강변이 아니겠는가.

셋째, 수수(收水)에 대하여 분석하면 모든 풍수이론이 용좌(龍坐)는 주인격이고 조안(朝案)은 빈객격으로 규정하고 있다. 자생향은 국의 패득(敗得)이 된다. 또 자왕향은 사득(死得), 패득이 된다. 이것을 변국이라는 이름으로 합리화하고 있으니 역시 강변이라고 하지 않을 수 없다.

넷째, 음양론에 대하여 살펴보면 『직지원진(直指元辰)』의 「논룡장(論龍章)」에서는 좌우선(쌍산오행)으로 용맥의 음양과 생왕을 판단하는 것으로 하였고(陽從左邊轉 陰從右邊通), 「四龍論」에서는 입수는 정오행 체성(體性) 간지로 음양을 논하며 물은 좌우선을 구별치 않고 국의 양오행에 따라 12운성을 붙이고 있다. 또한 정음정양은 고려하지 않는다.

이상 몇 가지 내용을 분석하였는데 참고로 말하자면 이 88향론은 주산(收水의 기준)이 정해져 있지 않다. 그러므로 선사(先師) 중에서도 부정하는 사람이 많으며 저자가 선적명지(仙跡名地)를 실사한 바도 88향론에 불합하고도 길지로 발복한 곳이 허다함을 보았다.

제6절 파국수(破局水)

파국이란 양국에 음득수나 음국에 양득수로 국과 득이 음양박잡인 경우를 말한다.

(1) 도화수(桃花水)

일명 아미수(蛾眉水) 또는 함지수(咸池水)라고도 한다. 卯酉는

태음이 출입하는 문호(門戶)로써 상현(上弦)과 하현(下弦)에는
곱기가 눈섭과 같으므로 음란(淫亂)을 상징하며 子午는 卯酉로
더불어 동서남북 사정(四正)이기 때문에 子午卯酉 水가 도화수가
된다.

그런데 양국(陽局)에는 음인 卯酉수를 꺼리고 음국(陰局)에는
양인 子午수를 꺼린다. 그러나 壬룡이 午水, 庚룡이 卯水 등과 같
이 간괘상납(干卦相納)하면 오히려 길(吉)이 된다.

(2) 풍성수(風聲水)

바람을 피운다. 즉 음란으로 인하여 말썽이 많게 된다는 뜻이
다. 양국(陽局)에 巽巳水, 음국(陰局)에 坤申水이다.

(3) 이향수(離鄕水)

離壬寅戌 水이며 고향을 떠나 살게 되는데 수의 내거(來去)가
길(吉)이 되면 이향부귀(離鄕富貴)하고 흉(凶)이면 떠돌아다닌
다.

(4) 환과수(鰥寡寡水)

乾水와 坤水로서 노양노음(老陽老陰)이라 생성의 능력이 없다는
뜻이다. 乾水가 파음국(破陰局)하면 홀아비〔鰥夫〕·고질(痼疾)·
횡사 등의 화(禍)가 있고 坤水가 파음국(破陰局)하면 과부·음풍
(淫風)을 만난다.

(5) 소망수(少亡水)

辰水 파국, 戌乾水 파국, 坤申水 파국이면 주로 소년 사망의 화(禍)가 생긴다.

(6) 대횡수(大橫水)

辰戌이 나망(羅網)이므로 辰水 파국과 戌水 파국이면 흉악·요절·횡사의 화가 생긴다.

(7) 번관수(翻棺水)

戌乾 요풍(凹風)·사수(射水), 乙辰 요풍·사수, 癸丑 요풍·사수, 未坤 요풍·사수는 번관·복곽(覆槨)한다. 이른바 4금수(四金水) 사풍입국(射風入局)이면 번관·복곽의 재앙이 일어난다는 것이다.

제7절 재성보설법(裁成輔泄法)

풍수의 결작(結作)은 자연의 천조지설이지마는 재성보설(裁成輔泄)이 가능한 사수법(砂水法)은 지사의 소관이다. 그러므로 명사의 수준은 곧 재성의 능력으로 평가한다고 하여도 틀린 말은 아니다.

이 절에서는 격룡·입향·발사·수수를 종합적으로 분석하여 재성하는 기법을 설명하고자 한다. 그 깊은 이치를 깨닫게 되면 어떠한 경우에도 주저함이 없게 되리라고 믿는다.

① 절위승진법(截僞乘眞法) : 예를 들면 辛룡 입수가 우낙변술(右落變戌)하였다면 辛은 진(眞)이요, 戌은 위(僞)이다. 제고점혈(提高點穴)하여 승진신(乘眞辛)하고 하절위술(下截僞戌)하는 법이다.

② 수진방위법(收眞放僞法) : 예를 들어 辛戌이 쌍행입수하고 후룡이 음다(陰多)하고 사수(砂水)가 음향(陰向)이면 우이수(右耳受) 辛氣하여 방위술기(放僞戌氣)하며 음향하여 배합신기(配合辛氣)한다. 만약 후룡이 양다(陽多)하고 사수(砂水)가 양향이면 좌이수(左耳受) 戌氣하는 법이다.

③ 이룡취향법(移龍就向法) : 예를 들어 乙辰 양기(陽氣)로 입수하고 명당의 사수(砂水)가 庚酉辛의 음향(陰向)뿐이라면 乙辰 양기를 버리고 승묘기처(乘卯氣處)에 점혈하여 배합음향(配合陰向)하는 법이다.

④ 사룡취향법(捨龍就向法) : 탈용취국지지(脫龍就局之地)에 입수가 모호하고 내외 양향(內外兩向 ; 시신과 봉분의 향이 다른 경우)을 하는 데도 앞에 있는 사(砂)가 불미한 경우에 쓰는 입향법이다(向上法).

예를 들어 子입수에 당국이 巳쪽으로 있고 우수(右水)가 왼쪽으로 온다면 辰향을 해야 한다. 그러나 辰은 坎룡의 살요(殺曜)이므로 내립(內立) 午향하고자 하나 또한 午상(上) 흉사(凶砂)가 중래(重來)한다면 子룡상에 천손사향(扦巽巳向)하여 우래왕수

(右來旺水)를 수납하여 발복하는 법이다.

⑤ 이룡환국법(移龍換局法) : 예를 들어 辛戌 쌍행입수에 좌수(左水)가 도우(到右)하면 승술기(乘戌氣)하여 卯향하면 크게 발복하는 등의 법이다(向上法).

이것을 이환지간(移換之間)에 가귀가천(可貴可賤)이라 한다.

⑥ 승왕제살법(乘旺制殺法) : 내수(來水)가 용을 극하게 되면 내수와 혈좌를 합국(合局)시켜 용을 생조(生助)하게 하는 방법이다. 예를 들어 午룡 입수산에 亥水가 조래(朝來)하면 수극룡의 살국(殺局)이다. 丁좌 癸향을 한다면, 午룡 癸향이니 용과 향수(向首)가 순일하고 합십(合十:午는 離九 癸는 坎一)이며 좌와 亥水가 亥未로 합목국(合木局)하여 내산오화(來山午火)를 목생화(木生火)하여 준다. 그러므로 화가 왕성하게 되니 亥水는 살이 아니라 관(官)으로 변한다.

⑦ 종살화권법(從殺化權法) : 입수가 물의 살을 받게 되면 수와 후룡을 합국시키는 방법이다. 예를 들어 癸룡 亥입수에 庚酉水가 입당(入堂)하면, 亥입수는 쌍산으로 목이니, 살수만국(殺水滿局)이다. 乾좌 巽향을 하게 되면 향巽 득庚 후룡癸가 巽庚癸로 합성금국(合成金局)하여 당살(黨殺)이 된다.

⑧ 영관취록법(迎官取祿法) : 용과 수가 간괘배납(干卦配納)하면 비록 상극이 된다 하더라도 자웅상견(雌雄相見)이니 살이 되지 않고 관(官)으로 변한다. 예를 들면 卯입수 庚水(수는 득수), 午룡壬水, 甲룡乾水 등이다.

⑨ 산운수산(山運收山)하고 수운수수(水運收水)하는 법 : 산은 산

의 왕쇠를, 수는 수의 왕쇠를 각각 따져보는 것이 원칙이니 혼동하지 말아야 한다.

예를 들면 坎癸룡 亥입수는 우선(右旋) 용이니 쌍산으로 乙木이요, 묘재술(墓在戌)이니 을병교이추술(乙丙交而趨戌)의 화국(火局)이다. 그러므로 乙木氣 산은 午에서 생(生)하고 寅에서 왕(旺)하니 午상 수사(秀砂)면 인정왕(人丁旺)이요, 寅상 수사(秀砂)면 주발재록(主發財祿)이다. 丙火氣 水는 寅에서 생하고 午에서 왕하니 寅상 수래(水來)면 인정왕(人丁旺)이요, 午상 수래(水來)면 주발재록(主發財祿) 한다.

입향소납의 예

入首	干氣	配	合	立向	水來砂秀	發蔭	備考
壬	左壬		坤乙 午壬	丙午坤		文武宰相	
	右癸		午甲乙	乾亥甲卯		文武出仙	
子	左壬	辛	坤申乙辰午	辛亥		貴. 平地立癸	
	右癸	甲	坤申壬乙	甲卯		貴	
癸	左庚	丁		午	坤申酉		平地顧祖
	右辛	壬		午坤申乙癸	坤坎		平地顧祖
丑	左庚	丁		依水	辰戌申	男駙女妃	
	右辛	壬	依水	辰戌申	男駙女妃	敗地	
艮	左丙	乙	丙辛	丙申庚	東南	科甲朕芳	巽向則夭
	右丁	庚	丙辛	丙丁庚	丙丁巳	富貴文武	
寅	左丙	乙	不下穴		乾戌艮壬	乙未艮丙午	先貴後富
甲	右乙	丙					文武壯元
卯	左甲	癸	丁亥	亥癸庚辛	北東	主文武	
	右乙	丙	亥未庚	庚辛丙丁亥	東南	富貴雙全	

乙	左壬	辛			坎癸甲	武將	禍輕
	右癸	甲			巽辛坤	先富文才	殺重
辰	左壬	辛			坤癸巳	翰林院	夭亡
	右癸	甲			坤丑甲	先富出武	絶嗣
巽	左庚	丁		丁巽辛	丙辛坤申	發貴 文章名世	
	右辛	壬	庚癸辛	庚辛壬癸	壬子亥	科名顯達	
巳	左庚	丁	酉丑庚癸		坤申辰酉庚辛亥		帶巽貴
	右辛	壬			子不宜見辰		帶丙剋
丙	左丙	艮辛	艮辛	南方		平地顧祖	
	右丁	艮辛寅戌	艮庚丁	西方	出貴極顯	平地顧祖	
午	左丙	乙壬	寅戌	寅戌壬癸	寅甲	發富貴遠	平地顧祖
	右丁	庚	寅戌	壬癸	酉 東方	人丁	平地顧祖
丁	左甲	癸	乾甲兌	亥卯酉	艮丙	武將	
	右乙	丙			辛癸	武將	未爲禍
未	左甲	癸			艮丙	暫發	
	右乙	丙			艮亥戌	孤絶	
坤	左壬	辛			巽癸辰	寡母空房守	不可扞
	右癸	甲			坤甲	出將入富	
申	左壬	辛	坤壬乙	合方位	西北 合之方位	富貴	忌 坤未之氣
	右癸	甲	甲子辰	壬子癸	乾兌 卯(癸之長生)	科甲人丁	
庚	左庚	丁	巽癸卯	巽丁癸卯	巽丁	侍駕得寵	
	右辛	壬	巽癸卯	艮丁巽卯	亥子申庚	大發富貴	
酉	左庚	丁	癸巽	巽丁	巽庚	綠高攸長	
	右辛	壬	巳丑	巽	丁 壬申	主極富貴	
辛	左丙	乙	艮丙巽	巽巳艮丙	庚丁 卯巽	主發富貴文科	忌幷戌
	右丁	庚	艮丙巽	巽巳	巳酉丑		忌幷戌
戌					甲午寅	禍重福輕	
乾	左甲	癸			艮午坤	勤延一代	文武科甲
	右乙	丙			甲壬丙	殘病孤絶	帶戌故
亥	左甲	癸	卯未	丁卯	艮癸	人丁	平地顧祖
	右乙	丙	卯未	丙	卯 東南方	人丁俊秀	

제7장
분금(分金)

제1절 분금과 오원 육기(五元六氣)

분금이란 용어는 원래 사토(沙土)와 정금(精金)을 분류한다는 뜻이다.

풍수학을 채광에 비유한다면, 격룡은 광맥을 찾는 방법이고 입향은 금노다지를 캐는 법이며, 분금은 광석괴를 제련하여 순수한 금을 얻는 방법이라고 할 수 있다. 이것은 지극한 정성을 다 기울여야 하는 장법(葬法)의 마지막으로, 1원(一圓) 360도 전반에 걸쳐서 매 도의 길흉까지 판단하여 최종적으로 시신이 누울 기선(氣線)을 결정하는 법이다.

그리고 분금은 구궁 팔괘를 사용하여 천도(天道)의 소장(消長)과 기수(氣數)의 영허(盈虛)를 깊이 살피고 연월일시를 이용하여 인사(人事)의 소장과 명수(命數)의 휴구(休咎)를 증험하는 것으로 승기(乘氣)와 극석(剋釋 : 택일)의 핵이다.

넓은 의미의 분금은 천산 72룡, 투지 60룡, 120분금 그리고 성도(星度) 등 전부를 말하며, 협의의 분금은 정침(正針) 120분금과 봉침(縫針) 120분금만을 말하는 것이다. 이 장에서는 풍수학에 극히 필요한 부분만을 설명하고 자세한 법은 제4편 장법에서 설명한다.

천간 10자와 지지 12자가 합성하여 60갑자가 된다. 천간은 여섯번, 지지는 다섯번이 반복된다. 그러므로 지지를 기준하면 오자원(五子元)이 되고 천간을 기준하면 육갑기(六甲氣)가 된다.

(1) 오원

일원(一元)은 甲子부터 乙亥까지 12위

이원(二元)은 丙子부터 丁亥까지 12위

삼원(三元)은 戊子부터 己亥까지 12위

사원(四元)은 庚子부터 辛亥까지 12위

오원(五元)은 壬子부터 癸亥까지 12위

오원은 12지지가 주재하고 맥기(脈氣)를 판별하는 것으로 천산(穿山)과 투지(透地)에 이용된다.

(2) 육기

일기(一氣)는 甲子부터 癸酉까지 천간10위

이기(二氣)는 甲戌부터 癸未까지 천간10위

삼기(三氣)는 甲申부터 癸巳가지 천간10위

사기(四氣)는 甲午부터 癸卯까지 천간10위

오기(五氣)는 甲辰부터 癸丑까지 천간10위

육기(六氣)는 甲寅부터 癸亥가지 천간10위

육기는 천간이 주재하고 천성(天星)을 판별하는 것으로 분금(分金)과 태골(胎骨 : 소조산에서 입수산으로 들어오는 기)에 이용된다.

제2절 120분금

1. 28 · 37론(二八 · 三七論)

정침의 24산(山)을 매 산마다 10분하면 합계 240분이 되는 것은 쉽게 이해할 수 있을 것이다. 10분하는 이유는 낙서합십(洛書合十 : 二八合十, 三七合十)에서 따온 것이다.

따라서 240분을 120분금에 배당하면 매 분금마다 2분씩을 관장하게 된다. 또 매 분금은 3도씩이고 1분은 1도 반이 된다. 이런 원칙에 의해 용(龍)을 논하여 보자.

첫째, 천산(穿山)은 1산3룡(一山三龍)이니 10분을 삼등분하면 甲子·庚子·丙子·壬子의 4룡은 각각 본룡이 4분이고(정확하게는 10분지 3), 본룡 좌우에 각각 3분씩을 첨가하여 10분이 된다.

따라서 甲子룡은 정침(正針)의 壬宮 왼쪽 1/3자리에 있으므로 壬 4분에 오른쪽으로 壬 3분을 더하고 왼쪽으로 子 3분을 더하여 7壬3子의 기맥(氣脈)이 된다.

다만 戊子룡만은 子宮의 한가운데 있으니 좌우를 첨가하여도 子 10분의 구갑기맥(龜甲氣脈)이 된다.

둘째, 투지(透地)는 2산5룡(二山五龍)이니 20분을 5등분하면 1룡이 4분이다. 그러므로 본룡이 4분이고 좌우에 각각 3분을 첨가하여 10분이 된다. 따라서 甲子룡은 7壬3亥, 丙子룡은 壬의 정기(正氣), 戊子룡은 5壬5子, 庚子룡은 子의 정기, 壬子룡은 7子3癸의 기맥이 된다.

셋째, 분금(分金)은 1산5금(一山五金)이니 매 분금이 2분이며 좌우에 각각 4분씩을 첨가하여 10분이 된다.

정침 丙子분금은 8분이 子에 있고 2분이 壬에 있으며, 庚子분금은 8분이 子에 있고 2분이 癸에 속한다. 그러므로 2·8이라 한다.

봉침(縫針)분금은 정침 庚子분금의 왼쪽 1분이 봉침 丙子이고, 정침 庚子분금의 오른쪽 1분이 봉침 甲子이니 3·7인 것을 알 수 있다. 즉 봉침 丙子는 7子3癸인 것이다.

이상을 고찰하여 보면 천산과 투지와 봉침분금의 세 가지는 3·7이며 오직 정침 분금만은 2·8임을 알 수가 있다. 또한 정침 분금의 금(金 : 庚辛) 분금의 왼쪽 1분은 봉침의 화(火 : 丙丁), 분금이며 정침 화 분금의 오른쪽 1분이 봉침의 금 분금이 된다.

2. 분금결정의 고려할 여러 요소들

(1) 용

용기(龍氣)는 혈좌에서 승(乘)하고 수기(水氣)는 외접(外接)한다. 따라서 입수 1절로 형세의 생과 사를 살피고 입혈처에서 변생변사(邊生邊死)를 살펴서 좌·우선으로 용의 내거(來去)에 대한 생왕(生旺)을 판단하는 것이다. 수방출살(收放出殺)의 법식을 모르면 혈길장흉(穴吉葬凶)이 되어 실혈(失穴)하게 된다.

첫째, 천산(穿山)이 7艮3寅이라면 수간방인(收艮放寅)하여 음국(陰局)으로 분금을 정한다. 혹 7辰3巽이면 수진방손(收辰放巽)하여 양국(陽局)으로 분금을 정해야 한다.

둘째, 용의 생왕(生旺)을 살핀다. 용쇠(龍衰)이면 생왕(生旺) 분금이요, 용왕(龍旺)이면 비화(比和) 분금이고, 용이 휴수(休囚)이면 왕상(旺相) 분금이며, 혹 양룡(陽龍)이 지나치게 강하면 구갑(龜甲) 분금을 쓴다.(이 사항에 대해서는 초학자는 고려하지 않는 것이 좋다.)

셋째, 천산납음(穿山納音)과 분금납음(分金納音)이 극설(克泄)하면 불가하다.

예를 들면 癸亥천산에 辛亥분금이라면 癸亥룡(水)를 辛亥분금(金)이 생하니 길하나 甲子천산에 丙子분금이면 甲子(金)룡이 丙子분금(水)을 생하니 불길이다. 즉 생즉역생(生則逆生)하고 극즉순극(克則順克)이거나 또는 비화(比和)하는 것을 좋아한다. 이 법칙은 투지(透地)에도 적용된다.

바꿔 말하자면 분금납음이 좌(坐)를 생하고 좌가 용을 생하거나 용이 좌를 극하고 좌가 분금을 극하여야 길하다.

여기서 특히 강조할 것은 용을 재는 것과 혈좌를 정하는 법은 28·37의 원리로 판단한다는 점이다. 예를 들면 천산 癸亥는 선천12지의 亥位에 해당한다는 점을 염두에 둘 것이다.

넷째 분금이 용의 살요(殺曜)가 되면 흉하다. 예를 들면 乾룡에 壬午분금이라면 午는 乾의 요살(曜殺)이요, 壬은 乾의 황천(黃泉)이다.

(2) 사(砂)

사와 분금은 왕상(旺相)이 길하고 극설(克泄)은 흉하다. 특히 국중(局中)의 주산봉(主山峰)이나 주인봉(主人峰)과의 상극(相剋)은 꺼린다.

(3) 수(水)

혈 앞에서 교회(交會)하는 물이 당기(堂氣)이니 추길피흉(趨吉避凶)하여야 길할 것은 당연하다.

예를 들면 子좌에 신수내조(申水來朝)의 국에서 丙子분금을 하면 납음(納音)으로 丙子가 수(水)이므로 申水는 생수(生水)가 되어 길하다. 또는 庚子분금이면 납음으로 토(土)인데 지학에서는 수토(水土)가 동궁(同宮)이라 역시 생수가 되어 길하다. 그러나 壬子(木)분금을 한다면 申水가 절수(絶水)가 되니 화해(禍害)가 끊이지 않게 된다.

(4) 망명(亡命)

분금이 생조(生助)망명(亡命:죽은 사람의 생년간지)하면 길하고 망명(亡命)이 분금을 생하거나 상극(相剋)이 되면 흉하다.

(5) 수기(受氣)

앞에서 설명한 이수기(耳受氣)·요수기(腰受氣) 등이 잡기(雜氣)를 피하고 순일정기(純一正氣)를 받을 수 있도록 분금을 놓아야 한다. 기종팔방(氣從八方)이라고 하지만 4정4유(四正四維)가 괘기(卦氣)의 본원임을 잊지 말고 정성을 다해야 한다.

(6) 기타

간괘상납(干卦相納)·보성변요(輔星變曜)·육임(六壬)·구궁(九宮)·팔괘·혼천(渾天) 등이 있는데 이러한 법들은 전문가들만이 사용하는 고도의 법술이다(제4편 참조).

(7) 정·봉침(正·縫針)

위의 요소들을 정침(正針)분금으로 점검한 결과 혹 합도(合度)하지 않을 경우에는 봉침(縫針)분금을 쓴다. 바꿔 말하면 정침분금이 주(主)이고 봉침분금은 부(副)이다.

제4편 장법(葬法)

장법의 요체는 『소서(素書)』와 『보경(寶鏡)』을 기본으로 하고 각 학파에서 주장하는 비법을 재검토하여 수정·보삭한 것이다.

장법은 삼원장법(三元葬法)과 오행장법(五行葬法)으로 크게 나뉜다.

또한 장법은 태극·팔괘·기문(奇門)에 바탕을 두고 천본무체(天本無體)라도 28수를 체로 하며, 천본무도(天本無度)라도 일월 5성(日月五星)이 도(度)가 되어 지기(地氣)에 천기(天氣)를 융회(融會)시키는 기법으로 전문지사에게 필수적인 것이며 풍수지리의 최종 관문이다.

장법의 세기(細技)를 익히면 도처에 묘를 쓰는 것이 가능하다. 나아가 탈신공(奪神功)하여 개천명(改天命)으로 길지는 더욱 크게 발복하게 하고 명지가 아니라도 최소한 화해(禍害)는 면하게 할 수 있다. 그러나 장법을 모르면 명지를 얻고도 실혈의 우려가 있다. 그 이유는 혹 지기가 길한 곳이라도 천기의 융회를 얻지 못하면 생기를 기대할 수가 없기 때문이다.

이를 비유하자면 비옥한 농지에 곡식을 재배할 경우에 일기가 부적합하면 좋은 결실을 기대하지 못하는 것과 같다. 따라서 전문인이 되려면 장법의 원리를 이회(理會)하고 처처응변의 묘(妙)

를 얻어야 한다.

다음에 설명하는 내용들은 포괄하여 하나의 장법인 것이지 각 장(章)별로 독립되어 있는 것이 아님을 알아야 한다. 그러므로 처음부터 끝까지를 장 별로 습득한 후에 다시 각 장의 내용을 하나의 판으로 종합하여야 사용이 가능한 법이니 착오 없기를 부탁한다.

제1장
공제법(控除法)

제1절 성진제조(星辰制助)

오성(五星)방위와 오성행도(五星行度)로 구분한다.

오성방위의 생극(生克)을 말하면, 동방은 목왕(木旺)의 방위이니 목성이 동쪽에 있으면 왕기(旺氣)요, 북쪽에 있으면 득기(得氣)이며 서쪽에 있으면 박기(剝氣)이고 남쪽에 있으면 설기(泄氣)이다.(이하 오성은 유추하면 된다.)

만약에 용이 진짜고 혈 역시 적실한데 성진(星辰)이 득위하지 못하였으면 전후좌우를 살펴서 혹 서로 돕는 별이 있으면 쓸 만한 것이다.

예를 들어 木이 서쪽에 있어 박기(剝氣)가 되었으면 득수조기(得水助氣)하기도 하고 혹은 득화제금(得火制金)하기도 한다. 이렇게 되면 화흉위길(化凶爲吉)한다. (이하 같은 방법으로 유추하면 된다.)

오성행도의 생극(生克)을 말하면 다음과 같다.

목성결혈(木星結穴)에 수제금(受制金)하면 초년에 흉하다가 후룡수성(後龍水星)의 때가 오면 흉이 변하여 길(吉)이 된다.

목성작조(木星作祖)에 화성혈산(火星穴山)이면 木이 능히 火를 생하니 부귀가 갖추어진다.

금성작모(金星作母)에 목성작혈(木星作穴)하면 금능극목(金能克木)하니 뒷날 재화(災禍)가 생긴다.

그러나 오성생극의 이치는 행도의 방위가 서로 화합하여야 가능한 것이다.

예를 들어 목성이 좌남향북(坐南向北)으로 결혈하면 남금(南金)이 목을 극할 수 없고, 또한 금성이 좌북향남(坐北向南)하여 혈을 맺으면 북화(北火)가 금을 극하지 못한다. 제성(制星)이 선수제(先受制)라 불능극제(不能克制)한다. 이 같은 변통을 알아야 눈 밝은 지사라 할 것이다.

오성은 상생하여 성지(成地)하기도 하고, 혹은 오성이 상제(相制)하여 성지(成地)하기도 한다. 金은 火를 얻어 단련되고 木은 金을 만나야 그릇을 이루며 水는 土를 만나야 탕(蕩)하지 아니한다. 또한 火는 水를 얻어야 기제(既濟)하며 土는 木에 의지하여 소통(疏通)한다.

또한 금성이 태왕(太旺)하면 견화제지(見火制之)하거나 득금부지(得金扶之)하고, 금성이 중정(中正)하면 극설생부(克泄生扶)

를 필요로 하지 않는다.

이하 유추하되 각별히 유념할 것은 어떠한 경우에도 수성(水城)은 만두성진(巒頭星辰)을 생하거나 상비하여야 한다는 것이다. 만약 수성이 극만두하면 불가하다는 점이다.

제2절 혈내공제(穴內控除)

내외 양향(兩向)의 방법이다.

예를 들어 음룡입수(陰龍入首)에 명당 수법(水法)이 음향(陰向)에 계합(契合)하면 음향(陰向)하여 배룡수수(配龍收水)한다. 즉 내외일향지법(內外一向之法)을 쓴다.

혹 음룡입수(陰龍入首)에 명당 수법이 양향에 계합하면 내립음향(內立陰向)하여 배룡하고 외작양향(外作陽向)하여 수수(收水)한다. 이는 즉 내외 양향지법(內外兩向之法)을 쓰는 것이다.

그러므로 용진혈적(龍眞穴的)한데 수법(水法)이 맞지 않으면 임혈공제(臨穴控除)하여 소납(消納)하면 된다.

제3절 유신주기(流神注氣)

분금으로 제살(制殺)하는 법이다. 午水가 겸병(兼丙)하거나 또는 寅午戌 3방수(三方水) 또는 乙辰水는 음국을 파(破)하게 되어 주로 화재(火災)가 있으며 寅午戌 화왕(火旺) 연월(年月)에 응험한다. 그러므로 금정(金井) 중에 火의 사궁(死宮)인 태금기(兌金氣)를 많이 넣어 亥水를 생하든가 또는 亥 수기(水氣)를 주입(注入)하여 丙午의 화기(火氣)를 공제한다. 나머지는 같은 방법으로 유추하면 된다.

제4절 갈형공제(喝形控除)

사(砂)의 흠을 공제하는 법이다. 용진혈적(龍眞穴的)이나 사(砂)에 흠이 있으면 갈형(喝形)으로써 공제한다.

예를 들어 첨창(尖槍)은 본래 흉구(凶具)나 무사를 만나게 되면 좋은 무기가 되고 부시(浮屍)는 고불상(固不祥)이나 봉군아이반길(逢群鴉而反吉＝까마귀 무리를 만나면 오히려 吉이 됨)이다. 이하 유추하면 된다.

제2장
천산(穿山)

제1절 운기(運氣)

시초의 나경에는 지지(地支)12위만 표시하였다. 일명 12뇌문(雷門)이라고도 했다. 그 뒤 4유8간(四維八干)을 12지의 경계선에 두고 음지(陰支) 중에 양간(陽干)을 배치함으로써 2기(二氣)가 화생(化生)함을 표상하였다. 따라서 후천정침(後天正針)은 선천 12지의 변통에 불과하다.

1. 오자원 육갑기(五子元 六甲氣)

오원(五元)은 매지(每支)가 주재하고 각원(各元) 차례대로 천간을 붙인다. 예를 들면 지지 寅에는 丙寅으로 시작하여 (一元 甲子順) 戊寅 庚寅 壬寅 甲寅의 유(類)이다. 그러므로 오원은 지지가 주재하여 내룡인맥(來龍認脈)에 이용됨으로 천산과 투지(透地)에 쓰인다는 것은 분금의 장에서 설명했다.

육기(六氣)에는 甲丙戊庚壬 乙丁己辛癸 순으로 음양기(陰陽氣)가 배치된다. 예를 들면 甲寅 丙寅 戊寅 庚寅 壬寅의 유(類)이다. 그러므로 육기(六氣)는 천간이 주재하고 천기(天氣)의 판별에 쓰이므로 분금과 후괘(候卦)에 이용된다.

또한 육기는 천(天)을 따라 좌선하고 오원은 지(地)를 따라 우선한다.

제2절 천산본괘(穿山本卦)

천산본괘는 선천절후(先天節候)이다. 그러므로 선천괘에 따라 乾一 兌二의 순으로 애거(埃去)한다. 우선(右旋) 팔괘는 乾兌離震 4괘상에 가림(加臨)하여 동변(東邊) 32괘가 되고 좌선(左旋) 팔괘는 巽坎艮坤 4괘상에 가림(加臨)하여 서변(西邊) 32괘가 된다. 이는 반순반역(半順半逆)으로 이룸을 뜻하며 선천 64방위괘이다.

乾坤坎離 4괘는 64괘에서 제외하고 나머지 60괘 360효로서 주천도수(周天度數)에 응한다(괘의 배열과 次序는 부록 大輪圖 참조).

제3절 천산72룡(穿山七十二龍)

1. 내룡천정(來龍穿定)

72룡으로 천산(穿山)하고 60룡으로 투지(透地)하니 천산은 본괘가 되고 투지는 내괘가 되어 서로 표리(表裏)의 관계가 된다.

천산은 천원 연산역(天元 連山易)에서 도출하였으며 정침 임좌반(壬左半), 즉 봉침 임우반(壬右半)에서 甲子를 시작하니 정침과 봉침의 상위교중 일선(相位交中一線)이다.

천산이라고 부르는 이유는 甲子를 시작하는 곳이 12지의 亥 끝에 해당하는데 亥는 乾에 속하고 乾의 위치는 선천 팔괘배위(八卦配位)의 艮宮이 되기 때문이다〔艮은 산(山)이다〕.

그러므로 천산이라 하며 또한 내룡을 천정(穿定)하는 데 쓰인다는 뜻이기도 하다.

내룡을 천정하는 방법은 혈성 뒤 기복 속인처의 분수척상에서 나경을 놓고 내룡입수가 72룡중 어느 용인가를 잰다. 그리고 그 용의 납음(納音)오행을 12지와 비교하여 생극관계를 판단한다.

예를 들면 다음과 같다.

子룡水〔12支〕에는 甲子 丙子 戊子 庚子 壬子의 5개가 있는데 丙子水龍이나 庚子土龍이라면 왕기(旺氣)이고 甲子金龍이면 패기(敗氣)요, 戊子火龍이면 사기(死氣)이고 壬子木龍은 퇴기(退氣)가 되는 것이다.

각 12지에는 각각 5룡이 있으니 60룡이 되고 4유8간(四維八干) 12위치(지반정침) 아래의 정중앙은 빈 칸으로 남아 있으니 이를 합하면 모두 72룡이 된다.

천산 72룡으로 발음(發蔭)하는 해[年度]와 사람을 가리는 방법이 있다. 이는 입수 1절룡(24산)으로 본괘를 삼아 초효부터 2·3·4·5 네효를 차례대로 변출(變出)시키고 주위의 생왕사(生旺砂)를 참작하여 결정한다.

예를 들면 다음과 같다.

① 입수룡이 申·子·辰·癸라고 하면 팔괘로 납간(納干)하여 坎괘이다.

② 감(坎)괘의 초효가 변하면, 아래[下] 괘는 兌괘로 바뀐다(大成卦는 節괘가 됨). 兌는 丁으로 납간(納干)이 되고

③ 절(節)괘 2효가 변하면 아래 괘는 다시 震괘가 된다(대성 屯괘). 震은 庚으로 납간하고

④ 둔(屯)괘 3효가 변하면 아래 괘는 離괘(대성 旣濟괘)로 바뀌고 離는 壬과 巳를 납간하고

⑤ 기제(旣濟)괘의 4효가 변하면 상괘는 兌괘로 바뀌고(대성 革괘), 兌는 丁을 납간하며

⑥ 혁(革)괘 5효가 변하면 상괘는 震괘(대성 雷괘)로 바뀌니 震은 庚을 납간하고

⑦ 다시 뇌(雷)괘 4효가 변하면 상괘가 坤괘(대성 復괘)로 바뀌고 坤은 乙癸를 납간한다.

위의 ②~⑦까지의 과정에서 나타나는 干의 연(年:丁·庚·壬·巳·乙·癸)에는 해당하는 방위의 사(砂)와 수(水)에 따라서 발복할 수가 있다. 사람도 역시 丁·庚·壬·巳·乙·癸年에 태어난 사람에게 복이 온다. 한편 여기서는 乾·巽·艮의 3괘가 나타나지 않았으므로 甲·辛·丙年(人命도 같다)에는 발음(發蔭)이 없다고 본다.

2. 천산 삼칠론(穿山三七論)

72룡은 1산3룡(一山三龍)이니 각 용이 4분(四分)씩이며 좌우에 각각 3분(三分)씩 (정확하게 계산하면 각 용이 3.333…분)을 더하여 10분(十分)씩이 된다. 이를 소득분수로 표시하면 그 용의 모7모3(某七某三)이 된다.

예를 들면 甲子룡은 壬 본룡 위에 있으니 우변에 3분을 더하면 역시 壬이요, 좌변에 3분을 더하면 이것은 子이다. 그러므로 甲子룡은 7壬3子가 된다.

丙子룡은 子위에 있으니 子 4분이요, 우변에 3분을 더하면 이것은 壬 3분이고 좌변에 3분을 더하면 子 3분이다. 그러므로 丙子룡은 7子3壬이다.

그런데 10분룡(正中處)에는 작혈(作穴)하지 못하는 법이니 간유정중처(干維正中處)는 대공망(大空亡)이 되고 지지 정중은 차착살(差錯殺) 무자일순(戊子一旬)이 된다. 그러므로 3·7룡만을 쓸 수 있는 것이다.

3. 원고허왕상(原孤虛旺相)

乾甲離壬寅戌은 양지양(陽之陽)이니 고(孤: 甲壬孤)

坤乙坎癸申辰은 양지음(陽之陰)이니 허(虛: 乙癸虛)

震庚亥未艮丙은 음지양이니 왕(旺: 丙庚旺)

巽辛兌丁巳丑은 음지음이니 상(相: 丁辛相)

戊己는 귀갑(龜甲)공망이니 戊己空이 된다.

72룡의 고허왕상은 정음정양으로 분별된다는 것을 알 수 있다. 그 이유는 원천적으로 팔괘납간의 9·6충화(九六沖和: 음양조화) 에서 도출되었기 때문이다.

좀더 자세히 설명하자면 다음과 같다.

甲壬이 고(孤)인 이유는 乾卦의 납간이요, 乾卦는 삼효가 모두 양에 속하므로 중효(人爻)를 제거하고 상하 2효를 보면 2남무녀 (二男無女)이니 음양이 상배하지 못하는 탓이다.

乙癸가 허(虛)인 이유는 乙癸는 坤卦의 납간이요, 坤卦는 순음 (純陰)이니 중효를 제거하고 상하 2효를 보면 2녀무남(二女無男) 이니 중허불구(中虛不媾)이기 때문이다.

丙庚이 왕(旺)인 이유는 艮震의 납간이니 가운데 있는 중효를 제거하면 상·하효가 음양 충합(沖合)하기 때문이다.

丁辛이 상(相)인 이유는 兌巽의 납간이기 때문이다.

戊己가 공망인 이유는 戊己는 坎離의 납간인 바 중효를 제거하면 상·하 양효가 순일하여 불교(不交)한다. 그러므로 기불주입(氣不注入)하기 때문이다.

이 고허왕상의 법은 투지에서나 분금에서나 통용한다. 또한 풍수학에서는 고허와 공망을 피하고 왕상만을 택해서 사용한다. 즉 丙·庚·丁·辛만을 이용할 수 있다. 戊子一旬, 즉 삼원(三元)인 戊子로부터 己亥까지의 12룡은 차착공망이요, 천간 戊己도 공망이다.

제4절 72후배국(七十二候配局)

24룡이 각 용마다 3개의 산을 가지고 있으니 모두 72룡이 되어 72후(候)에 응한다. 72룡은 기문육임(奇門六壬)의 변화를 주도하는 것으로서 지극히 오묘하고 변전하는 이치가 있다. 그 이치를 통변(通變)하면 요절자라도 목숨을 늘리게 할 수 있고 비천자라도 귀하게 되며 후손이 없는 자라도 제사를 잇게 된다. 비록 진짜혈이 아니더라도 구빈구인(救貧救人)이 가능하다. 만일 진룡적혈(眞龍的穴)이면 크게 번성한다.

팔문(八門)과 구성(九星)은 정위치에 있으면서도 또한 수시로 변동하여 육의 삼기(六儀三奇)가 수궁역처(隨宮易處)한다.

배국(排局)의 방법은 음양 18국이다.

72배후국표

子龍	丙子	大雪一局	戊子	冬至一局	庚子	冬地七局
癸龍	壬子	冬至四局	正癸	小寒二局	乙丑	小寒八局
丑龍	丁丑	小寒五局	己丑	大寒三國	辛丑	大寒九局
艮龍	癸丑	大寒六局	正艮	立春八局	丙寅	立春五局
寅龍	戊寅	立春二局	庚寅	雨水九局	壬寅	雨水六局
甲龍	甲寅	雨水三局	正艮	驚蟄一局	丁卯	驚蟄七局
卯龍	己卯	驚蟄四局	辛卯	春分三局	癸卯	春分九局
乙龍	乙卯	春分六局	正卯	淸明四局	戊辰	淸明一局
辰龍	庚辰	淸明七局	壬辰	穀雨五局	甲辰	穀雨二局
巽龍	丙辰	穀雨八局	正巽	立夏四局	己巳	立夏一局
巳龍	辛巳	立夏七局	癸巳	小滿五局	乙巳	小滿二局
丙龍	丁巳	小滿八局	正丙	芒種六局	庚午	芒種三局
午龍	壬午	芒種九局	甲午	夏至九局	丙午	夏至三局
丁龍	戊午	夏至六局	正丁	小暑八局	辛未	小暑二局
未龍	癸未	小暑五局	乙未	大暑七局	丁未	大暑一局
坤龍	己未	大暑四局	正坤	立秋二宮	壬申	立秋五局
申龍	甲申	立秋八局	丙申	處暑一局	戊申	處暑四局
庚龍	庚申	處暑七局	正庚	白露九局	癸酉	白露三局
酉龍	乙酉	白露六局	丁酉	秋分七局	己酉	秋分一局
辛龍	辛酉	秋分四局	正辛	寒露六局	甲戌	寒露九局
戌龍	丙戌	寒露三局	戊戌	霜降五局	庚戌	霜降八局
乾龍	壬戌	霜降二局	正乾	立冬六局	乙亥	立冬九局
亥龍	丁亥	立冬三局	己亥	小雪五局	辛亥	小雪八局
壬龍	癸亥	小雪二局	正壬	大雪四局	甲子	大雪七局

제5절 팔문(八門)

팔문은 분금이 소속한 부두(符頭)의 소속궁(所屬宮)의 정위팔문(正位八門)을 분금 자리의 궁에 옮긴 뒤 음양둔(陰陽遁)을 구별하지 않고 순서대로 포진한다.

예를 들어 천산戊子 丙子분금이면, 戊子는 동지일국룡(冬至一局龍)이고 丙子분금은 甲戌순중에 속하니 부두는 甲戌이며 甲戌은 2궁에 있다(표 참조).

동지는 양둔(陽遁)이니 甲戌 2궁에서 순행하면 乙亥가 3궁, 丙子가 4궁이 된다. 4궁에 부두 甲戌이 자리한 2궁의 정위문(正位門)인 사문(死門)이 옮겨온다. 4궁에 사문(死門)이 있으면 나머지 팔문도 자연히 순서대로 옮기게 된다.

팔문의 길흉을 보는 법은 이렇다.

첫째, 망명(亡命)이 어느 궁에 있는가를 본다. 상문(傷門)이나 사문(死門)에 있고 다음에 설명할 구성의 금성(禽星)이 함께 임하면 화염(火炎)이 든다.

둘째, 자손의 생명(生命)이 어느 궁에 있는가를 본다. 상문·사문과 庚이나 癸가 함께 오면 흉하고 개·휴·생·경(開休生景) 4문과 삼기(三奇)가 도림하면 길하다.

혈좌에서는 개·휴·생·경 4문이 길하고 좌가 두문(杜門)에 있어도 길성이 임하면 길하며 좌가 사문에 있어도 입수가 길문

(吉門)이면 길하다. 득수는 개·휴·생·경문이 길하고 파는 사
(死)·두문(杜門)이 길하며 상(傷)·경(驚) 2문은 불가하다.

팔문정위도(八門正位圖)

杜 ④	景 ⑨	死 ②
傷 ③	⑤	驚 ⑦
生 ⑧	休 ①	開 ⑥

무자룡 병자분금 팔문도(戊子龍 丙子分金 八門圖)

分金 丙子　死 ④ 甲午	驚 ⑨	符頭　開 ② 甲戌
乙亥　景 ③ 甲申	⑤ 甲辰	休 ⑦
杜 ⑧	傷 ① 甲子	生 ⑥ 甲寅

제6절 기의 구성(奇儀 九星)

1. 구성포법

육의 삼기(六儀三奇)는 절후 해당 궁에서 戊를 시작하여 己庚辛壬癸乙丙丁의 순서로 돌아간다. 양국은 의순기역(儀順奇逆)으로 포국하고 음국은 의역기순(儀逆奇順)으로 포국한다.

구성포법(九星布法)은 분금이 소속한 부두에 해당하는 궁의 정위성(正位星)을 분금 천간이 비박(飛泊)하는 궁에 옮겨서 좌선 순행한다. 이때 음·양국은 가리지 않는다.

예를 들어 戊子천산 丙子분금의 경우.

戊子는 동지양일국이니 1戊 2己 3庚 4辛 5壬 6癸 7丁 8丙 9乙이 육의 삼기의 비도궁(飛到宮)이다. 丙子분금은 甲戌순중에 속하니 부두는 甲戌이 되고 2궁 己에 자리한다. 그런데 2궁의 정위 구성은 예성(芮星)이다. 예성을 분금 천간 丙이 소박(所泊)한 8궁으로 옮겨 놓으면 구성이 자연 옮기게 된다(禽星常在坤).

구성정위도(九星正位圖)

四 甫	九 英	二 芮
三 沖	五 禽	七 柱
八 任	一 蓬	六 心

무자천산 병자분금 육의삼기구성도

四 心 癸 辛	九 蓬 戊 乙	二 任 丙 己
三 柱 丁 庚	五 壬	七 沖 庚 丁
八 芮 己 丙	一 英 乙 戊	六 甫 辛 癸

2. 육의 · 삼기의 길흉

무의(戊儀) : 주로 전토(田土)를 주관. 길문(吉門)에 들면 길하다.

기의(己儀) : 주로 산천을 주관한다. 그 방위에 산수가 있으면 좋은 땅이 많다.

경의(庚儀) : 주로 백호 흉신을 주관한다. 그 방위에 흉사가 있으면 병란이나 호환을 당한다.

신의(辛儀) : 주로 문장을 주관한다. 丙기와 합하거나, 길문이 임하거나, 기이한 사(砂)를 얻으면 문장이 배출된다.

임의(壬儀) : 주로 물로 인한 환란을 주관한다. 흉문(凶門)에 들거나 산수가 높으면 물로 인해 패가한다.

계의(癸儀) : 주로 강하(江河)의 일을 주장한다. 흉문을 범하고 산수가 높으면 물에 빠져 죽는다.

을기(乙奇) : 일정(日精). 길문에 기이한 봉우리나 아름다운 물이 있으면 높은 벼슬을 하는 후손이 난다.

병기(丙奇) : 월정(月精). 길문에 아름다운 봉우리나 좋은 사(砂)가 있으면 반드시 왕비를 낳는다.

정기(丁奇) : 일정(日精). 길문에 기이한 사(砂)가 있으면 장수(長壽)하고 문과급제자가 난다.

부두(符頭) : 좋은 봉우리가 있으면 큰 부자가 나고 벼슬에 오른다.

3. 구성의 길흉

영(英) : 탐랑. 기이하면 문장과 귀(貴)를 얻는다. 험하면 목염(木炎)이 든다. 개·휴·생·경문이 도림하면 흉(凶)을 구한다.

임(任) : 거문. 기이하면 부를 얻는다. 험하면 수염(水炎)이 든다. 삼기(乙·丙·丁)가 도림하면 흉을 구(救)한다.

주(柱) : 녹존. 기이하면 녹을 얻는다. 험하면 수염(水炎)이 든다. 戊己가 구한다.

심(心) : 문곡. 기이하면 문과에 오른다. 험하면 물로 환란을 겪는다. 戊己가 구한다.

금(禽) : 염정. 기이하면 청렴한 선비를 배출한다.

보(甫) : 무곡. 모두가 길하다.

충(沖) : 파군. 높고 위압적이면 모두 흉하다.

예(芮) : 좌보. 길흉이 따로 없다.

봉(蓬) : 우필. 길한 것은 있어도 흉은 없다.

여기서 유념할 것은 팔문은 주로 생명(生命 : 살아 있는 후손)에 작용하고 구성은 주로 화명(化命 : 죽은 사람)에 작용한다는 점이다.

제3장
투지내괘(透地內卦)

제1절 투지60룡(透地六十龍)

투지 60룡은 입수맥의 순잡(純雜)과 분수(分數)의 많고 적음을 살피는데 쓰인다. 정침 24산은 강(綱)이 되고 60룡은 기(紀)가 된다.

60룡의 甲子가 시작하는 자리는 정침 壬의 초(初)에 해당한다. 壬은 坎궁에 속한다. 후천의 坎궁은 선천의 坤궁이다. 坤은 지(地)이므로 투지라고 이름한다. 투지는 천산과 더불어 표리의 관계를 이룬다.

투지라고 명명하는 이유는 투(透)는 현투(顯透)라는 뜻이 있고, 지(地)에는 오기(五氣)가 땅 속에 주행(注行)하여 만물을 발생케 한다는 뜻이 담겨 있기 때문이다. 즉 지기의 길흉을 들여다 본다는 말이다. 다음으로 용(龍)이란 말은 기는 있지만 그 형태가 없어 변화막측하다는 뜻으로 사용된다.

투지60룡의 사용법은 천룡(穿龍)과 수기(受氣)의 2개 방법으로 크게 나눈다.

먼저 내맥 입수 혈성뒤 분수척상에서 나경을 놓고 내맥 입수가 60룡중 어느 용에 속하는가를 천정(穿定)하여 길흉을 판단하는 법이다.

첫째, 음양의 순잡을 살핀다. 24산이 비록 귀음천양(貴陰賤陽)이라고는 하지만, 산들은 각각 행룡이 가능하고 산마다 입혈이 가능한 것이다. 그러므로 양룡이라고 하여 버릴 수 없는 것이다. 따라서 투지 60룡으로 37·정(正)·반(半)의 분수(分數)를 측정하여 양이 많으면 양에 따르고 음이 많으면 음에 따른다.

둘째, 투지납음과 천산납음의 상위작용(相爲作用)을 본다.

예를 들어 내맥입수가 천산(穿山) 辛亥룡이라면 납음은 金에 속하고 애우좌수(埃右左受)하면 乾坐巽향을 하게 된다. 이 때에 투지가 丁亥기를 얻으면 丁亥는 土에 속하며 乾룡의 정기(正氣)다. 그러므로 좌혈 土가 입수 내룡 辛亥 金을 생하니 혈이 용을 생하여 길하다고 판단한다.

만약에 투지가 乙亥기를 얻으면(3戌7乾) 화좌혈(火坐穴)로 辛亥 金룡을 극하게 되니 혈이 용을 극하여 흉하게 된다. 또는 투지 己亥기를 얻으면 5乾5亥로서 살요(殺曜)가 되니, 이를 화갱(火坑)이라 한다.

60룡의 기를 살피는 것은 12지로 1룡에 5기가 있으나, 그 중에서 왕상(旺相)은 丙子일순과 庚子일순의 24기이다. 이를 24주보(珠寶)라고 하며 모두 길한 것이다. 甲子일순과 壬子일순 戊子일순은 합하여 36기가 되는데, 이는 모두 차착관살(差錯關殺)이 되어 흉으로 본다.

또한 뒤에 설명할 성도(星度)가 분금을 극하거나, 분금이 좌혈을 극하거나, 좌혈이 투지를 극하거나, 투지가 내룡을 극하면, 즉 하극상이면 흉한 것이니 피해야 한다.

셋째, 괘례(卦例)를 살피는데 있어, 천산은 본괘가 되고 투지는 내괘가 된다.

혈 뒤 입수처에서 삼기(三奇)가 도래하는 궁에 수로(水路)가 오고 가는지 사길(四吉)이 도래하는 궁에 뛰어나고 아름다운 봉우리가 있는지를 살핀다. 또 자·부·재·관(子父財官)이 임하는 궁에 좋은 봉우리가 있는지 또는 녹마·귀인은 제자리에 있는지 등의 여부를 살펴보고 기·길(奇吉)이 입혈하였으면 천조지설의 아름다운 국이니 그대로 재혈하면 길하다.

만약에 사와 수가 합법하지 않으면 투지로써 소납(消納)하는 변통의 법술을 써야 명사가 된다.

넷째, 금·기·금·괘(禽奇金卦)에 대해 살펴보자. 여기서 금이란 관국성수(管局星宿)이고 기는 삼기와 사길이며 금은 분금이고 괘는 괘례를 말한다.

입수 투지맥으로서 구궁둔취(九宮遁取)하여 삼기는 어느 궁에 있고 사길[金水日月]은 어느 궁에 있으며 육친인정(六親人丁)과 녹마·귀인이 어느 궁에 임하는지를 살펴보는 법이다.

예를 들어 1궁에 있으면 坎궁방, 즉 壬子癸 방위의 산·수이고, 2궁에 있으면 坤궁방, 3궁이면 震궁방(이하 같이 유추)이다. 단 중궁은 坤(2궁)을 본다.

여러 길방에 빼어난 봉우리와 좋은 물이 조응하면 상길(上吉)이다. 이른바 사길이 산을 수렴하고 삼기의 수가 따르면 영관취록(迎官就祿)하여 고허(孤虛)가 물러가고 왕상(旺相)의 기운을 탄다. 귀갑(龜甲)이 병풍처럼 둘러있어 추길피흉하면 이 모두가 금(金)·괘(卦)의 현묘(玄妙)요, 장법의 세기(細技)가 된다.

또한 살(殺)이 24산에 있는 것은 명살(明殺)이며 60분금과 365도 중에 있으면 암살(暗殺)이라고 하며 사(砂)와 수(水)의 오고 감에 나타나면 형살(刑殺)이 되고 연·월·일·시에 숨어 있으면 성살(星殺)이 된다.

그러나 이런 살(殺)들이 맥·혈에 있다 하여도 향상(向上)에서 합법하면 본기를 상하게 하지는 못한다. 그러므로 용혈에서 불합격하면 향상(向上)에서 소납하는 기법이 있다.

제2절 평분60분금(平分六十分金)

60분금은 즉 투지 60룡이다. 이는 천산 72룡의 표(表)가 되고 120분금의 리(裏)가 된다. 혈좌의 음양차착과 육갑납음과 수법을 논하는 데 사용한다.

예를 들면 壬子 목혈(木穴)은 동·북에서 생왕(生旺)하니
북·동쪽에서 오는 물은 길하고 서·남에서 사절(死絶)하니 서·
남으로 물이 빠져나가는 것이 좋다.

양균송의 5기론에 따르면 다음과 같다.

甲子일원은 냉기맥(冷氣脈)으로 고(孤)가 되고

丙子일원은 정기맥(正氣脈)으로 왕(旺)이 되며

戊子일원은 패기맥(敗氣脈)으로 살(殺)이 되고

庚子일원은 왕기맥(旺氣脈)으로 상(相)이 되며

壬子일원은 퇴기맥(退氣脈)으로 허(虛)가 된다.

이를 요약하면 丙子·庚子일순 24룡만이 왕상(旺相)의 길한 기
운을 띤 보물이라 할 수 있다.

제3절 절후배국(節候排局)

24산에 24기가 분포되어 있다. 다시 매 기를 상·중·하 3후로
나누어 72후에 응하도록 하였다. 절후배국은 바로 음양소장의 이
치와 순역진퇴(順逆進退)의 수를 상세히 밝혀 오운육기를 추심하
도록 한 것이다.

기(氣)에는 절(節)과 중(中)이 있다. 5일이 후(候)가 되고 3후
가 1기(氣)가 되며 2기가 1개월이 되고 12개월이 1세(歲)가 된
다. 이렇게 하여 24기 72후가 전부 갖추어지게 된다. 또 3후를
다시 3국으로 나누어 초신접기(招神接氣)와 기괴(起卦)에 사용한

다. 따라서 동지와 하지에 의한 순역의 분별과 의(儀)·기(奇)·
문(門)·성(星)과 구궁 괘요(卦曜)가 이를 근본으로 하여 출발
한다.

포국의 법에 있어 동지 후 양둔 구국은 육의를 차례대로 배치
하고 삼기(三奇)는 거꾸로 배치하며 하지 후 음둔 구국은 반대로
육의를 거꾸로 배치하고 삼기는 차례대로 배치한다.

참고로 음양국결(陰陽局訣)을 소개한다.

동지경칩(冬至驚蟄) 1·7·4   소한(小寒) 2·8·5 위차(爲次)

대한춘분(大寒春分) 3·9·6   입춘(立春) 8·5·2 궁속(宮續)

우수순시(雨水順施) 9·6·3   망종(芒種) 6·3·9 국수(局殊)

입하청명(立夏淸明) 4·1·7   곡우소만(穀雨小滿) 5·2·8 양
국(陽局)

하지백로(夏至白露) 9·3·6   소서(小暑) 8·2·5 궁숙(宮宿)

대서추분(大暑秋分) 7·1·4   입추(立秋) 2·8·5 궁시(宮是)

처서역추(處暑逆推) 1·4·7   대설(大雪) 원배(遠排) 4·1·7

입동한로(立冬寒露) 6·9·3   상강소설(霜降小雪) 5·8·2 음
국(陰局)

제4절 투지구괘법(透地求卦法)

60룡의 소속 절후와 삼원(三元)을 정한 후에 투지가 비림(飛
臨)한 궁과 부두가 도림(到臨)한 궁을 찾으면 된다. 여기서 삼원

의 구분은 甲己 4正은 上元, 甲己 4胞는 中元, 甲己 4葬은 下元이
다.

예를 들면 다음과 같다.

庚子룡일 경우 절후는 子궁 동지요, 삼원은 庚子가 己亥에 속
하니 중원(中元)7국이다. 그러므로 庚子 투지는 동지 중원 7국이
다. 따라서 7궁에서 甲子를 시작하여 차례대로〔順飛〕 배치하면
甲子 7궁, 甲戌 8궁, 甲申 9궁, 甲午 1궁, 甲辰 2궁, 甲寅 3궁, 丁
은 4궁, 丙은 5궁, 乙은 6궁이 된다.

투지 庚子는 甲午순중에 있으므로 甲午가 부두가 된다. 부두
甲午는 坎에 날아든다(부두도림궁). 그러므로 甲午 1, 乙未 2, 丙
申 3, 丁酉 4, 戊戌 5, 己亥 6, 庚子 7하여 투지 경자는 7태궁에
자리한다. 즉 7궁이 용혈의 궁이다(투지비림궁).

그러므로 부두인 坎을 용혈궁인 兌 위에 애거(埃去)하면 兌 위
에 坎, 乾 위에 艮, 坎 위에 震이다.

경자룡은 24산으로 子산이므로, 즉 坎궁은 경자룡의 좌궁(坐
宮)이다.

여기에서 좌궁인 坎은 내괘가 되고 절괘(節卦)인 震은 외괘가
된다. 주성(湊成 : 대성괘를 만듦)하면 뇌수해괘(雷水解卦)가 된다.

경자룡 기갑자(庚子龍起甲子)

四 丁	九 甲申	二 甲辰
三 甲寅	五 丙	七 甲子
八 甲戌	一 甲午	六 乙

낙궁용혈영신(落宮龍穴零神)

四 丁 酉	九	二 乙 未
三 丙 甲	五 戊 戌	七 庚 子
八	一 甲 午	六 己 亥

좌궁절괘(坐宮節卦)

巽	離	坤
震		兌·坎
艮	坎·震	乾·艮

丙午룡일 경우에는 하지 하원(下元) 음둔(陰遁)이다. 그러므로 6국이며 6乾 위에서 甲子를 시작하고 5甲戌 4甲申 3甲午 2甲辰 1甲寅 9乙 8丙 7丁한다. 丙午는 甲辰순중에 있으니 甲辰부두는 2궁에 도림하고 투지 丙午는 9궁으로 비림하니 9궁은 용혈궁인 동시에 좌궁이다.

따라서 부두 坤을 離 위에 애거하면 바로 좌궁에 임하게 된다. 坤은 외괘요, 離는 내괘다. 이를 주성하면 명이괘(明夷卦)가 된다. (나머지는 이런 방법으로 유추하면 된다.)

제5절 관국금(管局禽)에 대하여

28수(宿)가 60룡상에 분포되는데 甲子에서 각성(角星 : 木蛟)을 시작으로 차례대로 붙인다. 乙丑에 항성(亢星 : 金龍), 丙寅에 저성(氐星 : 土貉)하여 60위에 두루 배정되면 癸亥에 방성(房星 : 日兎)이 오게 된다. 28수의 돌려 붙이기가 끝에 이르면 다시 반복한다. 각금(各禽)은 2룡씩을 관장하게 되지만, 각·항·저·방의 4수(宿)만은 3룡씩을 관장함으로써 60룡이 된다.

28수 분포주천(分布周天)을 살펴보면 다음과 같다.

동 창룡 7수 :　巽각 辰항 乙저 卯방 甲심 寅미·기
북 현무 7수 :　艮두 丑우 癸여 子허 壬危 亥실·벽
서 백호 7수 :　乾규 戌루 辛胃 酉묘 庚필 申저·삼
남 주작 7수 :　坤정 未귀 丁유 午성 丙장 巳익·진

동서남북의 각 7수는 7요(曜)가 목·금·토·일·월·화·수의 기를 갖는다. 다만 한 가지 유념할 것은 寅申巳亥에는 수·화의 기를 지닌 두 별이 함께 임한다는 점이다.

관산수(管山宿)는 본룡의 생을 받아야 길하고 본룡의 극을 받으면 좋지 않다. 가령 甲子룡에 각목(角木)이 관산이면 甲子 금룡이 각목을 극하니 관산수가 극을 받아 불길하게 된다. 이럴 경우에는 혹 용이 진짜고 혈이 적실하여도 잠깐 동안만 발복할 뿐

나중에는 패절하게 된다.

7요(七曜)를 붙이는 법 : 세수(歲首)가 寅월이므로 寅午戌 위에 7요가 임하는데 각목(角木)을 시작으로 하여

丙寅에 목, 이어 戊寅에 금, 庚寅에 토, 壬寅에 일, 甲寅에 월이 차례대로 자리하게 되고

庚午에서는 화를 시작으로 하여 壬午 수, 甲午 목, 丙午 금, 戊午 토가 되고

甲戌에서는 일을 시작으로 하여 丙戌 월, 戊戌 화, 庚戌 수, 壬戌 목이 된다. 7요가 끝나면 다시 반복한다. 각 요(曜)가 두 별을 관장하고 목요(木曜)만이 세 별을 관장하여 15수(宿) 정족이 된다. (3×5子元)

관국금수 및 7요 일람표

甲乙丙丁戊己庚辛壬癸甲乙
子丑寅卯辰巳午未申酉戌亥
　　木　　火　　　日
角亢氐房心尾箕斗牛女虛危
木金土日月火水木金土日月

丙丁戊己庚辛壬癸甲乙丙丁
子丑寅卯辰巳午未申酉戌亥
　　金　　水　　　月
室壁奎婁胃昴畢觜參井鬼柳
火水木金土日月火水木金土

戊己庚辛壬癸甲乙丙丁戊己
子丑寅卯辰巳午未申酉戌亥
　　土　　木　　　火
星張翼軫角亢氐房心尾箕斗
日月火水木金土日月火水木

庚辛壬癸甲乙丙丁戊己庚辛
子丑寅卯辰巳午未申酉戌亥
　　日　　金　　　水
牛女虛危室壁奎婁胃昴畢觜
金土日月火水木金土日月火

壬癸甲乙丙丁戊己庚辛壬癸
子丑寅卯辰巳午未申酉戌亥
　　月　　土　　　木
參井鬼柳星張翼軫角亢氐房
水木金土日月火水木金土日

제6절 육의(六儀)·삼기(三奇)·팔문(八門)

육의와 삼기의 포법은 천산본괘에서 설명한 바와 같다. 여기서는 팔문포법(八門布法)에 대해서만 다시 설명한다.

가령 庚子 투지라면 庚子는 己亥 中元에 소속되어 동지 중원 7국임은 앞에서 설명했다. 그러므로 甲午부두가 坎에 있고 庚子룡 혈궁이 兌에 있으니 兌(7궁)에서 坎을 시작하면 乾(6궁)에 艮이 온다. 전위된 艮 즉 乾6궁에서 생을 시작하여 순행하면 팔문이 전부 자연스럽게 바뀌어서 乾생 坎상 艮두 震景 巽사 離驚 坤개 兌휴가 된다.

바꿔 말하면 위치가 바뀐 艮 위에서 생문을 시작하여 생·상·두·경(景)·사·경·개·휴의 차례로 순행하는 법이다. 이 팔문 순행은 국의 음·양둔과는 관계없이 어느 경우에도 순행한다는 점에 유념해야 한다.

다음 삼기와 팔문의 길흉을 말하면 그 기본은 천산의 장에서 설명한 바와 같다. 특별히 추가로 설명할 내용은 기성(奇星)이 묘궁(墓宮)에 임하는 것을 꺼린다는 점이다. 즉 戌은 火묘라, 丙丁기(奇)가 戌에 임하면 입묘(入墓)가 된다. 또 未는 木묘라, 乙奇가 未에 임하면 입묘가 된다. 陰화는 丑이 묘이니 丁이 丑에 있거나, 陰목은 戌이 묘이니 乙奇가 戌에 임하면 이것도 또한 묘에 들어간다.

팔문이 그 비도궁(飛到宮)을 극제(克制)하면 길기(吉氣)가 감하게 된다.

예를 들면 개문(開門)은 금〔乾〕에 속하는데 3·4궁에 임하면 金克木이고 휴문은 수〔坎〕에 속하는데 9궁에 임하면 水克火이며 생문은 토에 속하는데 1궁에 임하면 土克水가 된다. 또한 반음(反吟)이나 복음(伏吟)도 흉이다.

다음에 팔문과 삼기의 상호관계는 기를 얻었으나 문을 얻지 못하면 불길하며, 문을 얻어도 기를 얻지 못하면 또한 불길한 법이다. 문과 기를 같이 얻어야 상길(上吉)이다.

다음은 **사길성법(四吉星法)**을 살펴보자.

천지의 7보는 금·수·일·월·을·병·정이라고 한다. 그중에서도 삼기는 물을 보는데 많이 사용하고, 사길·육친·녹마·귀인은 사(砂)를 보는데 주로 사용한다.

사길성을 찾는 법은 괘(卦)의 지세효(持世爻)의 수(宿)로서 칠요관국의 금(禽)을 추심하여 음·양둔에 따라서 순비(順飛)하거나 역비(逆飛)로 붙인다.

지세 7요수둔(持世七曜宿遁) 4길결(四吉訣)

일허월귀화종기(日虛月鬼火從箕) : 日요는 虛성에서 月요는 鬼성에서 火요는 箕성에서 시작하고

수필목저금규위(水畢木氐金奎位) : 수요는 필성에서 목요는 저성에서 금요는 규성에서 시작하고

토위갱종익상추(土位更從翼上推) : 土요는 다시 익성에서 시작

하여 반복하나

칠요금성회자희(七曜禽星會者稀) : 7요성 중에서 4길성이 한 궁에 모이기는 드문 일이다.

이를 자세히 설명하면 칠요관국의 금(禽)을 본룡 절후국戌에 붙이는데, 庚子 중원7 丙午 하원6과 같다. 예를 들어 庚子 해괘(解卦)는 지세수가 戊辰효인데 칠요를 보면 심월호(心月狐)다(관국금 및 7요표 참조).

월요는 귀에서 시작하니 7궁에서 귀를 시작하여 양둔 순비하면 28수가 차례로 9궁에 날아든다. 7귀 8류 9성 1장 2익 3진 4각 5항 6저 7방 8심…으로 첫번 배열에서 장성(월)이 坎에 임하고 두번째 배열에서는 기성(箕 : 수)이 坎에 임하며 세번째 배열에서는 루성(금)이 坎에 오고 네번째 배열에서는 성성(일)이 坎에 이르니 금·수·일·월이 모두 坎궁에서 만난다. 즉 坎(1)궁이 4길성궁이다.

丙午 명이괘(明夷卦)는 지세수가 癸丑효 정목간(井木犴)이며 목은 저성에서 시작하니, 6궁에서 저를 시작하여 음둔역비하면 6저 5방 4심…으로 금·수·일·월이 巽궁에서 서로 만난다.

여기에서 유념할 것은 양순음역이라는 점과 월 별자리가 처음으로 오는 궁에 사길성이 모두 모인다는 점이다. 바꿔 말하자면 첫번째 배열에서 월 별자리가 처음 오는 궁이 사길성을 찾는 지름길이다.

제7절 제방길흉(諸方吉凶)

투지 60룡으로 내괘를 찾아서 혼천甲子로 산수의 길흉을 추심하는 것이 매우 중요하다. 귀인·녹마·삼기·사길·육친에 해당하는 방위를 투지 기준으로 헤아리는데 해당되는 방위에 사(砂)·수(水)가 아름다우면 길한 것이다. 좀더 구체적으로 설명하면 삼기로서 수수(收水)하고 육친과 귀인·녹마로써 사(砂)를 점검한다.

육친 방위의 길흉은 다음과 같다.

자산(子山)이 높고 빼어나면 자손이 왕성하게 된다.

문산(文山)이 아름다우면 전답과 저택이 늘어난다.

재산(財山)이 우뚝 솟았으면 재물이 가득 찬다.

관산(官山)이 아름다우면 과거에 급제하고 큰 벼슬이 난다.

귀검(鬼劍)이 준열하게 위압하면 재물이 패하고 혹 사람도 패한다.

재방(財方)이 높으면 현처가 나고 낮고 꺼졌으면 악처가 난다.

부방(父方)이 높으면 부자(父子)가 서로 화친하나 낮고 꺼졌으면 불효가 난다.

형방(兄方)이 높으면 형제 간에 우애가 있고 낮고 꺼졌으면 불목하고 원수가 된다. 또 형제방이 지나치게 높으면 재물을 잃고 아내도 잃는다.

이 육친 방위는 중침으로 사를 재서 얻는 결과와 함께 판단하면 더욱 정확하다.

이 밖에 장생방을 참고로 하는데 높고 기운이 세면 장수하고 낮고 푹 꺼졌으면 지나치게 색을 좋아하거나 질병이 많이 따른다.

녹·마·귀인을 찾는 법은 다음과 같다.

첫째 24산과 60룡의 기본 궁위로 찾는다.

두번째는 60甲子의 애거도궁위(埃去到宮位)로 찾는다.

예를 들어 뇌수해괘의 경우, 초효 戊寅은 庚子투지(申子辰)의 마(馬)이며 24산 子(申子辰)의 마이기도 하다. 그런데 궁위로는 8궁이 되고 애거 도림위(埃去到臨位)로는 3궁이 된다. 동시에 형제궁이다.

2효 戊辰은 지세효이고 동시에 재(財)이다.

3효 戊午는 자손이다.

4효 庚午도 자손이다.

5효 庚申은 응효이고 60룡 庚子의 녹이며 장생위(長生位)인 동시에 관귀(官鬼)이다.

상효 庚戌은 재(財)이다.

이것을 애거 구궁으로 보면 다음과 같다.

경자룡해괘 애거도(庚子龍解卦埃去圖)

四 庚 午	九 庚 申	二 戊 辰
三 戊 寅	五	七 戊 午
八 庚 戌	一	六

육친   녹 마 귀인

자 : 4, 7궁   녹: 9궁(庚子투지 천간 庚의 녹)

부 : 없음   마: 3궁(8궁)

재 : 2, 8궁   귀: 없음(2궁 8궁)

관 : 9궁

형 : 3궁

여기서 유념할 사항은 다음과 같다.

① 육친은 본괘 소속으로 정한다.

② 녹·마·귀인은 본룡의 간지로 정한다(庚子의 녹은 申, 마는 寅, 귀인은 丑未)

③ 육친은 반드시 비박궁으로 정한다.

④ 자손위는 생왕방을 좋아하고 사절(死絶)방위를 꺼린다(본룡 지지삼합).

⑤ 60갑자가 구궁에 들어가는데 길성을 만나는 해에는 발복하고 흉성을 만나는 해에는 재앙이 생긴다. 해당하는 해에 태어난 자손에게 응한다.

제8절 천산투지 총설

세간에서는 천산 투지의 원천적인 원리를 잘못 알고 이론(異論)이 분분하나, 천산과 투지야말로 정확하게 원용하면 실로 간룡·심혈·장법의 보전(寶典)이라고 할 수 있다.

간산은 첫째가 간룡이다. 용세가 혈을 맺을 만한 곳이면 입수처에서 천산 72룡으로써 내맥의 순잡을 살펴서 음향(陰向)할 것인가 양향할 것인가를 정한다. 그 다음에 천산 본괘를 찾아 내룡입수가 어느 궁에 속하는지를 보고 삼기·육친·녹마·귀인의 자리와 사와 수의 높고 낮음을 살핀다.

다음에는 입향을 한다.

입수 작혈처에서 투지 60룡으로서 24방위를 정밀하게 살펴 추길피흉의 방법과 애가법(埃加法) 등을 정한다.

여기서 용·향의 생극을 살피는데, 향은 용을 생해야 하고 용은 향을 극할 수 있어야 한다. 예를 들면 납음 水룡은 납음 土·木의 향을 쓸 수가 없다.

다음에는 내괘를 검토한다.

육갑성금(六甲星禽)과 사길의 궁과 육친궁 및 기문(奇門)·녹마·귀인의 비박(飛泊)으로 정맥의 합법여부와 물과 사의 방위에 대한 길흉을 판별한다. 혹 합법하지 않으면 투지룡을 바꿔야 한다.

지금까지의 과정을 바꿔 말하면 천산 60위는 산수로서 혈좌의 길흉을 정하는 법이고 혼천투지 내괘는 혈좌로서 산수의 길흉를 추찰하는 법이다.

그 이유는 좌혈을 정하기 이전에 내룡과 물의 방위는 자연으로 만들어진 것이기 때문에 바꿀 수가 없고 옮길 수 있는 것은 좌혈뿐이기 때문이다.

그러므로 산수로서 좌를 정하는 법은 본괘를 쓴다. 본괘는 용에 속하는 것이지 혈에 속하는 것이 아니다. 좌혈로서 산수를 살피는 법은 내괘를 쓰는데 맥과 혈, 물과 향의 순잡과 오행 생극을 주로 본다. 이는 사위(砂位)의 기복(起伏)과 물의 합국 여부를 살피는 것은 혈에 속하기 때문이다.

실로 나경의 묘용(妙用)은 천산과 투지에 불과하며 천산과 투지의 묘용은 괘효와 기길(奇吉)에 불과하다. 즉 나경은 팔괘〔地盤〕·12지〔天盤〕·천성〔人盤〕 세 가지가 주(主)이고 기타의 여러 층은 이 세 가지를 보좌하는데 지나지 않는다.

학파에 따라 투지는 용을 판별하고 천산은 혈을 논한다고 하지만, 이는 천산은 선천괘요 투지는 후천괘임을 이해하지 못한 데서 나온 오류에 지나지 않는다.

12지의 위치를 한가운데〔正中〕에서 통섭한 것이 천산이요, 12지를 끝에서 통섭하는 것이 투지이다. 이는 지지 子의 정중앙을 보면 천산은 戊子가 되고 투지는 庚子가 되는 점으로 이해하면 된다. 그러므로 천산은 체(體)가 되어 용(龍)을 논하고 투지는 용(用)이 되어 혈을 논하는 것이 바른 이치가 아니겠는가.

팔괘통60룡응72후(八卦統60龍應七十二候)표

坎宮	艮宮	震宮	巽宮	離宮	坤宮	兌宮	乾宮
大冬小 雪至寒 節中節	大立雨 寒春水 中節中	驚春淸 蟄分明 節中節	穀立小 雨夏滿 中節中	芒夏小 種至署 節中節	大立處 署秋署 中節中	白秋寒 露分露 節中節	霜立小 降冬雪 中節中
陰陽陽	陽陽陽	陽陽陽	陽陽陽	陽陰陰	陰陰陰	陰陰陰	陰陰陰
甲戊乙 子子丑	己丙庚 丑寅寅	丁辛戊 卯卯辰	壬己癸 辰巳巳	庚甲辛 午午未	乙甲丙 未申申	癸丁甲 酉酉戌	戊乙己 戌亥亥
坎蒙渙	遯小艮 過	无噬噬 妄嗑嗑	姤鼎巽	豊離革	萃觀萃	兌損兌	夬大需 有
後	後　後	後	後　後	後	後　後	後	後　後
丙庚丁 子子丑	辛戊壬 丑寅寅	己癸庚 卯卯辰	甲辛乙 辰巳巳	壬丙癸 午午未	丁甲戊 未申申	乙己丙 酉酉戌	庚丁辛 戌亥亥
困解渙	漸謙旅	頤震震	巽大恒 過	家明離 夷	豫坤萃	歸歸履 妹妹	大大泰 有壯
戊壬己 子子丑	癸庚甲 丑寅寅	辛乙壬 卯卯辰	丙癸丁 辰巳巳	甲戊乙 午午未	己丙庚 未申申	丁辛戊 酉酉戌	壬己癸 戌亥亥
師解未 濟	艮旅艮	隨屯復	升巽蠱	離既革 濟	晋否坤	中履履 孚	需夬乾
前　前	前	前　前	前	前　前	前	前　前	前

위 60룡 應候遁卦에서 戊子 己丑 庚寅 辛卯 壬辰 癸巳
甲午 乙未 丙申 丁酉 戊戌 己亥 12룡은 각 2괘씩인데
반은 前節氣에 속하고 반은 後節氣에 속한다.

60투지룡 사길 삼기 육친 도방정국 표

六十分金	龍	癸亥	辛亥		己亥	丁亥	乙亥	壬戌	庚戌		戊戌	丙戌	甲戌	辛酉	己酉		丁酉	乙酉
	分金	七	正	五	五	正	三	七	正	五	五	正	三	七	正	五	五	正
		亥	亥	亥	乾	乾	戌	戌	戌	戌	辛	酉	酉	酉	酉	酉	庚	庚
		三					七	三						七	三			
		壬					乾	乾						辛	辛			
節候		小雪	小雪	小雪	立冬	立冬	立冬	霜降	霜降	霜降	寒露	寒露	寒雪	秋分	秋分	秋分	白露	白露
三元		下	上	中	中	中	下	下	上	上	上	中	下	下	上	上	上	中
		二	五	八	九	九	三	二	五	五	六	九	三	四	七	七	九	三
六十四	卦	乾	泰	需	夬	大壯	大有	需	大有	快	履	履	兌	履	歸妹	損	中孚	歸妹
八門	生	八	四	一	三	七	九	一	九	三	一	一	八	一	二	七	九	二
	開	六	八	七	一	九	三	七	三	一	七	七	六	七	四	九	三	四
	休	一	三	六	八	二	四	六	四	八	六	六	一	六	九	二	四	九
三奇	乙	五	八	二	三	三	六	五	八	八	九	三	六	七	一	一	三	六
	丙	四	七	一	二	二	五	四	七	七	八	二	五	六	九	九	二	五
	丁	三	六	九	一	一	四	三	六	六	七	一	四	五	八	八	一	四
六親	子宮	二	二	九	三	七	三	三	二	八	七	一	七	二				
	父宮	七					三	二	一	九	六	一	二	二	三	八	一	二
								八		四	九	七	九	八	四	六		八
	才宮	六	二	二	四	九	七	二	九	二			九		四	四		九
			九	八	九					九								
	官宮	二	九	三	四	四	七	六	九	九	三	六	四	一	一	四	六	六
														八	五	九		四
	兄弟	三	一	一	二	二	三	四	五	一	二	五	六	九	五	三	二	一
				四		八		七		二								
四吉		五	九	二	四	九	七	五	九	九	二	五	八	九	七	七	七	三
						二										九	九	五
祿馬貴人		一	七		九	九	三	六	二		四	四	八	七	九		九	三
		四	四		四	四	四	二	二		二	二	二	六	六		六	六
		三	八		一	六	一	三	二		二	六	二	八	一		六	一
		四	九		二	七	二	四	八		八	七	八	九	二		七	二

六十分金	龍	癸酉	庚申	戊申		丙申	甲申	壬申	己未	丁未
	分金	三申七庚	七申三庚	正申	五申	五坤	正坤	三未七坤	七未三坤	正未
節候		白露	處暑	處暑	處暑	立秋	立秋	立秋	大暑	大暑
三元		中三	下七	下七	上一	上二	中五	中五	下四	下四
六十八門三奇	卦	兌	坤	萃	萃	否	坤	觀	晋	豫
	生	八	八	一	一	六	八	四	三	九
	開	六	六	七	七	二	六	八	一	三
	休	一	一	六	六	七	一	三	八	四
	乙	六	一	一	四	五	八	八	七	七
	丙	五	九	九	三	四	七	七	六	六
	丁	四	八	八	二	三	六	六	五	五
六親	子宮	七	七	二	五		二		七 八	二
	父宮	二 八	二	三 九	三 六	七	九	一 七	三 九	
	才宮	九	二	一	四	五	九	二 八	七	三 九
	官宮	四	一	二	五	二 六	八	六 九	八	二
	兄弟	六	三	一	四	三	一		四	七 九
四吉		八	一 九	七 三	一	五	八	三	三 五	三 五
祿馬貴人	祿	一	二	四		四	八	六	九	九
	馬	六	八	八		八	八	八	四	四
	貴	三	二	二		六	二	三	一	六
	人	四	八	八		七	八	四	二	七

六十分金	龍		乙未	癸未	辛未	戊午	丙午		甲午	壬午
	分金	五未	五丁	正丁	三午七丁	七午三丁	正午	五午	五丙	正丙
節候		大暑	小暑	小暑	小暑	夏至	夏至	夏至	芒種	芒種
三元		上九	上八	上八	中二	中三	下六	上九	上六	上六
六十八門三奇	卦	萃	革	離	革	既濟	明夷	離	離	家人
	生	一	六	八	六	二	一	八	八	三
	開	七	二	六	二	四	七	六	六	一
	休	六	七	一	七	九	六	一	一	八
	乙	一	二	二	五	六	九	三	五	五
	丙	九	一	一	四	五	八	二	四	四
	丁	八	九	九	三	四	七	一	三	三
六親	子宮	二	一 七	二	六	九	二	四 八	二 七	
	父宮	三 九	二	二	二	四	六	三	三	二
	才宮	一			八			九	六	四
	官宮	二	一	九	四	二	二	一 八	二	
	兄弟	一	三	三	三 六	四 六	一 七	四	二	三 六
四吉		七 九	二	三	五	一	四	四	二	九
祿馬貴人	祿		三	一	七	四	四		八	六
	馬		四	四	四	二	二		二	二
	貴		一	八	三	二	六		二	三
	人		二	四	九	八	七		八	四

六十分金	龍	庚午	丁巳	乙巳		癸巳	辛巳	己巳	丙辰	甲辰		壬辰	庚辰	戊辰	乙卯	癸卯		辛卯	己卯
	分金	三巳七丙	七巳三丙	正巳	五巳	五巽	丁巽	三辰七巽	七辰三巽	正辰	五辰	五乙	正乙	三卯七乙	七卯三乙	正卯	五卯	正甲	正甲
節候		芒種	小滿	小滿	小滿	立夏	立夏	立夏	穀雨	穀雨	穀雨	清明	清明	清明	春分	春分	春分	驚蟄	驚蟄
三元		中三	中二	下八	下八	下七	上四	中一	中二	下八	下八	下七	上四	上四	中九	中九	下六	下四	上一
六十八門三奇六親	卦	豊	蠱	恒	巽	巽	大過	鼎	升	巽	姤	復	震	噬嗑	屯	震	噬嗑	隨	頤
	生	四	四	三	八	八	七	一	六	八	二	七	八	六	四	八	六	二	三
	開	八	八	一	六	六	九	七	二	六	四	九	六	二	八	六	二	四	一
	休	三	三	八	一	一	二	六	七	一	九	二	一	七	三	一	七	九	八
	乙	二	一	七	七	六	三	九	一	七	七	六	三	三	八	八	五	三	九
	丙	一	九	六	六	五	二	八	九	六	六	五	二	二	七	七	四	二	八
	丁	九	八	五	五	四	一	七	八	五	五	四	一	一	六	六	三	一	七
	子宮	九		二	七	六		二		七	一	七	一	九	八	六	二		
	父宮	二	二 四	一	一	九	六 九		四 七	一	三 九		四	四	八	九	六	四 九	一 四
	才宮	九	三 六	九	六 九	二 八	二 二	一 四	三 六	六 九		三 七	二	二		一 七	四 七	二	二 八
	官宮	一 四	二	一 二	二	一	一 七	三	二	二	八	六	六	四	七	二	六	一	
	兄弟	二	四		八	七		六 九			二	二	三	三	六	八	五	三	三
四吉		五	六	三 八	六 七	五	一	六	四	六 八	五	二	七	二 四	五	三	四 六	一	五
祿馬貴人		二二二八	九六七六	三六一二		一六三四	七六八九	九六一二	四八七六	八八二八		六八三四	二八二八	四八二八	三四一二	一四三四		七四八九	九四一二

六十分金	龍	丁卯	甲寅	壬寅		庚寅	戊寅	丙寅	癸丑	辛丑		己丑	丁丑	乙丑	壬子	庚子		戊子	丙子	甲子
	分金	三寅 七甲	七寅 三甲	正寅	五寅	五艮	正艮	三丑 七艮	七丑 三艮	正丑	五丑	五癸	正癸	三子 七癸	七子 三癸	正子	五子	五壬	正壬	三亥 七壬
節候		驚蟄	雨水	雨水	雨水	立春	立春	立春	大寒	大寒	大寒	小寒	小寒	小寒	冬至	冬至	冬至	大雪	大雪	大雪
三元		上 一	中 六	中 六	下 三	下 二	下 二	上 八	上 三	中 九	下 六	下 五	下 五	上 二	上 一	中 七	中 七	中 七	下 一	上 四
六十卦	卦	无妄	艮	旅	艮	旅	謙	小過	艮	漸	遯	未濟	渙	渙	解	解	蒙	師	困	坎
八門	生	九	八	七	八	七	二	二	八	六	四	二	七	七	六	六	一	九	四	八
	開	三	六	九	六	九	四	七	六	二	八	四	九	九	二	二	七	三	八	六
	休	四	一	二	一	二	九	六	一	七	三	九	二	二	七	七	六	四	三	一
三奇	乙	九	五	五	二	一	一	七	二	八	五	四	四	一	九	六	六	一	四	七
	丙	八	四	四	一	九	九	六	一	七	四	三	三	九	八	五	五	九	三	六
	丁	七	三	三	九	八	八	五	九	六	三	二	二	八	七	四	四	八	二	五
六親	子宮	一	二	四 七	八	三 九	七		八	五		六 九	三 九	六 九	一 七	四 七	二	二	五	八
	父宮	一	三		九 六		九 九	六 八	九 四	六	一 二	一 七	一	二			三	七 九	三	五 六
	才宮	二 八	九	二 六	六	二 七			六			五			二 五	二 八		七	二	四
	官宮	九	八		五		八	二	五	九	三 六				三	九	一	三	一	九 六
親	兄弟	九	一 四	二 三	一 七	七 八	二 七	一 四	一 七	七	二 五	一 五	四 二	一 二	六	三	七	二	四	七
四吉		四	三	五 七		一 三	一 三	六 八	九	三	八	一 六	四 三	一	四	一	二	二	八	三 五
祿馬貴人		九	八	六		二	四	四	一	七		九	九	三	六	二	四	四	四	八
		四	二	二		二	二	二	六	六		六	六	六	八	八	八	八	八	八
		六	二	三		二	二	六	三	八		一	六	一	三	三	三	三	六	二
		七	八	四		八	八	七	四	九		二	七	二	四	八	八	八	七	八

제4장
분금외괘(分金外卦)

제1절 혈향분금(穴向分金)

60甲子에 64괘를 배정(配定)하는데, 64괘 중에 坎·離·震·兌 4괘는 제외한다. 이유는 坎·離는 음양의 기둥이요, 震·兌는 해와 달이 드나드는 문이기 때문이다.

甲丙戊庚壬은 子寅辰午申戌 위치에 분배하고 乙丁己辛癸는 丑卯巳未酉亥의 위치에 분배하여 두 번 돌리면 120분금이 된다.

매 戊己의 위치에 복(復)·임(臨)·태(泰)·대장(大壯)·쾌(夬)·건(乾)괘를 배정하는 이치는 일양(一陽)이 시생(始生)하여 점차 나아가는 상이며, 구(姤)·둔(遯)·비(否)·관(觀)·박(剝)·곤(坤)괘를 배정하는 이치는 일음(一陰)이 시생하여 점차 물러가는 상이기 때문이다. 육기(六氣)는 하늘의 이치를 따라 좌선하고 오원(五元)은 땅의 이치를 따라 우선하여 기후의 고허(孤虛)를 판별할 수 있다. 또한 戊己를 12지위의 중앙에 배치하는 것은 12벽괘(十二辟卦)가 되기 때문이다. 분금에 괘를 배정하는 것은 부록으로 실은 대륜도 23층을 참고하면 된다.

분금 작용에는 두 가지가 있다. 그 하나는 극석(剋釋 : 택일)에 쓰고 다른 하나는 승기(乘氣)에 쓴다.

먼저 혈향(穴向) 분금〔乘氣分金〕에 대해 살펴보자.

혈향 120 분금 중에는 순공(旬空)이 24개요, 귀갑(龜甲)이 24개이고 귀살(鬼殺)이 36개이다. 따라서 분금으로 쓸 수 있는 것은 36개 뿐이다.

그러나 득금불득괘(得金不得卦)나 또는 득괘불득금(得卦不得金)은 불길하다. 금과 괘 두 가지를 다 갖춘 것은 12혈뿐이다. 여기서 분금이 왕상(旺相)을 얻으면 득금이라고 하고 괘효가 음양이 서로 화합하면 득괘라 한다.

분금 이용의 요체는 용(龍)이 쇠약하면 생왕분금을 쓰고 용이 생왕하면 비화분금을 쓴다는 점이다. 용이 휴수(休囚)이면 왕상(旺相)분금을 쓴다. 이때 분금의 생왕휴수는 납음오행으로서 가린다.

예를 들면 丙子 水는 子궁이 왕지(旺地)니 길하고, 甲子 金은 子궁이 사지(死地)니 불길하다. 또한 팔괘의 화갱(火坑)을 피해야 한다.

乾괘에서는 4효가 壬午요, 坎괘에서는 3효가 戊午이고

艮괘에서는 2효가 丙午요, 震괘에서는 4효가 庚午이며
巽괘에서는 5효가 辛巳이고 離괘에서는 6효가 己巳이며
坤괘에서는 2효가 乙巳이고 兌괘에서는 丁巳가 화(火)이다.

예를 들면 乾宮룡은 壬午분금은 쓰지 않는다.

또 분금 납음이 투지 납음을 극하거나 누설〔泄氣〕하면 불가하다. 또한 분금 납음이 천산 납음을 극하거나 누설하여도 불길하다.

제2절 내외반 분금(內外盤 分金)

정침 120분금은 정침 子初에서 甲子를 시작하여 차례대로 5개가 자리하고 정침 癸 초에서 거듭 甲子를 일으키니 모두 120개가 된다.

봉침 120분금은 봉침 子初에서 甲子를 시작하여 순서대로 5개를 놓고 봉침 癸초에서 거듭 甲子를 놓으니 모두 120개 이다.

양(陽)은 子半에서 시작하니 정침 분금 戊子·戊午가 음양이 교접하여 음기와 양기가 시작하는 경계선 아래에 자리하고 子午 초에서 甲子·甲午를 시작한다.

이에 반하여 봉침분금은 정침의 子午 반(봉침 子午초)에서 甲子·甲午를 시작하고 정침 24산 경계선에 戊己가 자리한다.

그러므로 정침분금과 봉침 분금을 비교하면 궁의 위치에 약간 편차가 있다. 이는 정침의 庚子분금 왼쪽 1분이 봉침으로 丙子분금이 되며 정침 丙子 분금의 오른쪽 1분이 봉침 辛亥분금이 되기 때문이다.

다시 말하면 정침 금〔庚辛〕 분금의 왼쪽 1분은 봉침 화〔丙丁〕 분금이 되고 정침 화 분금의 오른쪽 1분은 봉침 금 분금이 된다. 정침 분금 庚子의 왼쪽 1분은 봉침 丙子 분금이고 오른쪽 1분은 봉침 甲子 분금이다.

이렇게 편차를 설치한 이유는 천기가 반위(半位) 먼저 온 후에 지물(地物)이 비로소 이에 응하기 때문이다. 천기가 좌선(左旋)한다는 것은 천도운행의 변화·가감(加減)을 보여주기 위함이다.

정·봉침분금의 용법에서 정침분금이 우선하고 봉침분금은 정침을 보좌하는 것이다. 정침분금이 용혈에 합국하면 봉침분금을 참작할 필요가 없고, 혹 불합할 경우에 한하여 봉침분금으로 바꾸어서 합법을 구한다.

정침은 조화의 본체요, 봉침은 작용의 첩경이라고 하겠다.

제3절 분금일괘(分金日卦)

1. 택일용법

앞에서 혈향(穴向)분금에 대해 설명했다. 여기서는 극석(剋釋) 용법을 살펴본다.

坎·離·震·兌는 24기를 주관한다.

동지에 坎을 시작하여 춘분 震, 하지 離, 추분 兌가 된다. 매 1효가 1기(15일)씩을 관장한다.

복·임·태·대장·쾌·건·구·둔·비·관·박·곤의 12벽괘는 주월(主月)하여 정월에 태(泰)가 시작하니 매 1효가 5일씩 관장하여 72후가 된다. 또 벽괘는 매월 중앙에 자리하여 좌우에 각각 2개의 일괘(日卦)를 거느린다. 1개월이 일괘 5이고 합하여 60괘 360효가 된다. 따라서 매효가 1일씩을 관장한다.

동지를 중부(中孚)괘 초효에서 시작하고 입춘일을 소과(小過)괘 4효에서 시작하여 축일(逐日)애거(埃去)하면 치일효(値日爻)가 된다.

분석하는 요령은 후(候)에 해당하는 괘효와 일진의 간지가 배합하면 길하고 형극(刑剋)이면 흉하다. 효가 주인이 되고 일(日)이 객이 되니, 일진이 효를 생하는 것은 가하고 효가 일진을 생하면 흉이다. 비화는 쓸 수 있다.

또 12벽괘의 세효(世爻)와 분금 일괘의 간지가 상합하면 길하고 형극은 흉하다. 또 하나는 자·부·재·관효의 간지로써 택일하면 길하다.

또한 장사하는 일진의 천간으로 육신(六神)을 붙여서 청룡이 재효(財爻)면 주로 자손을 보고, 주작이 관효(官爻)면 주로 귀(貴)가 발음한다. 구진 부효(父爻)는 전답(田畓)이 따른다. 이 밖에 치일효사(値日爻辭)도 참작함이 좋다.

이를 알기 쉽게 정리하면 다음과 같다.

첫째, 치일효(値日爻) 간지와 일진의 생·극·형·충을 본다.

둘째, 치일효 간지와 해당하는 벽괘(璧卦)의 지세효(持世爻) 간지와의 생·극·비화를 살핀다.

셋째, 장일(葬日)의 일진 干으로 일괘(日卦)에 육신(六神)을 붙인다.

넷째, 치일효의 간지로 길흉을 본다.

여기서 알 수 있듯이 벽괘세효·일괘 치일효·일진이 우선 순위이다. 즉 일진이 생(生) 일괘치일효하고 합(合) 벽괘세효 하는 것[逆生]이 길하다.

예를 들어 설명하면 다음과 같다.

가령 정월27일 癸酉일의 경우. 16일이 壬戌 우수(雨水)였다면 우수는 풍산점(風山漸)괘 초효이다. 즉 초효 壬戌, 2효 癸亥로 애거하면 된다.

2. 삼반괘 합용(三盤卦 合用)

삼반괘라 하는 것은 천산·분금·좌혈(坐宮主卦)을 말한다. 삼반괘를 하나의 판에 조립하는 법을 살펴보자.

천산 辛亥입수, 壬坐丙향, 癸亥분금의 경우.

천원(天元) 연산역(連山易)은 뇌지예괘로서 坤궁에 해당한다. 辛亥룡(金)과 납음이 서로 생합하니 충이나 극이 침범하지 못한다. 또한 예지상(豫之上)괘는 음양이 조화하니 길하다.

지원 귀장역은 癸亥이므로 수산건괘다. 내3효는 丙辰(토), 丙午(화), 丙申(금)이고 외3효는 戊申(금), 戊戌(토), 戊子(수)이다.

丙午는 귀효(鬼爻)이니 쓸 수 없고 기타의 5효 치일간지(値日干支)는 쓸 수 있다. 특히 그중에서도 지세효(持世爻) 戊申이 더욱 유력하다.

壬좌는 坎궁이요, 대설·동지절에 제왕(帝旺)하니 12월 후에 왕기(旺氣)를 얻는다. 그런데 11월의 벽괘는 지뢰복이다. 복괘는 초효 庚子가 세효인데 일괘(日卦) 건(蹇)의 초효 丙辰과 5효 戊戌이 토극수로 세효를 극하니 불미스럽다. 일괘(日卦) 세효 戊申은 벽괘 세효 庚子와 생합(生合)하며 주(主)괘인 坎괘의 4효 戊申도 일괘인 건(蹇)괘 세효 戊申과 비화하니 길하다. 丙申이나 戊子도 역시 길하나 세효인 戊申에 비하면 힘이 약하다.

72후에 있는 효를 살펴보면 동지 초후(初候)는 복괘 4효 癸丑이고 중후(中候)는 5효인 癸亥이며 말후(末候)는 상효인 癸酉다. 그러므로 초후 癸丑은 일괘의 세효인 戊申에 기가 빠져 나가니 쓸 수 없고, 중후 癸亥나 말후 癸酉는 생합비화(生合比和)하니 중·말후에서 택일하여야 한다.

인원(人元) 주역괘는 육친과 녹마·귀인궁과 황천(黃泉)·살요(殺曜)를 검토한다.

괘를 살핀 다음에는 태양전도 여부를 깊이 살펴 좌의 분금이나 또는 대궁(對宮)에서 임조(臨照)하면 매우 아름답다. 〈태양 도산(到山)은 제5장 제3절 참조.〉

제5장
주천도수(周天度數)

제1절 360도 길흉 및 분야도

천운도수(天運度數) 365.25도는 위로는 천운의 유행(流行)과 합일하고 아래로는 지맥의 박환과 통함으로써 120분금에 배정하여 고허열악(孤虛劣惡)한 기는 피하고 삼기(三奇)와 사길과 녹·마·귀인의 기만을 수용한다.

천산은 1룡이 5도이며 투지는 1룡이 6도이고 120분금은 1룡이 3도씩이다.

24산이 나누어지는 간지가 만나는 중앙1선은 음양이 서로 어긋나고(差錯),

팔간(八干)·사유(四維)의 중앙1선은 대공망(大空亡)이며,

지지의 중앙 1선은 대차착(大差錯)이고,

72룡이 만나는 중앙 1선은 소공망(小空亡)이며,

28수(宿) 성도 61위 오행 상극자(相克者)는 관살(關殺)이 된
다.

여기에서 차착·공망·관살만 피하면 가히 장사지낼 만하며 성
도(星度)의 길흉은 개의치 않아도 무방하다.

제2절 성도오행(星度五行)

28수(宿)는 관금(管禽)오행이 있고 또 매 성도에 따라 세분한
성도오행이 있다. 이는 마치 1세(歲) 중에 12개월이 있고 월 중
에 다시 30일이 있음과 같은 이치다.

성도오행은 금 12개, 목 13개, 수 12개, 화 12개, 토 12개이다.

용법은 투지납음과 체용(體用)의 관계를 이룬다. 투지납음이
주체가 되고 성도오행은 객체가 된다. 주인이 손님을 극하는 것
은 가하나 손님이 주인을 극하는 것은 불길하다.

예를 들면, 丙子水룡은 화도(火度) 위에 있고 戊子火룡은 수도
(水度) 위에 있다. 즉 丙子는 주체가 객체를 극하고 戊子는 객체
가 주체를 극하게 된다.

또한 주인인 투지가 손님인 성도를 생하는 것은 설기(泄氣)가
되고, 빈(賓)이 주(主)를 생하면 길하며 주빈비화(主賓比和)도
가히 쓸 만하다.

한편 좌도(坐度)가 내수도(來水度)를 극하면 길하나 내수도가

좌도를 극하면 흉하다.

성도오행의 연원(淵源)은 천간에서 나온 것도 있고 지지에서 나온 것도 있다. 또 화기상생(化氣相生)도 있고 납음상속(納音相屬)도 있다. 부록의 대륜도종설도의 성도오행표를 참조하라.

제3절 태양행도 과궁(過宮)

매월 절기에 따라 반시계반향으로 12지궁의 1궁씩 간다. 태양은 여러 별의 우두머리요, 여러 살(殺)의 임금으로서 상(象)은 하늘에 있으나 그 빛은 땅을 비춘다. 따라서 택일함에 있어 어느 산, 어느 향, 분금 몇도 아래에 빛이 임하는가를 살펴야 한다. 빛이 임하면 모든 살이 항복한다.

용법은 5가지다.

정조(正照)는 태양이 壬에 있으면 亥방을 비추게 된다.

대조(對照)는 태양이 巳에 임하면 亥방을 비추게 된다.

조조(弔照)는 삼방조합(三方弔合)이다. 즉 삽합궁에 비추게 된다.

격조(隔照)는 태양이 亥에 도착하면 壬·乾 2산을 비추게 된다.

친조(親照)는 좌궁을 바로 비추는 경우이다.

한편 과궁(過宮)은 중기(中氣)만을 논하고 전절(前節)은 논하지 않는다.

예를 들어 정월12일 우수이면 월장(月將)은 등명(登明)이요, 궁의 차례는 추자(娵訾)이고 태양은 亥궁을 비추게 된다. 그런데 선(先)15일은 亥에 있고 다음 15일은 경칩으로 乾에 도착한다(천반).

여기서 유념할 것은 태양행도는 12궁뿐인데, 나경은 24방위이니 인반중침으로 亥壬동궁(同宮), 戌乾동궁(= 천반 子壬·亥乾동궁이니 12지가 기준임)이라는 점이다.

　태양행도 과궁결(인반기준)

입춘태양자상행(立春太陽子上行)

우수경칩임해심(雨水驚蟄壬亥尋)

춘분청명건술상(春分淸明乾戌上)

곡우입하신유임(穀雨立夏辛酉臨)

소만망종경신정(小滿芒種庚申定)

하지소서곤미분(夏至小暑坤未分)

대서멱정입추오(大暑覓丁立秋午)

처서병상득근인(處暑丙上得根因)

백로배래귀사관(白露排來歸巳關)

추분한로재손진(秋分寒露在巽辰)

상강입동임을묘(霜降立冬臨乙卯)

설재갑인동지간(雪在甲寅冬至艮)

소한축궁대한계(小寒丑宮大寒癸)

이십사기정기진(二十四氣定其眞)

〈이 과궁결의 요체는 우수(雨水)에 壬궁에 도착하여 우선(右旋)한다는 점이다.〉

12월장결(十二月將訣)(인반기준)

임해추자등명장(壬亥謦訾登明將)

건술강루하괴향(乾戌降婁河魁向)

신유대량시종괴(辛酉大梁是從魁)

경신관침전송상(庚申貫沈傳送上)

곤미순수월소길(坤未鶉首月小吉)

정오순화승광치(丁午鶉火勝光治)

병사순미태을신(丙巳鶉尾太乙神)

손진수성천강직(巽辰壽星天罡職)

을묘대화치태충(乙卯大火値太沖)

갑인석목공조궁(甲寅析木功曹宮)

간축성기속대길(艮丑星紀屬大吉)

자계현효신후동(子癸玄枵神后同)

여기서 한 가지 유념할 것은 월장은 지도(地道)를 따라 우선하니 역행 12궁하고, 월건(月建)은 천도를 따라 좌선하니 순행12궁한다는 점이다. 또한 월건은 천관(天關)이요, 월장은 지축(地軸)이라는 점이다.

제6장
육임재혈법(六壬裁穴法)

제1절 육임재혈의 기초

입수 1절룡〔穿山〕의 절후로써 월장(月將)을 찾고 분금 천간으로 귀신(貴神)을 추심하여 추길피흉하는 법이다.

첫째, 월장을 정하는 법은 제5장 제3절에서 설명했다.
동지·소한룡은 子궁이니 월장 대길(大吉)(丑)
대한·입춘룡은 丑궁이니 월장 신후(神后)(子)
우수·경칩룡은 寅궁이니 월장 등명(登明)(亥)
춘분·청명룡은 卯궁이니 월장 하괴(河魁)(戌)
곡우·입하룡은 辰궁이니 월장 종괴(從魁)(酉)
소만·망종룡은 巳궁이니 월장 전송(傳送)(申)

하지·소서룡은 午궁이니 월장 소길(小吉)(未)
대서·입추룡은 未궁이니 월장 승광(勝光)(午)
처서·백로룡은 申궁이니 월장 태을(太乙)(巳)
추분·한로룡은 酉궁이니 월장 천강(天罡)(辰)
상강·입동룡은 戌궁이니 월장 태충(太沖)(卯)
소설·대설룡은 亥궁이니 월장 공조(功曹)(寅)

둘째, 월장을 찾았으면 월장을 분배한다. 분금 지상(支上)에 천산을 기준하여 당해 월장(위의 첫째 참조)을 배정하고 역행하여 12월장의 도립궁을 본다. 길흉은 다음과 같다.

등명(음수) 亥 : 높고 빼어나면 문과급제하는 인재를 배출한다.
하괴(양토) 戌 : 위압적이면 풍성(風聲)이 난다.
종괴(음금) 酉 : 둥글고 후덕하면 왕비와 미녀를 배출한다.
전송(양금) 申 : 높고 후덕하면 무장이 나고 자손이 많다.
소길(음토) 未 : 낮으면 토지를 얻고 위압적이면 토지로 인해
              소송이 있다.
승광(양화) 午 : 빼어나면 영화를 누리고 고압적이면 화재를
              만난다.
태을(음화) 巳 : 맑고 빼어나게 개면했으면 수(壽)와 귀(貴)를
              누린다.
천강(양토) 辰 : 고압적이면 종이 주인을 살해한다.
태충(음목) 卯 : 완벽하고 실하면 역마가 되고 허하면 가축이

번성하지 않는다.

공조(양목) 寅 : 높으면 자손이 창성한다.

대길(음토) 丑 : 고압적이면 서손이 발복하고 허하면 가난하다.

신후(양목) 子 : 고압적이면 수재(水災)로 패가한다.

세번째는 월장을 배열하였으니 분금 천간으로 12귀신(貴神)이
있는 방위를 찾는다(아래 그림 참조).

월장 · 귀신 배열도

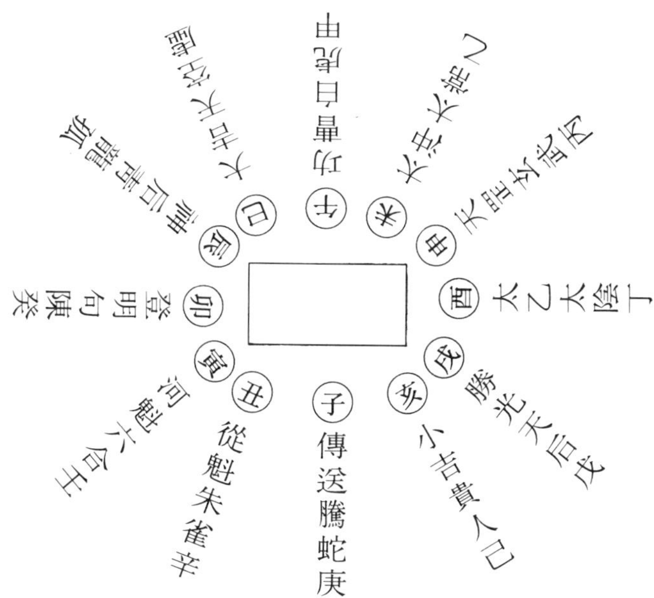

卯 정중(正中)에서 酉 정중(正中)까지는 양귀인(陽貴人)을 기준하여, 순행하고 酉에서 卯까지는 음귀인(陰貴人)을 기준하여 역행하면 된다. 차례와 길흉은 다음과 같다.

귀인(貴人) 丑토 :　청귀·문무를 배출.
등사(騰蛇) 巳화 :　깜짝 놀랄 일이 생긴다.
주작(朱雀) 午화 :　쟁송에 휘말린다.
육합(六合) 卯목 :　좋은 혼인을 한다.
구진(句陳) 辰토 :　부동산으로 부자된다.
청룡(靑龍) 寅목 :　생산업에 종사한다.
천공(天空) 戌토 :　공허하면 물에 빠져 죽는다.
백호(白虎) 申금 :　상해를 입는다.
태상(太常) 未토 :　부귀를 누린다.
현무(玄武) 子수 :　도적을 맞는다.
태음(太陰) 酉금 :　가슴 답답할 일이 생긴다.
천후(天后) 亥수 :　전장(戰場)의 피해를 보게 된다.

넷째는 월장과 귀신을 배열하였으면 해당 방위의 산과 물의 생극제화를 깊이 살핀다.

월장·귀신(貴神)·분금의 관계를 예를 들어 설명한다.

庚兌룡 癸酉천산 丁酉분금

천간을 지지에 배당하면 분금 丁酉는 甲午순중이다. 따라서 午 지지 위에 甲을 붙이고 순행하면 未가 乙, 申이 丙…하여 卯 위에

癸가 임하게 된다. 辰巳는 공망이 된다.

길흉을 판단하면 이렇다.

월장은 癸酉천산 추분 전이다. 따라서 백로 월장인 태을이 임하니 태을은 巳화이다. 귀신분금 丁酉 양귀(陽貴)는 저(猪)로 亥에서 귀(貴)를 시작하여 순행(順行)하면 태음이 분금에 오니 태음은 酉금이며 분금좌궁도 酉금이다.

그러므로 월장이 분금을 극하고 월장이 귀신을 극하니 뒷전에서 벌이는 요사한 일로 화를 입는 일이 생긴다. 초기 운에는 상처하고 아들 잃고 재물도 손해 본다(二金二火가 상극이므로).

그러나 천간인 丁이 분금을 극(부두甲午에서 酉분금 위에 丁이 왔기 때문)하니, 재물이 생기고 1대(代)가 지나면 丑년에 태어난 사람이 군인으로 가문을 일으킨다. 丑생인 까닭은 월장 태을 巳화와 귀신 태음 酉금이 서로 다투는데, 丑이 오면 巳酉丑 삼합이 되고 巳는 또한 酉금의 장생궁이기 때문이다. 또한 안산(案山) 卯에는 등명 亥와 구진 辰이 있으니 亥卯未년에 태어난 사람이 크게 출세한다(登明이므로).

다섯째, 개금정(開金井 : 묘 자리를 파는 것) 때에 일어날 일기의 변화를 미리 판단하여 적절한 조치를 취한다.

甲乙은 바람을 관장한다. 그 방위의 산이 당권(當權)하면 바람이 크게 일어나니 백호〔申〕나 전송〔申〕으로 제압한다.

丙丁은 불을 담당한다. 번개가 친다. 신후〔子〕 또는 등명〔亥〕

으로 제지한다.

戊己는 운무(雲霧)를 담당한다. 운무가 매우 짙게 깔리면 공조〔寅〕나 태충〔卯〕으로 제압한다.

庚辛은 병호(兵虎)를 관장한다. 표범이나 호랑이가 장난한다. 주작〔午〕이나 태을〔巳〕로 제압한다.

壬癸는 비와 눈을 주관한다. 비와 눈이 많이 온다. 태상〔未〕이나 귀인〔丑〕으로 제지한다.

예를 들면 다음과 같다.

癸山〔坐〕 乙丑룡 戊子천산 입수의 경우.

庚子투지에 戊亥방의 산이 판의 주인 산이면 庚子투지룡은 甲午순중에 속한다. 따라서 戊亥는 戊戌 己亥가 된다. 戊己는 운무를 주관하므로 국에 들어가 천광을 하면 운무가 낀다.

이런 경우 丙子분금을 하면 丙子는 甲戌순중에 속하므로 戊亥는 甲戌 乙亥가 된다. 이 경우 甲乙이 戊亥에 온다. 甲乙은 바람을 주관하는지라 맑은 바람이 일어나 운무를 청소한다. 이런 법을 개운견일법(開雲見日法)이라고 한다.

제2절 구천변화법(九天變化法)

여기에 수록한 내용은 이수학회에서 「손감지미(巽坎指迷)」라는 과목으로 강의한 바 있다. 주 내용은 도선의 저 『구천현녀비서』에서 발췌하여 보삭한 것이다.

그러나 이 글이 담고 있는 깊은 뜻은 후학이 연구와 역행으로만 체득할 수 있도록 꾸며져 있다는 사실을 알아야 한다. 다만 길잡이만은 설명하고 있다. (＊저자가 참으로 도선인가 하는 점은 의심의 여지가 있다. 논리와 체계가 도선이 쓰던 풍수법과 맞지 않는 것들이 많기 때문이다.)

(1) 정궁법(定宮法)

정궁(定宮)이라 함은 나경(羅經) 상의 팔간(八干)·사유(四維)·12지(支)를 합하여 24자를 수리(數理)에 배당하는 방법을 말한다.

천간은 오행의 음양에 따라서 궁에 배정한다.

壬一　癸六　甲三　乙八　丙七　丁二　庚九　辛四

사유(四維)와 12지는 후천 3산1괘(三山一卦)로 궁에 배정한다 (예; 戌乾亥六　丑艮寅八 등).

구변(九變)의 법식에서는 납갑(納甲)의 법을 사용하지 않는다. 이를 정리하면 다음과 같다.

戌乾亥癸 六(양)	壬子 一(음)	甲卯 三(양)
丑艮寅乙 八(양)	未坤申丁 二(음)	午庚 九(양)
酉丙 七(음)	辰巽巳辛 四(음)	

(2) 가·감일배법(加·減一倍法)

먼저 가·감일배법의 법식을 이해하는데 필요한 용어를 설명한다.

(이 용어는 「비서」의 내경 상편에서는 복(伏)·기(起)·낙(落)·용(龍)·입(入)·좌(坐)·득(得)·파결(破訣)이라 한다.)

복(伏) : 인후처(咽喉處)로서 과협을 말한다.

기(起) : 재기성봉으로서 양견고공(兩肩高拱)하고 개면한 곳을 말한다(두뇌에 비유하기도 한다).

낙(落) : 낙맥처로서 개팔(開八)출맥하여 득수(得水) 정신이 갖추어진 곳이다(首面에 비유하기도 한다).

용(龍) : 접맥 후 행도요척(行度腰脊)을 말하는 것으로서 은현막측(隱顯莫測)이다.

입(入) : 복(伏)의 조응처(照應處)이며 복장(伏掌)·앙장(仰掌)의 구별이 있다(垂手에 비유하기도 한다).

좌(坐) : 두뇌의 응(應)으로서 만상이 감싸고 보호한다(足斂에 비유하기도 한다).

득(得) : 낙맥 조응처로서 만절수(萬折水) 조종처(朝從處)이다.

파(破) : 용행(龍行) 조응처로서 운무가 중중하며 장흉처(藏凶處)이다.

가·감일배법은 음양교구법이다.

乾伏坤起·巽落艮龍　乾入坤坐·巽得艮破의 경우는 가일배가 되고 (6→2→4→8)

坤伏乾起·艮落巽龍　坤入乾坐·艮得巽破의 경우는 감일배가

된다(8→4→2→6).

즉, 가일배는 乾坤巽艮 巽艮乾坤 坎震離兌 離兌坎震이고
감일배는 坤乾艮巽 艮巽坤乾 震坎兌離 兌離震坎이다.

＊낙서9궁에서의 양수 1·3·9·7과 음수 2·4·8·6의 가감
순역의 법칙이다.

(3) 진음진양론(眞陰眞陽論)

요즘 지사들이 정음정양만 논하고 진음진양을 알지 못함은 선
후천 합변(先後天合變)의 이치를 이해하지 못하였기 때문이다.
풍수학의 비지(秘旨)는 선후천의 합변이다. 간단하게 그 숨겨진
진리를 설명한다.

선천팔괘에서 震은 본래 9(3×3)이나 팔괘에는 9가 없기 때문
에 5를 제외한 수(數) 4이며(震檀九變圖에 震居中而出乎震을 참
조), 巽은 본래 4(2×2)이나 震이 4쪽에 있기 때문에 5에 기숙하
다가 후천 낙서에서는 巽이 4宮에 돌아오니 선천 兌 2자리가 巽
4가 되고, 乾 1 자리에는 離 3이 오고, 巽 5 자리에는 坤 8이 오
며, 坎 6자리에는 兌 2가, 艮 7 자리에는 乾 1이, 坤 8 자리에는
坎 6이, 震 4 자리에는 艮7이, 離3 자리에는 震 9가 위치하게 되
었다.

그러므로 후천낙서의 坎은 乾數 一을 얻고 震은 離數 三을 얻
고 離는 震數 九를 얻고 艮은 坤數 八을 얻고 坤은 兌數 二를 얻
고 乾은 坎數 六을, 兌는 艮數 七을 얻게 되었다.

결과는 선천 乾의 자리는 후천 離, 離의 자리는 震, 震의 자리는 艮, 艮의 자리는 乾이 되었으므로 乾·離·震·艮은 건부(乾父)에 속하여 진양(眞陽)이 된다.

선천 坤의 자리는 후천 坎, 坎의 자리는 兌, 兌의 자리는 巽, 巽의 자리는 坤이 되었으므로 坤·坎·兌·巽은 곤모(坤母)에 속하여 진음(眞陰)이 된다.

즉 乾에 속하는 것은 양이 되고 坤에 속하는 것은 음이 된다.

乾·離·震·艮은 양이요, 坤·坎·兌·巽은 음이 되어 양좌양득음파(陽坐陽得陰破)가 되거나 음좌음득양파(陰坐陰得陽破)가 되어야 합격이다(一陰沖陽 一陽沖陰).

＊이 진음진양법은 용을 찾고 재혈(裁穴)하는데 쓰는 묘법이다.

(4) 구천변화(九天變化)

지사가 된 자가 이산전해(移山轉海)의 묘법을 모르고서는 풍수의 깊은 뜻을 알 수 없다고 했다. 이어 그 묘법이라는 것은 구변(九變)의 법식에 있다고 하였다.

구천변화의 법식은 산수를 보고 입좌득파(入坐得破)를 나경으로 계측하여 4개수(입좌득파의 數를 가리킴)의 합계를 팔팔제지(八八除之 : 8로 나눈다는 뜻)하여 영수(零數 : 남는 수)로 괘를 잡아 중궁(中宮)에 넣고 순비한다.

각 방위의 수는 다음과 같다.

乾癸 6, 艮乙 8, 坤丁 2, 巽辛 4, 甲 3, 丙 7, 庚 9, 壬 1

子 1, 丑 2, 寅 3, 卯 4, 辰 5, 巳 6, 午 7, 未 8, 申 9, 酉 10,

戌 11, 亥 12

예: 亥入 壬坐 申得 辰破의 경우.

亥12 壬1 申9 辰5 합하면 27이고 27÷8하면 나머지〔零數〕3이

되니 3을 중궁에 넣어 순비한다.

二 破	七 向	十 得
一 八	三	五
六	九 坐	四 入

포국(布局)을 하였으면 좌수(坐數)로써 정국(定局)하고 득파
향입수(得破向入首) 및 관국주산(管局主山)의 생극제화(生克制
化)와 사길성(四吉星)이 어느 궁에 임하였는지를 보아서 다음과
같이 길흉을 논한다.

삼보(三寶)

호생(護生) : 생아자(生我者)로서 입좌득(入坐得)이면 길하다.

시종(侍從) :　아극자(我克者)로서　입좌득(入坐得)이면　크게
귀하게 된다.
　붕우(朋友) :　비아자(比我者)로써　입좌득(入坐得)이면　남의
도움을 받는다.

삼흉(三凶)
　천강(天罡) :　5戊로서　입좌득(入坐得)이면　도적이나　음행이
난다.
　관겁(官劫) :　극아자(克我者)로서　입득(入得)이면　흉하다.
　모정(耗精) :　아생자(我生者)로서　입득(入得)이면　재물이　패
한다.

＊삼보 삼흉의 길흉판단법
　삼보는　입좌득(入坐得)에　임(臨)하고　삼흉은　다만　파(破)에
임하는 것이 합법이다.

(5) 추성태극(樞星太極)
　천문수성(天門水星)　지호화성(地戶火星)　태을목성(太乙木星)
옥진금성(玉震金星)으로　생좌(生坐)·극좌(克坐)를　본다.　그　자
리를 얻으면 길하고 못 얻으면 흉이다. 길하면 천강(天罡)·관겁
(官劫)·팔요살(八曜殺)의　방해를　물리칠　수　있다.
　추성의 배궁(配宮)은 다음과 같다.

추성배궁(樞星配宮)표

중궁 \ 길성	天門(水)	地戶(火)	太乙(木)	玉震(金)
乾(六)	艮	巽	離	兌
坎(一)	震	離	坤	兌
艮(八)	艮	巽	離	兌
震(三)	坎	兌	巽	坤
巽(四)	乾	坤	震	乾
離(九)	震	兌	艮	坤
坤(二)	艮	巽	震	坎
兌(七)	震	離	兌	兌
罡(五)	坤	巽	坤	乾

추성(樞星 : 二貴二妖) : 변화는 예측할 수 없어 길효에 있으면 길하고 흉효에 있으면 흉하다.

(6) 추년방식(推年方式)

좌향 · 득파 · 입수의 숫자(數字)로 판단한다.

10數(己丑己未) : 10년 안에 징조가 있다.

1수(壬年子年) : 1년 안에 징조가 있다.

2수(丁年巳年) : 2년 안에 징조가 있다.

3수(甲年寅年) : 3년 안에 징조가 있다.

4수(辛年酉年) : 4년 안에 징조가 있다.

5수(戊年戌年) : 5년 안에 징조가 있다.

6수(癸年亥年) : 6년 안에 징조가 있다.

7수(丙年午年) : 7년 안에 징조가 있다.

8수(乙年卯年) : 8년 안에 징조가 있다.

9수(庚年申年) : 9년 안에 징조가 있다.

(7) 산운소관(山運所管)

입수 30년, 혈좌 50년, 득수 60년, 파 90년으로 주이부시(周而復始)한다.

국의 대소에 따라서 단위는 바뀐다. 즉 10년이 1년 또는 1개월, 또는 백년, 천년으로 달라진다. 그러면 어느 때부터 징조가 나타나느냐 하는 것이 문제인데 최초의 징조가 나타나는 연도는 파상(破上)의 숫자(數字)로 판단한다.

(산운에 대한 자세한 것은 4대국 그림 참조.)

(8) 산행년소관(山行年所管)

중궁에서 태세〔年干支〕를 시작하여 坎궁(1궁)으로 나아가서 연행(年行) 1궁으로 8궁 순행하며 주이부시(周而復始)한다.

(9) 천간성리(天干性理)

甲:吉則免役 凶則入狂濕病　　　　乙:吉則高門附勢 凶則風疾

丙:吉則號令萬兵 凶則爭威　　　　丁:吉則權威 凶則疑惑百事

戊:吉小多凶 火亡水溺戰死囚獄壓死　己:吉則食足 凶則聾盲囚獄
庚:吉則大衆和合 凶則運送業　　　辛:吉則行商 凶則蹇脚狂人
壬:吉則善射武將聰明怜悧 凶則俳優　癸:吉則孝子天恩 凶則盜賊
　　　　　　　　　　　　　　　　　　　奸惡

(10) 월장성리(月將性理) : P.198 참조

(11) 귀신성리(貴神性理) : P.200 참조

(12) 건제성성리(建除星性理)

건(建) : 길한 것은 흐르는 물처럼 서로 돕고 흉한 것은 불 꺼진 탄 위에 있는 것과 같다. 〈坐는 可하나 向은 불가〉

제(除) : 길한 것은 지혜로운 성품을 뜻하고 흉한 것은 약탕관의 불을 끄는 것과 같다. 〈吉神〉

만(滿) : 길한 것은 음양의 시작이 없는 것과 같고 흉한 것은 물고기가 수레에 치이는 것과 같다. 〈福德神〉

평(平) : 길한 것은 사계절이 항상 같고 흉한 것은 보름달 후의 달빛과 같다. 〈陽月天罡陰月河魁〉

정(定) : 길한 것은 샘이 근원이 있는 것과 같고 흉한 것은 등잔에 기름이 없는 것과 같다. 〈陰符 官符〉

집(執) : 길한 것은 대궐을 출입함과 같고 흉한 것은 서리 내린 후 만물이 황색이 되는 것과 같다.

파(破) : 길한 것은 북을 한번 침으로써 병사들이 움직이는 것

과 같고 흉한 것은 높은 산에서 돌이 떨어지는 것과 같다.〈月破〉

위(危): 길한 것은 나는 용이 하늘에 있는 것과 같고 흉한 것은 푸른 잎이 연해져 붉은 잎으로 변하는 것과 같다.〈極富〉

성(成): 길한 것은 단서가 없이 움직이는 것과 같고 흉한 것은 세력이 약화되어 풀 위의 이슬과 같다.〈天喜神〉

수(收): 길한 것은 긍지를 가지고 동료와 함께 함과 같고 흉한 것은 평생 남을 모방하는 것과 같다.〈 陽月河魁, 陰月天罡〉

개(開): 길한 것은 봄이 되어 고기가 뛰노는 것과 같고 흉한 것은 가을의 낙엽과 같다.〈生氣之神〉

폐(閉): 길한 것은 서쪽 산에 걸린 반달과 같고 흉한 것은 등잔에 기름이 다한 것과 같다.〈血支〉

＊구변(九變)의 묘용은 삼보·삼홍이 첫째요, 다음이 건제의 법이다.

(13) 단렴법(斷廉法)
관살효로써 시신에 미치는 염(廉)의 종류를 판단한다.

수즉수렴(水則水炎): 음란, 수장병(水臟病)
화즉화렴(火則火炎): 안목(眼目), 병란(兵亂)
금즉금렴(金則金炎): 절골(折骨), 병란(兵亂)
목즉목렴(木則木炎): 교살(絞殺), 장살(杖殺)

(14) 월장(月將)·귀인(貴人)·건제포법(建除布法)

월장은 가시륜포(加時輪布)하고, 귀인은 월장 아래 귀인을 붙여 양순음역(陽順陰逆) 윤포(輪布)한다(日支 亥에서 辰까지는 陽貴를 쓴다).

건제는 시상가건(時上加建)하여 윤포(輪布)한다.

입중구국(入中九局)을 다시 사대국(四大局)으로 통합하여 연월일시를 정한다.

포국의 법칙은 다음과 같다.

乙丑局 : 入中 四·九局이며 丑년 未월 戌일 辰시이다.

丁未局 : 입중 一·六국이며 未년 戌월 辰일 丑시이다.

辛巳局 : 입중 二·七국이며 巳寅申亥가 연월일시이다.

癸亥局 : 입중 三·八국이며 亥巳寅申이 연월일시이다.

입중 五국은 三국과 같고 입중 十국은 四국과 같다.

첫째, 사대격국(四大格局)은 구천변국(九天變局)으로 정한다.

둘째, 건제는 변국에 따른다. 癸亥局(三入中)이라면 시지(時支)는 申이다. 申(二宮)은 구궁 五 위에 도림(到臨)하였다. 따라서 구궁 五 위(變局到二)에서 建을 시작하여 坤 위(變局到五)에 除, 兌 위(變局到十)에 滿…… 순으로 한다.

즉, 기수(奇數) 궁에서는 일성(一星)을 붙이고 우수(偶數)에 와서는 이성(二星)을 붙인다.

셋째, 월장은 사대국의 시상(時上)에서 시작하여 윤포하는데 변국도림(變局到臨) 기수궁(奇數宮)에는 기일장(寄一將)하고 우수궁에서는 기이장(寄二將)한다.

넷째, 귀인은 사대국 일간을 찾아서 해당 일간의 음·양 귀인을 찾는다. 癸亥局(三入中)이라면 일지가 寅이며 寅의 정위(正位)인 팔궁에는 도임일(到臨一)하였다.

그러므로 一은 천간 壬인지라 일진은 壬寅이 된다. 따라서 壬의 양귀(陽貴)는 巳이다. 월장 巳는 태을(太乙)이니 월장 태을 아래에서 귀인을 시작하여 윤포한다.

다섯째, 성수(星宿)을 붙이는 법은 다음과 같다.

丁未국 : 기입중두부유(箕入中斗付酉)(坎中)

　　　　방입중심부유(房入中心付酉)(乾中)

乙丑국 : 묘입중필부묘(昴入中畢付卯)(巽中)

　　　　정입중귀부묘(井入中鬼付卯)(離中)

辛巳국 : 허입중위부자(虛入中危付子)(坤中)

　　　　규입중루부오(奎入中婁付午)(兌中)

癸亥국 : 각입중항부자(角入中亢付子)(震中)

　　　　성입중장부자(星入中張付子)(艮中)

사대국 포국도

巽中宮乙丑上局

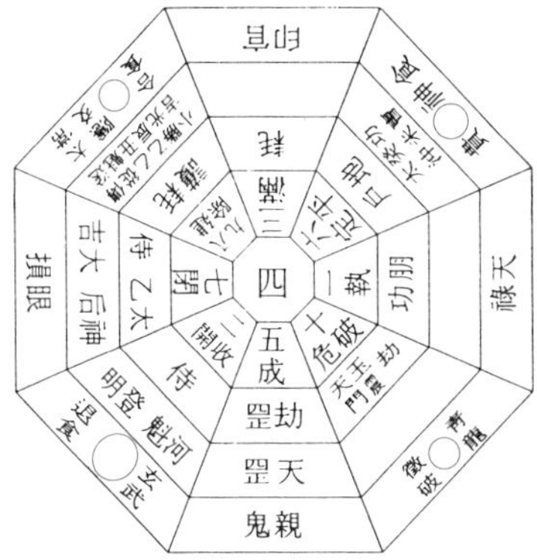

丑年未月戌日辰時

貴人順行

離中宮乙丑下

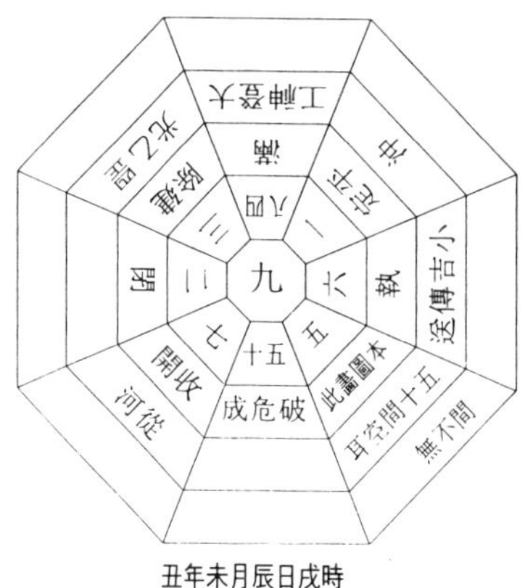

丑年未月辰日戌時

貴人順行

震中宮癸亥上局

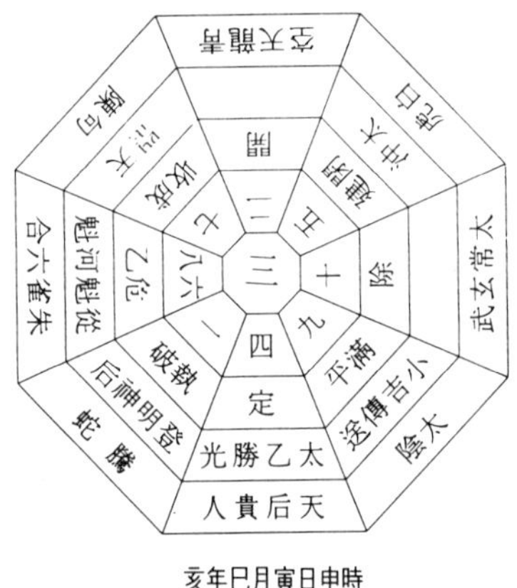

亥年巳月寅日申時

艮中宮癸亥下局

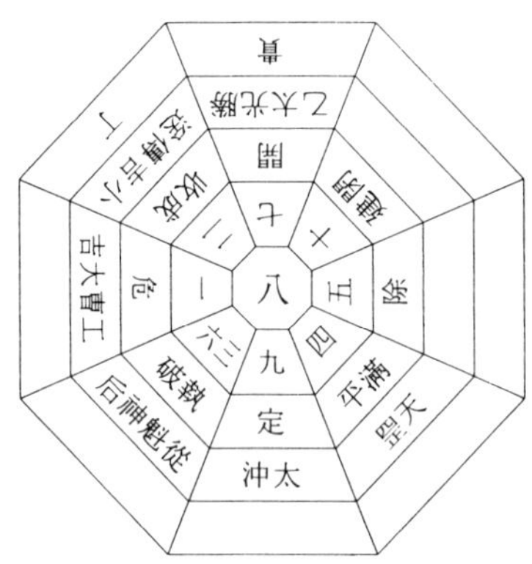

亥年巳月寅日申時

坤中宮辛巳上局

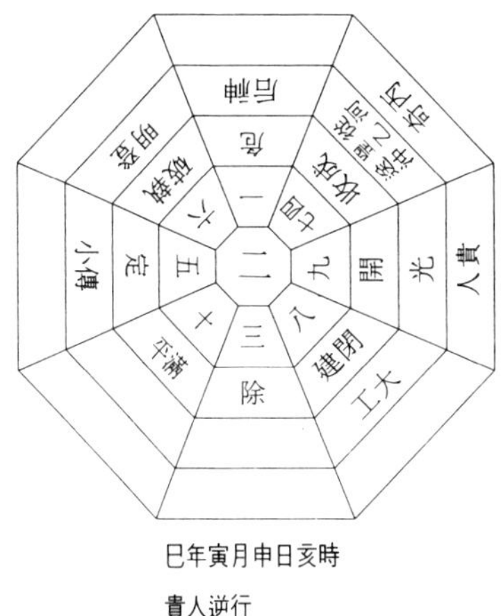

巳年寅月申日亥時

貴人逆行

兌中宮辛巳下局

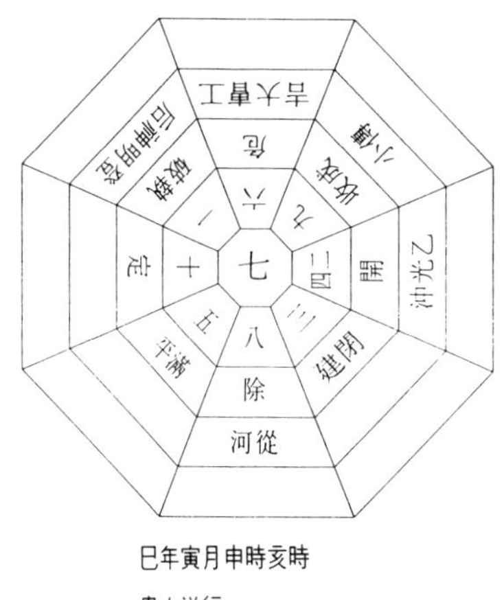

巳年寅月申時亥時

貴人逆行

坎中宮丁未上局

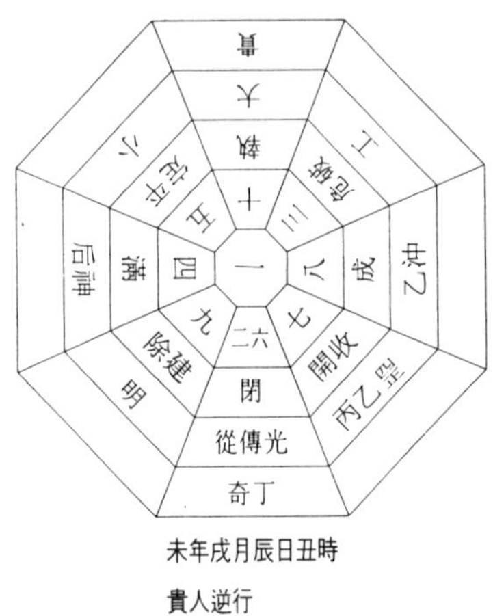

未年戌月辰日丑時

貴人逆行

乾中宮丁未下局

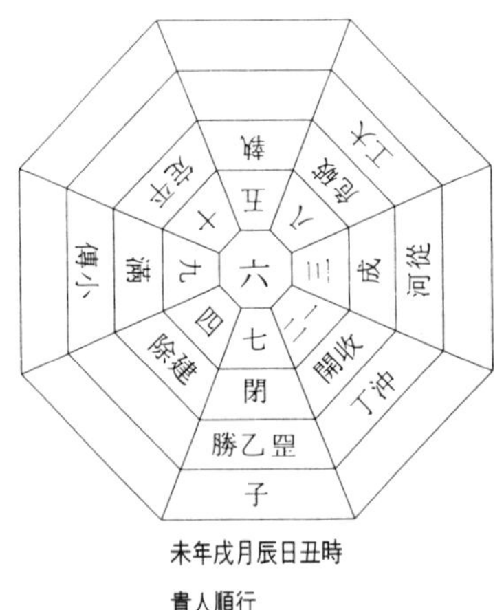

未年戌月辰日丑時

貴人順行

제3절 구변영법(九變影法)

1. 수식(數式)

건중일위원수(乾中一爲元數)　　태중이위원수(兌中二爲元數)

五	十	三		六	一	四
四	六	八		五	七	九 ②
九	二	七 ①		十	三	八

감중육위원수(坎中六爲元數)　　곤중칠위원수(坤中七爲元數)

十	五	八		一	六	七 ⑦
九	一	三		十	二	四
四	七 ⑥	二		五	八	三

간중삼위원수(艮中三爲元數)　　이중사위원수(離中四爲元數)

七	三	五		八	三 ④	六
六	八	十		七	九	一
二 ③	四	九		二	五	十

진중팔위원수(震中八爲元數)　　손중구위원수(巽中九爲元數)

二	七	十		三 ⑨	八	四
一 ⑧	三	五		二	四	六
六	九	四		七	十	五

2. 구변영법의 입중법(入中法)

용·입·좌·득·파를 선천수(先天數)로 작괘(作卦)하여 9로 나눈 후 나머지 수가 원수(元數)가 된다. 원수의 영수(影數)로 입중(入中 : 中宮에 넣음)하여 순비(順飛)한다.

선천수(先天數)

甲己子午乾 九	乙庚丑未坤 八
丙辛寅申艮 七	丁壬卯酉 六
戊癸辰戌巽 五	巳亥屬之 四

3. 변효식(變爻式)

건궁합식출우건(乾宮合食出于乾) : 건궁 합식은 건이다.
감궁천록출우건(坎宮天祿出于乾)
곤궁안손출우곤(坤宮眼損出于坤)
이궁천록출우곤(離宮天祿出于坤)
간궁퇴식출우손(艮宮退食出于巽)
진궁합식출우곤(震宮合食出于坤)
손궁징패출우곤(巽宮徵敗出于坤)
태궁관인출우곤(兌宮官印出于坤)

건중천록재감퇴식재이(乾中天祿在坎退食在離)
감중천록재건퇴식재감(坎中天祿在乾退食在坎)
간중천록재진퇴식재손(艮中天祿在震退食在巽)
진중천록재간퇴식재태(震中天祿在艮退食在兌)
손중천록재태퇴식재간(巽中天祿在兌退食在艮)
이중천록재곤퇴식재감(離中天祿在坤退食在坎)
곤중천록재이퇴식재감(坤中天祿在離退食在坎)
태중천록재손퇴식재진(兌中天祿在巽退食在震)

4. 변효법

초동천지이인동(初動天地二人動) : 〈坎·坤〉
삼동지이사삼재(三動地而四三才) : 〈震·巽〉
오입중궁육동지(五入中宮六動地) : 〈巽·乾〉
칠동천이팔대반(七動天而八對反) : 〈兌·艮〉
구동하지위퇴식(九動下指爲退食) : 〈離〉
＊ 〈 〉안은 건입중(乾入中)의 예

5. 구변길흉(九變吉凶)

1 천록(一 天祿) : 만사 길하다.

2 안소(二 安巢) : 병고(病苦)나 손재수가 있다.

3 식신(三 食神) : 날로 부(富)를 더한다.

4 징패(四 徵敗) : 도난수가 있다.

5 귀(五 鬼) : 병고나 이별수가 있다.

6 합식(六 合食) : 부귀, 회합.

7 친귀(七 親鬼) : 신(神)의 도움이나 화를 입는다.

8 관인(八 官印) : 진급한다.

9 퇴식(九 退食) : 살상, 파손이 있다.

6. 변괘법

괘결(卦訣)에는 선천괘결과 후천괘결의 두 방식이 있다. 그러나 실지에서는 후천괘결이 정확하다는 것을 덧붙여 둔다.

예 : 坤입중 乾좌의 경우

乾宮에 3이 왔으니 乾이 변하여 震(＝후천 三宮)이 된다. 이는 천뢰무망괘(天雷无妄卦)가 된다. 다음에 선천배괘에서는 3離(火)이므로 초괘 천뢰무망괘(후천)는 천화동인괘(天火同人卦 : 내괘 3 震이 3離火로 변함)로 변한다.(無妄之同人卦)

이것을 검토하면 괘효는 子寅辰午申戌효인데 3효 辰이 亥로 변했다(震이 離로 변한 결과임). 申子辰년(辰효가 動한 결과)에 응험이 있게 되는데 자부재관효(子父財官爻)와 추성(樞星) 및 구성

(九星)과를 대조하여 길신(吉神)이 합하면 길하고 흉신(凶神)을 만나면 불길하다.

또한 좌괘(坐卦)만이 아니라 입·득·파에도 각각 괘효가 있는 것이다.

예를 들어 庚酉룡 酉입수 酉좌 寅득 辰파면 庚 8, 酉 6, 酉 6, 寅 7, 辰 5이니 합하여 38이다. 이를 9로 나누면 나머지 수는 2가 되니 2원수(元數), 7영수(影數)이다.

7입중(入中)하여 판을 짜면 다음과 같다.

六 破	一	四
五	七	九 龍·入·坐
十 得	三	八

좌수(坐數)를 위주로 하여 입·득·파에 날아온 수를 각각 곱하여 어느 해(年)의 길흉을 판단한다.

예지에서 좌2(七宮 원수) 파6하니 파처의 길흉은 12년(2× 6＝12)이며 파궁(破宮)이 길이면 길하고 흉이면 흉하다.

다음은 어떤 괘(입·좌·득·파별로)가 어느 괘로 변하였는가 를 보아서 지괘(之卦)의 괘대(對)괘, 지대지(支對支), 간대간(干 對干), 효대효(爻對爻)로써 길흉을 판단한다.

건지진괘(乾之震卦)라면 집안의 맏이가 아버지를 대신하여 가사를 주관한다. 戊亥가 卯로 변하였다면 卯戊, 亥卯로 합하니 화합의 징조이며 癸가 변해 甲이 되면 간기상합(干氣相合 : 同墓)이요, 꽃이 피는 상이다.

그런데 6입중이면 乾宮에 7이 붙게 되고 2입중이면 乾宮에 3이 자리하게 된다. 7이 날아오면 가일배법으로 격지(格地 : 7이 6보다 크기에)하고 3이 날아오면 감일배법으로 격지한다(3은 6보다 작기에). 또한 7이 乾에 왔을 때는 이지둔괘(履之遯卦 : 7은 후천 兌, 선천 艮)가 되고 3이 乾에 오면 무망지동인괘(无妄之同人卦 : 3은 후천 震, 선천 離)이다.

제4절 기타의 여러 방식

1. 구성론(九星論)

천괘론수(天卦論水) : 乾을 본궁으로 하여 탐거녹문염무파보필
지괘론좌(地卦論坐) : 坤을 본궁으로 하여 탐거녹문염무파보필
오귀론수(五鬼論水) : 중궁에서 탐거녹문염무파보필(先動下一指로)
자미천괘론룡(紫微天卦龍論) : 향(向)을 본괘로 하여 파록탐거문염무복
자미악괘론사(紫微岳卦論砂) : 향(向)을 본괘로 하여 문록거탐

2. 토색(土色) 판단론

선천수로 좌·향·파를 합계한 후 5로 나누어 남는 수로 처음의 토색을 판단하고 다음에 득수수(得水數)를 (1개처 이상이면 來方의 數를 전부 합계해서) 원수에 더하여 5로 나눈 후 남는 수로써 변화색을 판단한다.

예 : 子산 午향 申득 辰파의 경우
子 9, 午 9, 辰 5의 합이 23이고 5로 나누면 3이 남는다. 이는 벽색(碧色)이다.
다음 申 7을 원수 3에 더하면 10이다. 이를 5로 나누면 남는 수 5이니 황색으로 변한다.

1백(一白) 2자(二紫) 3벽(三碧) 4적(四赤) 5황(五黃)인데
벽수삼범청사력(碧水三犯靑砂礫)
적수삼범적흑색(赤水三犯赤黑色)
황수삼범진황토(黃水三犯眞黃土)
백수삼범필벽석(白水三犯必碧石)
자수삼범시황단(紫水三犯是黃丹)
자차호리단불영(字差毫厘斷不靈)

이다.

3. 개지간법(開地看法)

개금정(開金井 : 내광을 파내는 일)할 때 일어나는 현상을 살피는 법이다.

방법은 좌 대(對) 득으로 판단한다.

호아좌(護我坐)면 의관을 갖춘 사람이 와서 도와준다.

시종좌(侍從坐)면 노동자가 연장을 가지고 와서 도와준다.

붕우좌(朋友坐)면 동료들이 와서 도와준다.

모정좌(耗精坐)면 손재(損財)수가 생긴다.

관겁좌(官劫坐)면 싸움이 난다.

천강좌(天罡坐)면 관재(官災)가 따른다.

제7장
택일(擇日)하는 법

제1절 총론

택일법을 극석(剋釋)이라고도 한다. 극석이란 용어는 흉살은 극제(克制)하고 길신(吉神)만을 골라 쓴다는 뜻이다.

택일의 중요성에 대하여 『장서』에는 "혈길장흉(穴吉葬凶)은 여기시동(與棄屍同)"이라 하였고, 『설심부』에서는 "산천은 유소절지자(有小節之疵)라도 불감진룡지후복(不減眞龍之厚福)이나 연월(年月)은 유일단지실(有一端之失)이면 반위길지지심앙(反爲吉地之深殃)"이라고 하였다. 또 『청오경』에서는 "장불참초(葬不斬草)면 명왈도장(名曰盜葬)"이라고 하여 택일과 고유(告由 : 산신제)의 비중을 강조하였다.

택일하는 일반적 법칙은 보룡(輔龍)·부산(扶山)·상주(相主)

라고 하여 용기(龍氣)를 보필하고 좌산에 주기(注氣)하여 죽은 사람(亡命)과 자손의 운수를 상왕(相旺)케 하는 것이다. 택일은 이 3대 요건을 충족시키는 것을 목적으로 한다.

택일의 법식에는 조명체용법(造命體用法)·기문법(奇門法)·육임법(六壬法)·두수법(斗數法) 등 여러 종류가 있다. 이 가운데 어느 방법이 옳고 어느 방법은 불합리한 것이 아니고 각각의 특색이 있으므로 모든 법식을 통섭하는 것이 바람직하다.

여기서 각각의 방식을 모두 소개하자면, 그것만으로도 몇 권의 책이 될 정도로 방대한 분량이 될 것이다. 따라서 이 장에서는 『천기대요(天機大要)』를 기준으로 한 조명체용법만을 설명한다. 설명에 필요한 여러 표들은 시중에서 판매되고 있는 『천기대요』 (대한역법연구소 편역)에 상세히 기술되어 있으므로 이를 참조하기 바란다.

제2절 조명체용법(造命體用法)

조명(造命)이란 연·월·일·시의 4과(課)를 조작한다는 뜻이다. 체(體)라는 것은 택일의 4과 8자(연월일시의 간지)가 성격합도(成格合度)하여 보룡·부산·상주가 가능함을 뜻한다. 용(用)이란 사길·삼기·삼덕·녹마귀인 등의 여러 길신이 용·좌·향에 도래하도록 하는 것을 말한다.

1. 기본법칙

① 천간은 생인(후손)과 망명을 주장한다. 지지는 보룡·부산을 주관한다.

② 3양1음(三陽一陰)이거나 3음1양은 쓰지 않으며 시주(時柱)가 일주(日柱)를 극하거나 월주(月柱)가 세주(歲柱)를 극하는 것, 간지에 여러 흉살이 도래한 것, 그리고 일주(日柱) 납음오행이 산(坐)이나 명(亡命이나 孫命)을 극하는 것 등은 가급적 피하는 것이 좋다.

③ 천간이 살(煞)을 범하면 천간으로 제압하고 지지가 살을 범하면 지지로 제압한다.

2. 조명(造命)의 기초

첫째, 용(龍)·좌(坐)을 무슨 국으로 보조할 것인가를 판단한다.

둘째, 산(＝坐)·향·수(水)에 어느 살이 임하며, 어느 방법으로 제살(制煞)이 가능한가를 살핀다.

셋째, 본명은 어떻게 부양할 것인가.

넷째, 선후를 따진다면 보룡이 먼저이고 망명은 다음이다.

　　　하관(下棺)이 먼저이고 파토천금(破土穿金)이 다음이다.

3. 작업 순서

(1) 신살표출(神煞表出) : 이는 '만년도'를 참고하라.

'만년도'는 표의 구성이 세로로는 육갑순별(六甲旬別)이고 가로는 24산이다. 이 세로와 가로의 교차선에 해당하는 신살이 기록되어 있다.

육갑순은 작업하는 해도 해당되며 본명(묘를 쓸 때는 망명, 집을 지을 때는 세대주의 생년)도 해당된다.

예를 들어 甲子년에 甲좌로 장사하면 연극살(年克殺)에 해당된다. 子좌는 庚午년생의 삼살(三殺)이자, 세파살(歲破殺)이다. 여기서 살은 간지·납음·기문 등 여러 가지 방법으로 이루어진다. 『천기대요』의 끝부분에 연월일의 간지별로 해당되는 '길흉신살표'가 있다.

이 표에 수록된 여러 살 중에서 특히 삼살·황천·구퇴(灸退)·좌살·향살·태세(太歲)·관부(官符)·음부살(陰符煞)을 중요시한다.

(2) 제살(制煞)방법의 검토

태음·태양이 혈에 임하면 여러 살이 소멸한다. 그러나 이것을 쓰기 위해서는 '대륜도'를 볼 줄 알아야 하며 또한 편의계산(偏倚計算) 등의 작업과정을 이해해야 하는데 매우 복잡하다.

자백법(紫白法)은 연력(年曆)을 보면 연월일백(年月日白)을 찾을 수 있으므로 그 방법은 생략한다. 자백이 도림한 궁에서는 장군살·태세살·관부살을 능히 제압한다.

존제제성(尊帝諸星)은 여러 살에 대해 항복받을 수 있다. 『천기대요』를 참조하면 된다.

삼기는 乙·丙·丁인데 여러 흉살을 제압한다. 이 법은 기문을 알아야 도출이 가능하다.

조장(造葬)하는 24절후를 결정하고 양둔순비(陽遁順飛)·음둔역비(陰遁逆飛)하여 乙丙丁이 닿은 궁은 3방(예:坎궁이면 壬子癸)이 모두 기문방이다. 단 중궁(中宮)일 경우에는 坤궁이 해당된다.

녹·마·귀인은 망인 기준이다.

기타 여러 법은 『천기대요』를 참조하기 바란다.

(3) 제살(制煞)의 준칙

첫째, 삼살·세파·태세·구퇴의 여러 살이 태세궁에 함께 모이면 극제할 방법이 없다.

둘째, 살과 제신(制神)의 역량을 헤아려 제압할 수 있는가의 여부를 판단한다. 이때는 월령(月令)이 기준이다. 예를 들어 목위살금위제(木爲殺金爲制)의 경우, 춘령(春令)이면 제압할 수 없으나 추령(秋令)이면 제살이 가능하다.

셋째, 제살이 지나치면 도리어 흉이다.

넷째, 干은 干으로, 支는 支로, 삼합은 삼합으로, 납음은 납음으로, 화기(化氣)는 화기(化氣)로 제압한다.

다섯째, 삼살(三殺)은 주중(柱中)납음이나 본명(本命)납음으로

항복받고 구퇴(灸退)는 산의 역량을 보충하거나 또는 녹마귀로
제압하거나 본살(本殺)의 칠정오행으로 자제할 수도 있다.〈卯가
구퇴(灸退)일 때, 방수일(房宿日)로 제압하는 것과 같은 예이다.〉
　　관부살은 삼기나 자백(紫白)으로, 태세살은 일주나 월주의 납
음으로 또는 녹마귀인으로, 음부살은 주중(柱中)의 효신(梟神 :
陽 對 陽, 음 대 음으로 生殺하는 천간)으로 제압이 가능하다.
　　끝으로 좌산이나 용운(龍運)이 극을 받으면 본명납음으로 극자
(克者)를 제압하거나 또는 극자를 삼합으로 제거하면 된다.

(4) 운기(運氣) 검토

자세한 것은 『천기대요』를 참조하기 바란다.

다만 여기서는 그 개요를 설명해둔다.

① 오운(五運)이란 천간이 합하여 변화한 운이다.

　　甲己는 土로 변하고, 乙庚은 金이 되고, 丙辛은 水가 되고, 丁
壬은 木이 되고, 戊癸는 土가 된다.

　　여기서 주의할 것은 양간년은 변화한 기(＝化氣) 자체가 지나
치게 강하여 극을 받는 기에 문제가 있다는 점이다. 예컨대 甲년
에는 토기(土氣)가 지나치게 강하여 토극수(土克水)하니 수기(水
氣)가 부족하게 된다.

　　음간년에는 화기 자신이 사기(邪氣)가 된다. 예컨대 己년에는
토기가 부족하다.

　　또한 오운의 기에는 본초(本初)의 기가 있고 갱혁(更革)의 기

가 있다. 본초의 기는 甲乙木 丙丁火 戊己土 庚辛金 壬癸水이다. 갱혁의 기란 곧 화기(化氣)를 말하는 것으로 甲己化土, 乙庚化金… 인데 지나침과 모자람이 모두 병(病)이 된다는 것이다.

연별 과부족(過不足)은 다음과 같다.

6甲년(甲子·甲戌·甲申·甲午·甲辰·甲寅) : 土가 지나치게 많고 음기가 성행(盛行)한다. 사기(邪氣)가 水에 있다.

2乙년(乙巳·乙亥) : 金기가 부족하고 火기가 성행한다. 사기가 金에 있다.

4丙년(丙辰·丙戌 제외) : 水기가 지나치게 많고 한수(寒水)가 성행한다. 사기가 火에 있다.

4丁년(丁巳·丁亥 제외) : 木기가 부족하고 조기(燥氣)가 성행한다. 사기가 木에 있다.

4戊년(戊辰·戊戌 제외) : 火기가 지나치게 많고 염서(炎暑)가 성행한다. 사기는 金에 있다.

4己년(己丑·己未 제외) : 土기가 부족하고 풍기(風氣)가 성행한다. 사기가 土에 있다.

2庚년(庚辰·庚戌) : 金기가 지나치게 많고 조금(燥金)이 성행한다. 사기는 木에 있다.

4辛년(辛卯·辛酉 제외) : 水기가 부족하고 습토(濕土)가 성행한다. 사기는 水에 있다.

6壬년 : 木기가 지나치게 많고 풍기가 성행한다. 사기는 土에 있다.

4癸년(癸巳·癸亥 제외) : 火기가 부족하고 한수가 성행한다. 사기는 火에 있다.

위에서 사기(邪氣)에 해당하는 오행의 산에는 산 일〔葬事 등〕을 해서는 안 된다. 이는 천운공망(天運空亡)이기 때문이다.

② 육기(六氣)란 지지의 기화(氣化)를 말한다.
子午 : 소음군화(少陰君火)가 일을 주관한다.
丑未 : 태음습토(太陰濕土)가 일을 주관한다.
寅申 : 소양상화(少陽相火)가 일을 주관한다.
卯酉 : 양명조금(陽明燥金)이 일을 주관한다.
辰戌 : 태양한수(太陽寒水)가 일을 주관한다.
巳亥 : 궐음풍목(厥陰風木)이 일을 주관한다.

이 육기는 사천(司天)의 기와 사천(司泉:司地)의 기로 구분한다. 이는 지지 생·왕·묘(生·旺·墓)의 관계로 나누어진 것이다.
예를 들면 子午에는 소음군화가 사천의 기요, 子午와 같이 왕(旺)이 되는 卯酉인 양명조금이 사지의 기가 된다. 나머지도 같은 방법으로 이해하면 된다.

③ 주운(主運)·객운(客運)과 주기(主氣)·객기(客氣)
주운과 주기는 언제나 같고(主運主氣 萬歲不易), 객운과 객기

는 해마다 달라진다(客運客氣 每歲變遷).

주운(主運)

초운 木 : 대한에서부터 71일간
2운　火 : 청명 전 3일에서부터 68일간
3운　土 : 망종 후 3일에서부터 66일간
4운　金 : 입추 후 6일에서부터 95일간
5운　水 : 입동 후 9일에서부터 65일간

계 365일

객운(客運)

甲己년 : 초운 土로 시작하여 2운 金, 3운 水, 4운 木, 5운 火
　　　　 순으로 순행한다.
乙庚년 : 초운 金에서 시작, 2운 水, 3운 木, 4운 火, 5운 土로
　　　　 순행한다.
丙辛년 : 초운 水에서 시작, 위와 같은 방법으로 순행한다.
丁壬년 : 초운 木에서 시작, 위와 같은 방법으로 순행한다.
戊癸년 : 초운 火에서 시작, 위와 같은 방법으로 순행한다.

다만 초운이 시작하는 날은 변동이 있으니(2운 이하는 불변), 양간년에는 대한 전 13일에 초운이 시작하고, 음간년에는 대한 후 13일에 초운이 시작한다. 단, 乙酉 戊午 己丑 己未 4년은 대한

에서 초운이 시작한다.

주기(主氣)

초기: 궐음풍목이 일을 주관. 생기(生氣) : 대한에서 경칩까지.

2기 : 소음군화가 일을 주관. 서기(舒氣) : 춘분에서 입하까지.

3기 : 소양상화가 일을 주관. 장기(長氣) : 소만에서 소서까지.

4기 : 태음습토가 일을 주관. 화기(化氣) : 대서에서 백로까지.

5기 : 양명조금이 일을 주관. 수기(收氣) : 추분에서 입동까지.

6기 : 태양한수가 일을 주관. 장기(藏氣) : 소설에서 소한까지.

객기(客氣)

子午년 : 초기가 군화이고 지지순으로 丑未 습토, 寅申 상화,
　　　　　卯酉 조금, 辰戌 한수, 巳亥 풍목의 순으로 순행한다.

丑未년 : 초기 습토에서 나머지는 위와 같이 순행한다.

寅申년 : 초기 상화에서 나머지는 위와 같이 순행한다.

卯酉년 : 초기 조금에서 나머지는 위와 같이 순행한다.

辰戌년 : 초운 한수에서 나머지는 위와 같이 순행한다.

巳亥년 : 초운 풍목에서 나머지는 위와 같이 순행한다.

④ 운기(運氣)의 상호관계

순화(順化) : 기가 운을 생한다(甲午의 예 : 子午 火기가 甲己 土운을 생한다).

소역(小逆) : 운이 기를 생한다(庚辰의 예 : 金운이 水기를 생

한다).

불화(不和) : 운이 기를 극한다(乙亥의 예 : 金운이 木기를 극한다).

천부(天符) : 운과 기가 서로 같은 기다(戊午의 예 : 火운 火기).

세회(歲會) : 운이 본기(本氣)에 임한다(丙子의 예 : 水운이 지지 水에 왔음).

⑤ 택일에서 쓰이는 법

첫째, 산의 정오행 기를 살핀다.

둘째, 주기(主氣)를 살핀다.

        초기 : 丑艮寅甲산(木氣)

        2기 : 卯乙辰巽산(火氣)

        3기 : 巳丙午丁산(署氣)

        4기 : 未坤申庚산(濕氣)

        5기 : 酉辛戌乾산(金氣)

        6기 : 亥壬子癸산(水氣)

셋째, 당해년의 사천객기·사천주기·본산의 기를 대비한다. 객기가 생왕한 주기를 극설하면 불가하고 객기가 생왕한 주기를 생하거나 비화(比和)하면 가하다. 즉 주기가 득시(得時)하면(객기가 生·比) 가하고, 객기가 주기를 극설하면 별도의 조치를 강구해야 한다.

넷째, 운기의 상호관계를 본다. 운기가 산을 극하면 불가하고 (산이 운기를 극하는 것은 가함), 운기가 수사(受邪)하는 날은

불가하다. 예를 들어 金기가 수사(受邪)라면 甲子일(납음 金)은
불가한 것이다.

다섯째, 연·월·일·시(4課)의 운기와 산의 기가 상합·생
왕·패절하는가의 여부를 살펴서 결정한다.

(5) 용운(龍運)의 추심(推尋)

『천기대요』'운박영정국(運泊永定局)'을 참고하면 된다.

이 표는 오행산별로 각각 하나씩 되어 있다. 표제의 산은 입수
1절룡이다.

申乾庚산의 예를 설명하자면, 오른쪽 단 正坎·二離는 월별의
사령신박궁(司令神泊宮)을 말한다. 5월에는 乾이 앞에 있고 巽이
뒤에 있으며, 11월에는 坎이 앞에 있고 離가 뒤에 있다. 이는 동
지와 하지를 기점으로 음양둔(陰陽遁)이 바뀌어지기 때문이다.

위쪽 甲己년 乙丑금운이라고 쓰인 것은 장년(葬年) 甲己년이
甲己夜半 生甲子하여 초도축(初到丑 : 金神三合墓)이 乙丑이니 乙
丑은 납음 금이라는 뜻이다. 그러므로 장사 지내는 해의 위쪽과
달의 오른쪽 끝을 가로 세로로 교차시키면 甲己년 정월에는 귀사
(貴死)이고 5월 하지 전에는 마(馬), 하지 후에는 재(財)가 된다.

운박 길흉은 용운비박궁 길흉결에 자세하게 기술되었으며, 운
박원리는 용운 기례에 예를 들어 설명해 놓았다. 이 용운을 주중
(柱中)에서 납음이 극하면 흉이다. 반드시 납음오행으로 생극제
화(生克制化)를 보아야 한다. 연월일시가 득합(得合)하는 용운이
라야 길하다.

(6) 태양전차(太陽纏次)

태양전차라고 하는 법은 제5장 제3절 태양행도 과궁에서 설명한 바가 있다.

지구가 태양을 한 바퀴 도는 데는 365.25일이 걸린다. 하루에 1도씩 반시계 방향으로 돌게 되는데 12지를 기준하여 雨水일(정월)에 亥에서 시작하여 매일 1도씩 행도함으로 경칩일에는 乾 1도에 비추게 된다(천반기준).

즉 월건은 매월 중기(정월 우수, 2월 춘분……)를 기준하여 시계방향으로 좌선하고 태양전도는 월건 육합(子월丑, 寅월亥……)지에서 반시계 반향으로 우선하게 된다. 따라서 한달 30일에 1궁(지지 1字 30도)씩 옮겨가게 되는 것이다.

이 태양전차에는 날짜별로 보는 일별전차와 시간별로 보는 시별전차가 있다.

① 일별(日別) 전차

앞에서 설명한 바와 같이 분금이 결정되면 어느 지, 어느 도인가를 알게 된다.

예를 들어 亥좌 丁亥 분금 가(加) 乾 3분이면 亥支 4도에 해당한다(좌선).

亥支 4도상에 태양이 임하는 날짜는 우수일로부터 11일차(右旋) 되는 날로 판단하게 된다.

즉 亥좌 정해 분금(3·7)으로 매장하려면, 우수 후 11일차가 친조(親照)가 되는 날이다.

② 시간별 전차

지구의 공전도수는 365.25도이나 자전도수는 매일 360도로 계산한다.

1일주천12차(一日周天十二次 : 날마다 360도〈12지궁〉를 도는데)

일전경수불경궁(日纏更宿不更宮 : 전차의 성수는 바뀌어도 支宮은 바뀜이 없네)

1시8각1이궁(一時八刻一移宮 : 매4분마다 1도씩 옮기니 24시간이면 360도를 가게 된다.)

조명현기시작수(造命玄機時作首 : 택일에는 시가 으뜸이라)

위의 원칙에 의하여 어느 시간(분 단위까지)에 어느 지(支)궁 몇 도 위에 조림하는가를 계산하면 된다.

월별로 태양의 출입하는 지궁(支宮)은 아래와 같다(좌선).

1·9월 : 乙궁 정중(正中 : 7도반) 出,

　　　　庚궁 정중 入(이하 같은 뜻임).

2·8월 : 卯출 酉입(춘·추분).

3·7월 : 甲출 辛입.

4·6월 : 寅출 戌입.

5월 : 艮출 乾입.

11월 : 巽출 坤입.

10·12월 : 辰출 申입.

앞의 예(亥좌 丁亥 加 乾3분)에서 정월 21일에 장사하는 경우.

정월에는 乙출 庚입이라 친조(親照)는 불가능하니 대조(對照)를 고려할 수 있다. 丁亥분금의 대조궁도(對照宮度)는 丁巳분금 자리이니 巳 4도가 된다.

그런데 정월 21일은 책력을 보면 일출이 7시06분이다. 즉 7시 06분에 乙궁 7도반에 있다는 말이 된다.

다음은 乙궁 7도반에서 巳 4도까지의 도수차를 계산한다.

乙이 7도반, 辰이 15도, 巽이 15도, 巳 4도를 합하면 41도 반이 된다.

다음은 매 4분마다 1도씩 행도하니 소요시간은 (4×41.5) 166분이다. 그러므로 9시 52분(7시06분+166분)에 亥좌 丁亥분금에 대조(對照)하게 된다.

(7) 태음두모(太陰斗母)

진태음두모(眞太陰斗母)라고도 하는데 이는 태음〔月〕이 좌상(坐上)에 임하는 날을 말한다.『천기대요』에 자세하게 표로 기록하여 설명하고 있다. 다만 참고로 하기 위하여 일별로 출몰궁을 설명한다.

3辰5巳8午승(昇) : 3일은 辰궁, 5일은 巳궁, 8일은 午궁이다.

10未13申 : (위와 같은 방법으로 해석한다.)

15酉상(上)18戌 : (위와 같은 방법으로 해석한다.)

20亥상(上)념(念)3子 : 20일은 亥궁 위에서 23일은 子궁에서 뜬다(念은 20일의 뜻임).

염5丑상(上)념8寅 : 25일은 丑궁 위에서 28일은 寅궁이다.

회(晦)卯상 : 그믐날은 卯궁이다.

(8) 자백법(紫白法)

연월일시의 자백성(紫白星)을 찾아서 그 성(星)을 중궁에 넣고 순·역비(順·逆飛)하여 구궁 배포한다. 산 일을 하는 방위궁에 해당하는 자백성으로 길흉을 판단한다. 『천기대요』참조.

연자백(年紫白)·월자백·일자백은 책력에 표가 있다. 참고하여 작업하면 쉽다. 다만 시자백(時紫白)만 찾으면 된다.

(9) 존제2성(尊帝二星)

존성(尊星)이란 천을(天乙)을 가리키고 제성(帝星)이란 태을(太乙)을 가리키는 말이다. 이른바 천하전운(天河轉運)이 이것이다. 좌·향 위에 임하면 흉살을 제복한다.

① 연가존제성(年家尊帝星)

상원(上元)은 乾궁, 중원은 坎궁, 하원은 乾궁에서 甲子를 시작으로 순비(順飛)하며 중궁은 건너뛴다. 즉 4궁에서 바로 6궁으로 가는 것이다.

당년 태세(太歲 : 年干支)에 맞닿는 궁이 존성 궁이요, 대충궁(對沖宮)이 제성이다. 그리고 순행으로 존성의 격(隔)1궁이 옥인궁(玉印宮)이며 제성의 격1궁이 옥청궁(玉清宮)궁이다.

예를 들어 1996년(丙子)에 子좌午향으로 묘를 쓰는 경우.

1984년부터 2043년까지의 60년이 하원甲子이다. 그러므로 乾궁에서 甲子를 시작하여 순서대로 붙이면 장사 지내고자 하는 해 丙子가 坎궁에 닿게 된다. 따라서 坎이 존성, 離가 제성, 震이 옥인, 酉(兌)가 옥청이 된다.

좌에는 존성, 향에는 제성이 오게 되어 흉살은 관계가 없이 재(財)·관(官)·손(孫)이 발복한다.

연가존제의 예

辛未	丁卯 乙亥 〈帝星〉	己巳
庚午 〈玉印〉		乙丑 癸酉 〈玉清〉
丙寅 甲戌	戊辰 丙子 〈尊星〉	甲子 壬申

② 월가존제(月家尊帝)

甲丙戊庚壬년에는 艮(8)궁에서 정월을 시작하고,

乙丁己년에는 震(3)궁에서 정월을 시작하며,

辛癸년에는 巽(4)궁에서 정월을 시작하여 연가존제법과 같이

구궁에 순비하되 중궁은 건너뛰고 일하고자 하는 월의 소도(所
到)궁을 찾는다. 이하는 연가법과 같이 하면 된다.

예를 들어 丙子년 11월에 일을 하고자 하면 丙년이라 艮궁에서
정월을 시작하여 차례대로 붙이면 11월(子月)이 坎궁에 닿는다.
坎이 존성이고 離가 제성, 震이 옥인, 酉(兌)가 옥청이 된다.

월가존제의 예

6月	2月 10月 帝星	4月
5月 玉印		8月 玉淸
正月 9月	11月 尊星	7月

③ 일가존제(日家尊帝)

동지 후 하지 전까지는 乾(6)궁에서 甲子를 시작하여 순비하면
서 중궁은 뛰어넘는다.

하지 후 동지 전까지는 坎(1)궁에서 甲子를 시작하여 역비하면
서 중궁은 뛰어넘는다.

일하는 날의 일진이 닿는 궁이 존성궁이 된다. 이하는 연가법

과 같이 하면 된다.

예를 들어 7월의 辛未일에 장사하는 경우, 7월은 하지 후 동지 전이므로 坎궁에 甲子를 놓고 역으로 붙여나가면 일진인 辛未가 坤(2)궁에 닿는다. 따라서 坤이 존성이 되고 艮이 제성, 乾이 옥인, 巽이 옥청이다.

일가존제의 예

己巳 〈玉淸〉	乙丑	辛未 〈尊星〉
庚午		丁卯
丙寅 〈帝星〉	甲子	戊辰 〈玉印〉

④ 시가존제(時家尊帝)

양(甲丙戊庚壬)일에는 乾궁에서 子시(時)를 시작하고

음(乙丁己辛癸)일에는 坎궁에서 子시를 시작하여

차례대로 붙이고 중궁은 건너뛴다. 일하는 시에 닿는 궁이 존성이다. 이하는 월가법과 같이 한다.

예를 들어 辛未일 午시의 경우, 辛未는 음일이니 坎(1)궁에서

子시를 시작하여 차례대로 돌려 붙인다. 午가 艮(8)궁에 닿는다. 艮궁이 존성이다. 이하는 연가법과 같다.

시가존제의 예

卯시 玉印		丑시 帝星
寅시		巳시
午시 尊星	子시	辰시 玉淸

(10) 삼기제성(三奇帝星)

삼기(三奇)는 천3기, 지3기, 인3기가 있다.

천3기는 甲戊庚이고 지3기는 乙丙丁이며 인3기는 辛壬癸이다.

풍수에서는 지3기만을 쓴다. 삼기는 나쁜 살을 막을 뿐 아니라 복록을 가져다주는 길성이다.

① 甲子를 시작하는 궁은 24절기에서 8절기만을 사용한다.

동지절은 坎궁에서 甲子를 시작해 순서대로 9궁에 돌려붙인다.

입춘절은 艮궁에서 甲子를 시작해 순서대로 9궁에 돌려붙인다.

춘분절은 震궁에서 甲子를 시작해 차례대로 9궁에 돌려붙인다.
입하절은 巽궁에서 甲子를 시작해 차례대로 9궁에 돌려붙인다.
하지절은 離궁에서 甲子를 시작해 역으로 돌려붙인다.
입추절은 坤궁에서 甲子를 시작해 역으로 돌려붙인다.
추분절은 兌궁에서 甲子를 시작해 역으로 돌려붙인다.
입동절은 乾궁에서 甲子를 시작해 역으로 돌려붙인다.
이렇게 하여 일하는 태세가 날아앉은〔飛臨〕 궁을 찾는다.

② 태세가 도림(到臨)하는 궁에서 당해년의 정월건(正月建 : 간지)을 시작하여 위 ①에 따라서 순비(順飛)하거나 역비(逆飛)하여 첫번째로 닿는 乙丙丁의 궁이 향이 되면 상길(上吉)이요, 좌궁 또는 좌궁 삼합궁이나 중궁이 되면 차길(次吉)이다.

예를 들어 丙子년 입추에서 추분 사이에 子坐午향으로 장사하는 경우, 입추절은 甲子를 坤(2)궁에서 시작하여 역으로 구궁에 돌려붙인다. 태세 丙子가 艮궁에 닿게 된다. 다음은 태세가 닿은 艮궁에서 丙子년 정월의 월건 庚寅을 시작하여 역시 역으로 구궁에 돌려붙이면 된다. 乙奇는 震궁, 丙奇는 坤궁, 丁奇는 坎궁에 닿게 된다.

곧 子坐궁에 닿았으므로 차길(次吉)이 된다. 또한 坤궁 丙奇도 삼합궁이다.

三奇帝星의 예

①

辛未	丙寅 乙亥	甲子 癸酉
壬申	庚午	戊辰
丁卯 丙子年	乙丑 甲戌	己巳

②

甲午		㉓申
㉓未	癸巳	辛卯
庚寅	㉓酉	壬辰

(11) 녹(祿)·마(馬)·귀인(貴人) 기세기명(起歲起命)

『천기대요』의 법은 구궁둔취(九宮遁取)로 되어 있다.

그러나 녹마귀인법은 태세의 녹마귀인과 본명(本命)의 녹마귀인을 지상(支上)에서 직접 보고 방위도 또한 24방위를 그대로 보는 것이 합리적이다.

즉 세(歲)와 명(命)의 녹마귀인을 찾고 좌 또는 향상(向上)에 녹마귀인이 있으면 삼살과 태세살을 제압한다.

예를 들어 丙子년에 甲子생을 艮좌坤향으로 장사하는 경우, 태세 丙子의 녹은 巳, 마는 寅, 귀인은 亥酉이고 본명 甲子의 녹은 寅, 마도 寅, 귀인은 丑未이다. 좌艮에 寅이 세마(歲馬)·명녹(命祿)·명마(命馬)가 된다.

(12) 사리제성(四利帝星) 압살정국(壓殺定局)

사리(四利) 12성은 태세·태양·상문(喪門)·태음(太陰)·관

부(官符)·사부(死符)·세파(歲破)·용덕(龍德)·음부(陰符)·
복덕(福德)·조객(弔客)·병부(病符)이다.

연지(年支)에서 태세를 시작하여 순행 12지하면서 12성을 붙인 다음에 좌향에 닿는 성으로써 월의 길흉을 본다.

또 월지에서 태세를 시작하여 순행 12지하면서 12성을 붙인 다음에 좌향에 닿는 성으로써 일(日)의 길흉을 본다.

이어 일지에서 태세를 시작하여 순행 12지하면서 12성을 붙인 다음에 좌향에 닿는 성으로써 시(時)의 길흉을 본다.

12성 중에서 4길성(태양·태음·용덕·복덕)만을 쓰게 되며 이는 모든 살을 누를 수 있고 발복한다.

예를 들어 택일의 4기둥〔造命4課〕이 丙子년 壬寅월 癸卯일 戊午시인 경우는 다음과 같이 판별한다.

첫번째, 월의 길흉은 연지 子에서 태세를 붙여 丑태양, 寅상문, 卯태음, 辰관부, 巳사부, 午세파, 未용덕, 申음부, 酉복덕, 戌조객, 亥병부가 된다.

두번째, 일의 길흉은 월지 寅에서 태세를 시작하여 순행 12지한다.

세번째, 시의 길흉은 일지 卯에서 태세를 시작하여 순행 12지한다.

＊ 사길성의 조견표가 『천기대요』에 수록되어 있다.

(13) 성마귀인(星馬貴人)
『천기대요』를 참조하기 바란다.

(14) 자미제성정국(紫微帝星定局)

12성은 건(建)·제(除)·만(滿)·평(平)·정(定)·집(執)·파(破)·위(危)·성(成)·수(收)·개(開)·폐(閉)이다.

사용하는 법은 연지·월지·일지·시지에서 건(建)을 시작하여 순행12지로 정국하고 좌나 향상에 평〔天台星〕·정〔天魁星〕)·수〔天帝星〕·개〔天福星〕가 닿으면 장군살·태세살·관부살·혈인살·유재살(流財殺)·금신살(金神殺)을 제압한다.

예를 들어 丙子년의 자미제성정국은 子가 건, 丑이 제, 寅이 만, 卯가 평, 辰이 정, 巳가 집, 午가 파, 未가 위, 申이 성, 酉가 수, 戌이 개, 亥가 폐이다.

4길성인 평·정·수·개가 닿은 甲卯·乙辰·庚酉·辛戌좌·향이 길하다.

나머지 월·일·시는 위와 같은 방법으로 정하면 된다.

(15) 개산황도총국(盖山黃道總局)

『천기대요』를 참조하면 된다.

(16) 도천전운(都天轉運)

『천기대요』를 참조바란다.

(17) 진제성정국(眞帝星定局)

여기서 말하는 진제성(眞帝星)이란 북두칠성 중에서 파군성〔天罡〕을 말한다. 이 성이 향상(向上)에 임하면 모든 살을 제압한다.

　매월의 입절(入節 : 정월 입춘, 2월 경칩……)을 기준하여 매일 1도씩 좌선하니(앞에서 설명한 태양전차의 법식 참조), 일하는 날의 해당 궁을 찾으면 된다.

　특별히 주의할 것은 좌상(坐上)은 흉하고 오직 향상에 임하여야 길하다는 점이다. 『천기대요』에 조견표가 수록돼 있다.

　시간별 두표(斗杓)의 소지법(所指法)은 다음과 같다.

　월월상가술(月月常加戌) : 월건 支에서 戌시를 시작하여 순행 12지하는데

　시시건파군(時時建破軍) : 그 시간 소도(所到)궁 방위가 두표 소지 방위다.

　예를 들어 일하는 날이 정월이면 정월의 월건인 寅에서 戌시를 시작하여 순행 12지하면 戌시에는 두표가 艮寅궁을 비추고

　亥시에는 甲卯방, 子시에는 乙辰방, 丑시에는 巽巳방, 寅시에는 丙午방이 되고,

　卯시에는 丁未방, 辰시에는 坤申방, 巳시에는 庚酉방, 午시에는 辛戌방이 되고,

　未시에는 乾亥방, 申시에는 壬子방, 酉시에는 癸丑방이 된다.

　단, 천반봉침 기준이다. (곧 地支 기준임.)

(18) 통천규첩법 (通天竅捷法)

이 법도 또한 길성이 닿는 것으로 좌·향의 길흉을 보는 법이다. 모든 성법(星法)중에서 가장 으뜸이라고까지 평가된다.

길성이 닿으면 모든 흉살은 제압되고 오직 길성수(吉星宿)만이 존재한다고 한다.

그 줄기는 양년(陽年 : 子寅辰午申戌)에는 동서 좌·향이 길하고 음년(陰年 : 丑卯巳未酉亥)에는 남북 좌·향이 길하다. 또 4정산(＝子午卯酉坐)은 음년이나 양년이나 모두 길하다.

이를 설명하면 다음과 같다.

12성은 소현(小縣)·소중(小重)·대길(大吉)·진전(進田)·청룡(靑龍)·소화(小火)·대화(大火)·대중(大重)·영재(迎財)·진보(進寶)·고주(庫珠)·대주(大州)인데, 이 중에서 대길·진전·청룡·영재·진보·고주 6성은 길하고 나머지는 흉이다.

정국(定局)하는 방법은 다음과 같다.

申子辰년에는 子에서 소현을 시작하여 좌선 12지하고,

寅午戌년에는 午에서 소현을 시작하여 좌선 12지하고,

亥卯未년에는 卯에서 소현을 시작하여 좌선 12지한다.

巳酉丑년에는 酉에서 소현을 시작하여 좌선 12지한다.

예를 들어 丙子년의 경우, 申子辰년에 속하므로 子에서 소현을 시작하면, 곧 子는 소현, 丑은 소중, 寅은 대길, 卯는 진전, 辰은 청룡, 巳는 소화, 午는 대화, 未는 대중, 申은 영재, 酉는 진보, 戌은 고주, 亥는 대주가 된다.

丙子년에는 艮寅·甲卯·乙辰·坤申·庚酉·戌亥의 좌·향이
길하다.

(19) 주마육임정국(走馬六壬定局) : 『천기대요』참조.

(20) 28수 길흉(二十八宿 吉凶) : 『천기대요』참조

(21) 동총운(動塚運)의 검토
기존의 묘지에 사초(莎草)·석물·파묘(破墓)·합장할 때에
적용하는 법이다.
쌍산으로 보는데 간유(干維)는 지에 속한다.

子午丑未좌향은 寅申巳亥년에 불가하고
辰戌巳亥좌향은 子午卯酉년에 불가하며
寅申卯酉좌향은 辰戌丑未년에 불가하다.
이밖에도 개장(改葬)을 할 때에는 다음 사항을 고려한다.

① 구묘생왕방(舊墓生旺方)
기존 선조 묘의 부근에 묘를 쓰고자 할 때에는 기존의 묘와 새
로 쓰려고 하는 묘가 서로 마주보며 거리가 7보(약 5m) 이내일
경우에 기존 묘의 입수를 기준하여 새로 쓰고자 하는 묘가 12운
성으로 생방이나 왕방이 되면 해를 입는다.
乾甲丁좌는 양금(陽金) 寅에서 포(胞)를 시작하여 순행하고

巽庚癸좌는 음금(陰金) 卯에서 포를 시작하여 역행한다.

坤乙壬좌는 양목이므로 위의 양의 순서를 따른다.

艮丙辛좌는 음목이므로 위의 음의 순서를 따른다.

申子辰좌는 양수이므로 위의 양의 순서를 따른다.

寅午戌좌는 양화이므로 위의 양의 순서를 따른다.

巳酉丑좌와 亥卯未좌는 음토이므로 위의 음의 순서를 따른다.

일설에는 입수의 좌·우선으로 음과 양을 구분하기도 한다.

② 고골살(枯骨殺)

정월 사인(死人)을 子午卯년에 개장하면 가장(家長)이 죽는다.

2월 사인을 辰년에 개장하면 5명이 죽는다.

3월 사인을 午년에 개장하면 3명이 죽는다.

4월 사인을 申년에 개장하면 소부(小婦)가 죽는다.

5월 사인을 申·酉·丑년에 개장하면 5명이 죽는다.

6월 사인을 寅·亥년에 개장하면 가운데 아들(中男)이 죽는다.

7월 사인을 卯·戌년에 개장하면 소아(小兒)가 죽는다.

8월 사인을 子·戌년에 개장하면 큰딸이 죽는다.

9월 사인을 丑·戌·卯년에 개장하면 소아(小兒)가 죽는다.

10월 사인을 寅년에 개장하면 6명이 죽는다.

11월 사인을 丑년에 개장하면 자손이 죽는다.

12월 사인을 巳년에 개장하면 소아(小兒)가 죽는다.

③ 생년별 개장 흉월(凶月)

子년생이 정월에 개장하면 가장(家長)이 살을 받는다.

丑년생이 3월에 개장하면 대흉이다.

寅년생이 2월에 개장하면 2명이 죽는다.

卯년생이 7월에 개장하면 모녀가 죽는다.

辰년생이 6월에 개장하면 어머니가 죽는다.

巳년생이 12월에 개장하면 9명이 죽는다.

午년생이 11월에 개장하면 가축이 죽는다.

未년생이 7월에 개장하면 장녀가 죽는다.

申년생이 4월에 개장하면 중남(中男)이 죽는다.

酉년생이 5월에 개장하면 6명이 죽는다.

戌년생이 8월에 개장하면 소자(小子)가 죽는다.

亥년생이 9월에 개장하면 중남(中男)이 죽는다.

④ 구산중상(舊山重喪)

춘 丙辰日

하 庚辰日

추 壬辰日

동 甲辰日

⑤ 육갑천규(六甲天竅)

사초·석물을 하는 경우에는 연월일시가 대공망·소공망이면
길하다.

子午丑未좌는 子丑이 공망인데 子午卯酉가 소공망이고 辰戌丑未가 대공망이다.

寅申卯酉좌는 寅卯가 공망인데 寅申巳亥가 소공망이고 子午卯酉가 대공망이다.

辰戌丑未좌는 辰巳가 공망인데 辰戌丑未가 소공망이고 寅申巳亥가 대공망이다.

간유(干維)는 쌍산으로 지에 속한다. (甲좌는 卯좌와 같다)

⑥ 고묘토숙살(故墓土宿殺)

촌수를 헤아려 복내(服內)에 해당하는 선조의 기존 묘영(墓塋)으로 이장할 때 보는 법이다. 주로 사람이 죽는다.

봄에는 木묘궁(墓宮)이 未라 午방이고

여름에는 火묘궁이 戌이라 酉방이고

가을에는 金묘궁이 丑이라 子방이요

겨울에는 水묘궁이 辰이라 卯방이다.

다음과 같은 다른 방식도 있다.

정월에는 乙방과 亥방이 숙살(宿殺)

2월에는 丙방과 庚방이 숙살

3월에는 丁방과 庚방이 숙살

4월에는 丁방과 癸방이 숙살

5월에는 壬방과 癸방이 숙살

6월에는 癸방과 乙방이 숙살

7, 8월에는 丙방과 庚방이 숙살

9월 이후에는 壬방과 乙방이 숙살이다.

⑦ 파묘부(破墓符)

파묘시에 다음의 주문을 3·7송〔21번〕하고 묘의 네 구석에 부적을 묻으면 홍살이 소멸한다는 설이 있어서 여기에 소개한다.

주문 : 사천사동신역다(四千四動神曆多) 사바하

부적

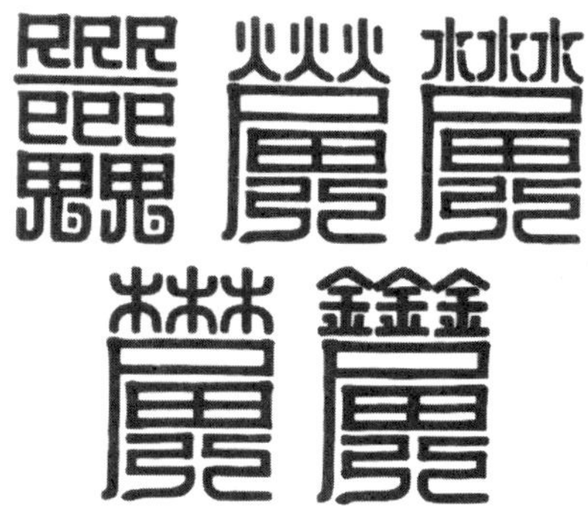

(22) 투수일(偸修日)

이날은 지난 해의 신이 떠나고 새해의 신은 아직 나오지 않은 1년 중에 공망이므로 만사에 꺼리는 일이 없다. 다만 길성의 내조(來助)가 없을 뿐이다.

대한 후 10일, 입춘 전 5일인데 그날이 최길이고

투수일의 전·후 1일이 차길이다.

＊ 한식과 청명도 투수일과 같은 경우이다.

제3절 일시확정(日時確定)

첫째, 천간은 상주(相主：망명과 자손의 운수를 생왕케 하는 것)하고 지지는 보산룡(補山龍)한다. 여기서 용운(龍運)을 납음오행으로 연주(年柱)가 극하면 가장(家長)이 망하고, 월주(月柱)가 극하면 가모(家母)가 망하고 일주(日柱)가 극하면 자부(子婦)가 망하고 시주(時柱)가 극하면 손부(孫婦)가 망한다.

둘째, 음양상잡을 꺼린다. (甲양乙음 子양亥음 등).

셋째, 망명상충일(亡命相沖日)을 꺼린다.

넷째, 시간(時干)이 일간을 극하거나 월간이 연간을 극하는 것을 꺼린다.

다섯째, 좌상(坐上)·향상(向上)·망명(亡命)의 흥살 지를 피한다.

여섯째, 巳일·亥일·중일(重日)·복일(復日) 등을 피한다.

일곱째, 주상(主喪)의 흥일을 꺼린다.

여덟째, 사과(四課)에 대하여 종합적으로 분석한다.

1. 연주(年柱) 결정

산운(山運)과 망명(亡命)의 삼합·육합 또는 녹·마·귀인년이 크게 유리하고 형·충·극·해(害)년은 꺼린다. 또한 화명(化命)의 공망년도 불길하다. 흉살은 삼살(三殺)·세파(歲破)·戊己·음부(陰符) 등은 가급적 피하는 것이 좋고 만일 그런 살이 있다면 반드시 제압하여야 한다. 길흉은 대개 태세를 따른다고 하여 연주(年柱)를 아주 중요시한다.

2. 월주(月柱) 결정

산·명(山·命)에 유리한 달을 정해야 길함은 물론이다.
첫째, 생왕(生旺)·득령(得令)·삼합보산(三合補山)이 길하다. 예를 들면 木산은 왕어춘(旺於春)하고 상어동(相於冬)이다.
둘째, 제살(制殺)이 가능하거나, 본살(本殺) 자체가 휴수(休囚)되는 월건을 택하여야 한다. 예를 들면 卯방이 살일 때 午월을 택하면 卯목이 午에서 죽는다.
셋째, 같은 값이면 다홍치마라고 태양·삼기·자백·녹·마·귀가 닿으면 더욱 유리하다. (龍運이 主가 된다.)
월령(月令)은 위권요(爲權要)라 하여 조명(造命)의 강목(綱目)이다.

3. 일주(日柱) 결정

길흉화복에 가장 중요한 역할을 한다. 일간은 왕상유기(旺相有氣)하여야 하며 휴수실령(休囚失令)을 꺼린다.

예를 들면 寅卯월 장사에 甲乙일은 왕이요, 丙丁은 상이니 길하고 庚辛은 살이요, 壬癸는 설(泄)이며 戊己는 수극(受克)이니 흉이다.

그러나 실령의 경우라 하여도 삼간사간(三干四干)이 상화(相和)하여 일간을 도우면 사용이 가능하다.

예를 들면 卯월에 4辛卯와 같다.

일지는 월지와 상생상합이 길이며 형·충·파·해 및 평·수일(收日)을 꺼린다. 또한 산룡·화명과도 형·충·파·해가 없어야 하고 일주납음이 화명(化命)납음을 극함도 꺼린다.

만약 부득이 하여 일간이 휴수가 되면 일록귀시(日祿歸時)를 요한다.

4. 시주(時柱) 결정

월일과 주성삼합(湊成三合)이 상길이요, 일간의 녹·마·귀인이 그 다음으로 좋다. 시간(時干)이 일간(日干)을 극함은 꺼린다. 이 밖에도 태양전도에 따른 택일·택시(擇時)를 고려하여야 한다.

시주는 일주(日柱)의 충복(忠僕)이라는 의미가 있으므로 일주를 도와주어야 한다.

5. 4과(四課)의 실례

4과(四課 : 택일의 연·월·일·시)에 대해 종합적으로 실례를 통해 살펴보고자 한다. 이를 통해 이치를 터득하기 바란다.

① 亥·壬·子·癸 4룡은 水이다. 그러므로 申이 생궁, 子는 왕궁(旺宮), 辰은 묘궁이다. 지(支)는 보룡(補龍)한다고 했으므로 4과의 支가 申·子·辰이면 3합 왕국(旺局)이니 상길(上吉)이다. 亥는 관록(冠祿)이니 길하고 巳·酉·丑은 인수(印綬)국이니 또한 길하다.

寅·午·戌은 재국(財局)이니 차길(次吉)이다. 亥·卯·未는 설국(泄局)이 되니 흉한 것이고, 辰·戌·丑·未는 살국(殺局)이니 아주 흉하다.

천간은 상주(相主)하는 것이지만 庚·辛·壬·癸는 지지를 생조(生助)하니 길로 본다.

예1. 亥룡乾좌에 장사하는데, 壬寅년 壬寅월 壬寅일 壬寅시의 경우. 이는 증문천(曾文遄)의 조명이다. 丁亥 망명(亡命).

이 묘를 쓴 후에 여덟 자손이 벼슬을 했다. 그 이유는 다음과 같다.

망명의 천간인 丁과 4壬은 丁壬합화목(合化木)하여 상주(相主)하고(木생丁火), 壬은 망명 丁의 정관(正官)이다.

임록재해(壬祿在亥)라. 망명 亥와 합하고(寅亥), 또한 龍亥와도 합하니(寅亥), 아주 묘하다.

4壬水가 龍亥를 보(補)하니 훌륭하게 보룡상주(補龍相主)를 하는 길과(吉課)임에 이론(異論)이 없다.

이런 경우에 癸亥년 甲子월 甲申일 乙亥시로 한다면 어떻게 되겠는가.

申子水국이 보룡하고 亥 또한 관록이요, 2甲1乙이 상정망명(相丁亡命)하여 길격이다.

예2. 亥룡壬좌. 癸亥년 庚子월 丙申일 丙申시(楊筠松 造命).
申子亥 水국이 보룡하는 3합국이다.
(이런 경우 亥·亥 형살은 작용하지 못한다.)

예3. 壬룡子좌. 4癸亥(연월일시가 모두 癸亥—楊筠松 조명).
4亥는 壬룡의 녹(祿)이요, 4癸의 녹은 좌인 子다. 이름하여 임관격(臨官格 : 4癸가 戊를 불러온다), 또는 취록격(聚祿格 : 壬룡의 녹이 亥), 또는 일기격(一氣格)인데 壬·戊·癸년생 자손이 발복한다.

단 巳년생 사람에게는 亥충(沖)으로 요절한다. 자손 중에 巳년생이 있다면 壬申년·戊申월·壬申일·戊申시로 조명한다.
• 申은 용의 장생궁(長生宮).

- 지지 일기격. 양간 불잡격(兩干 不雜格).
- 巳년생 사람에게는 巳申으로 합(合 : 刑으로 보지 않음)이나 寅년생 사람은 불리하다.

예4. 子룡艮좌. 癸巳년 丁巳월 癸酉일 癸丑시(증문천 조명)

좌艮 土가 子룡을 극하기 때문에 水국을 버리고 巳·酉·丑 金국하여 설토생수(泄土生水)로 보룡한다(이는 좌보다 용이 위주이기 때문).

또한 癸祿在子라, 戊·癸·子년에 출생한 후손이 발복한다.

② 艮·坤·辰·戌·丑·未의 6룡은 土이다.

풍수에서는 水土가 동궁(同宮)이라 生申·旺子·墓辰·官祿亥이다. 申·子·辰은 왕국(旺局)이며 또한 재국(財局)이니 상길(上吉)이요, 寅·午·戌은 인수국(印綬局)이니 또한 길하다.

金국은 설토(泄土)하고 木국은 土를 극하니 흉하다. 丙·丁·戊·己의 干도 왕상(旺相)이니 길로 본다.

예1. 艮룡甲좌. 丙辰년 丙申월 丙申일 丙申시(양균송 조명).

4丙이 설갑목산(泄甲木山)하여 艮土룡을 생하고 丙납간하며 申辰으로 용의 왕국(旺局)이다. 丙년생·辛년생(丙辛合官)·乙년생(乙丙同墓合)·巳년생(丙祿在巳, 巳申合)이 묘(妙)하다.

예2. 艮룡壬좌. 辛亥년 庚子월 丙申일 丙申시(양균송 조명).

庚申년 戊子월 庚申일 庚辰시(요금정 조명).
위의 두 가지 경우 모두가 3합국으로 재국이다.

예3. 艮룡癸좌. 丙申년 丙申월 丙申일 丙申시(양균송 조명).
지간(支干) 일기격(一氣格)이면서 4장생격(四長生格)이다.
4丙이 납간이면서 艮土를 생한다.

③ 寅·甲·卯·乙·巽의 5룡은 木이다. 亥·卯·未 생왕합국
(生旺合局)이 상길이요, 寅은 녹궁이다. 申·子·辰은 인수국(印
綬局)이니 또한 길하다. 寅·午·戌은 설국(泄局)이요, 巳·酉·
丑은 살국(殺局)이니 흉하다. 천간 壬癸도 길하다.

예1. 卯룡甲좌. 乙卯년 乙卯월 庚寅일 己卯시(양균송 조명).
이것을 검토하면 단지 관(冠)왕(旺) 2자뿐인데도 이름하여 관
왕격(官旺格)이라고 한다. 4지가 동방1기(東方一氣)로 보룡하고
갑록재인(甲祿在寅)이며 乙祿在卯 용상(龍上)했다.

예2. 卯룡亥좌. 辛卯년 辛卯월 辛卯일 辛卯시에 辛巳생 망명(造
命者 不詳).
4卯가 보룡하고 4辛이 상주(相主)하는 한편, 좌산 亥와 합 木
국하고 4卯가 망명 辛의 녹유(祿酉)를 암충(暗沖)한다.

예3. 卯룡乙좌. 庚寅년 丁亥월 辛卯일 辛卯시(증문천 조명).

이 경우에는 3합이 갖추어져 관왕격이다.

같은 용과 좌에 甲寅년 丁卯월 辛卯일 己卯시인 경우(賴布衣 조명).

이 경우도 3합이 갖추어지고 관왕격이다.

예4. 巽룡乙좌. 庚寅년 庚寅월 癸卯일 甲寅시(朱子 조명).
관왕격(官旺格)으로 합법이다.

④ 巳·丙·午·丁 4룡은 火이니 생궁 寅, 왕궁 午, 묘궁 戌이다. 巳는 관궁이라 寅·午·戌 3합국이 상길이요, 亥·卯·未 인수국도 길하고 巳·酉·丑은 재국으로 차길(次吉)이나 申·子·辰 살국과 辰·戌·丑·未 설기국은 흉하다. 천간 丙·丁·甲도 길(吉)로 본다.

예1. 丙룡巳좌. 己巳년 己巳월 壬午일 壬寅시(양균송 조명).
3합국 왕격이니 상길이다.

예2. 丙룡坤좌. 癸巳년 丁巳월 庚午일 戊寅시(뇌포의 조명).
3합 겸 관왕격이니 상길이다.

⑤ 申·庚·酉·辛·乾의 5룡은 金이다. 생궁은 巳이고 왕궁은 酉, 묘궁은 丑이다. 申은 임관(冠)궁이다. 巳·酉·丑 3합국은 상길이요, 辰·戌·丑·未는 인수국이나 상충하면 불길하고 亥·

卯·未는 재국이니 차길이다. 寅·午·戌은 살국이요, 申子辰은 설국이니, 불길하다.

천간은 庚·辛·戊·己가 길하다.

예1. 酉룡酉좌. 甲申년 癸酉월 丁酉일 己酉시(양균송 조명). 辛酉년 辛丑월 辛丑일 癸巳시(뇌포의 조명).

둘 다 3합국이니 상길이다. 특히 뇌포의의 조명은 3辛의 祿酉가 용과 좌상에 임하여 더욱 좋다.

예2. 辛룡乾좌. 丁酉년 己酉월 甲申일 己巳시(증문천 조명). 己酉년 癸酉월 壬申일 乙巳시(증문천 조명).

이는 둘 다 3합 관왕격이니, 상길이다.

이상의 예에서 보는 바와 같이 비록 소소한 살이 있을지라도 조명(造命)이 3합이나 또는 관왕격이면 제살(制殺)이 가능하니 무방하다. 앞의 몇 가지 예와 같은 조명의 예가 『천기대요』에 수록되어 있으니 참고하기 바란다.

제4절 기타 방식

1. 양공조명결(楊公造命訣)

1요 음양불상잡(一要 陰陽不相雜) : 조후(調候)를 강조한 것이다.
5성(五星)과 4기(四氣)를 쓰는데, 춘금(春金)·추목(秋木)·하수
(夏水)·동화(冬火)기가 준칙이다.

2요 좌향봉삼합(二要 坐向逢三合) : 좌는 주산을 도와야 한다. 이
를 위해 은용구난(恩用仇難 : 방조와 설기)을 계량한다.

3요 명성입향래(三要 明星入向來) : 당해 달〔月〕의 길신이 좌나
향에 임해야 길하다.

4요 제성당육갑(四要 帝星當六甲) : 사계절 분왕(分旺)하여 모든
길신이 왕상(旺相)하여야 길하다.

2. 명궁(命宮)찾는 법

사용하려는 시지(時支)에서 일전지(日纏支)를 시작하여 순행
한다. 卯를 만나면 안명궁(安命宮)이고 酉를 만나면 장명궁(葬命
宮)이다.

예 : 일전(日纏) 亥에 卯시에 장사 일을 한다면 卯 위에서 亥를

시작하여 순행하면 未궁에서 卯를 만나게 된다.

3. 옥갑금부경법(玉匣金符經法)

① 구성배포

구성정궁도

殺貢	立早	惑星
禾刀	直星	角氣
人專	妖星	卜禾

② 기갑자(起甲子)

맹월(孟月;寅申巳亥): 坎 위에서 甲子를 시작하여 순서대로 돌려 붙인다.

중월(仲月;子午卯酉): 坤 위에서 甲子를 시작하여 순서대로 돌려 붙인다.

계월(季月;辰戌丑未): 震 위에서 甲子를 시작하여 순서대로 돌려 붙인다.

③ 길흉

요성(妖星) :　1년 안에 인패(人敗)가 난다.

혹성(惑星) :　3년 안에 인패가 난다.

화도(禾刀) :　만사가 쇠퇴한다.

살공(殺貢) :　3년 안에 발복하고 모든 살을 제압한다.

직성(直星) :　당년에 발복한다.

복화(卜禾) :　3년 안에 발병한다.

각기(角氣) :　3년 안에 횡액이 있다.

인전(人專) :　당년에 발복하고 모든 살을 제복(制伏)한다.

입조(立早) :　매사가 흉이다.

단, 금신7살(金神七殺)을 만나면 길이 흉이 된다.

甲己의 해 :　午未일이 금신살

乙庚의 해 :　辰巳일이 금신실

丙辛의 해 :　子丑寅卯일이 금신실

丁壬의 해 :　戌亥일이 금신실

戊癸의 해 :　申酉일이 금신실

④ 3길일 속견표

맹월(孟月) :　甲辰 午, 乙未 酉, 丙子 辰, 丁丑 卯·未, 辛未 酉, 壬子 戌, 癸丑 卯일은 길하고 戊 己 庚일은 노비망(奴婢亡)이다.

중월(仲月) :　甲午 申, 乙卯 酉·亥, 丙子 寅·午, 丁卯 酉, 庚午 申, 辛酉 亥, 戊子·己卯일은 길하고 乙庚丁일은 흉하다.

계월(季月) : 甲寅 戌, 丙寅 申, 辛丑 亥, 壬寅 辰, 癸未, 戊寅,
己巳 未・亥일은 길하다.

4. 기타 살(殺)들

① 조명살(照命殺) : 장일(葬日)을 중궁에 넣어 순서대로 돌려
붙여 주상본명(主喪本命)이 중궁에 떨어지면 3년 안에 사망한다.
② 광중살(壙中殺) : 장일 입중 순비 구궁(葬日入中順飛九宮)하
여 태세도궁(太歲到宮)과 갑자 입중 순비 구궁(甲子入中順飛九
宮)하여 주상명도좌(主喪命到坐)가 살이다.
③ 뇌정살(雷霆殺) : 장일 입중 순비 구궁(葬日入中順飛九宮)하
여 망명도좌(亡命到坐)하고, 제주납음(祭主納音)을 극하는 살.
④ 조궁살(釣宮殺) : 장일 입중 순비 구궁(葬日入中順飛九宮)하
여 좌산(坐山)에 비림(飛臨)하는 납음오행이 주상(主喪)과 상극
하는 살.
⑤ 적살(的殺) : 연적(年的)・월적(月的)・일적(日的)의 살이
있다(主初年凶).
　연적 : 연주(年柱)를 중궁에 넣고 차례대로 구궁에 돌려 붙인
　　　　다. 주상본명이 닿는 좌 또는 향이 살이다. 예를 들어
　　　　戊寅년에 艮좌로 장사한다면 戊寅을 중궁에 넣고 차례
　　　　대로 돌려 붙이면 辛巳가 艮궁에 닿고 甲申이 坤궁에
　　　　닿는다. 辛巳생과 甲申생이 연적살을 맞는다. 60甲子

전부를 본다.

　월적 : 월건을 중궁에 넣고 연적과 같은 방법으로 하면 된다.

　일적 : 장일을 중궁에 넣고 순서대로 붙여 태세가 닿는 궁을 찾고 다시 태세를 중궁에 넣어 순서대로 돌려 붙여서 태세 지(支)와 상충하는 궁에 닿는 생년의 사람이 일적살을 맞는다. 예를 들면 甲子년 辛亥일의 경우에는 己巳·戊寅생이 해당된다.

제5절 장택기록양식(葬擇記錄樣式)

1. 장택기(葬擇記)

① 산의 위치 : 행정구역상의 지번(가능하면 좌표로 표기하면 정확하다).

② 용·혈·수의 약술(略述) : 발조산(發祖山)·소조산·행도·혈좌(내외 양향이면 안은 무슨 좌 밖은 무슨 좌)·분금·득파.

③ 망명(亡命) : 생년간지와 乾(남)·坤(여)의 구별.

④ 주상(主喪) : 생년간지.

⑤ 사후토고사(祠后土告祀) : 토지신에게 고하는 일시.

⑥ 참파도(斬破土) : 혈장에서 작업이 시작되는 일시와 선파방

(先破方).

⑦ 개금정(開金井) : 금정 작업을 시작하는 시간.

⑧ 혈심(穴深) : 혈장의 깊이.

⑨ 안장(安葬) : 하관 일시.

⑩ 정상(停喪) : 상여가 잠시 쉬는 곳(꺼리는 방위를 표기).

⑪ 기복(忌伏) : 당년의 3살방 및 당일의 3살방(음식상을 차려서는 안된다).

⑫ 취토(取土) : 묘를 만들기 위해 흙을 파는 곳. 보묘(補墓)는 생토방(生土方), 조분(造墳)은 사토방(死土方).

⑬ 파구분(破舊墳) : 천장시(遷葬時)에만 적용.

⑭ 호충(呼沖) : 일주(日柱)와 같은 천간에 지지가 충(沖)하거나 干이 干을 극하고 支가 支를 충하는 해에 태어난 사람

⑮ 주당(周堂) : 안장시에 쓰는 구궁도의 해당 인물.『천기대요』참조

⑯ 조명(造命)4과 :

연주(年柱) : 만년도 운박(運泊) 등 참조.

월주(月柱) : 운박영정(運泊永定) 12지생장흥월 참조.

일주(日柱) : 공망일 안장길일 주당 참조.

시주(時柱) : 망명 자손 일운(日運)을 고려하여 결정.

⑰ 장산4과(葬山四課) : 태골(胎骨)

천산

투지

분금

극석(刳釋)　　　　년　　월　　일

택일자　　　　　　　성　명

----

2. 장택기의 예

(장택기술의 요령을 보여주는 것으로 택일의 길흉은 고려하지
않음)

① 산의 위치(新山) : 경기도 안성군 보계면 범내골 산 10번지
〈 좌표 〉

② 보개산(寶蓋山) 乾亥발조(發祖) 수리봉(辛) 작국(作局) 기
복전전(起伏轉轉)

③ 3절하(三節下) 亥입수 乾좌巽향 戌분금(2·8) 甲得丁破
〈 이하 용·혈·수 略述 〉

④ 망명 : 건선명(乾仙命) 甲子생(金)

⑤ 주상 : 庚申 정월 3일생 乾命

⑥ 사후토고사 : 당일 선행(先行)

⑦ 참파토 : 丙寅년 12월 15일(甲午) 午시 선파(先破) 의유방
　　　　　　　　(宜酉方)

⑧ 개금정 : 丙寅년 12월 16일(乙未) 午시

⑨ 혈심 : 4자 5치(四尺五寸) 현백색토(見白色土)

⑩ 안장 : 丙寅12월 16일(乙未) 未시 하유현택(下幽玄宅)

⑪ 정상 : 기건방(忌乾方)

⑫ 기복 : 西·北方

⑬ 취토 : 의경방(宜庚方) 수형분(水形墳)

⑭ 호충 : 乙丑년생 人과 辛丑년생 人. 하관시 잠시 피함

⑮ 주당 : 재모(在母)

⑯ 조명4과 :   연주 : 丙寅(화)

　　　　　　　 월주 : 辛丑(토)

　　　　　　　 일주 : 乙未(금)

　　　　　　　 시주 : 癸未(목)

⑰ 장산4과 :   태골 : 甲戌(화)

　　　　　　　 천산 : 丁亥(토)

　　　　　　　 투지 : 丁亥(토)

　　　　　　　 분금 : 丙戌(토)

丙寅년 10월 15일

白雲 靑鶴峰 記

첨부 : 풍수도 및 단운약술(斷運略述)〈 생략 〉

제5편 단험론(斷驗論)

제1절 총론

묘혈에 조상을 장사 지내면 조상의 체백(體魄)의 상태와 그 자손에게 미치는 화복을 예단하는 방술을 단험(斷驗)이라고 한다.

그 큰 줄기를 소개하면 다음과 같다.

첫째, 산은 자손번창에 관한 일을 판단하고 물〔水〕은 재물을 주관한다.

둘째, 내룡은 가계(家系)와 자손의 부귀빈천에 영향을 미친다.

셋째, 혈성(穴星)은 한 가문을 판단하는 자료이며 혈장(穴場)은 한 가정에 관계되는 일에 작용한다.

넷째, 물은 재물과 여자에 관한 사항을 주관하나 경우에 따라서는 귀(貴)도 관계가 있다.

다섯째, 조종(祖宗)은 나〔我〕요, 조·안산은 대인관계에 작용하며 청룡 백호는 나를 보호하는 것들이다.

이상의 5가지를 연구하면 일리관통(一理貫通)하게 되어 정확하게 예단할 수 있다.

다음은 각 분야별로 기본적인 예를 든 것이다.

(1) 조종산

집안의 내력과 배경, 자손의 유기(有氣)·무기(無氣)를 판단한다.

조종산에 서기가 어려 있으면 재상이 배출된 명문대가임을 알 수 있다. 수려단아하면 문인이요, 장엄하면 무인과 관련 있다.

(2) 내룡(來龍)

주로 혈통관계를 본다. 화복의 근본이 된다. 왕룡(旺龍)이면 자손의 수가 많다. 청룡 쪽의 지각(枝角)이 왕성하면 적자(嫡子)가 복을 받고 남자들이 많이 태어난다. 백호 쪽이 왕성한 기운을 지녔으면 서손(庶孫)이 복을 받고 여자들이 많이 배출된다.

공협(拱夾)에 문필봉 등이 솟아 있으면 문관이 나고 기와 북이 있으면 무관이 나며 창고사(倉庫砂)가 있으면 부호가 난다.

내룡이 혈성보다 빼어나게 아름답거나 대등하면 적손(適孫)이 뒤를 잇지만 혈성은 아름다운데 내룡이 쇠약하면 서손(庶孫)으로 승계된다.

내룡이 후덕하면 부자가 나고 청수하면 귀(貴)를 얻는다.

(3) 입수맥

주로 부부관계와 후계문제를 살피는 데 작용한다.

입수맥이 광탕(廣蕩)하면 축첩을 하게 되고 한편으로 치우치게 아름답거나 모자라면 홀아비나 과부가 난다. 입수맥이 끊어졌으면 후손이 끊어진다.

(4) 혈장

분방별(分房別 : 후손의 次序) 화복을 판단하는 기준이다.

윗쪽이 살찌고 아랫쪽이 청수하면 맏이가 부자가 되고 막내아들이 귀하게 된다.

위는 아름답고 아래가 못생겼으면 맏이에게는 좋은 일이, 막내에게는 흉한 일이 생긴다.

혈장을 3등분하여 중앙 부위는 가운데 자식의 길흉을 판단한다. 중앙이 살찌고 넓으면 부자가 나는 격이고 적고 단단하면 귀인이 난다.

윗부분은 귀천을, 아랫쪽은 빈부를 판단하는 기준이다.

(5) 청룡·백호

청룡이 아름답고 백호가 열세이면 본손의 자손이 우수하고 백호가 아름답고 청룡이 모자라면 외손이 뛰어난 기질을 보인다.

청룡의 허리가 끊어지고 어깨가 잘렸으면 이에 배속되는 후손 중 남자가 요절한다. 반대로 백호의 허리가 끊어지고 어깨가 잘려지게 생겼으면 사위가 요절한다.

청룡과 백호가 서로 경쟁하는 모양이면 형제간에 송사가 나고
서로 싸우는 모양이면 불목한다.

(6) 사(砂)의 모양

해당하는 부위의 분방(分房: 해당하는 자손을 가르킴)에 해당
길흉이 생긴다.

천마면 귀히 되나 해외 근무가 많다.

필사(筆砂)면 글재주가 타의 추종을 불허한다.

치마를 걸어놓은 모습[懸裙]이나 머리를 안고 있는 모양[抱頭]
이면 옷벗기를 좋아하고 포옹하기를 즐기니 음탕한 후손이 난다.

검사(劍砂)면 도검으로 인해 죽거나 남을 죽이게 된다.

(7) 시신의 변화

바람을 맞으면 화염(火炎)이 들어 흑색으로 타고 물이 관을 침
범하면 수염(水炎)이 든다. 토질이 매우 약하면 목염(木炎)이 든
다.

임두수(淋頭水)이면 수염(水炎)이 든다. 이때 위는 강하고 아
래가 허약하면 습기가 없어서 해골이 바짝 마른다. 반면 위가 허
약하고 아래는 토질이 강해 흘러든 물이 빠지지 못하면 광중에
물이 가득 차게 되어 시신이 엎어진다.

토질이 허한 곳에 괴상한 벌레(지네·개미·뱀·쥐 등) 모양
의 사(砂)가 있으면 해당하는 벌레가 시신에 생긴다.

제2절 12봉 길흉(十二峰吉凶)

子峰 :　아름다우면 멀리까지 이름을 날린다.

丑峰 :　巳봉과 서로 비슷하면 군왕이 난다.

寅峰 :　辰봉과 비슷하면 부·귀·명을 갖춘다.

卯峰 :　자손들이 명예를 보존한다.

辰峰 :　대밭처럼 우거지면 장군이 난다.

巳峰 :　쇠뿔처럼 생겼으면 점차 부자가 된다.

午峰 :　높고 기울어지면 연연 초상이요, 불로 인한 재앙이 난다.

未申峰 :　멀리서부터 첩첩이 오면 부자가 된다.

酉峰 :　높고 크고 후덕하면 먹고 살기가 넉넉하다.

戌亥峰 :　높고 높으면 명예를 이룬다.

제3절 12방수(十二方水)

子水 :　후손이 끊긴다.

丑水 :　부귀를 누리게 된다.

寅水 :　어진 자식이 어려서 죽는다.

卯水 :　진인(眞人)이 난다.

辰水 :　귀머거리에 가난해진다.

巳水 :　남자는 부자가 되나 여자는 바람이 난다.

午未水 : 길하다.

申水 : 흉이다.

酉水 : 양판에서는 판을 깨는 물이고, 음판에서는 도화수이다.

戌水 : 초년에는 부자가 되었다가 뒤에는 가난해진다.

亥水 : 남자아이는 강건하지만 딸자식은 전혀 없다.

제4절 12지 방수충파(十二支 放水 衝破)

子水午破 : 장자가 눈을 다친다.

丑水未破 : 자손이 가난해진다.

丑水巳午破 : 여자아이를 많이 낳는다.

寅水未破 : 자손이 번성한다.

寅水坤破 : 자손에게 환란이 있다.

寅水申破 : 좋은 일이 전혀 없다.

卯水寅破 : 외손들이 가난해진다.

辰水丑破 : 딸아이가 다리를 전다.

巳水 장류(長流) : 자손들이 울게 된다.

巳水 세곡(細谷) : 물에 빠져 죽는 자손이 있다.

巳水戌亥破 : 간사하기가 뱀과 같다.

午水戌破 : 장자가 망한다.

午水申破 : 가운데 자식에게 되는 일이 없다.

未水丑破 : 만성병에 시달린다.

申水午破 ： 부지동복(不知同腹) 웬말이냐고 한다.

申水寅破 ： 걱정이 많다.

酉水申破 ： 타관살이 애닯다.

戌水未破 ： 남녀자손이 망한다.

亥水未破 ： 성공하는 자손이 없다.

子午卯酉 당문파(當門破) ： 자손이 끊어져 애닯다.

辰戌丑未 황천파(黃泉破) ： 자손이 걸식한다.

寅申巳亥 장손파(長孫破) ： 매사 신중해야 한다.

乾坤艮巽 사권파(四權破) ： 길흉이 무난할 것이다.

甲庚丙壬 귀원파(歸元破) ： 파구 중에서는 제일 좋다.

乙辛丁癸 노비파(奴婢破) ： 아차하면 도화파니 남녀간에 음란하
다.

제5절 분야별 단험론

1. 부귀손(富貴孫)

① 子룡卯좌는 근보자손(僅保子孫)하고 자견묘(子見卯)에
癸丑좌는 부귀손이 난다.

② 子룡午좌 상충(相沖)하면 5년 안에 절사(絶祀)하고 子
룡未향도 불길하다.

③ 丑이 辰을 만나면 선후천통맥이니 4장맥(四藏脈) 조화로 거

부(巨富)가 나고 丑견辰에 寅卯좌는 재성왕정(財盛旺丁) 대길이다.

④ 丑이 辰을 만나면 천월덕이니 벼슬길에 오르고 丑좌未각(角)이나 辰좌戌각(角)은 4장맥이 모두 모였으니 국부(國富)가 난다.

⑤ 寅견亥는 선후천 배합이니 자손을 보존하는 길지이고 寅견亥에 子丑좌는 큰 부자가 되고 자손 또한 좋다.

⑥ 寅룡이 辛戌각에 午 입수는 1년 안에 성공하고 寅룡에 丁亥각은 천덕굴각(天德窟角)이니 벼슬이 난다.

⑦ 卯룡午좌는 절원(絶源)이라 요사(夭死)와 재패(財敗)가 나고 卯와 午가 교구(交媾)하여 辰巳좌가 되면 다자복록(多子福祿) 어김없다.

⑧ 卯룡卯未乾亥국은 1년 안에 자식 낳고 卯룡에 坤申국은 천덕이니 벼슬 난다.

⑨ 辰견丑에 寅卯좌는 부귀자손 많이 보고 진호미(辰呼未)는 천덕합각이니 벼슬이 난다.(未中丁)

⑩ 巳견申은 선후천 배합인데 4포맥 아래 자손 많고 사교신(巳交申)에 午未합은 다자손(多子孫)에 부귀 난다.

⑪ 巳룡에 申각은 천덕이니 무변대관(武邊大官) 나게 되고 巳룡癸丑에 酉 입수는 인장묘발(寅葬卯發)이 아닌가.

⑫ 午룡卯좌는 선후천합이나 다자(多子)에 가난하고 午룡이 卯亥를 만나고 辰巳좌면 다자손(多子孫)에 부귀 난다.

⑬ 午룡辛戌에 寅 입수는 당해년에 성공하고 午룡戌乾에 亥 입

수도 벼슬길에 나아간다.

⑭ 午룡이 寅艮을 보면 공망룡이 이것이요, 午룡이 酉를 봐도 절원공망 된다.

⑮ 未룡이 戌을 만나면 선후천합인데 申酉좌는 자손안보(子孫安保)하게 되고 未좌가 戌을 만나면 선후천합으로 4장맥 아래 재국(財局)이다.

⑯ 申룡 乙辰子 입수는 1년 안에 속발하고 申룡癸각은 천덕이라 벼슬길에 나아간다.

⑰ 酉룡에 子좌는 선후천합이라도 요절자손 못 면하고 유교자(酉交子)에 戌亥좌는 다자손에 무궁발복하게 된다.

⑱ 戌이 未를 만나면 선후천합인데 4금맥 아래 거부 나고 戌이 未를 만나는 申酉좌는 다자손에 거부로세.

⑲ 戌룡에 丙각이면 천월덕의 용각(龍角)이니 대과급제 기약하고 戌交酉가 午未丁으로 박환하면 절원공망이지만 무해하다.

⑳ 亥룡이 寅을 만나면 선후천 배합이라 4포맥 아래 자손 많고 亥가 寅을 만난 子丑좌는 다자손에 부자가 나며 해교봉미(亥交逢未)에 甲卯좌는 1년 안에 대과 급제자가 난다.

㉑ 乾亥맥 아래 癸丑좌는 무후봉사(無后奉祀)하게 되고 坤申맥 아래 丁未좌도 자손요절을 면할 수 없다.

㉒ 청룡사(砂)가 절요(折腰)하면 자손 중에 참수(斬首) 있고 청룡 안에 있는 암석은 자손 중에 장사 나고 백호 밖에 있는 7봉사(砂)는 문무과갑(文武科甲) 부절(不絶)이요, 청룡 밖에 봉우리가 있으면 자손들이 횡재한다.

㉓ 사각(砂角)이 후비(厚肥)하면 부자자손 낳을 것이요, 봉우리가 첩첩하면 맑은 인사 나게 된다.

㉔ 甲乙방의 긴 골짜기이면 자식 초상 통곡하고, 巽巳방의 긴 골짜기이면 외손들이 되는 일 없다.

㉕ 안산방(案山方)의 가는 사(砂)는 목매 죽는 자손 있고 백호 안에 첨석(尖石)있어 자손 중에 호식(虎食) 있다.

㉖ 巽巳봉이 수려하면 자손 중에 문관 나고 巽巳방이 요함(凹陷)하면 백대무관(百代無官)하게 된다.

㉗ 丙丁봉이 수려하면 벼슬하는 자손인데, 안산방에 원봉(圓峰)이면 봉군(封君)자손 있게 된다.

㉘ 주산 밖에 암석들이 있으면 힘센 자손〔力士〕 있게 되고, 수구 안에 봉(峰)이 있으면 공문(空門)찾는 자손이 있다.

㉙ 艮丑룡이 亥乾돌아 辛戌좌는 인장묘발(寅葬卯發) 부자 되고 乾亥룡이 壬坎돌아 甲卯좌는 1년 안에 생자(生子)한다.

㉚ 巽巳룡이 庚兌돌아 癸丑좌면 대대로 정승나고, 坤申룡이 壬坎돌아 乙辰좌면 3대(代) 왕비가 난다.

㉛ 부(富)는 고장맥(庫藏脈)이 상통이니 辰丑교(交)와 戌未교에 수구주밀(水口周密)이라.

• 癸丑룡과 乙辰룡이 성봉(成峰).
• 辛戌룡과 丁未룡이 성봉.
• 3고장(庫藏)은 거부(巨富), 4고장(四庫藏)은 국부(國富).

㉜ 귀(貴)는 천월덕 상통이니 陽通陽은 문(文), 陰通陰은 무(武).

- 寅룡에 丁(天)과 丙(月)각, 卯룡坤申각의 예.
- 辰壬. 巳辛庚, 午乾丙의 예.

㉝ 인신(印信)은 3태맥(三胎脈) 아래이니 2덕쌍전지지(二德雙全之地)라.

- 乾坤艮巽 중에 셋이 교(交)하는 경우를 말함.
- 2덕은 문과 무를 겸전.

㉞ 인정(人丁 : 자손)이 왕성한 곳은 선후천 상교(相交)의 용이 두번 이상 배합한 곳.

- 훈(暈)이 없는 혈장은 독자(獨子).
- 坤申·乾亥로 교(交)하면 당대절사(當代絶祀).(坤巽, 巽艮, 乾艮도 같음)
- 戊己룡에 戊는 독자요, 己는 형제라.
- 고장장판(庫藏長坂)에 4포각이 있으면 유복자(遺腹子).
- 양자봉사(養子奉祀)는 타장타포룡(他藏他胞龍)이다.(他藏無媒도 같다.)

    예: 艮에 丑, 乾에 戌, 辰에 巽, 未에 坤申.

- 타인자 봉사(他人子 奉祀)는 乙卯癸丑, 乙卯丑艮寅이다. 乙卯가 쌍행이면 卯는 명령(螟蛉)인 까닭이다(丑은 他藏).
- 실자(失子)는 4장국에 4포각이 전돌(前突)인 경우이다.
- 午丁未룡 酉 입수 酉좌는 당대 9형제 배출.
- 酉룡戌좌, 丑룡子좌는 4,5대 독자가 난다.

㉟ 걸인은 실록(失祿)의 국에서 난다.

    예: 甲卯룡이 뒷절에서 艮寅을 못 만나는 경우.

㊱ 난신적자(亂臣賊子)는 포맥(胞脈)이나 금맥(金脈)을 만나지 못한 까닭이라.

• 고장(庫藏)룡이 4포좌가 되면 괜찮은데, 내룡이 2절 이상 막힌 뒤에 고장각이 있으면 위와 같이 된다.

2. 인품(人品)

① 艮坤이 공허하면 자손이 빈궁하고, 坤궁이 고수(高秀)하면 과부인 부자 난다.

② 괘방사(掛榜砂)가 앞에 있어 크고 작은 벼슬 날 것이요, 천제사(天梯砂)가 앞에 있어 영의정이 난다.

③ 석모(席帽) 투구 앞에 있어 대장자손 나게 되고, 어낙연가(御駱輦駕)놓였으니 명재상의 자손이라.

④ 채필봉이 안산되니 한림석사 나게 되고, 삼태춘순(三台春筍) 저 안산(案山)은 공경대부 난다.

⑤ 용호가 상충하면 형제 간에 불화하고, 坤艮수가 상대하면 남녀가 음탕하다.

⑥ 甲卯봉이 높고높아 삼성팔현(三聖八賢) 자손 나고, 巽巳봉이 수려하면 옥당한림(玉堂翰林) 자손 난다.

⑦ 乾坤艮巽 4태봉은 만고 영웅 기약하고, 寅申巳亥 4포봉은 현인 달사(達士) 자손이라.

⑧ 甲庚丙壬 4순봉은 만고 여장(女將) 낳게 되고, 乙辛丁癸 4

강봉은 천하 역사(力士) 자손 둔다.

⑨ 辰戌丑未 4고봉은 거부(巨富) 자손 기약하고, 子午卯酉 4정봉은 자손극귀(極貴) 틀림없다.

⑩ 乾亥봉이 높고 보니 국사왕사(國師王師) 날 것이요, 坤母봉이 수려하니 황후왕비 낳게 된다.

⑪ 보검협(寶劍峽)에 어사(御史) 나고, 와우협(臥牛峽)에 거부(巨富) 난다.

⑫ 충효는 격팔상생이라.

• 酉좌에 寅각(寅生酉), 申좌에 丑각(角生坐의 원리)

⑬ 절사(節死)공신은 전공후공(前空後空)의 국에서 난다.

• 전공후공은 10자맥에 있다. 子룡午각이면 子는 甲申부두이니 午未가 공망이요, 午는 甲寅부두이니 子丑이 공망이다.

⑭ 명현은 庚戌에서 난다.

• 丙午룡 坤申각 戌좌의 경우. 坤申 甲辰부두에 庚戌좌가 되면서 후룡 丙은 천월덕이다.

⑮ 문장은 丙寅이라.

• 丁未乙辰룡 아래 寅좌면 甲子부두 丙寅 혈로서 丁이 천덕이기 때문이다.

⑯ 장사(壯士)는 甲卯와 庚兌 기운이다.

⑰ 역적은 4강태왕(四强太旺)의 국에서 난다.

• 4강〔乙辛丁癸〕이 첨예한 중에 4태〔乾坤艮巽〕가 왕성하여 국을 이루면 장군대좌이나 역적이 난다.

⑱ 도적은 고장상천국(庫藏相穿局)과 장규(藏窺)에서 난다.

• 辰戌丑未가 상천살이거나 규봉이 되는 경우로서 子좌에 未,
午좌에 丑·酉戌·卯辰의 경우.

⑲ 승려는 丑未국에 앞에 사(砂)가 목탁사인 경우에 난다.

⑳ 한빈(寒貧)은 독장왕처(獨藏旺處)이다.

• 辰戌丑未 가운데 하나만 왕성하고 매(媒)와 태(胎)가 없는
것을 말한다.

㉑ 용호 회포(回抱) 좋아 마라.

• 사방이 막히면 어리석어 한심하다.

3. 가취(嫁娶)

① 청룡의 머리가 크면 처자(妻子)가 봉사한다.

戌乾풍(風)이 몰아치면 홀아비와 과부가 연이어 난다.

② 본매국(本媒局)은 본처손이 발복하고

가매국(假媒局)은 후처손이 발복하고

무매국(無媒局)은 후손이 늦게 과부와 결혼한다.

• 본매는 亥丑간에 子, 寅辰간에 卯, 巳未간에 午, 申戌간에 酉
이다.

③ 4장(藏)국에 丑未가 부입(浮入)하면 뒤늦게 늙은 여자를
얻어 아들을 낳는다.

辰戌丑未국에 丑未방의 산이 기어들면 젊은 아내가 망한다.

④ 4정맥(正脈)이 중입(重入)하면 상처(喪妻)가 끊이지 않는

다.

- 子룡에 庚酉하고 未좌면 子와 酉가 중입(重入)이다.

4. 행업(行業)

① 공업기술자는 艮寅국에서 난다.
甲卯 艮寅에는 목공, 癸丑 艮寅에서는 철공이다.
② 상업은 실조(失祖)의 용 아래에서 난다.
- 辛兌룡이 庚酉로 변한 경우이거나 子癸룡이 壬子로 변한 아래에 묘를 쓰는 경우.
③ 관리는 丑艮룡 乾亥국, 坤未룡 巽巳국에서 난다.
④ 나졸(하급관리)은 亥壬국·申庚국에 생각(生角), 왕각(旺角) 아래에서 난다.
⑤ 연예인(탤런트 등)은 亥壬, 寅甲 아래에서 난다.
병룡(病龍)도 천덕월덕이 상통하면 연예인으로 출세한다.
⑥ 무당은 辛酉 판〔局〕에서 난다. 이 경우는 음란으로 재산 탕진하기도 한다.
⑦ 살인자는 4정맥이 없이 4태나 4장국과 연결되거나 4금(四金)방에 도검사(刀劍砂)가 있는 경우.
- 子午卯酉 없이 辰戌丑未국에 4태만 있는 용을 말한다.
⑧ 乾亥룡 辛戌국이 丁未수(輸)나, 巽巳룡이 乙辰국에 癸丑수(輸)면 선상패가(船商敗家)한다.

- 수(輸)는 뒤로 넘어간다는 뜻으로 부두법에서 나온 법이다.

5. 이별(離別)

① 庚兌방에 악석(惡石)이면 상처(喪妻)수를 면하지 못하고 寅방의 저 악석은 호환(虎患 : 현대에는 자동차 사고 등)을 당하게 된다.

② 이별은 선후천 직배룡(直配龍)이나 壬癸국 습한 곳에 있다.

③ 乙辰국은 형제가 불목한다.

④ 양지(陽枝)가 배신하고 달아나면 남자가 도망가고 음지(陰枝)가 배신해 달아나면 여자가 도망간다.

- 배신하고 달아난다는 것(背走)은 후룡지각이 혈처에서 반대로 달아나는 것이다.

- 양지는 子寅辰午申戌과 청룡이요, 음지는 丑亥酉未巳卯와 백호를 말한다.

⑤ 4정 득파(得破)는 출강상(出綱傷)이라.

- 卯酉좌에 子午득파, 子午좌에 卯酉득파의 경우이다.

⑥ 癸丑룡 乙辰국에 巽巳각이 배신하고 달아나면 처녀가 바람난다.

6. 신체장애(身體障碍)

① 외눈(一目)은 亥壬룡 壬子국이나 寅甲룡 甲卯국이요,
안흠(眼欠)은 子午방에 악석(惡石)이 있는 경우,
맹인은 癸丑룡 甲卯좌, 4장국에 직장사(直杖砂)가 있는 경우.
② 대항(大項)은 坤申庚兌에 丁未각이 횡으로 붙어 있는 경우
와 艮寅甲卯룡에 癸丑각이 있는 경우다.

- 이는 부두법상 좌우선 공망에 해당한다.

③ 농아자(聾啞者)는 巽巳룡 庚午혈에 坤申이 없는 곳에서 나
고, 坤申이 교차해 입수하면 반벙어리가 난다.

- 율려로 생왕이 아닌 국에 寅亥(乾艮)·巳申(巽坤) 지각이
없는 경우 다른 좌에서도 같은 일이 일어난다.
- 4포나 4정에 고장(庫藏)각이 없이 정(正)이면 벙어리가 간
간이 난다.

④ 절름발이는 巳丙룡이나 坤이 없는 丁未국에서 난다.

- 4태가 없이 국을 이루는 경우에는 절름발이가 나는데 4태
는 용에나 각에나 어느 곳에 있어도 된다.
- 4태(胎)란 집의 동량과 같다.
- 亥壬에 艮癸丑각이 없는 경우, 申庚에 乾辛戌각이 없는 경
우, 寅甲에 巽乙辰 각이 없는 국에서도 불구가 난다.

⑤ 수족을 못 쓰는 경우는 4포 상천국(相穿局)이나 4포 사룡
(死龍)에서 난다.

- 상천은 寅巳, 寅申, 巳申을 말한다.

* 4포 사룡이란 乾坤艮巽이 없는 寅申巳亥뿐인 용을 말한다.

⑥ 꼽추는 4정교(正交)에 허리 없는 4태의 국에서 난다.

⑦ 언청이는 乙辰룡 卯입수와 순전이 찢어진 국에서 난다.

⑧ 子좌에 午 충사(沖砂)는 벙어리〔啞〕, 애꾸눈〔一目〕, 절름발이가 나고, 午룡에 酉 충사(沖砂)도 수족 불구자, 벙어리가 난다. 酉룡에 子충사도 수족 불구에 벙어리가 난다.

⑨ 艮寅방의 긴 골짜기는 자손 중에 맹인 나고, 癸丑수가 앞에서 다가오면 육손이가 나게 된다.

⑩ 해수(咳嗽)는 辛戌룡 癸丑국과 丁未룡 辛戌국에 조안(朝案)에 뇌제사(腦臍砂)가 있게 된다.

* 뇌제사는 병균의 형체와 같은 사를 말한다.

⑪ 정신병은 辰戌판이 광국(廣局)인 경우다.

⑫ 巳丙룡 丁未국에는 경간(驚癎 : 간질병 환자)이 난다.

⑬ 未坤방에 첩첩 악석이면 나병 환자 나게 되고, 申봉이 우뚝하면 장님 자손 나게 된다.

⑭ 백석(白石)이 기울어져 있으면 절름발이 자손이 난다.

⑮ 안산의 세곡수(細谷水)는 청맹(靑盲)이가 있게 되고, 坎癸風과 乙亥풍은 자손 중에 체머리가 난다.

⑯ 혈 앞에 있는 돌이 혹처럼 생겼으면 볼에 혹이 있고 혈 앞에 놓인 돌이 웅크리고 엎어졌으면 가슴앓이를 앓게 된다.

⑰ 癸丑방에 악석이 있으면 미친 자손 있게 되고, 乾亥방의 규봉은 신부 소경 끝이 없다.

⑱ 안산의 편처습수(片處濕水) 편두통을 앓게 되고, 좌우의 규

봉 있어 만신창이 두렵구나

⑲ 卯룡이 戌亥국을 만들면 좌선공망 좋지 않고, 卯룡이 子를 만나도 미친 자손이 나게 된다.

7. 수요(壽夭)

① 장수(長壽)는 乾亥국과 丙午국이라.
② 살인은 戌己국에 3형살(三刑殺)이 있음이다.
亥壬두(頭) 辛戌국과 巳丙두 乙辰국은 내가 남을 죽이고
申庚두 丁未국은 다른 사람이 나를 죽인다.
寅甲두 癸丑국은 집안끼리 살인난다.
4태(胎) 없는 4장(藏) 아래에서는 대개 살인이 많이 일어난다.
 • 壬子가 戌, 甲卯가 丑, 丙午가 辰을 만나는 경우.
③ 객사는 戌己국에서 난다.
④ 물로 인해 일어나는 사고(溺死 등)는 水가 왕성한 용에서 비롯된다.
 • 수가 왕성한 것은 부두법으로 좌가 납음 壬辰·癸巳 장류수(長流水), 壬戌·癸亥 대해수(大海水)의 경우다.
⑤ 요사(夭死)는 입수·좌혈·간지 상극에서 난다.
 • 癸입수 丑좌, 乙입수 辰좌
⑥ 화사(火死)는 戌乾룡 坤未局, 巽辰룡 丑艮국이라.
 • 불배합 쌍행룡, 쌍행좌의 경우다.

⑦ 호랑이에게 물려가는 것은 艮寅방에 호암석(虎岩石), 庚申
방에 백호 암석이 있는 경우다.

⑧ 도살(刀殺)은 乙辰룡 卯입수·좌의 경우다.

⑨ 丙丁봉이 높고 높으면 부모님이 장수하고, 壬坎봉이 낮고
꺼졌으면 수중고혼(水中孤魂) 끝이 없다.

8. 기 타

① 子癸세장(細長) 아래에서는 5대 독신 난 뒤 6대에 6형제
발복한다.

• 子입수 子좌면 申子辰 6수다.

② 辛酉세장(細長) 아래에서는 3·4대가 독자라.

③ 丙庚이 서로 다투면 문과요, 亥丑이 서로 교차하면 무과이
다.

• 丙庚상쟁은 좌우각에 陽좌면 부두로 좌가 丙과 庚이 된다.
亥丑상교(相交)는 亥룡丑좌, 丑룡亥좌를 말한다.

④ 子癸국에 乾훈(暈)이 있으면 기생덕에 벼슬한다.

• 子癸는 천(賤)이요, 乾은 귀(貴)인 까닭이다.

⑤ 수목노편(水木蘆鞭)에서 공명이 난다.

• 수목노편이란 평지판국에 통매(通媒)가 생긴 것을 말한다.

⑥ 3태(胎) 3교(交)면 대관(大官)이 난다.

⑦ 4태(胎) 통교(通交)하면 군왕이 난다.

⑧ 3정(正) 3교(交)는 문과가 많이 배출된다.

⑨ 4정(正) 통교는 백자천손이라.

⑩ 丑午방에 뾰족한 돌이 있으면 소년 낙치(落齒)한다.

⑪ 백호 안에 포암석(抱岩石)이면 자부(子婦)에게 간부(姦夫)가 있어 자식을 본다.

⑫ 子癸국에서 안산이 미사(眉砂)면 기생이 난다.

⑬ 교수(交首)간에 4정이 상교(相交)하고, 4정 입수 子좌면 현처가 집안을 이룬다.

• 교수란 주봉이나 입수봉을 말한다.

⑭ 艮방이 옆으로 누워 있으면 당년살인(當年殺人)이라.

• 艮이 공업기술자를 뜻하기 때문이다.

⑮ 乾좌에 巽봉이 미사(眉砂)면 목공이 난다.

⑯ 안산이 기울어 있으면 자손이 일찍 죽는다.

9. 염(廉)이 드는 경우

① 坤乙수가 앞에서 명당을 지나면 광중에 수염(水廉)이 들고 巽巳수가 앞에서 대면하고 있으면 광중에 얼음이 언다(氷廉).

② 子癸풍이 몰아치면 광중에 벌레가 들고, 乾甲좌에 壬파면 쥐가 들어 뼈를 옮긴다.

③ 庚亥未좌에 艮파면 坤방 8백자 아래로 시신이 옮겨지고(逃屍穴), 庚亥未좌에 寅파면 지호(地虎)가 시신을 먹게 된다.

④ 4고장이 낮고 꺼졌으면 번관(翻棺)하고 복시(覆屍)한데 丑艮풍이 옆에서 들이치면 광풍소골(狂風消骨) 어이 하나.

⑤ 丙午풍이 직충하면 화염(火炎)이 들게 되고, 산틈으로 야색수(野色水)는 나락뿌리, 우렁껍질, 坤申풍이 요취(凹吹)하니 토염(土炎)이 무수하고, 과거풍을 못 막으면 황충(黃蟲)이 가득하다.

⑥ 壬坎풍을 못 막으면 목염목근(木炎木根) 얽혀 있고, 辰巳방의 세장사(細長砂)는 무덤 안에 뱀이 든다.

제6편 살림집의 길흉

제1장
풍수와 양택

    땅 위에서 생활하는 인간에게는 조상의 유택도 중요한 것이지만, 다른 한편 삶에 있어 필수적인 입는 것과 먹는 것 그리고 거주의 터전인 주거공간의 중요성을 무시할 수 없다. 사람들이 추구하는 삶의 목표는 살아 있는 동안 보다 나은 의식주를 해결하려는 데 있다고 해도 지나친 말이 아닐 것이다.

    이 중 주거공간이란 개념 속에는 가택(家宅)은 물론 생산과 휴식을 담당하는 모든 구조물이 포함된다. 예컨대 사무실·식당·학교·공장·시장·사찰·교회 나아가 도로 등이 모두 주거공간에 속한다. 특히 이 중에서도 가택은 사람들이 그들의 가족과 함께 먹고 자고 활동하는 공동체적 삶의 터전이다.

    '가(家)'란 글자를 파자(破字)해 보면 갓머리(혹은 집면) 아래 돼지 시(豕)로 나뉜다. 위의 부수는 집의 형상이기도 하지만 한편으로는 '관머리'라고 하여 사회적 예의와 범절이 집안에서부터 시작됨을 보여주고 있다. 또 시(豕)자에는 자손들과의 혈연적 상의(象意)와 같이 먹고 산다는 경제적 의미가 함께 담겨 있다. 따라서 가(家)는 식(食)과 색(色), 그리고 인간다운 절차를 한 글자에 표시한 상의문자(象意文字)이다.

우리는 이 집에서 다음날의 활동을 위하여 편안하게 쉬고 건강을 위하여 음식을 먹고 배설하며 종족 보존을 위해 사랑을 나누며 사회적 규범을 가르치고 배우게 된다.

이처럼 중요한 '집'에 대해 풍수적 진단이 따르지 않는다는 것은 인간의 역사를 외면하는 것이나 다름없다고 하겠다.

풍수학은 원래가 우리의 생활공간에 대한 연구에서부터 출발한 학문이다.

오랜 세월 여러 대(代)에 걸쳐서 편안하게 살며 복받는 집이 있는가 하면, 한번 흥했다가 금방 망하는, 운수적으로 단명한 집도 있다. 또 그 집에 사는 사람마다 실패와 재앙만이 계속되는 흉한 집이 있는가 하면, 이씨 성을 가진 사람은 그 집에서 성공했는데 나씨 성을 가진 가정은 같은 집에서 실패하는 경우도 있다.

이와 같은 현상을 두고 사주나 관상을 공부한 사람들은 '운명'이라는 말로 쉽게 대답한다. 그러나 이렇게 간단한 대답에는 "운명은 사람에 의해 개척되어지는 것"이란 이치를 외면한 무지가 깔려 있다고 하겠다. 운명이라는 인(因)과 과(果) 사이에는 연(緣)이라는 것이 끼어 있기 때문이다.

　따라서 운명이라는 것은 인간의 노력에 의해 어떤 연을 만드는가에 따라 개운이 가능한 것이다. 개운의 방법에는 여러 가지가 있을 수 있는데, 여러 가지 개운(開運)의 방편 가운데 가장 손쉬운 것 중의 하나가 우리가 사는 집(이는 소유와는 무관하다)을 풍수학적으로 제대로 고르는 것이다.

　일반적으로 운기(運氣)와 주거의 관계는 다음과 같다.
　운기가 좋은 사람이 좋은 집〔吉宅〕에서 생활하면 가장 이상적인 관계라고 하겠다. 그러나 운기가 나쁜 사람도 길상의 집에서 생활하면 아무 재앙 없이 편안한 삶을 유지할 수 있다.
　한편 좋은 운기를 지닌 사람도 흉가에서 생활하면, 운기가 약해질 때에는 재앙이 생기고 운기가 좋은 시기에도 발전이 없이 심신이 편치 못하게 되는 경우가 있다.
　더욱이 나쁜 운기의 사람이 나쁜 집에 거처하면, 집안이 망하여 가족은 뿔뿔이 흩어지게 되고 큰 재앙이 계속된다.
　이처럼 양택풍수는 사람의 행과 불행을 가름하는 중요한 역할을 맡고 있다.
　사람의 행·불행은 선천적으로 가지고 태어난 운기와 후천적으로 생활하는 사이에 받게 되는 접기(接氣 : 간접방법과 직접방법이 있음)가 서로 작용(＝沖和)하여 나타나는 현상을 보아 판단한다. 여기서 짚고 넘어갈 점은 접기의 작용은 정신적 및 육체적으로 완전한 휴식상태인 잠에 들었을 때 가장 크게 영향을 미친다는 것이다.

양택론 전반에 대한 것은 1권 서문에서 밝힌 것처럼 별권으로 발행할 계획이다. 다만 본편에서는 양택에 대한 기본이론과 가택(＝살림집)에 관한 부분만을 소개하고자 한다.

제2장
터잡기

제1절 집터의 풍수적 조건

풍수적으로 집터와 묘터는 크게 다를 바가 없다. 다만 묘터에 비하여 집터는 용(龍)의 힘이 더욱 왕성해야 하고 물은 더욱 큰 물이 모여서 터를 감싸야 하며 판은 더욱 넓고 커야 한다. 또 주위의 사(砂)는 더욱 넓게 벌려 있어야 한다. 이 같은 조건에서 대취국(大聚局)이나 중취국에는 집터를 맺게 되고 묘터는 소취국에서 맺는 것이 보통이다.

묘터는 한 사람의 시신이 접하기에 알맞는 기만 모이면 되는 것이지만, 집터는 한 채에만도 5~6명이 접욕(接浴)하기에 충분한 기가 요구된다. 또한 집터는 보통 여러 가구의 집들이 모여서 마을을 이루기 때문에 묘터에 비하면, 산과 물이 크게 모여 판이 넓고, 판이 넓으니 자연 명당의 규모가 크게 맺는다.

여기서 주의할 것은 판이 크다 작다라고 하는 말은 규모의 크고 작음의 구분일 뿐이지 혈 자체의 등차(＝길흉의 차)와는 전혀 관계가 없다는 점이다. 다시 말해 규모가 작은 시골마을이 규모가 큰 도시보다 반드시 등급이 낮은 것은 아니라는 점이다.

비유하자면 수박이 크다고 하여 유자보다 상등의 과일이 아닌 것과 같다.

『택리지』(이중환 지음)에서는 살 만한 집터의 대국적 조건으로 지리적 조건(풍수적 요인)·생리적 조건(경제적 요건)·인성적 조건(심성적 환경)·경관적 조건(정서적 환경)의 네 가지를 들고 있다. 이 네 가지 조건에서 풍수적 조건을 첫째로 꼽았다는 것은 일부 실학자들의 풍수에 대한 비난에도 불구하고 그 중요성을 새삼 강조한 것이라고 하지 않을 수 없다. 다시 말해 풍수적으로 길지가 아닌 곳에서는 다른 조건이 아무리 좋아도 대를 이어 번영할 수 없다는 뜻이 담겨 있다.

그런 점에서 다시 한번 풍수적 조건을 살피는 대강(大綱)을 적어본다.

1. 용법(龍法)

조종·출신·행도·과협·지각·개장·입수 등은 묘터에서의 법칙이 그대로 적용된다. 다만 원근(遠近)과 장단(長短)이 다를 뿐이다.

묘터는 불과 몇 마디〔節〕의 짧은 용에서도 혈을 맺지만, 집터는 길고 왕성한 용이 아니면 터를 맺지 못한다.

2. 혈법(穴法)

묘터와 다를 바가 없다. 다만 묘터는 천리내룡이라 하여도 혈을 맺는 데는 소조산으로부터 불과 두어 마디인데 비하여 집터는 판세가 큰 것(＝도시)은 100여 리가 되며 읍 소재지만 하여도 진산(鎭山)으로부터 10여 리의 전호〔鋪展〕를 필요로 한다.

여기서 주의할 것은 묘터는 접맥(接脈) 여부가 결정적 조건인데 비하여 집터는 보국(保局) 여하가 판별의 첫째 조건이라는 점이다. (물론 그렇다고 접맥을 고려하지 않는다는 뜻은 아니다.)

3. 사법(砂法)

조응(朝應)·호종(護從)·수구(水口) 등이 묘터에 비하여 집터가 더욱 넓고 크다. 이것 또한 크고 작음의 차이일 뿐이다.

4. 수법(水法)

물도 또한 크고 작음의 차이일 뿐이다. 여러 골의 물이 모여서 집터를 이루니 조래(朝來 : 앞에서 다가오는 물)하기도 하고 터를 안고 감돌기도 한다. 이를 보다 자세히 살펴보면 다음과 같다.

① 양수(兩水)가 양 옆에서 용을 따라 오다가(＝夾送) 입수처에 이르러 용이 몸을 돌림으로 역수국(逆水局)으로 되는 곳도 있다.

② 양수(兩水)가 협송하다가 터 앞에서 두 줄기의 물이 하나로 합하여(＝交會), 순수(順水)로 되는 곳도 있다.

③ 한 쪽은 큰 강물이 감싸 돌고 다른 한 쪽은 작은 시냇물이 따라오다가 강물과 시냇물이 하나로 합하는 곳도 있다.

④ 앞에서 용과 마주보고 오는 물이 터 뒤에서 하나로 되는 곳(＝後合襟)도 있다.

⑤ 또는 큰 호숫가에서 되는 터도 있고 섬처럼 4면이 모두 물로 둘러싸이는 곳도 있다.

위에서 설명한 용・혈・사・수를 요약하면 다음과 같다.

묘터는 나무의 뿌리에 해당하여 협소하고 집터는 나무의 가지와 잎에 해당하여 광활하다. 따라서 집터의 수구는 외명당의 물이 역수로 관쇄(關鎖)하고 넓은 들판이 있어 일조(日照)시간이 길고 주위의 산들은 기와지붕과 같은 모양으로 중첩해야 한다.

흙은 밝고 윤기가 있어야 하고, 앞에 있는 조응(朝應)은 외당수의 건너편(=隔水爲案)에 있는 것이 바람직하다.

특히 집터의 판별에서는 교통망(육로·수로), 수량(水量)과 수질(水質)이 매우 중요한 평가의 척도가 된다.

5. 터의 종합판단

입수산은 4흉성(천강·고요·조화·소탕)을 꺼린다.

안산·조산이 기울거나 내명당의 기울기가 심하면 가운이 쇠퇴한다.

기맥을 상하게 되면 집안이 망하며, 내당의 물이 면전(面前)으로 직출하면 객사한다.

천강성이 기울었으면 도적이 일고, 고요성이 황적색이면 병액이 계속되며, 조화성이 강세면 화재의 위험이 있고, 소탕성이 충하면 소송이 그치지 않는다.

터가 신당(神堂)이나 불당(佛堂)의 주위이거나 전에 형무소가 자리했던 곳이나 사람이 많이 죽은 싸움터였던 곳에서는 재앙이 계속된다.

도로가 대문을 충하거나(막다른 집의 경우), 물이 집 뒤를 충하면 사람도 죽고 재물도 실패한다.

햇빛이 들지 않거나 깜깜한 굴이 가까이 있으면 괴상한 이변이 생긴다.

구슬픈 물소리나 바람 소리가 들리면 사람이 죽는다.

6. 이기적(理氣的) 조건들

이 또한 묘터와 크게 다를 바가 없다.

다음의 몇 가지 사항은 집터를 고를 때만 적용된다.

① 진산으로부터 행룡이 4강[乙·辛·丁·癸]이면, 무관은 잘 되나 문관은 쇠잔한다.

4순[甲·庚·丙·壬]이면, 문관은 잘 되나 무관은 쇠잔한다.

4장[辰·戌·丑·未]이면 서민층은 잘 되나 양반층은 쇠잔한다.

甲·乙입수면 인재가 나지 않는다.

② 4순의 기(氣)로 판이 되면, 양반은 흥하나 일반 백성은 쇠한다.

4장의 기로 판이 되면, 양반과 백성이 모두 번영한다.

③ 坤未룡 卯乙좌 乾亥파는 인물이 안 나고, 甲卯룡 乾亥좌 丁未파나 乾亥룡 甲卯좌 丁未파는 극히 가난하게 된다.

乙룡坤좌에서는 부자가 났다가 음란으로 망한다.

제2절 집터가 갖추어야 할 주요 조건들

대지의 조건

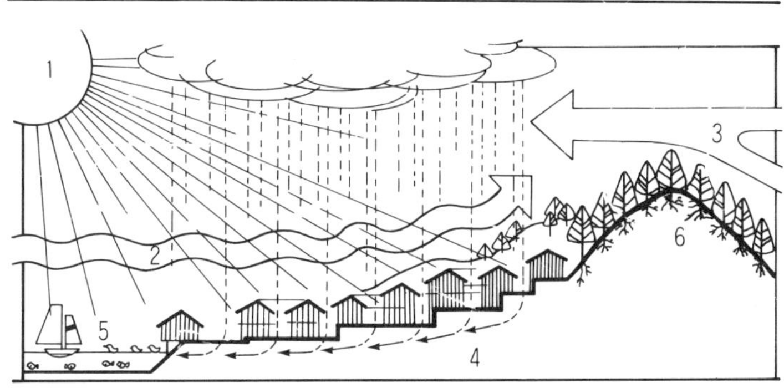

1. 햇빛〔日照〕
2. 남풍
3. 한류(寒流)

4. 배수(排水)
5. 수상연계
6. 수토조절(水土調節)

1. 4신사(四神砂)

집터가 만들어지려면 배산임수(背山臨水)라고 하여 첫째로 4 신사가 상응해야 한다(전후 좌우의 균형과 조화).

현무(玄武 : 북쪽)방에는 적당한 크기와 높이의 산이 있어서

차가운 북풍을 막아주어야 한다. 집이 북향이라면 주작(朱雀)이
될 것이다.

주작(朱雀 : 남쪽)방에는 적당한 크기의 들이 있고 물이 흐르
면서 충분한 햇빛을 받을 수 있어야 한다. 사람은 양기(陽氣)를
먹고 생활한다. 우리가 생활하는 집은 동쪽·남쪽에서 충분한 햇
빛을 받을 수 있어야 한다. 그래야 그 집에서 사는 사람들의 마음
이 밝고 몸이 건강해 진취적 기상을 갖게 된다.

햇빛은 생물을 배양하는 힘과 살균력을 가지고 있다.

청룡(靑龍 : 동쪽)방에는 청룡과 집터 사이에서 맑은 물이 완
만하게 흘러야 이상적이다. 동방은 생기의 방위이며 맑은 기가
충만하여야 생기를 받을 수 있기 때문이다. 기가 맑으면 물도 맑
다(氣者水之母).

백호(白虎 : 서쪽)방은 적당한 크기와 높이의 산이 있어서 살
풍(殺風)과 서풍을 막아주는 한편, 판 안에서 발생한 탁한 기를
빼내어 줘야 한다. 많은 사람들이 함께 생활하다 보면 때때로 기
가 탁해지게 마련이다. 동방의 맑은 물이 이 탁기를 거두어서 정
화하는 한편, 정화되지 못한 탁기는 판 밖으로 소통시켜야 하는
데 이 소통의 길이 백호방이 되어야 바람직하다.

이상으로 4신사에 대하여 간단하게 설명했다. 요약하면 서·북
쪽은 바람을 막을 수 있어야 하고 동·남쪽은 충분한 물과 햇빛
이 있어야 길하다는 뜻이다.

그러나 오늘의 현실은 전후좌우에 높은 구조물이 법정건폐율을

유지하면서 빽빽하게 들어서 있다. 따라서 급속도로 기가 탁해지고 있으나 이러한 기를 자정(自淨)할 힘은 없고, 일조량은 극히 제한적일 수밖에 없는 상황을 맞고 있다. 이런 현실을 감안하더라도 최소한의 일조량과 물은 집터의 필수요건임을 잊어서는 안 된다.

서울의 예를 들어서 4신사를 분석해보자.

현무(= 북쪽)는 북한산과 북악이다. 북악은 양 날개를 벌려서 청와대 뒷산인 백악을 중심으로 북쪽을 가로막고 고운 자태로 서 있으니 합법이다.

주작(= 남쪽)은 남산이 북악과 마주하여 판 안에 흐르는 기를 잘 감싸주고 있으며 그 사이가 넓어서 충분한 일조량을 제공한다.

청룡(= 동쪽)에는 낙산·수락산·용마산이 겹겹으로 감싸고 있다.

낙산과 주룡의 사이에는 혜화동에서 청계천으로 흐르는 개천물이 있고 다시 수락산과 낙산 사이에는 정릉천과 중랑천이 북에서 남으로 흐르면서 서울 상공의 탁기를 정화하고 한강으로 합류한다.

백호(= 서쪽)에는 인왕산과 남산을 잇는 구릉이 있고 다시 그 밖에는 안산(鞍山)·와우산이 있어서 서풍을 가로막는 한편, 내백호에는 자하문에서 청계천으로 실개천이 흐르고 외백호와 내백호 사이에는 무악재에서 발원한 만초천이 흘러가 용산에서 한강으로 들어간다.

다시 내당의 물은 청계천이 서에서 동으로 흐르면서 4대문 안의 오염을 정화한다.

도로의 축은 동·서로 되어 있다. 한강물은 인천 앞바다로 빠져나간다.

4신사가 이러하니 서울의 4대문 안은 집터로서는 매우 좋은 조건을 갖추었다고 하겠다.

그러나 오늘의 서울은 무지한 개발로 인하여 건축물의 난립과 상식을 뛰어넘은 인구의 과도한 집중으로 오염을 처리할 자정의 능력을 상실한 흉지로 변해가고 있다. 실로 무지가 저지른 파혈(破穴)의 한 예를 보는 것 같아 매우 안타깝다.

2. 기타의 조건들 : 상세한 부분은 제4절 참조

기복(起伏) : 오염처리를 위한 물 흐름과 통풍에 작용한다. 집터의 주위에는 기복[丘陵]이 있어야 통풍과 물 흐름이 자연스럽다.

산천(山川) : 판의 4신사 외에도 한채 한채의 집에는 적당한 산천이 있어야 한다. 보통 사람의 살림집에서는 약간의 구릉 또는 대밭[竹林] 같은 것이 뒤를 막아주고 우물의 수원이 맑고 넉넉하여야 한다. 주위에 오물처리장이나 또는 흐르지 않고 고여 있는 연못이 있으면 흉이다.

통풍 : 집에서는 통풍의 상태를 매우 중요시한다. 화살처럼 불어닥치는 바람, 좁은 골바람(도로와 관련 있음) 등은 흉하다. 산

들산들 미풍이 잔잔하게 불어와서 한바퀴 돌고〔回廊風〕 나가는 것이 길하다.

이웃 : 큰 건물의 그늘은 어떠한가, 오염을 배출하는 공장은 없는가, 썩은 물이 모이는 곳은 어디인가, 교통의 편리성과 부작용은 어떠한가, 소음을 비롯한 공해의 조건은 어떠한가를 깊이 살펴야 한다.

3. 토질(土質)

얼핏 생각하기에 토질(土質)은 풍수의 소관이 아니라고 하기 쉽다. 그러나 토질과 풍수는 아주 밀접한 관계가 있다. 토질은 기(氣)로 인하여 변하는 것이다.

수기토질(水氣土質) : 아래층에 진흙 또는 뻘흙(소금기 있는 것) 등이 있는 것으로 습기가 많다. 침실로는 불가하고 부득이하다면 마루방 같은 것을 만들어서 통풍이 잘 되도록 조치하여야 한다.

조기토질(燥氣土質) : 빗물이 침하(浸下)하는 곳에 있는 토질로 수기(水氣)가 전혀 없으니 기 또한 없다.

암석토질(岩石土質) : 글자대로 바위와 돌로 되어 있는 지표면을 말한다. 땅 기운〔地氣〕이 올라오기 쉽지 않고 비가 오면 배수가 잘 안 되고 큰 비로 인하여 무너질 우려가 있다. 때론 이런 곳에 영기(靈氣)가 서리기도 한다.

점토질(粘土質) : 물기가 증발하지도 않고 그렇다고 스며들지도 않는 토질이니, 배수가 되지 않는다.

사토질(沙土質) : 물을 빨아들일 뿐만 아니라 무너질 염려가 있어서 기가 어리지 못하는 흉지의 토질이다.

황토질(荒土質) : 매립장 등 이른바 불모지로 불리는 극히 흉한 곳의 토질이다.

양토질(良土質) : 지나치게 습하지도 않고 그렇다고 지나치게 건조하지도 않은 이른바 비조비습(非燥非濕)의 홍황색(紅黃色) 흙으로 지질이 단단하며 생기를 머금고 있다.

복토(覆土)법

할 수만 있다면 모든 조건을 두루 갖춘 길지에 집을 마련하는 것이 바람직한 일이지만, 사람살이가 뜻대로 되는 것보다 안 되는 일이 많은 편이라, 집터를 구하는데 4신사의 조건이 맞고 다만 토질이 적당하지 못할 경우에는 생토(生土)로 복토하고 다져서 쓸 수 있다. 그러나 쓰레기 매립지는 절대로 안 된다.

4. 지형

지형은 크게 보아 둥근 것〔圓〕, 네모진 것〔方〕, 세모진 것〔角〕으로 나눈다. 그러나 원형은 거의 없고 대부분 방형과 각형이다. 이 중 가장 좋은 것은 장방형과 정방형이며 90도 이하의 예각을 이룬 것은 좋지 않다.

방형에는 정확함·부지런함·완고함의 뜻이 있고 삼각형에는 기민함·예리함·성냄·미침[狂]의 뜻이 있다.

원형의 터에는 살림집이 아닌 공공의 건물이 좋다.

제3절 방위의 특성

최근에 지은 집들을 보면, 형태와 구조 등 정서적 및 풍수적인 측면은 무시하고 오로지 실용성에만 치중한 것을 알 수 있다. 이는 살림집의 길흉이 전적으로 기동의 선(氣動之線)에 달려있다는 사실을 모르는 무지에서 비롯됐다고 봐야 한다.

기선을 보는 법은 묘터에서와는 다르게(물론 구체적으로 들어가면 같다) 3산 1괘의 팔괘 방위가 기준이 된다. 즉 8절기의 구분이다.

3산 1괘도

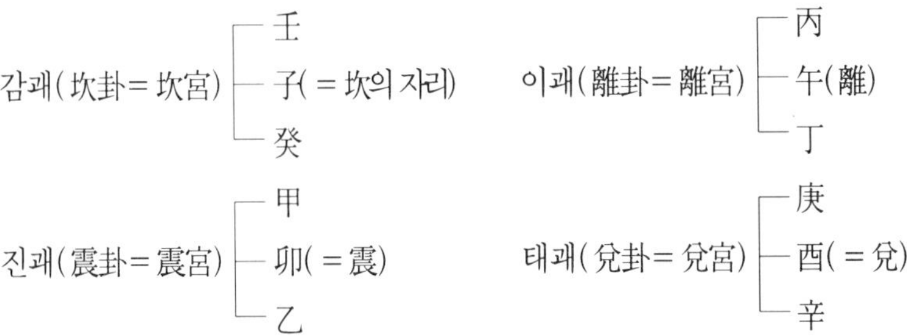

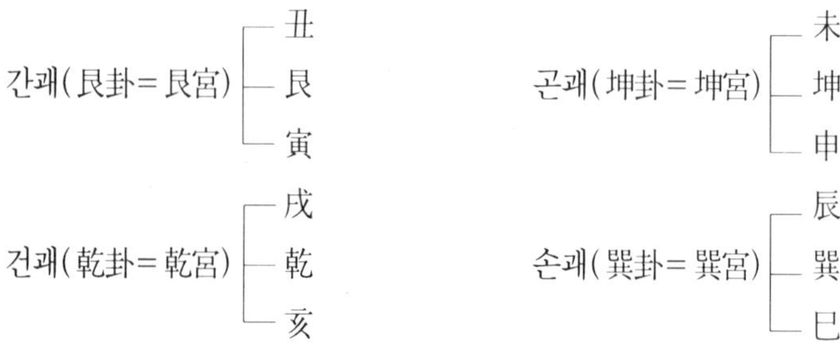

1. 震방(동쪽)

4계절에서는 봄에 해당하고 하루에서는 卯시(時)의 아침에 해당하며 인물로는 젊은 장남에 해당하는 궁이다. 생명과 번식의 힘이 왕성하고 청춘의 활력이 넘친다는 뜻을 담고 있다. 90도 정중(正中)에서 ±22.5도의 45도를 관장하는 궁이다. 24방위로는 甲・卯・乙에 해당한다.

길궁(吉宮)이면 발전・창조력・활동력・공정성을 두루 갖추어 성공하고, 흉궁이면 쇠퇴・허약・조급・화재・다리병・우울증・경련 등의 화(禍)가 미친다.

2. 巽방(동남쪽)

계절로는 늦은 봄부터 이른 여름까지이며 하루에서는 巳시이고 24방위로는 辰·巽·巳에 해당한다. 135도에서 ±22.5도의 45도를 관장하는 궁이다.

온도가 1년 중에서 가장 적당하여 체력 증강에 좋은 계절이며 일생 중에 가장 활동적인 시기이다.

길궁이면 혼담·상담 등이 순조롭고 먼 뒷날을 위한 원대한 포부가 실현되는 곳이다. 흉궁이면 혼담·상담이 중도에서 깨어지고 나쁜 사람들이 모여들고 신용이 없을 뿐만 아니라 치질·탈장·신경계통병·간장계통병·성병 등의 위험이 있다.

3. 離방(남쪽)

계절로는 여름이고 하루에서는 午시이며 24방위에서는 丙·午·丁이다. 180도 정중에서 ±22.5도의 45도를 관장하는 궁이다.

해가 정중에 떠 있으므로 지상에는 그림자가 없는 아주 밝은 시간대이다. 양기가 극성하니 이후로는 양쇠음장(陽衰陰長)하여 겨울잠을 준비하기 시작하는 계절이 다가온다.

길궁이면 총명·학문·명예·영전·입신 등의 일이 순조로워 명랑한 삶을 누린다. 흉궁이면 충돌·투쟁·소송·강등·이별·화재의 재앙이 있다. 몸에는 심장병·열병·변비·불면증 등이 생길 수 있다.

4. 坤방(남서쪽)

늦은 여름부터 이른 가을에 해당하는 계절이며 하루 중에서는 未・申시이다. 24방위로는 未・坤・申이다. 225도에서 ±22.5도의 45도를 관장하는 궁이다.

대기의 작용은 토기(土氣)가 왕성하여 모든 면에서 좋지 않은 일들이 많다.

열기(熱氣)는 연중 최고이고 음과 양의 기식(氣息)이 변화하는 시기이므로 체력이 빠르게 쇠잔해지고 위험한 상태로 빠지는 시기이다.

길궁이면 순종・관용・근면・부동산으로 인한 이익이 있고, 흉궁이면 미혹・심란・자기비하・과용・모자 충돌・과부 등의 재앙이 따른다. 인체에는 소화기계통병・정력계통병・황달 등으로 인한 질병의 위험이 있으며 특히 바보가 생길 수 있다.

5. 兌방(서쪽)

가을의 계절이요 하루 중에서는 酉시의 시간대이며 24방위로는 庚・酉・辛에 해당하니, 270도에서 ± 22.5도의 45도를 관장하는 궁이다.

뜨거웠던 햇빛이 서늘해지고 만물은 성장을 멈추고 안정을 찾는 결실[살기]의 대기가 작용한다. 천고마비(天高馬肥)로 여름에 쇠약해진 체력을 회복하고 월동준비를 위하여 방향을 전환하는 시기이다.

길궁이 되면 물질·금전의 수입이 늘고 생활이 풍부해진다. 한편 예술면에서도 향상이 있다.

흉궁이면 불만·낭비·색정·구설·사치 등으로 중도좌절한다. 인체에는 호흡기계통병·구강계통병·두통·성병 등의 위험이 있다.

6. 乾방(서북쪽)

깊은 가을부터 초겨울의 절후이고 하루에서는 戌·亥시의 시간대이다. 해는 지고 찬 기운이 점점 다가오므로 잠자리에 들 준비를 해야 하며 만물은 겨우살이를 위한 정기(精氣)을 축적하는 계절이다. 24방위로는 戌·乾·亥에 해당하며 315도에서 ±22.5도의 45도를 관장하는 궁이다.

길궁이면 정의감·통솔력·후원자·사회사업·결단력 등에서 좋은 일이 생긴다. 흉궁이면 투기·과분·교통사고 등이 있게 된다. 인체에는 두통·고혈압·신경과민·열병·골절·암 등의 질병이 생긴다.

7. 坎방(북쪽)

계절로는 한겨울이요, 하루의 시간으로는 子시이다. 대기는 심히 차갑고 음기만이 가득하니 만물이 잠드는 시기이다. 24방위로는 壬·子·癸에 해당하며 영(零)도에서 ±22.5도의 45도를 관장하는 궁이다.

길궁이면 연구·학문 등이 점진적인 발전을 가져온다. 흉궁이면 번뇌·빈곤·도적·고독·혼미하게 된다. 인체에는 우울증·중독증·신장계통병·이비인후과의 병이 생긴다.

8. 艮방(북동쪽)

추운 겨울이 지나고 따뜻한 봄으로 향하는 입춘의 계절이요, 하루 중에서는 새벽의 시간대이다. 아직은 차가운 기가 남아 있고 따뜻한 기운을 느낄 수 없는 음양변환의 계절로 위험을 수반하는 귀문(鬼門)방위이다. 24방위로는 丑·艮·寅에 해당하며 45도 정중에서 ±22.5도의 45도를 관장하는 궁이다.

艮궁을 제외한 나머지 7개의 궁은 모두가 이웃한 2개의 궁과 상비(相比)하거나 상생(相生)하고 있는데 반해, 유독 艮궁만은 坎궁과는 토극수, 震궁과는 목극토의 관계에 놓여 있다는 점에 유의해야 한다.

길궁이면 변화·개혁·개조 등을 위한 사업에서 성공하고 좋은 후계자를 얻게 된다.

흉궁이면 시기적으로 너무 빨리 움직여 실패한다. 인체에는 신경계통·관절계통·혈액계통의 암이 발생하기 쉽다.

제4절 설계에 앞서 생각할 일들

집터도 묘터와 마찬가지로 완벽한 곳은 많지 않다. 대개가 결함을 수반한다. 자연적인 결함을 최대한 보완하여 길지로 활용해야 한다. 판단의 방법 중에서 일반적으로 꼭 알아야 할 몇 가지만 간단하게 소개한다.

1. 지세의 기복(起伏)과 길흉 판단

동방이 높고 삼방이 평탄한 곳 : 파산·색정을 불러온다.
동방이 약간 낮은 곳 : 자손번영·사업의 발전을 가져온다.
동방과 남방이 열려 있는 평지 : 만사가 좋게 된다.
남쪽이 높은 곳 : 병약·소송·품행저급의 일들이 생긴다.
남쪽이 약간 낮은 곳 : 마음이 넓고 총명하여 성공한다.
남서쪽이 높은 곳 : 반흉이다. 신체허약·유산(流産)한다.
남서쪽이 약간 낮은 곳 : 반길(半吉)이다. 의지가 약하다.
서쪽이 열리고 다른 삼방이 높은 곳 : 파산

서북쪽이 높은 곳 : 만사가 편안하다.

서·북쪽이 낮은 곳 : 순조롭지 못하다. 가족간에 위계가 없다.

북쪽만 높은 곳 : 교제가 넓다.

북쪽이 낮은 곳 : 번뇌·질병이 따른다.

북동쪽이 높은 곳 : 성실하니 성공을 이룬다.

북동쪽이 낮은 곳 : 지나친 욕심으로 망한다.

2. 도로의 길흉

모든 도로는 울타리와 평행하면 길한 것으로 보고 울타리를 충하거나 반배(反背)하면 흉으로 본다. 집터에서는 길(＝도로)을 산의 능선으로도 보고 물로도 본다.

또한 도로는 바람길이기도 하여 매우 중요한 역할을 한다. 물길도 도로와 같은 방법으로 판단한다.

건물과 도로

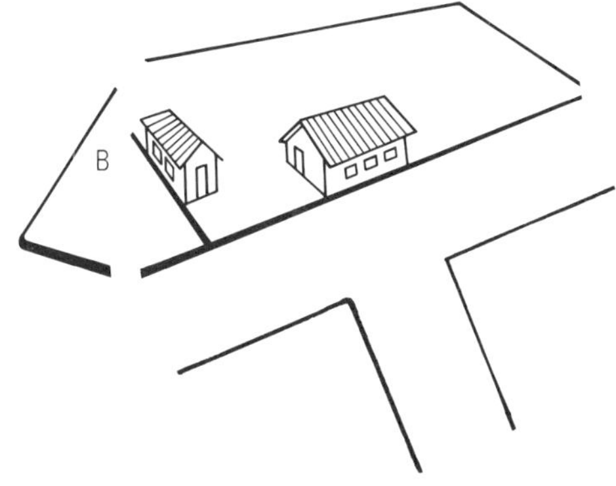

B동은 동방의 결함을 비보한다.

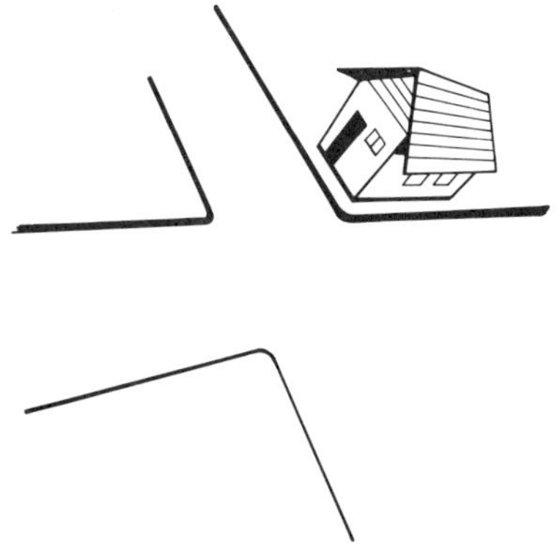

교통상의 안전대책이 필수적이다.

도로가 반배(反背)하고 있다.

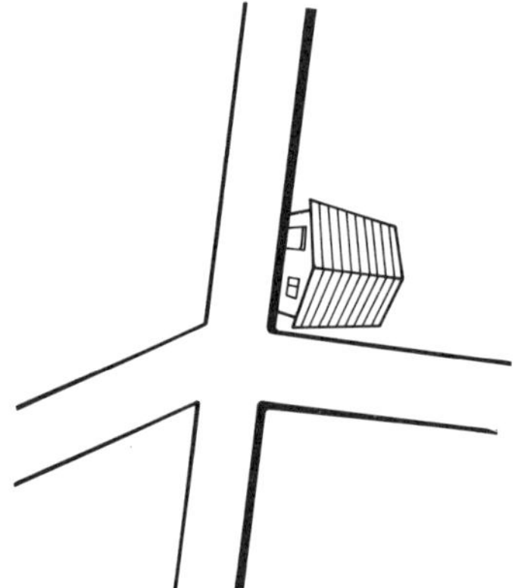

동북간방의 길이 충(沖)하고 있다.

3. 집 주위 수풀의 길흉

근래에 와서 전국토가 공해에 시달리고 녹지의 절대 면적이 부족한 환경이 되다 보니 집 주위에 나무그늘이 드리워지는 것을 선호하는 경향이 보편화하고 있다.

그러나 집터와 너무 가까운 곳에 숲이 있는 것은 바람직하지 않다. 나무의 가지는 위를 향하여 뻗어가는 한편, 뿌리는 땅 밑으로 뻗어간다. 그러다 보니 나무가 자신의 성장에 필요한 양의 지기를 빼앗아 가게 되는 것이다.

나무의 성장에 필요한 것들 중의 하나가 물이다. 물은 기가 변화한 것(氣之子)이다. 그런 이유로 북방에는 적당한 크기의 나무숲이 있어서 찬바람을 막아주고 공기를 정화하도록 하는 것이 길하지만, 동·남방의 수림은 햇빛을 가리게 된다는 점에 주의해야 한다.

4. 기타 조건들

첫째, 썩은 물이 고여 있지 않은가 살핀다. 흐르지 못하는 물은 죽은 기를 발산하기 때문이다.

둘째, 습지에서만 자라는 갈숲 같은 것이 있나를 살핀다. 습기를 좋아하는 풀들이 번성한 곳은 토질 또한 습하기 때문이다. 집의 수명과도 관계가 있지만, 기가 과습(過濕)하면 각종 질병을 가져온다.

셋째, 가까운 곳에 공동묘지는 없는가 살핀다. 사람의 시신은 땅속에서 부패할 때에 생기를 손상시킬 뿐만 아니라 주위의 수원(水源)을 오염시키게 된다. 또한 심성적인 측면에서도 악영향을 주어 환자가 많이 생기게 된다.

제3장
집짓기

앞에서 터잡기에 고려할 사항을 검토해 보았다. 터를 정하였으면 다음 단계는 집을 짓기 위한 설계이다. 설계에는 다음 사항을 고려하여야 한다.

첫째, 집의 좌향은 어디로 할 것인가

둘째, 전체 대지의 분할에서 건물 면적과 정원의 비율은 어떻게 할 것인가?

셋째, 대문은 어느 방위로 낼 것인가?

네째, 배수시설은 어떻게 할 것인가를 결정해야 한다.

위의 구상이 끝나면 다음은 건물의 높이·크기·내부구조·겉모양·색채 등을 구상하는 것이다. 이를 차례대로 분석해 보자.

제1절 좌·향(坐·向)

집의 좌향을 결정하는 것은 대지의 조건이 좌우하게 된다. 예부터 군자는 남면(南面)이라고 하여 남향집에 동쪽 대문을 좋은 집으로 여겼다.

그러나 만약 남쪽이나 동쪽에 큰 건물이 가로막혀 있다면 남향집에 동쪽문이 불가능할 것이다.

대지의 조건이 허락한다면 남향이 첫째이고, 동향이 다음이 된다. 그렇다고 서향이나 북향도 할 수 없는 것은 아니다.

집의 좌향선을 결정할 때에 주의해야 할 점이 몇 가지 있다.

첫째, 子午卯酉좌향일 경우. 子午는 음양의 축선이며 동지와 하지의 분계선이고 卯酉는 해와 달이 출몰하는 문호(門戶)이며 춘분과 추분이 갈라지는 선상이다. 따라서 이들 좌향은 기의 진폭이 비교적 크기 때문에 정중선(正中線)에서 좌우로 각각 5도, 즉 정중 10도선은 피하는 것이 좋다.

조선조의 궁궐이나 가정집들의 좌향이 子좌午향보다 壬좌丙향이나 癸좌丁향이 많은 것도 이런 점을 고려한 것이다.

둘째, 아래와 같은 팔괘궁의 분계선상은 피해야 한다.

乾궁과 坎궁의 분계선인 亥壬 쌍행선.

坎궁과 艮궁의 분계선인 癸丑 쌍행선.

艮궁과 震궁의 분계선인 寅甲 쌍행선.

震궁과 巽궁의 분계선인 乙辰 쌍행선

巽궁과 離궁의 분계선인 巳丙 쌍행선

離궁과 坤궁의 분계선인 丁未 쌍행선

坤궁과 兌궁의 분계선인 申庚 쌍행선

兌궁과 乾궁의 분계선인 辛戌 쌍행선

이유는 좌향의 주관 괘궁이 모호할 뿐만 아니라 쌍행선은 좋지 못한 기선이기 때문이다. 위의 8개 쌍행선 중에서도 특히 亥壬·寅甲·巳丙·申庚을 크게 꺼린다.

이 밖에도 다른 쌍행기(예컨대 甲卯 쌍행, 壬子 쌍행 등)도 피하는 것이 좋고 지반정침 단자(單字)를 길(吉)로 삼는다.

셋째. 辰戌丑未선은 절대로 피해야 한다. 土氣가 왕성한 방위이기 때문이다.

좌선이 결정되면 대지의 넓이를 고려하여 건물이 자리할 범위를 결정하게 된다. 좌우로는 한가운데에 해당하고 전후로는 중앙선에서 약간 뒷편으로 치우친 것이 이상적이다.

그러나 요즘은 대지 면적이 제한되어 있기 때문에 대부분은 뒷편에 여분을 두지 않고 있다. 비록 그렇다고 하더라도 뒷편에 여분의 대지가 전혀 없다면 통풍과 채광이 되지 않으므로 집안에 습기가 차게 된다.

대지의 분할

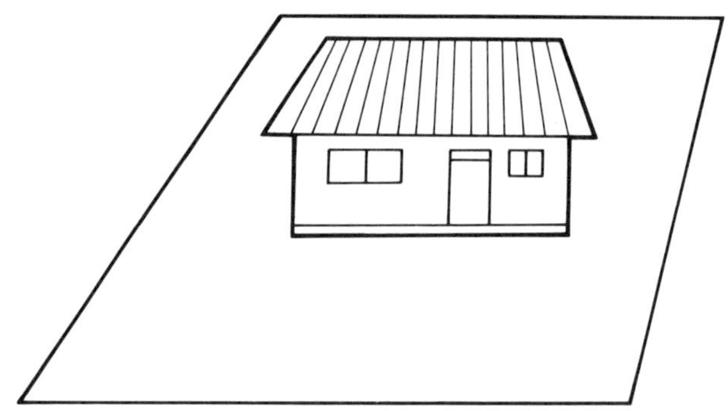

정방형의 대지에 평형을 유지한 것이다.

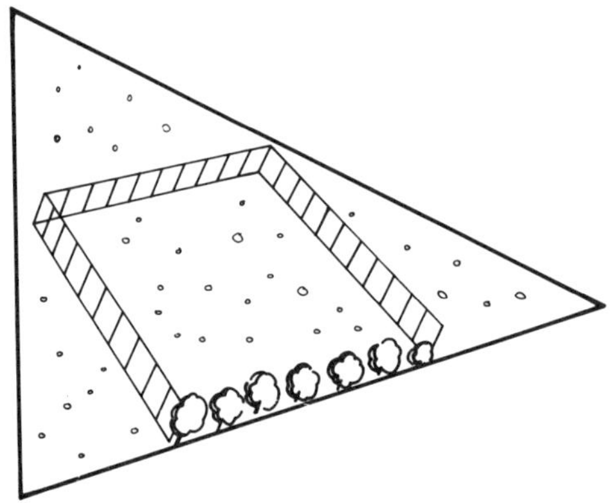

삼각형의 대지에 평형을 유지한 것이다.

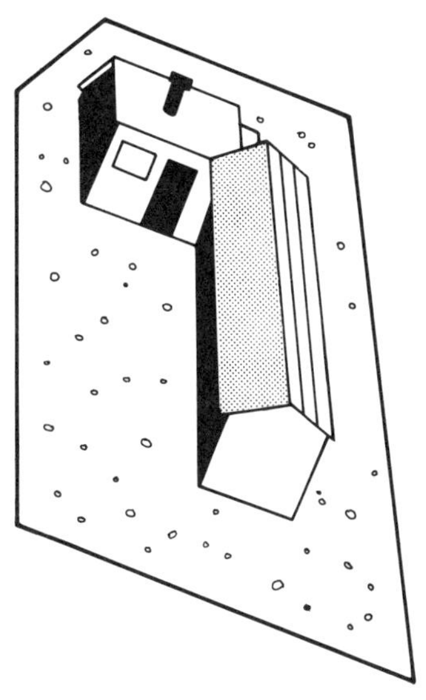

장방형의 대지에 한쪽 모서리가 흠결이 있는 것을 작은 부속건물로 비보(裨補)
한 것이다.

　대지의 중심점을 찾는 방법은 다음과 같다.
　(伸展과 흠결에 대한 해석은 제2장 3절에서 설명한 방위의 특
성이 가감되는 결과를 초래한다.)

하반침

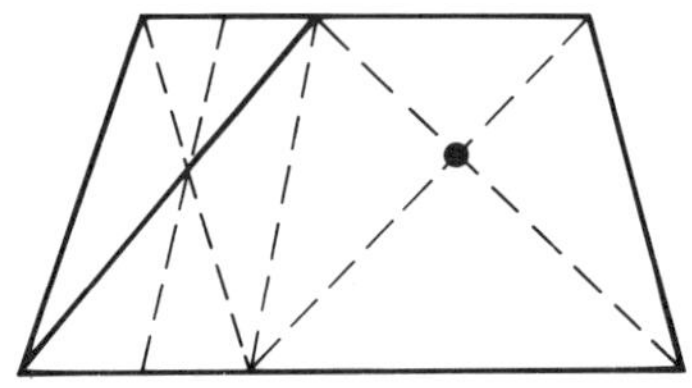

전체의 중심이 곧 대지의 중심점이다.

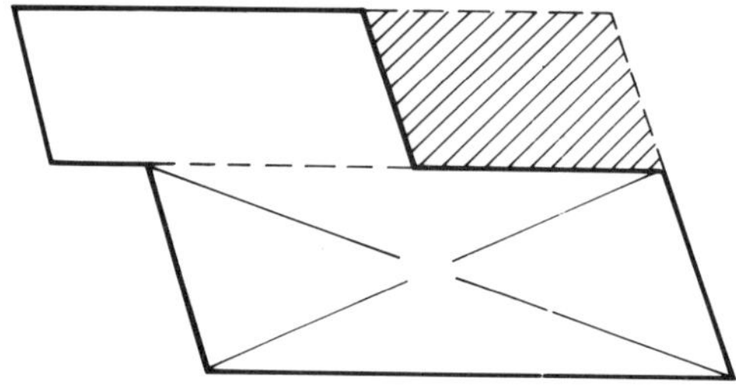

坤방의 흠결과 巽방의 신전(伸展: 전체 길이의 2분의1 이내의 돌출)은 무시하
고 중심점을 찾은 것이다.

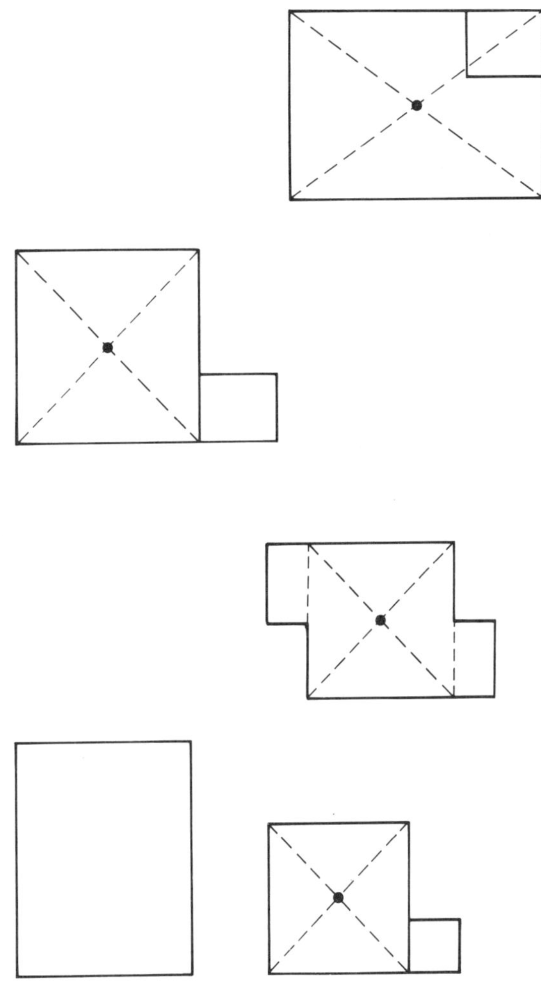

신전과 흠결은 없는 것으로 무시하고 중심점을 찾은 것이다.

제2절 건물의 구조

1. 대문과 현관

대문과 현관문 그리고 배수시설을 검토해 보자.

대문은 집안과 집밖을 경계짓는 선이자, 사람들이 출입하는 교류의 통로이다. 따라서 활동력과 대인관계 등에 미치는 영향이 매우 크다. 또 외기(外氣)가 집안으로 출입하는 최초의 접기처(接氣處)라는 점에서 좋은 집이냐 흉가냐의 기준이 된다.

대문은 가옥과 비교하여 너무 크지도 않고 작지도 않게 균형을 이뤄야 한다(대지 크기의 100분의 1이 기준). 또 높낮이와 넓이 그리고 건축재료가 가옥과 조화를 이뤄야 한다.

대문의 열고 닫는 방향은 현관문과 같지 않아야 하며, 이웃집 대문과 마주보고 있는 것도 흉이다. 또한 안방문의 가운데를 충하는 방위에 대문이 있어 열고 닫게 되면 집안이 분열한다.

대문은 집밖과 안이 높낮이의 차이가 없이 비교적 평면을 이루는 곳에 있는 것이 바람직하다. 특히 대문은 물이 오는 쪽을 향해 있는 것이 길하다.

여기에 해서체(楷書體)로 쓴 나무문패를 눈높이에 달아서 방문객이 쉽게 알아볼 수 있도록 하는 것도 좋다.

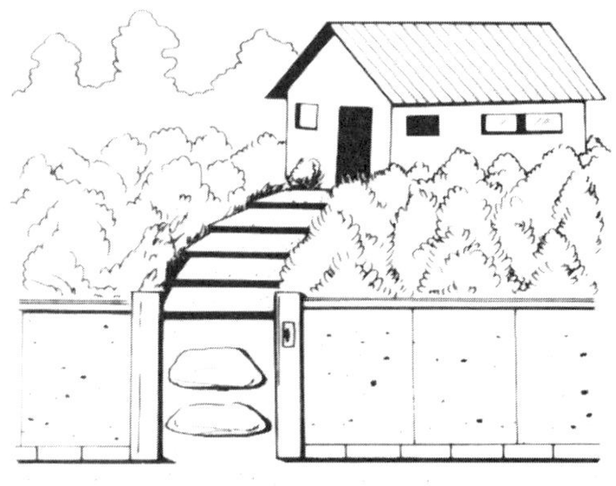

계단을 올라오는 경우이다. 대지가 높고 문은 낮다. 이성문제로 혼란이 온다.

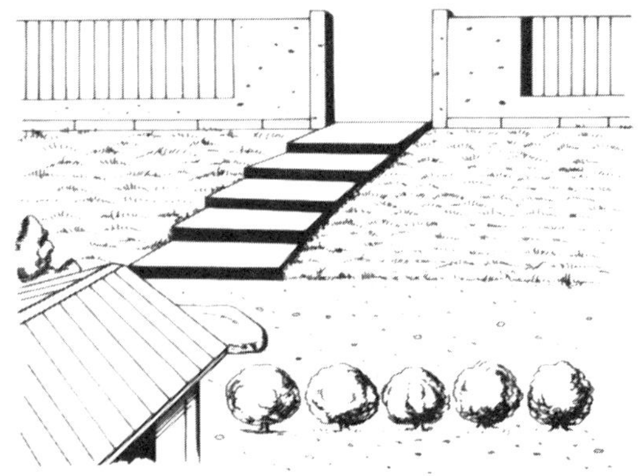

계단을 내려오는 경우이다. 대지가 낮고 문이 높다. 이는 장남으로 승계되지
못한다는 점을 암시한다.

한편 현관은 대문의 법칙이 그대로 적용된다. 특이한 점은 안방의 크기와 조화를 이뤄야 한다는 점이다. 또 방문의 열고 닫음과 현관문의 열고 닫는 방향이 반대인 것을 길로 친다. 특히 가옥의 좌향 중심선에서 벗어나는 것이 좋다.

2. 대문과 현관의 방위별 특성

자세한 기법은 제4장 가상에서 설명한다. 여기서는 일반적 성향을 소개하고자 한다.

일반적으로 4정(子午卯酉)의 정중앙 방위는 좋지 않고 辰戌丑未의 정중앙선도 피해야 한다.

震방은 생기가 충만하여 외부로 발전한다.

巽방은 생기가 충만하여 모든 면에서 발전한다.

離방은 양기가 지나쳐서 집안이 시끄럽다.

坤방은 이귀문(裡鬼門)으로 여인이 음란·방탕하기 쉽다.

兌방은 금전운이 좋고 여인의 활동이 대단하다.

乾방은 은퇴 가장이 권위를 상실하고 만성질환에 시달린다.

坎방은 불길하다. 집안에 물기가 많게 되고 공부하는 사람은 좋은 성적을 기대하기 어렵다.

艮방은 표귀문(表鬼門)이다. 가정불화·병고(病苦)·도난이 있다.

3. 집안의 칸막기

칸막기란 안방·아이들 방(남녀별)·주방·서재·응접실·목욕탕·화장실을 구분함을 말한다.

안방은 건물의 태극점에 해당한다. 가정에서 가구주가 가사를 주장하는 것이 마치 태극이 팔괘를 통섭하는 것과 같으므로 안방을 태극실이라고도 한다. 그러므로 안방은 건물 전체를 통제할 수 있도록 설계되어야 마땅하다.

안방의 위치는 乾궁 또는 坎궁에 가까운 건물의 중심부위에 자리하는 것이 좋다. 안방에서 180도 정도의 시계(視界)가 가능하도록 다른 방보다 넓게 하는 것이 길하다.

남자의 방과 여자의 방은 남녀의 체질과 성격을 고려하여야 한다. 여성은 음이요, 조용한 것을 좋아하는 성격이라 북쪽에 자리함이 좋다(陰中取陽). 남성은 양이라 양중대음(陽中帶陰)으로 남쪽이 적합하다.

아이들 방이라 해도 어느 한쪽을 전망할 수 있어야 한다. 만일 4방이 전부 벽으로 가려질 경우에는 환기도 안 좋지만 기분도 우울하여 자기 중심적인 성격으로 흐르기 쉽다.

통로는 매우 신경을 써야 한다. 남북으로 통하는 마루는 가족관계가 소원해지고 동서로 통하는 마루는 사제간에 이별하게 된다. 방의 주위 사방에 마루를 두는 경우에는 외부의 소음이 그대로 전달돼 마음의 안정이 안 된다.

방의 배치

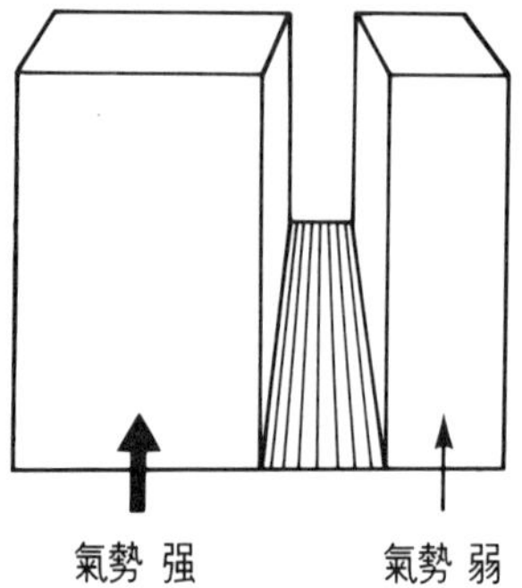

집이 두 쪽으로 갈라짐으로 흉하다. 오른쪽(좁은 면)은 기세가 약하고 왼쪽(넓은 면)은 기세가 강하게 되어 균형을 잃었다.

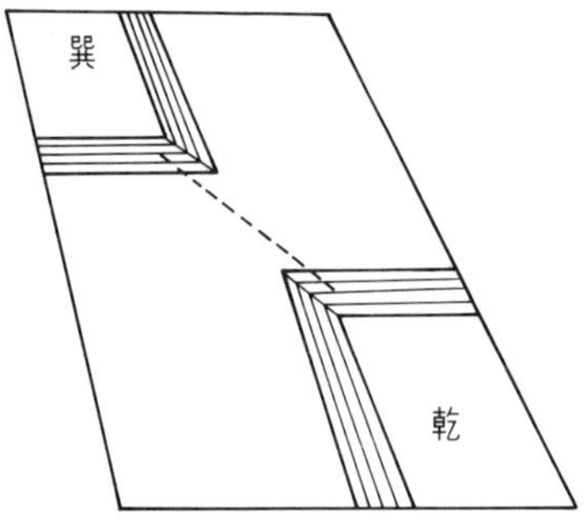

乾방의 방과 巽방의 방이 서로 충하게 되어서 대립과 불화가 있게 된다(金木相戰).

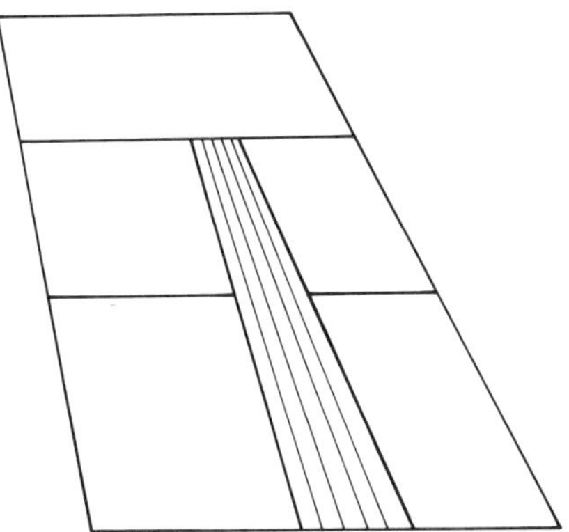

집이 양분되었고, 남쪽의 방은 충을 받게 되니 좋지 않다.

4. 주방과 식당

식당은 온 가족이 한자리에 모이는 곳으로 가족 공동의 공간이다. 밝고 양기가 충만해야 좋다. 동쪽과 남쪽이 바람직하다. 가족의 건강 여부와 깊은 관계가 있다.

주방은 음식을 만드는 공간이다. 당연히 물과 불이 따르게 된다. 그러므로 환기조건을 우선적으로 고려해야 한다.

주방은 건물의 중앙에 배치해서는 안된다. 또한 艮궁과 坤궁은 귀문으로 기가 불안정한 방위이므로 불가하다. 북쪽이면 실내가 밀폐되어서 탁기를 배출할 수가 없으니 또한 좋지 않다. 乾궁과 震궁이 적합하다.

5. 욕실 · 화장실

욕실은 용변·목욕·세수·세탁을 겸한 장소이다. 많은 양의 물을 써야 하므로 자연히 습기가 과중하게 된다.

동방은 발육의 궁이다. 습기가 과하면 아이들이 병을 앓게 된다.

남방은 火궁이다. 水火가 상극하면 안질·심장병·우울증이 생긴다.

서방은 부인과 질병으로 재물의 손해가 있다.

坤방은 土의 자리니, 여자들이 불안하여 정신과 질환이 생긴다.

巽방이 바람직하다. 巽궁은 바람자리이니 습기를 제거하기 때문이다.

화장실은 음식의 찌꺼기인 오물을 배설하는 곳으로 욕실 다음으로 습기가 많은 곳이다. 배수(配水)를 우선 고려해야 한다.

乾방은 끝없이 쇠퇴하고 위계질서가 문란해진다.

서방은 여자들이 병을 앓게 되고 혼사가 잘 이루어지지 않는다.

남방은 두통·안질·심장병을 앓게 되고 소송이 계속된다.

동방은 장남이 불건전해진다.

巽방은 부인이 부정해지기 쉽다.

북방은 어른과 자식 간에 불화가 있다.

艮방은 남아가 요절하고 중풍환자가 생긴다.

坤방은 유처취처(有妻娶妻)하게 된다.

중앙은 대흉이다. 환자가 많고 재산이 흩어진다.

그렇다면 어느 방위가 좋은 방위인가.

巽字 중심선에서 좌우 12.5도 내외의 25도 방위.

甲字 중심선에서 좌우 12.5도 내외의 25도 방위.

乾字 중심선에서 좌우 12.5도 내외의 25도 방위.

庚字 중심선에서 좌우 12.5도 내외의 25도 방위.

壬字 중심선에서 좌우 12.5도 내외의 25도 방위.

丙字 중심선에서 좌우 12.5도 내외의 25도 방위.

위의 방위가 가장 바람직하다. 세심한 주의가 요구된다.

6. 방의 높이 · 지붕의 모양 · 정원의 상태

각 공간의 천장 높이는 보통사람이 서서 손을 쭉 편 높이에서 한자〔一尺〕 정도의 사이가 있는 것이 바람직하다. 너무 높으면 사는 사람이 허장성세(虛張聲勢)가 되어서 경솔해지고, 너무 낮으면 성격이 위축되어 내향적이고 소극적이 되기 쉽다.

지붕은 평범한 모양이 좋다. 보기에 복잡하거나 높낮이와 넓고 좁음의 균형이 맞지 않거나 안정을 잃은 것은 흉하다.

지붕은 사람의 머리에 해당하는 부위이니, 미루어서 짐작하면 된다.

창문은 서 · 북쪽에 있는 것은 벽면의 3분의 1이내의 크기가 좋고 동·남쪽에 있는 것은 벽면의 3분의 2 정도의 크기가 이상적이다. 개폐 방향은 현관문과 같게 하지 않아야 한다. 창문과 현관문이 동일선상에 있는 것은 흉이다.

　정원은 자연상태로 보존하든가 잔디로 덮는 것이 좋다. 정원수는 키가 크지 않은 상록수가 좋다. 불상(佛像)·석등(石燈) 같은 장식품을 정원에 두는 것은 좋지 않다.

제4장
팔택가상(八宅家相)

건물의 길흉을 판단하는 법은 위성(位性 : 易理에 의한 방위의 특성)·의성(儀性 : 건물 次序의 順逆) 그리고 상성(象性 : 건물의 모양새)의 세 측면이 있다.

제3장에서는 의성과 상성에 대하여 설명했다. 이를 다시 요약하면 다음과 같다.

상성의 큰 줄거리는 건물의 높이와 넓이와 길이의 비율과 원·방·각의 형상을 보는 것이다. 이중 장방형이 가장 좋으며 넓은 면과 긴면(횡과 폭)의 비율은 4대 3이 가장 좋다. 그 비율이 3대 2 정도면 그런대로 괜찮다. 만약 횡과 폭의 비율이 4대 4가 되어 가로와 세로의 구별이 분명치 않거나 또는 2대 1 이상의 차이가 있는 것은 흉상이다.

의성에서 사람에 비유하자면 안방은 머리요, 주방은 다리에 해당한다. 안방은 건물 전체를 통활하는 태극실로 만약 안방이 한쪽 구석에 있고 주방이나 화장실이 중앙에 자리하거나 또는 안방의 크기가 다른 방보다 작든가 하면 차례(＝차서)를 어긴 것이 된다. 당연히 흉이다.

위성은 여러 가지 방술이 있으나 주로 팔택가상법을 사용한다. 이를 살펴보자.

제1절 팔택가상의 분류

1. 동사택(東舍宅)·서사택(西舍宅)의 구분 원리

24방위를 3산1괘(三山一卦)로 나눈다. 이는 원 360도를 45도씩 한 단위로 하여 8개 궁으로 나눈 것과 같다. 8개궁은 다음과 같다.

震괘궁 : 甲卯乙　　巽괘궁 : 辰巽巳　　離괘궁 : 丙午丁

坤괘궁 : 未坤申　　兌괘궁 : 庚酉辛　　乾괘궁 : 戌乾亥

坎괘궁 : 壬子癸　　艮괘궁 : 丑艮寅

위의 8개궁을 다시 4개 궁을 1조로 하여 동사택·서사택으로 나눈다. 그 분할 방법은 팔괘 분화의 재변(再變)인 4상(四象)에 의한 것이다.

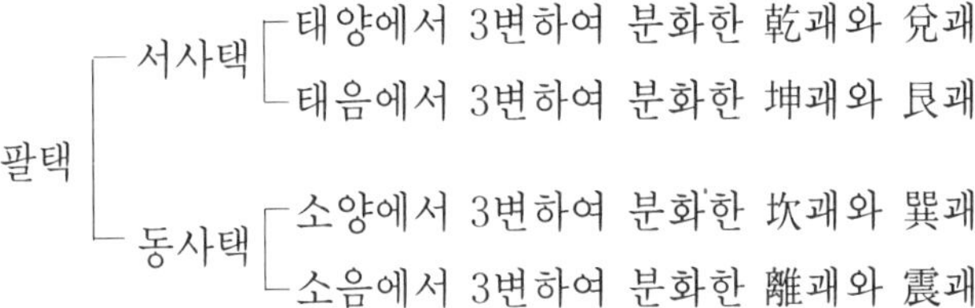

팔괘의 상징도

구분 궁	권속 (가족관계)	신체외부	신체내부 (臟 : 腑)	짝짓기
震	큰아들	발〔足〕	간·담	巽
巽	큰딸	다리〔脚〕	간·담	震
離	가운데딸	눈	심장	坎
坤	늙은 어머니	배(복부)	비·위	乾
兌	작은딸	입	폐·대장	艮
乾	늙은 아버지	머리	폐·대장	坤
坎	가운데아들	귀	신장·방광	離
艮	작은아들	손	비·위	兌

2. 팔괘의 오행운과 구성변요의 길흉

(1) 팔괘 오행운은 다음과 같다.

坎·艮궁은 1·6·5·10 水·土운

震·巽궁은 3·8 木운

離·坤궁은 2·7 火운

兌·乾궁은 4·9 金운

위의 운(運)을 보는 법은 다음과 같다. 예를 들면 艮궁(丑艮寅)좌나 또는 坎궁(壬子癸)좌의 집이 팔택가상법에 맞지 않는 것이라면 입주한 지 3년 또는 8년(년이 월 數가 될 수도 있다)만에 주인이 바뀐다든가 빈집(＝敗家)이 된다.

(2) 구성변요(九星變曜)와 길흉

1상 생기(生氣) 탐랑목 : 집안융성·문예발전·다자손(多子孫)

2중 오귀(五鬼) 염정화 : 흉악한 일만 생김.

3하 연년(延年) 무곡금 : 가족이 인자하고 영웅호걸을 배출.

4중 육살(六煞) 문곡수 : 불효·불목·미치광이가 난다.

5상 화해(禍害) 녹존토 : 가족들이 잔인하다.

6중 천덕(天德) 거문토 : 집안이 크게 일고 의사·역학에 밝다.

7하 절명(絶命) 파군금 : 요절·병고·과부·홀아비가 난다.

8중 복위(伏位) 보필목 : 길한 집은 길하게 되고 흉한 집은 흉하게 된다.

구성변요표

기본괘＼변요	震	巽	離	坤	兌	乾	坎	艮
震	伏	延	生	禍	命	鬼	德	六
巽	延	伏	德	鬼	六	禍	生	命
離	生	德	伏	六	鬼	命	延	禍
坤	禍	鬼	六	伏	德	延	命	生
兌	命	六	鬼	德	伏	生	禍	延
乾	鬼	禍	命	延	生	伏	六	德
坎	德	生	延	命	禍	六	伏	鬼
艮	六	命	禍	生	延	德	鬼	伏

(3) 구성의 도림하는 방위

구성은 있어야 할 자리(＝生·旺方)에 도림(到臨)하여야만 제 능력을 발휘할 수 있다.

＊ 이 표의 내용은 대륜도 2층에 기록되어 있다. (부록 참조)

생기 탐랑은 목이므로 북쪽 水궁에 도림해야 번창한다.

거문 천덕은 토이므로 火궁에 도림해야 자손이 창성한다.

무곡 연년은 금이므로 土궁에 도림해야 상서롭다.

문곡 육살은 수이므로 土의 극을 받아도 무관하다.

예를 들어 설명하면 다음과 같다.

생기 탐랑목이 坎離震巽에 도림하면 제자리를 얻었으니 발복이 장원하다. 만약 乾궁이나 兌궁에 오면 金궁이니 궁이 성(星 : 구성을 뜻함)을 극한 것이다(內克이라 한다). 坤궁이나 艮궁이면 성이 궁을 극했으니(이를 外克이라 한다), 길(吉)한 것이 감소된다.

연년 무곡은 金이니 乾兌艮坤이 제자리이다. 離궁은 내극이 되고 震巽궁은 외극이 된다. 다른 것도 이와 같이 미루어 생각하면 된다.

(4) 나경을 놓고 보는 곳

양택가상을 보는 데 있어 나경을 놓는 곳은 여러 곳이다. 나경을 놓는 곳이 정확치 않으면 여러 가지 방술이 허사가 된다.

앞에서 설명한 칸막기(방의 위치)의 방위 측정은 건물의 평면 정중앙이다.

터의 조건(용·혈·사·수)을 검토할 경우에는 마당〔坮地〕의 중앙이다.

대문·안방·부엌·화장실을 팔택가상법으로 판단하기 위해서는 대지의 중심점에 나경을 놓고 본다. 마당이 없는 다세대주택(아파트 등)은 전용면적의 중앙점에서 나경을 놓고 본다.

안채와 사랑채가 따로 담장으로 구분돼 있을 때에는 방·부엌·화장실은 안채의 대지 중앙에서 보고 대문의 방위는 사랑채의 대지 중앙에서 측정한다.

(5) 안방(태극실)의 판별법

태극실을 판단하는 것은 매우 복잡하다.

고층의 집은 맨 위층의 머리방[頭房]이다.

단층의 집은 안방의 주출입문이다.

종교적인 건물은 성전이다.

이를 종합하면 건물을 주관하는 사람이 상주(常住)하는 위치가 태극실이라는 뜻이 된다.

나경을 보는 지점

부엌	방	마루	안방 (태극실)
부엌			
창고			
창고			

침(針)

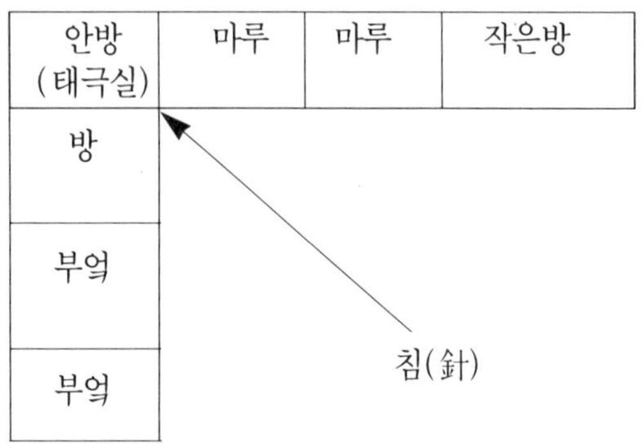

위와 앞의 그림은 건물이 각각 대지의 한쪽으로 치우친 경우.
(침(針)이 나경을 놓고 방위를 재는 곳)

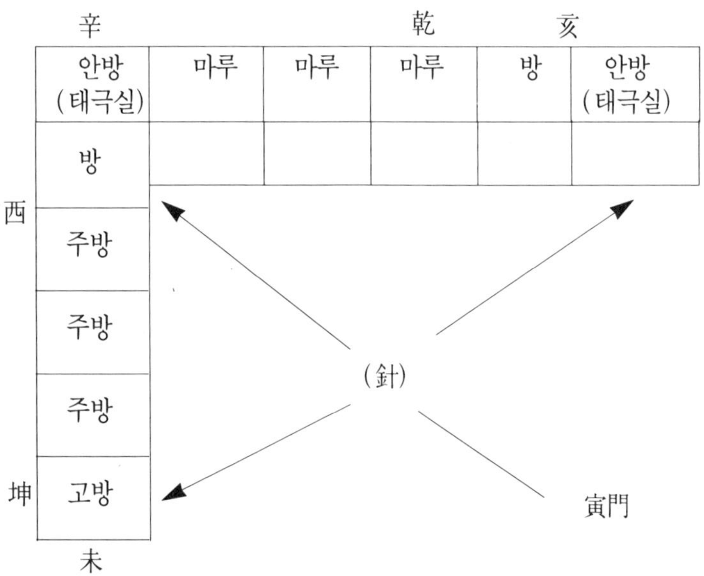

안방(태극실)이 두 곳인 경우.

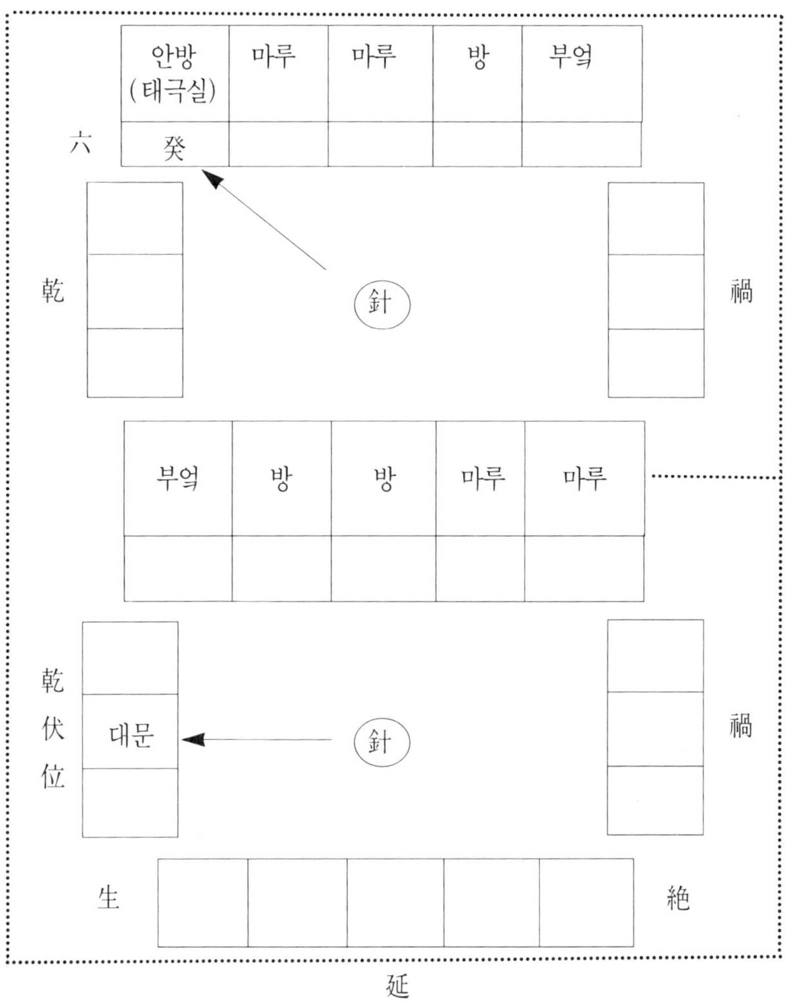

안채와 사랑채가 구분된 경우.

제2절 길흉 판단의 실제

묘터에서 승금·상수·인목·혈토가 혈의 4상(四相)이듯이 양택에서는 출입하여 사회활동을 하는 대문과, 휴식과 사랑을 나누며 산아(産兒)의 장소인 안방과, 영양과 건강을 위한 음식을 만드는 부엌과, 섭취한 음식물의 찌꺼기를 배설하는 화장실이 중요한 위치를 차지한다. 양택에서는 이들 네 가지 중 특히 대문과 안방·부엌을 일러 양택 3요(要) 문·방·주(門房廚)라고 한다.

이 3요소가 같은 사택(동·서)으로 순청하고 음양이 상배(相配)되게 이루어져야 합격이다.

판단 방법은 다음과 같다.

첫째, 대문 방위를 기본괘로 하여 안방문과 주방을 재서 동·서사택의 순잡(純雜)여부를 본다.

둘째, 문과 방의 양괘와 음괘(四象과 팔괘별)의 배합 여부를 점검한다.

셋째, 3요소의 괘 오행의 생·극·비화 여부를 검토한다.

넷째, 칠성유년(七星遊年 : 구성변요를 말한다)의 길흉을 본다. 이상에서 가장 중요한 판단은 대문과 안방의 순잡 여부이다.

예를 들어 설명해 보자.

兌궁 대문에 震궁 방(房)의 경우.

첫째, 대문 兌는 서사택 방위에 속하고 방 震은 동사택 방위이니, 팔택이 뒤섞여 흉격이다.

둘째, 방 震은 큰 아들·발·간·담에 해당하는 木이요, 문 兌는 작은 딸·입·신장·방광에 해당하는 金이다. 문이 방을 극한다. 金木남녀가 상극이다. 兌금의 생성수는 4·9이므로 입주한 뒤 4년이나 9개월만에 장남이 여자로 인하여 간장에 병을 얻게 되고 그 시기는 巳·酉·丑년이나 달이다.

셋째, 칠성유년은 절명 파군금이니 큰아들이 형무소에 가게 된다고 판단하는 것이다.

다음은 문(門)을 위주로 각 방(房)의 길흉을 판별해 본다.

1. 震문

震房 : 복위택에 2양(二陽)만 있고 양성음쇠(陽盛陰衰)하니 처자가 병고를 겪는다.

巽房 : 연년택에 부부상배(夫婦相配)다. 외극이나 木이 성해 도리어 길하다. 부·귀·손이 모두 좋다.

離房 : 생기택에 木火상생이며 성·궁(星宮)이 비화하니, 탐랑이 제자리에 있어 현처귀자(賢妻貴子)로 가업이 융성한다.

坤房 : 화해택에 木克土하니 자손과 재물에 걱정이 있다.

兌房 : 절명택에 음양상극이니 심장병에 절손한다.

乾房 : 오귀택에 오귀火가 乾金을 극하니 외극이다. 사귀(邪

鬼)가 들어 질병·관재수가 있다.

坎房 : 천덕택에 문과 방이 水木상생이다. 처음에는 대길이나 陽만 있고 陰이 없으니 오래 가면 처자에게 불리하다.

艮房 : 육살택에 문이 방을 극하니 풍병·비위병에 의해 단명하게 된다.

2. 巽문

震房 : 공명을 얻고 빨리 성공한다.

巽房 : 陰이 왕성하고 陽이 없으니 오래가지 못한다.

離房 : 순청이나 순음무양(純陰無陽)하니 자손이 없다.

坤房 : 상잡(相雜). 순음(純陰). 木土상극하니 모친이 죽는다.

兌房 : 상잡. 순음. 木金상극하니 자부(子婦)가 횡사한다.

乾房 : 상잡. 金木상극하니 중풍으로 자부가 사망한다.

坎房 : 생기택. 자손이 벼슬한다.

艮房 : 상잡. 木土상극이니 과부가 나고 자식이 없다.

3. 離문

震房 : 생기택. 木火상생. 음양상배가 팔괘로 되었으니 4상으로는 離·震이 소음이라 부정한 음이 있으나 부귀공명한다.

巽房 : 천덕택. 순음무양. 여자들이 득세. 절손(絶孫)한다.

離房 : 복위택. 순음. 불배합. 초년에는 돈이 모이나 오래 살면 절손한다.

坤房 : 육살택. 순음무양. 토조화열(土燥火熱). 과부가 주장하고 아들이 없다.

兌房 : 오귀택. 순음무양. 火金상쟁. 요수(夭壽)·절손한다.

乾房 : 절명택. 火金상쟁. 여자가 득세한다. 인패(人敗)·재패(財敗)하고 안질·두통에 고혈압으로 고생한다.

坎房 : 연년택. 부부정배. 복록·수(壽)가 겸비한다.

艮房 : 화해택. 아내가 주장하니 생남(生男) 못한다.

4. 坤문

震房 : 화해택. 木土상극. 모(母)가 산망(産亡)한다.

巽房 : 오귀택. 木土상극. 관재·구설·잡기로 패가한다.

離房 : 육살택. 남자가 일찍 죽는다.

坤房 : 복위택. 순음무양. 여자가 주장. 생남불능.

兌房 : 천덕택. 음승양쇠(陰勝陽衰). 남자 요절. 여자 부정(不貞).

乾房 : 연년택. 부부정배. 현처귀자가 나고 부귀·번영한다.

坎房 : 절명택. 土克水. 심·비병으로 아들이 요절하고 관제·구설에 인패·재패하다.

艮房 : 생기택. 己土상비. 농사로 재산을 모은다.

5. 兌문

震房 : 절명택. 金克木. 가정불화·심통·요통을 겪는다.
巽房 : 육살택. 金克木. 순음무양. 극부극자(克父克子)에 질병이 끊이지 않는다.
離房 : 오귀택. 火金상쟁. 여자가 득세. 부녀자가 요망(妖妄)한다. 해소·담병에 요귀 장난하는 대흉가다.
坤房 : 천덕택. 음성양쇠. 집안은 편안하나 아들이 죽고 끝내 절손되니 선길(先吉) 후에 대흉이다.
兌房 : 복위택. 순음무양. 과부·고아가 난다.
乾房 : 생기택. 두번 장가들고 과부가 많다.
坎房 : 화해택. 도박·음탕으로 망한다.
艮房 : 연년택. 성궁(星宮)상생. 현처귀자가 끝이 없이 나고 번창한다. 대길이다.

6. 乾문

震房 : 오귀택. 외극. 관재·구설·화재·도적·귀신 장난에 장남 요절하는 대흉가.

巽房 : 화해택. 도적·관재·부녀 산망한다.
離房 : 절명택. 노인이 외롭고 절사(絶嗣)한다.
坤房 : 연년택. 부부정배. 현처 귀자에 부귀 영화를 누린다.
兌房 : 생기택. 내극. 축첩에 과부가 난다.
乾房 : 복위택. 순양무음. 초년 발복하다가 오래 살면 부녀자가 단명하고 생자 불능하니 절손하는 흉가다.
坎房 : 육살택. 극처상자(克妻喪子)하고 재패·절손한다.
艮房 : 천덕택. 부귀·장수를 누리나 순양무음이니 극처하고 딸자식이 불구된다.

7. 坎문

震房 : 천덕택. 가난을 구제하는 데는 첫째가는 길가(吉家)이다. 공명을 얻고 아들이 많다.
그러나 순양무음하니 오래 살면 고독하게 된다.
巽房 : 생기택. 탐랑성이 제자리를 차지했으니 돈과 자손이 크게 흥한다.
離房 : 연년택. 음양정배. 부귀겸전하나 복통·안질의 환자가 있다.
坤房 : 절명택. 土水상극. 남녀가 요망하게 된다.
兌房 : 화해택. 첫 부인과 해로하지 못하고 해소·토담병에 폐병·창병으로 고생한다.

乾房 : 육살택. 순양무음. 음란·재패에 극처상자.

坎房 : 복위택. 순양무음. 처첩이 없다.

艮房 : 오귀택. 관재·구설에 병고가 많다.

8. 艮문

震房 : 육살택. 내외교전(內外交戰 : 문·방·성)하니 가도(家道)가 편치 못하고 간·담에 병이 든다.

巽房 : 절명택. 木金상극. 풍병에 아들두기가 쉽지 않다.

離房 : 화해택. 음승양쇠. 남자는 심약하고 여자는 장난하며 집안이 불안하다. 여자가 하혈한다.

坤房 : 생기택. 현처귀자에 공명 현달하나 성궁(星宮) 상극이니 부부 부정이라. 오래 살면 소아마비가 난다.

兌房 : 연년택. 土金상생. 부부정배. 소년 등과·부부화락·자효부덕(子孝婦德). 서사택 중에 첫째가는 좋은 집이다.

乾房 : 천덕택. 순양무음. 가업이 좋고 장수하나 오래가면 극처상자한다.

坎房 : 오귀택. 水土상극. 투신자살자가 나오고 관재·구설에 암〔水土相雜〕을 앓게 된다.

艮房 : 복위택. 초년은 재산이 늘지만 오래가면 극처상자하니 이는 순양무음인 까닭이다.

다음은 부엌(＝주방)의 길흉을 살펴본다. 주방도 문과 방의 대비에서 살펴본 것과 같은 방법으로 본다. 부엌은 주로 질병과 관계가 깊다.

乾문 乾방의 예를 들어 설명한다.

坎주방 : 水가 金기를 설기(泄氣)하니(동·서사택 상잡) 처음에는 金水상생으로 길한 듯하나, 오래 가면 金水가 차가워져서 해소·토담병이 온다.

艮주방 : 土金상생. 처음에는 부귀를 누리나 순양무음이니 상처·절손한다.

震주방 : 오귀 장난에 장남이 병을 앓는다.

巽주방 : 녹존토성 土金이 克木하니 여자가 상한다(二乾一巽).

離주방 : 火金상전(相戰)하니 두통·안질을 앓는다.

兌주방 : 생기 비화의 방위다.

乾주방 : 3陽이 동거하니 손처(損妻)·상첩(喪妾)하게 된다.

나머지는 이를 이용하여 미루어 판단하면 된다.

제5장
본명궁 · 이사방위

제1절 본명궁법

묘터에 묻힐 시신(=仙命)의 생년을 보는 것과 같이 살림집에서는 그 집에 사는 사람의 본명궁을 알아야 길흉을 정확히 판단할 수 있다. 또 이사갈 경우에도 가구주의 본명궁을 알아야 이사방위나 이사갈 집의 길흉을 예단할 수 있다.

본명궁을 찾는 방식도 여러 가지가 있다. 저자는 삼원자백법(三元紫白法)이 가장 합리적이라고 생각하여 이를 소개한다.

1. 본명궁 찾는 법

① 상원甲子(1864년~1923년)에 태어난 남자는 坎(1)궁에서

甲子를 시작하여 역비(逆飛) 구궁한다.

중원甲子(1924년~1983년)에 태어난 남자는 巽(4)궁에서 甲子를 시작하여 역비 구궁한다.

하원甲子(1984년~2043년)에 태어난 남자는 兌(7)궁에서 甲子를 시작하여 역비 구궁한다.

위와 같이 각각 역으로 돌려 붙여서(=逆飛) 본인의 생년간지(입춘기준)가 닿는 궁이 본명궁이다. 〈중궁(5)에 닿으면 坤(2)궁으로 본다〉

② 여자는 상원의 경우 5궁, 중원의 경우 2궁, 하원의 경우 8궁에서 甲子를 시작하여 순서대로 돌려 붙인다(=順飛).

③ 간이법(簡易法)

남자의 경우 서기 생년(입춘기준)의 단수(單數)를 전부 합하여 얻은 한자리수를 11에서 감하여 얻은 수가 본명궁이다.

예를 들어 1933년생이라면 1+9+3+3=16이다. 16은 한 자리수가 아니므로, 다시 한 자리수로 분해하여 더하면 1+6=7이 된다. 이를 11에서 감한다. 즉 11-7=4가 된다. 4(巽)궁이 본명궁이다.

2. 이사방위의 길흉

이사하는 방위가 구궁에서 어느 궁(현재의 집을 중궁으로 하여)에 해당하는가를 살펴서 이사할 연월일시의 자백과 본명궁과의 생극제화(生克制化)를 분석한다. 다만 생극과 관계없이 2·5궁에 떨어지면 흉이다.

생기방(生氣方; 본명성을 생하는 자백도림궁) : 대길

화기방(和氣方; 비화) : 중길

퇴기방(退氣方; 본명성의 설기궁) : 중길

사기방(死氣方; 본명성이 극하는 궁) : 대흉

살기방(殺氣方; 본명성을 극하는 궁) : 소흉

본명방(本命方; 본명성이 도림한 궁) : 소흉

본명적살(本命的殺; 본명방의 對沖궁) : 중흉

예를 들어 1945년생 남자가 1997년에 이사를 할 경우.

첫째, 1945년생의 본명궁은 중원甲子에 속하니 巽(4)궁에서 甲子를 시작한다. 1945년은 乙酉년이다. 구궁역포(逆布)하면 다음 표와 같다.

甲子 癸酉	戊辰	丙寅 甲申
乙丑 甲戌	壬申	庚午
己巳	丁卯 乙酉	辛未

본명성은 坎(1)궁으로 水이다.

둘째, 1997년의 연자백(年紫白)과 방위의 길흉은 다음과 같다.

二(土) 살기방	七(金) 생기방	九(火) 사기방
一(水) 비화방 〈본명방〉	三(木) 퇴기방	五(土) 살기방 본명적살
六(金) 생기방	八(土) 살기방	四(木) 퇴기방

중궁은 언제나 坤(2)궁으로 본다.

3. 구궁변수법

(1) 구궁별 길흉

① 천록(天祿) : 만사가 길하다.

② 안손(眼損) : 질병과 손재가 있다.

③ 식신(食神) : 재산이 불어난다.

④ 징패(徵敗) : 도난수가 있고 소심해진다.

⑤ 오귀(五鬼) : 구설수 · 이별수 · 질병이 있다.

⑥ 합식(合食) : 명예 · 재물 · 화합의 길한 궁이다.

⑦ 친귀(親鬼) : 사귀(邪鬼)의 장난, 초상나는 흉궁이다.

⑧ 관인(官印) : 진급하고 명예를 얻는다.

⑨ 퇴식(退食) : 파산·인패의 대흉궁이다.

(2) 이사방위의 길흉

남자는 1살(一歲)을 震(3)궁에서 시작하여 순비 구궁하고, 여자는 한 살을 坤(2)궁에서 시작하여 역비 구궁하여 이사할 당시의 나이가 도림하는 궁을 찾는다.

위의 작업에서 얻은 궁을 중궁으로 하여 구궁순비하면 1에서 9까지의 수자가 구궁도에 배열하게 된다. 이 숫자가 바로 앞 (1)의 구궁변수이다.

예를 들어 남자가 45세에 이사하고자 하는 경우.

震(3)궁에서 한 살을 시작하여 순비 구궁하면 45세가 坤(2)궁에 도림한다.

2 20	7 43	9 45
1 10	3 30	5 41
6 42	8 44	4 40

다시 坤(2)궁을 중궁으로 하여 판을 짜면 다음과 같다.

一 천록	六 합식	八 관인 (2안손)
九 퇴식	二 안손	四 징패
五 오귀	七 진귀	三 식신

※ 중궁은 언제나 坤(2)궁으로 본다.

제2절 기타 고려할 방위

① 삼살방(三殺方)
연지삼합(年支三合)의 대충방 : 寅午戌년에 亥子丑방의 예로서
연지기준 세살(歲殺)·재살(災殺)·겁살(劫殺)이 된다.

② 대장군방(大將軍方)
4방(동서남북)으로 나누어서 연지(年支) 소재궁(所在宮)의 선
도방(先到方) : 寅卯辰년(東方)에 亥子丑방(北方).

③ 황천방(黃泉方)

甲子년이면 甲己之年 丙寅頭이다. 丙寅을 중궁에 넣고 순비구
궁하면 태세 甲子가 震(3)궁에 온다. 震(甲卯乙)방이 황천방이
다.

④ 태세살(太歲殺)

申子辰년 未방, 寅午戌년 丑방

亥卯未년 戌방, 巳酉丑년 辰방

⑤ 금신살(金神殺)

子년 酉卯방　　丑년 辰戌방　　寅년 巳亥방　　卯년 子午방
辰년 丑未방　　巳년 寅申방　　午년 卯酉방　　未년 辰戌방
申년 巳亥방　　酉년 子午방　　戌년 丑未방　　亥년 寅申방
※ 4충(沖)의 원리이다.

⑥ 백호살(白虎殺)

연지를 기준한다.

子년申　丑년酉　寅년戌　卯년亥　辰년子　巳년丑

午년寅　未년卯　申년辰　酉년巳　戌년午　亥년未

⑦ 오반회살(五般會殺)

월별 흉살이다. 이합살(離合殺)·음양살(陰陽殺)·나망살(羅網
殺)·괴강살(魁罡殺)·형해살(刑害殺)이 있는 방위다.

戊癸之年 : 정월 東, 4월 艮

甲己之年 : 2월 乾

丙辛之年 : 정월 巽, 12월 北

丁壬之年 : 2월 巽, 3월 乾, 7월 坤, 11월 西

제3절 용천팔혈법(龍天八穴法)

집의 길흉은 팔택가상으로 종(宗)을 잡아서 판단하고 이사방위에는 본명궁법으로 하는 것이 제일 좋다.

여기에 소개하는 팔혈법은 생년기준으로 좌를 보기도 하고 좌기준으로 24방위를 보기도 한다.

① 팔혈의 길흉

용혈(龍穴) : 명예·재물·자손 모두 길하다.

천혈(天穴) : 명예·재물·건강에 길하다.

파혈(破穴) : 가난하고 자손을 못 두는 흉혈이다.

인혈(人穴) : 대를 이어가면서 재물이 넉넉하다. 길하다.

귀혈(鬼穴) : 관재·구설에 젊어서 죽는다. 흉이다.

지혈(地穴) : 부귀 건강 모두 길하다.

생혈(生穴) : 재물이 넉넉하고 자손도 많이 둔다. 길하다.

절혈(絶穴) : 빈한하고 병을 앓는다. 후손이 없는 대흉이다.

② 생년별로 8혈을 찾는 법

24방위를 지지삼합으로 8개 집단으로 나누어서 (1)의 순서대로 배당한다.

예를 들어 申子辰년에 출생한 사람의 경우.

申子辰좌가 용혈

巽庚癸좌가 천혈

巳酉丑좌가 파혈

艮丙辛좌가 인혈

寅午戌좌가 귀혈

乾甲丁좌가 지혈

亥卯未좌가 생혈

坤壬乙좌가 절혈이 된다.

寅午戌년생 사람은 寅午戌좌가 용혈이며

巳酉丑년생 사람은 巳酉丑좌가 용혈이며

亥卯未년생 사람은 亥卯未좌가 용혈이 된다.

이하 팔혈의 순서는 앞의 (2)의 순서를 따르면 된다.

항간에는 이 법에 대한 이설(異說)도 있으나 여기에 기술한 것이 합리적임을 밝혀둔다.

부록

1. 24산 성리결
(二十四山 性理訣)

24산 성리결은 다만 혈좌(穴坐)만을 논한다. 깊이 연구하면 풍수 이론의 전체를 일관하는 이치를 얻을 수 있다.

1. 壬좌

- 절기 : 대설
- 오행의 특성 : 강수(江水)
- 형상 : 연자(燕子 : 제비)
- 특성 : 첨전작소(簷前作巢)
- 혈형 : 와·겸(窩鉗)이 진(眞)이다.
- 내룡의 특징 : 내룡은 금수(禽獸)와 같고 소〔牛〕와 양〔羊〕이 서로 따르고 기러기와 홍학이 서로 좇는 것과 같으면 壬룡의 정맥이다.

- 혈 아래 내달리는 암석이 있으면 사용하지 못한다.
- 巳丙풍을 꺼린다.

2. 子좌

- 동지
- 해수(海水)
- 쥐(鼠)
- 乳·突이 진짜
- 子룡은 坤수가 모체가 되고 丁수는 재물을 가져다 주고 艮 수가 고(庫)가 되면 가히 쓸 수 있다. 그렇지 않으면 가짜다.
- 혈장이 평탄하면 쓸 수 없다.
- 坤巽풍을 꺼린다.

3. 癸좌

- 소한
- 계수(溪水)
- 박쥐
- 박쥐면 쌍족(雙足)이니 子癸쌍행을 잊지 않아야 한다.
- 내룡이 홀로 맑게 오면 홍이다. 10여 절 아래 혈을 이루면 당대에 장군이 난다.
- 혈형은 개미허리〔蟻腰〕같고 순전이 풍부하고 후덕한 것이 진짜다.
- 丑乙풍을 꺼린다.

4. 丑좌

- 대한
- 한토(寒土)
- 소〔牛〕
- 본래 아래로 달리기를 좋아하므로 혈은 낮은 곳에 진다. 필히 인욕(裀褥)이 있어 마치 모전(毛氈)과 같고 艮으로 와서 丑좌로 진 혈만이 진짜다.
- 만약 水星이 왼쪽에서 오면 당대에 절사(絶嗣)가 된다. 우선이면 납월(12월)의 기를 받은 것인즉 艮 아래 혈을 맺는 것이 진짜다.
- 丑 내룡이 거문성(토성)과 많이 만나고 좌선하면 쓸 수 없다.
- 북을 달아놓은 누대와 같으면 대지(大地)다.
- 혹 午卯로 와서 혈을 이루면 5대에 광인(狂人)이 출생한다.
- 丙午풍을 꺼린다.

5. 艮좌

- 입춘
- 산토(山土)
- 여기(餘氣)가 없다.
- 해(蟹)
- 습하지 않으면 가짜다.
- 만약 순전의 여기(餘氣)가 길면 속히 망한다.

- 입춘 후 강기(强氣)가 없는 것이 진짜다.

- 寅으로 와서 艮으로 작혈하면 가히 쓸 수 있다.

- 艮산 내룡이 준령고봉으로 마치 맹호가 급하게 뛰는 것과 같으며 혹은 팔자(八字)로 연이어 있고 누봉이 균등하면 혈 또한 진짜다.

- 艮산이 돌로 뼈〔骨〕를 이루고 물이 노도처럼 흘러 팔봉이 천지에 통하면 바로 만물장생지룡이라고 하겠다.

- 乾辛풍을 꺼린다.

6. 寅좌

- 우수

- 생목(生木)

- 호랑이(虎)

- 집을 짓지 못하고 보인 기운이니 혈형은 窩와 같기도 하고 아닌 것 같기도 한 것이 진짜다.

- 혈 위에 바람이 있으니 혈은 높은 곳에 진다.

- 만약 혈형이 유돌(乳突)이라면 속성속패지(速成速敗地)이다.

- 내룡은 좌선(坐仙)이나 선인무수(仙人舞袖), 또는 호랑이나 표범이 엎드린 것과 같거나 장군이 싸움에 응하는 것과 같아야 정맥이다. 이런 용 아래 혈을 맺으면 그 자손이 청수인자(淸秀仁慈)하고 부귀 다출(多出)한다.

- 만약 甲내룡에 寅으로 작혈하면 3년 이내에 광인이 난다.

- 壬子·乙辰풍을 꺼린다.

7. 甲좌

- 경칩
- 장목(長木)
- 여우
- 본래 심성(心星 : 28宿의 하나)이 甲乙로 상래(相來)한즉 혈이 온 곳을 되돌아보는 것은 불길하다. 이는 내룡이 木氣이므로 甲乙 쌍행으로 내려오는 것은 불길하다. 또한 장목이니 근원이 멀고 확실한 용호가 감싸고 인목(印木)이 분명하면 당대 절사(絶嗣)한다.
- 내룡의 형상은 조종 이하의 수많은 봉우리가 수려하고 50가지 형상을 갖춘다. 만약 하늘을 오를 듯한 깃발을 갖추고 혈처에서 전후좌우에 겹겹으로 감싸고 물 또한 따라오면 이것이 정맥이다.
- 이런 맥 아래 혈이 되면 그 자손이 수려하게 생기고 부귀를 누린다.
- 丁·坤申풍을 꺼린다.

8. 卯좌

- 춘분
- 왕목(旺木)
- 토끼(兎)
- 토끼는 본래 꼬리가 없으니 뒤는 취하지 않는다. 척추에 혈

이 있다. 전순이 긴 것은 쓰지 못한다. 용호가 감싸고 만두에 선익이 있으면 진짜 혈이다.

- 만약 수성(水星)처럼 생겼으면 당대에 절사(絶嗣)한다.
- 甲乙내룡은 불길하고 乙卯내룡이 庚으로 회수(回首)하면 대길하다.
- 내룡이 웅장하고 乳혈을 이루면 부귀를 고루 갖춘다.
- 庚·癸丑풍을 꺼린다.

9. 乙좌

- 청명
- 교목(矯木)
- 수달피
- 혈은 깊은 곳에 숨어 있다.
- 卯乙쌍래(雙來)하여 유수(流水)를 얻으면 길하다. 허리가 길고 각이 분명하며 혈형이 우마(牛馬)형이면 진짜다.
- 만약 窩·鉗형이면 속히 망한다. 乙은 교목이므로 다른 木과 접하면 속은 비고 밖은 살아 있는 형세다.
- 백리풍(百里風)이 불어오면 기를 지닌 이파리가 무성하다. 만약 혈이 짧고 쇠한 바람이 불면 가짜다.
- 혈장은 풍부하고 긴 것이 길하다.
- 子방풍을 꺼린다.

10. 辰좌

- 곡우
- 진흙(＝泥土)
- 용
- 용은 본래 각이 많으니 홀연히 일어나 다시 이룬 각은 쓸 수 있다. 혈형이 니토(泥土) 진곡(鎭谷)같거나 배토배합(培土配合)하여 먼지와 더러움이 있어야 진짜혈이다.
- 위로 巳룡 1절이 있은 후에 대귀(大貴)가 난다. 안산에 충사(沖砂)가 있으면 길하다.
- 만약 窩·鉗형이면 취해서는 안 된다.
- 辰산 내룡은 기세가 용맹하고 기상이 웅장하며 토질이 풍부하고 웅크린 암석이 앞에 있으며 물이 모여 흘러가지 않고 길성이 만포하면 길혈이다. 자손 중에 호걸이 나고 부귀도 누린다.
- 午풍을 꺼린다.

11. 巽좌

- 입하
- 지목(枝木)
- 각성(角星:28宿의 하나)이 응한즉 교룡(蛟龍)이다.
- 가지는 바람을 타야 생하는즉 백리풍을 두려워 않는다.
- 혈형은 월훈(月暈)이 도는 평와(平窩). 수두지목(樹頭枝木)은 평지에 머물기를 바라므로 혹 窩형 같기도 하고 아닌 것 같기도 하여야 한다. 만약 그렇지 않으면 자손에게 고질((痼疾)이 든

다.

- 바람이 가지와 잎에 들어가 생기가 통하는 것이 진짜혈이다.

- 巽산이 행룡하면 피차 상곡(相曲)하여 자웅이 서로 만나는 것 같아 혈처에서는 쌍룡이 상응하고 쌍사(雙砂)가 있어야 진짜다.

- 乾戌·艮寅풍을 꺼린다.

12. 巳좌

- 소만

- 시생화(始生火)

- 뱀〔蛇〕

- 뱀은 본래 꾸불꾸불하므로 곧장 뻗은 것은 취하지 않는다. 혈은 높은 곳에 있다.

- 뱀은 본래 발이 없으므로 지각을 갖춘 것은 가짜다.

- 巽으로 입수하여 유·돌(乳突)로 혈이 지고 백리풍을 맞이하는 것이 진짜다.

- 만약 窩·鉗형이면 속성속패한다.

- 혈이 목체(木體)로 돌출하여 기상 있는 바람이 감싸 지나며 봉우리가 빼어나고 여럿이 다투듯이 내달리고 물고기들이 다투어 가는 듯하면 정맥이다.

- 결혈처에 산이 공읍(拱揖)하고 사방에 팔장(八將)이 있어 보호하는 듯하면 자손이 크게 흥하고 부귀를 누린다.

* 丑·戌亥풍을 꺼린다.

13. 丙좌

* 망종
* 기화(起火)
* 사슴〔鹿〕
* 사슴은 본래 꼬리가 없으므로 곧게 뻗은 것은 취하지 않는다.
* 혈성이 와우(臥牛)형이거나 양〔羊〕과 같고 巳입수 丙좌에 乳·突형으로서, 지나는 바람을 타면 진짜 혈이다.
* 丙산행룡은 조종 이래로 만봉이 일어나고 봉봉이 서로 상대하여 그 모양이 구슬과 같고 窩혈체에서는 비금(飛禽)형이 정맥이나 수미상응(首尾相應)하여 화산화수(火山火水) 응결처에 성혈(成穴)해야 귀혈이다.
* 艮·戌풍을 꺼린다.

14. 午좌

* 하지
* 성화(盛火)
* 말〔馬〕
* 말은 본래 쓸개〔膽〕가 없으므로 돌리(突裡)한 것과 용이 길고 앞에 돌출한 것은 취하지 않는다.
* 혈성이 은은해도 窩로 국을 이룬 것은 진짜다.

- 혈성에 도착하여 평지처럼 생긴 곳에 작혈하면 역시 쓸 만하다.
- 말은 달리는 것이 소나 양과 같은즉 부귀·문장에 높은 벼슬까지 한다.
- 戌풍을 꺼린다.

15. 丁좌

- 소서
- 노화(老火)
- 노루〔獐〕
- 노루는 본래 꼬리가 없으므로 뒤가 긴 것은 취하지 않는다. 입수맥이 짧고 혈성이 척추에 있는 것은 취하지 않는다. 만두가 두텁고 큰 것은 당대에 절사(絶嗣)한다.
- 혈성이 발우와 같고 만두가 미세한 곳에 혈을 맺으면 매우 귀하게 된다. 만약 만두가 두터우면 가짜다.
- 낙맥이 가늘고 순전이 풍부하면 혈은 희미한 곳에 맺는다.
- 辰巳풍을 꺼린다.

16. 未좌

- 대서
- 조토(燥土)
- 양〔羊〕
- 양은 본래 발톱이 없으므로 뒤가 짧은 것은 결함이 아니다.

- 만약 木星으로 혈을 맺으면 가짜다. 왜냐하면 긴 것은 가짜이므로. 혹 수성(水星)이면 당대에 바로 망한다.
- 혈성이 모가 나거나 둥근 것 역시 진짜가 아니다.
- 丁未골맥이 분명하고 기치(旗幟)가 선명하면 충효 부귀를 많이 배출한다.
- 辰·庚풍을 꺼린다.

17. 坤좌

- 입추
- 토(土)
- 너구리
- 혈은 두툼한 곳에 있다.
- 혈형이 平窩로 숨었거나 坤申이 쌍행으로 오면 취하지 않는다.
- 坤으로 온 乳·突은 몸이 개면했거나 모가 져도 진짜다.
- 未로 와서 坤으로 작혈한 것은 만물의 장생처이므로 길하다.
- 坤산이 뻗어와 높은 봉우리를 이루고 혹 달아놓은 북 같거나 물이 풍족하고 땅이 후덕하여 용과 봉황이 서로 응하고 巽辛방에 천을·태을이 서로 바라보며 천관·지축이 분명하면 이는 정맥이다. 충효자손이 연이어 나고 장상(將相)이 배출된다.

18. 申좌

- 처서
- 장철(丈鐵)
- 잔나비〔猿〕
- 잔나비는 원래 높은 나무에 의지해서 사는 고로 높은 곳에 혈이 있다.
- 잔나비는 나무에 숨음으로 혈 앞이 매우 두툼한 것은 가짜다.
- 坤맥 아래 혈을 이루면 식록(食祿)이 풍족하다.
- 불견명혈(不見明穴)이니 깊이 살펴야 한다.

19. 庚좌

- 백로
- 동금(銅金)
- 까마귀(烏)
- 까마귀는 본래 시체를 쪼아 먹는 것이므로 입수가 짧고 둥글다.
- 동(銅)은 火가 없는 금이므로 기물을 이루지 못하니 午丁룡으로 오다가 庚兌사가 있은 후에 그릇을 이루는 특성이 있다.
- 용이 짧으면 황룡금지(黃龍金地)로 인의를 상징, 3대 봉사(奉祀)지이다.
- 용이 길고 복룡(伏龍) 아래에서 窩·鉗으로 혈을 맺으면 대귀(大貴)의 혈이다.

* 만약 혈성이 길면 대살룡(大殺龍)으로서 사용할 수 없다.
* 未룡이 艮술을 만나면 길룡(吉龍)이다.
* 巽·癸풍을 꺼린다.

20. 酉좌

* 추분
* 금(金)
* 닭〔鷄〕
* 뒤가 긴 것은 취하지 않는다. 혈 앞에 여기(餘氣)가 있거나 높이 솟은 것도 역시 취하지 않는다.
* 혈성에 순전이 없어야 진짜다.
* 丁룡 아래 庚兌룡이 장원(長遠)하여야 그릇을 이루는 것이 본성이니 짧으면 3대가 쇠망(衰亡)한다. 용이 길고 복룡(伏龍) 아래 窩·鉗으로 혈을 이룬 것이 진짜다.
* 만약 평탄한 토성으로 판을 이루면 극귀가 나고 乳·突형이어도 가히 장사할 만하다.
* 乾亥·丑풍을 꺼린다.

21. 辛좌

* 한로
* 채색금(彩色金)
* 꿩〔雉〕
* 꿩은 본래 엎드려서 살피니〔伏視〕, 혈을 찾기가 쉽지 않다.

- 혈형은 개미허리[蟻腰]와 같다.
- 채금(彩金)은 午丁룡 아래에서는 취해서는 안 된다.
- 만약 戌룡 아래에서 辛으로 형상을 이루면 당대에 절사(絕嗣)한다.

22. 戌좌

- 상강
- 한토(寒土)
- 개(狗)
- 개는 본래 도적을 보고 짖는다. 따라서 규봉(窺峰)을 보면 좋다. 당대에 장상(將相)이 배출된다.
- 만약 窩 · 鉗으로 혈을 맺으면 속히 망한다.
- 戌산 내룡은 조종산 이래로 기암괴석을 많이 볼 수 있고 기고(旗鼓)가 높고 준엄하며 개와 염소, 또는 사슴 같고 사신(四神)이 둘러싸고 형상이 험악하고 비산희룡(卑山稀龍)이 강이나 하천에 의지하여 홀연히 토성을 이루어 석판(石坂)이 나타나면 문무 귀현이 배출된다.
- 丁 · 寅艮풍을 꺼린다.

23. 乾좌

- 입동
- 벽성(璧星 : 28숙의 하나)이 응하면 말[馬]이고 규성(奎星)이 응하면 호랑이[虎]다.

* 넓게 오는 용은 취하지 않는다.
* 乾坤이 상응한다.
* 척추가 높고 머리는 둥글며 허리는 기니, 우선룡은 가히 쓸 수 있고 좌선룡은 못 쓴다.
* 乾이란 것은 하늘 혹은 머리 혹은 말이나 호랑이를 뜻하니, 내룡이 용이나 말과 같고 기세가 높고 명당 밖에 인가(人家)가 분명하면 자손이 크게 흥하고 척추가 높으면 의식이 풍족하다.
* 甲·卯풍을 꺼린다.

24. 亥좌

* 소설
* 호수(湖水)
* 돼지〔猪〕
* 평탄하고 장류(長流)가 감싸 안으며 깊이 결혈한 것이 진짜다.
* 돼지는 힘줄이 없으니 혈은 앞 입술이나 앞 머리 짧은 곳에 있고 긴 곳은 쓰지 않는다.
* 혈형은 窩·鉗이 길한데, 입술이나 머리가 부채를 펼쳐놓은 것과 같아야 좋다.
* 돼지는 본래 힘줄이 없으므로 혈 뒤에 험준한 것이 있으면 가짜다.
* 亥산 내룡은 서북을 위하여 乾궁을 보호하고 크게 변함이 없고 한가롭고 고요해야 한다.

- 乾룡을 도와주어 인의(仁義)로 응하고 행도 중에 辛으로 박환하여 亥로 회두(回頭)하는 것이 가장 좋다.
- 돼지 혈처는 용이나 거북과 같고 토성(土星)으로 작혈하면 亥의 정맥이라고 하겠다.
- 물은 卯수가 未로 돌아오면 왕수(旺水)가 된다.
- 乾룡이 亥로 작혈하면 관직에 나아가는 등 크게 길하다.
- 卯방풍을 꺼린다.

2. 大輪圖縱設圖

第一層	天池(＝太極)		
第二層	八卦	第三層	八宅門路
第四層	黃泉八曜		
第五層	十二支		
第六層	縫針二十四山		
第七層	正針二十四山	第八層	天星
第九層	中針二十四山		
第十層	胎骨龍		
第十一層	二百四十分數		
第十二層	穿山本卦		
第十三層	坐穴本卦		
第十四層	透地內卦		
第十五層	節候		
第十六層	起甲子法		
第十七層	管局禽		
第十八層	八門		
第十九層	三奇四吉		

	(left → right)
太極	極 … 太 (太極)
八卦門路	延禍 生絶 / 乾 / 天乾 五六
黃泉八曜	午 / 壬 辛
十二地支	亥
縫針	亥 ｜ 乾 ｜ 戌
正針天星	亥 ｜ 廉貞 亥 天皇 ｜ 乾 ｜ 祿存 乾 天廐
中針	壬 ｜ 亥 ｜ 乾
十層胎骨	辛亥 ｜ 己亥 ｜ 丁亥 ｜ 乙亥 ｜ 壬戌
分數	(빈 칸)
十二層穿山	三辛七 亥 豫 ｜ 亥己正 亥 菅 ｜ 七丁三 亥 萃 ｜ 三乙七 亥 否 ｜ 七壬三 戌 謙
十三層坐穴	癸亥 大畜 ｜ 辛亥 需 ｜ 己亥 乾 ｜ 丁亥 夬 ｜ 乙亥 泰
十四層透地	三癸七 亥 乾 ｜ 亥辛正 亥 泰 ｜ 五己五 亥 需夬 ｜ 乾丁正 亥 壯 ｜ 七乙三 亥 有
十五節候	小雪 ｜ 小雪 ｜ 小雪 ｜ 立冬 ｜ 立冬 ｜ 立冬
起甲子法	下二 ｜ 上五 ｜ 中八 ｜ 中九 ｜ 中九 ｜ 下三
管禽	房 ｜ 觜 ｜ 斗 ｜ 柳 ｜ 危
門休	一 ｜ 三 ｜ 六 ｜ 八 ｜ 二 ｜ 四
三奇乙丙丁	五 八 二 三 三 六 / 四 七 一 二 二 五 / 三 六 九 一 一 四
四吉	五 ｜ 九 ｜ 二 ｜ 四 ｜ 二 九 ｜ 七
二十一層祿馬貴人	一 七 九 九 三 / 四 四 四 四 四 / 三 八 一 六 一 / 四 九 二 七 二
縫針分金	三丁七 亥 ｜ 七庚三 戌 ｜ 三丙七 戌 ｜ 七庚三 戌
正針分金	癸亥 蹇 · 辛亥 未 ｜ 己亥 坤 · 丁亥 大過 · 乙亥 嗤 ｜ 二庚八 戌 ｜ 八丙二 戌
分野	江 ｜ 原 ｜ 道
星度	木 ｜ 水 ｜ 土 ｜ 火 ｜ 木
開禧	室十七度 ｜ 壁十度 ｜ 奎十八度
宮次	娵訾之次 ｜ 降婁之次

	(左→右)
太極	太極
八卦門路	
黃泉八曜	
十二地支	戌
縫針	戌 ／ 辛 ／ 酉
正針天星	文曲 戌 天魁 ／ 巨門 辛 天乙
中針	乾 ／ 戌 ／ 辛
十層胎骨	庚戌 ／ 戊戌 ／ 丙戌 ／ 甲戌 ／ 癸酉
分數	
十二層穿山	三庚七 戌 艮 ／ 戊戊正 戌 蹇 ／ 七丙三 戌 漸 ／ 三甲七 戌 小過 ／ 七辛三 酉 旅
十三層坐穴	壬戌 有 ／ 庚戌 小畜 ／ 戊戌 壯 ／ 丙戌 損 ／ 甲戌 節
十四層透地	三壬七 戌 需 ／ 戊庚正 戌 有 ／ 五戊五 戌 夬履 ／ 辛丙正 戌 履 ／ 七甲三 戌 兌
十五節候	霜降 ／ 霜降 ／ 霜降 ／ 寒露 ／ 寒露 ／ 寒露
起甲子法	下二 ／ 上五 ／ 上五 ／ 上六 ／ 中九 ／ 下三
管禽	氐 ／ 畢 ／ 箕 ／ 鬼 ／ 虛
門休	六 ／ 四 ／ 八 ／ 六 ／ 六 ／ 一
三奇乙丙丁	五 四 三 五 ／ 八 七 六 九 ／ 八 七 六 九 ／ 九 七 二 ／ 三 二 一 五 ／ 六 五 四 八
四吉	五 ／ 九 ／ 九 ／ 二 ／ 五 ／ 八
二十一層祿馬貴人	六二三四 ／ 二二二八 ／ 四二二八 ／ 四二六七 ／ 八二二八
縫針分金	三丙七 戌 ／ 七辛三 酉 ／ 三丁七 酉 ／ 七辛三 酉
正針分金	壬戌旣 庚戌艮 戊戌剝 丙戌困 甲戌夷 ／ 二辛八 酉 ／ 八丁二 酉
分野	江原道 ／ 平安道
星度	火 ／ 金 ／ 水 ／ 土 ／ 金
開禧	婁十二度 ／ 胃十五度
宮次	降婁之次 ／ 大梁之次

層 (layer)	내용 (contents, left → right)
太極	極　太
八卦門路	五絕／天六　兌　禍兌／延生
黃泉八曜	巳
十二地支	酉
縫針	酉　　庚　　甲
正針天星	武曲／曲　酉　少微　　廉貞／貞　庚　天帝
中針	辛　　酉　　庚
十層胎骨	辛酉　己酉　丁酉　乙酉　壬申
分數	
十二層穿山	三己七／酉咸　酉丁正／酉遯　七乙三／酉蒙　　七庚三／申渙
十三層坐穴	癸酉履　辛酉臨　己酉睽　丁酉孚　乙酉妹
十四層透地	三辛七／酉履　酉己正／酉妹　五丁五／酉損孚　庚乙正／酉妹　七癸三／酉兌
十五節候	秋分　秋分　秋分　白露　白露　白露
起甲子法	下四　上七　上七　上九　中三　中三
管禽	六　昴　尾　井　女
門休	六　九　二　四　九　一
三奇乙丙丁	七六五　一九八　一九八　三二一　六五四　六五四
四吉	九　七九　七九　七　三五　八
二十一層祿馬貴人	七六八九　九六一二　九六六七　三六一二　一六三四
縫針分金	三丁七／酉　七庚三／申　三丙七／申　七庚三／申
正針分金	癸酉妄　辛酉妹　己酉觀　丁酉賁　乙酉大畜　二庚八／申　八丙二／申
分野	平　安　道
星度	土　木　火　水　土
開禧	昴十一度　胃十六度
宮次	大梁之次　實沈之次

층위 (層)	내용
太極	極　太
八卦門路	五生六禍　坤　延坤絶天
黃泉八曜	卯　庚　丁
十二地支	申
縫針	申　坤　未
正針天星	破軍天關　申　補弼天鉞　坤
中針	庚　申　坤
十層胎骨	庚申　戊申　丙申　甲申　癸未
分數	
十二層穿山	三戊七 申解　申丙正 申未　七甲三 申困　三壬七 申訟　七己三 未升
十三層坐穴	壬申剝　庚申比　戊申否　丙申萃　甲申坤
十四層透地	三庚七 申坤　申戊正 申萃　五丙五 申萃否　坤甲正 申坤　七壬三 申觀
十五節候	處署　處署　處署　立秋　立秋　立秋
起甲子法	下七　下七　上一　上二　中五　中五
管禽	角　胃　心　參　午
門休	一　六　七　七　一　三
三奇乙丙丁	一九八　一九八　七四三二　七五四三　一八七六　三八七六
四吉	二　四　一三　五　八　三
二十一層祿馬貴人	二八二八　四八二八　四八六八　八八二八　六八三四
縫針分金	三丙七申　七辛三未　三丁七未　七辛三未
正針分金	壬申萃　庚申巽　戊申否　丙申損　甲申同　二辛八未　八丁二未
分野	黃海道
星度	木　金　水　火　木
開禧	參八度　井三十三度
宮次	實沈之次　鶉首之次

층(層) 이름	내용
太極	極　太　太極
八卦門路	
黃泉八曜	
十二地支	未
縫針	未　丁　午
正針天星	廉貞　未 天常　武曲　丁 南極
中針	坤　未　丁
十層胎骨	辛未　己未　丁未　乙未　壬午
分數	
十二層穿山	三丁七 未 蠱　未乙正 未 升　七癸三 未 巽　三辛七 未 恒　七戊三 午 鼎
十三層坐穴	癸未 晉　辛未 觀　己未 豫　丁未 賁　乙未 旣
十四層透地	三己七 未 晉　未丁正 未 豫　五乙五 未 萃革　丁癸正 未 離　七辛三 未 革
十五節候	大署　大署　大署　小署　小署　小署
起甲子法	下四　下四　上七　上八　上八　中二
管禽	軫　婁　房　觜　斗
門休	八　四　六　七　一　七
三奇乙丙丁	七六五　七六五　一九八　二一九　二一九　五四三
四吉	三五　三五　七九　二　三　五
二十一層祿馬貴人	九四一二　九四六七　三四一二　一四三四　七四八九
縫針分金	三丁七 未　七庚三 午　三丙七 午　七庚三 午
正針分金	癸未 節　辛未 恒　己未 遯　丁未 履　乙未 渙　二庚八 午　八丙二 午
分野	黃　海　京　畿　道
星度	金　火　水　土　金
開禧	井　鬼　柳 十四 度　星 七 度
宮次	鶉 首 之 次　鶉 火 之 次

						층(層)
	極		太			太極
生延天禍	離	五離絕六				八卦門路
	亥					黃泉八曜
	午					十二地支
午			丙		己	縫針
文曲 午 陽權曲			貪狼 丙 太微			正針天星
丁			午		丙	中針
庚午	戊午	丙午	甲午		癸己	十層胎骨
(칸)	(칸)	(칸)	(칸)	(칸)	(칸)	分數
三丙七 午 大過	午甲正 午 姤	七壬三 午 夬	三庚七 午 有		七丁三 巳 壯	十二層穿山
壬午 同	庚午 革	戊午 夷	丙午 家		甲午 豐	十三層坐穴
三戊七 午 旣	午丙正 午 夷	五甲五 午 離離	丙壬正 午 家		七甲三 午 豐	十四層透地
夏至	夏至	夏至	芒種	芒種	芒種	十五節候
中三	下六	上九	上六	上六	中三	起甲子法
翼	奎	氐		畢	箕	管禽門休
九 六 五 四 一	六 九 八 七 四	一 三 二 一 四	一 五 四 三 二	八 五 四 三 九	三 二 二 九 五	三奇乙丙丁 四吉
四 二 二 八	四 二 六 七	八 二 二 八	六 二 三 四		二 二 二 八	二十一層祿馬貴人
三丙七 午	七辛三 巳	三丁七 巳		七辛三 巳		縫針分金
壬午豐 庚午鼎 戊午姤 丙午咸 甲午井			二辛八 巳		八丁二 巳	正針分金
京	畿	道	全	羅		分野
水	火	木	土	水		星度
張 十 八 度			翼二十度			開禧
鶉火之次			鶉尾之次			宮次

層 (層次)	內容
太極	太 極
八卦門路	絶禍 延生　巽　五巽 六天
黃泉八曜	酉　丙　乙
十二地支	巳
縫針	巳　巽　辰
正針天星	巳　武曲 天屏　巽　巨門 陽璇
中針	丙　巳　巽
十層胎骨	辛巳　己巳　丁巳　乙巳　壬辰
分數	
十二層穿山	三乙七 巳 小畜 ｜ 巳癸正 巳 需 ｜ 七辛三 巳 大畜 ｜ 三己七 巳 泰 ｜ 七丙三 辰 履
十三層坐穴	癸巳 蠱 ｜ 辛巳 井 ｜ 己巳 姤 ｜ 丁巳 大過 ｜ 乙巳 升
十四層透地	三丁七 巳 蠱 ｜ 巳乙正 巳 恒 ｜ 五癸五 巳 巽巽 ｜ 巽辛正 巳 過大 ｜ 七己三 巳 鼎
十五節候	小滿　小滿　小滿　立夏　立夏　立夏
起甲子法	中二　下八　下八　下七　上四　中一
管禽	張　壁　奎　昴　尾
門休	三　八　一　一　二　六
三奇乙丙丁	一九八　七六五　七六五　六五四　三二一　九八七
四吉	六　三　六八　五七　一　六
二十一層祿馬貴人	九六七六　三六一二　一六三四　七六八九　九六一二
縫針分金	三丁七 巳 ｜ 七庚三 辰 ｜ 三丙七 辰 ｜ 七庚三 辰
正針分金	癸巳家 辛巳有 己巳乾 丁巳小畜 乙巳此 ｜ 二庚八 辰 ｜ 八丙二 辰
分野	全　羅　道
星度	金　火　土　木　金
開禧	翼二十度 ｜ 軫 十八度 ｜ 角
宮次	鶉尾之次 ｜ 壽星之次

層 (라벨)	내용 (좌 → 우)
太極	極　太
八卦門路	
黃泉八曜	
十二地支	辰
縫針	辰　乙　卯
正針天星	破軍 天罡 辰　／　輔弼 天官 乙
中針	巽　辰　乙
十層胎骨	庚辰　戊辰　丙辰　甲辰　癸卯
分數	
十二層穿山	三甲七 辰 兌　／　辰壬正 辰 睽　／　七庚三 辰 妹　／　三戊七 辰 孚　／　七乙三 卯 節
十三層坐穴	壬辰 鼎　／　庚辰 巽　／　戊辰 恒　／　丙辰 頤　／　甲辰 屯
十四層透地	三丙七 辰 升　／　辰甲正 辰 巽　／　五壬五 辰 姤 復　／　乙庚正 辰 震　／　七戊三 辰 嗑
十五節候	穀雨　穀雨　穀雨　清明　清明　清明
起甲子法	中二　下八　下八　下七　上四　上四
管禽	星　室　角　胃　心
門休	七　一　九　二　一　七
三奇乙丙丁	一九八　七六五　七六五　六五四　三二一　三二一
四吉	三　六八　五　二　七　二四
二十一層祿馬貴人	四八七六　八八二八　六八三四　二八二八　四八二八
縫針分金	三丙七 辰　／　七辛三 卯　／　三丁七 卯　／　七辛三 卯
正針分金	壬辰師　庚辰旅　戊辰夬　丙辰革　甲辰蠱　／　二辛八 卯　／　八丁二 卯
分野	全 羅 道　忠 清 道
星度	火　木　土　水　火
開禧	角十三度　亢九度　氐十六度
宮次	壽 星 之 次　大 火 之 次

層 (layer)	내용 (reading left → right)
太極	極　太　太極
八卦門路	天絶　震　生震　六五　禍延
黃泉八曜	申
十二地支	卯
縫針	卯　甲　寅
正針天星	廉貞　卯　陽衡　祿存　甲　天苑
中針	乙　卯　甲
十層胎骨	辛卯　己卯　丁卯　乙卯　壬寅
分數	
十二層穿山	三癸七卯損　卯辛正卯臨　七乙三卯同　三丁七卯革　七甲三寅豐
十三層坐穴	癸卯妄　辛卯隨　己卯復　丁卯嗑　乙卯益
十四層透地	三乙七卯屯　卯癸正卯震　五辛五卯嗑隨　甲己正卯頤　七丁三卯妄
十五節候	春分　春分　春分　驚蟄　驚蟄　驚蟄
起甲子法	中九　中九　下六　下四　上一　上一
管禽	柳　危　軫　婁　房
門休	三　一　七　九　八　四
三奇乙丙丁	八七六五　八七六三　五四三四六　三二一一　九八七五　九八七四
四吉	
二十一層祿馬貴人	三四一二　一四三四　七四二八　九四一二　九四六七
縫針分金	三丁七卯　七庚三卯　三丙七寅　七庚三寅
正針分金	癸卯訟　辛卯豫　己卯大壯　丁卯解　乙卯晉　二庚八寅　八丙二寅
分野	忠清道　咸鏡道
星度	木　土　水　金　木
開禧	房六度　心六度　尾十七度
宮次	大火之次　析木之次

내용 (좌 → 우)	層名
極　太	太極
天生五延　艮　絶艮禍大	八卦門路
寅 / 癸　甲	黃泉八曜
寅	十二地支
寅　｜　艮　｜　丑	縫針
文曲 寅 天培　｜　貪狼 艮 天市	正針天星
甲　｜　寅　｜　艮	中針
庚寅　戊寅　丙寅　甲寅　癸丑	十層胎骨
（빈 칸）	分數
三壬七·寅·家人　｜　寅庚正·寅·既濟　｜　七戊三·寅·賁　｜　三丙七·寅·明夷　｜　七癸三·丑·无妄	十二層穿山
壬寅·艮　｜　庚寅·蹇　｜　戊寅·遯　｜　丙寅·咸　｜　甲寅·謙	十三層坐穴
三甲七·寅·艮　｜　寅壬正·寅·旅　｜　五庚五·寅·艮 旅　｜　艮戊正·寅·謙　｜　七丙三·寅·小過	十四層透地
雨水　雨水　雨水　立春　立春　立春	十五節候
中六　中六　下三　下二　下二　上八	起甲子法
鬼　虛　翼　奎　氐	管禽
一　二　一　二　九　六	門休
五四三　｜　五四三　｜　二一九　｜　一九八　｜　一九八　｜　七六五	三奇乙丙丁
三　｜　五七　｜　九　｜　一三　｜　一三　｜　六八	四吉
八一二二八　｜　六一二三四　｜　二二三八　｜　二二二三八　｜　四二二三八　｜　四二六七	二十一層禄馬貴人
三丙七·寅　｜　七辛三·丑　｜　三丁七·丑　｜　七辛三·丑	縫針分金
壬寅·隨　庚寅·需　戊寅·泰　丙寅·漸　甲寅·益　｜　二辛八·丑　｜　八丁二·丑	正針分金
咸　鏡　道	分野
土　水　金　火　木　火	星度
箕九度　｜　斗二十三度	開禧
析木之次　｜　星紀之次	宮次

층(層)	내용 (왼쪽→오른쪽)
太極	極　太
八卦門路	
黃泉八曜	
十二地支	丑
縫針	丑　癸　子
正針天星	武曲 丑 天廚　破軍 癸 天漢
中針	艮　丑　癸
十層胎骨	辛丑　己丑　丁丑　乙丑　壬子
分數	
十二層穿山	三辛七 丑 隨　丑己正 丑 嗑　七丁三 丑 震　三乙七 丑 益　七壬三 子 屯
十三層坐穴	癸丑 旅　辛丑 漸　己丑 小過　丁丑 蒙　乙丑 訟
十四層透地	三癸七 丑 艮　丑辛正 丑 漸　五己五 丑 遯未　癸丁正 丑 渙　七乙三 丑 渙
十五節候	大寒　大寒　大寒　小寒　小寒　小寒
起甲子法	上三　中九　下六　下五　下五　上二
管禽	井　女　張　壁　六
門休	一　七　三　九　二　二
三奇乙丙丁	二一九　八七六　五四三　四三二　四三二　一九八
四吉	九　三　八　一　四六　一三
二十一層祿馬貴人	一六三四　七六八九　九六一二　九六六七　三六一二
縫針分金	三丁七 丑　七庚三 子　三丙七 子　七庚三 子
正針分金	癸丑 蒙　辛丑 小過　己丑 臨　丁丑 升　乙丑 揆　二庚八 子　八丙二 子
分野	咸鏡道　慶尙道
星度	土　木　金　水　土
開禧	午七度　女七度　虛七度
宮次	星紀之次　玄枵之次

太極	極	太				
八卦門路	禍延 **坎** 天坎 六絶 生五					
黃泉八曜						
十二地支	**子**					
縫針	子	壬	亥			
正針天星	破軍 **子** 天壘	文曲 **壬** 天輔				
中針	癸	子	壬			
十層胎骨	庚 子	戊 子	丙 子	甲 子	癸 亥	
分數						
十二層穿山	三庚七 子 頤	子戊正 子 復	七丙三 子 剝	三甲七 子 比	七癸三 亥 觀	
十三層坐穴	壬 子 困	庚 子 師	戊 子 未	丙 子 渙	甲 子 解	
十四層透地	三壬七 子 解	子庚正 子 解	五戊五 子 蒙 師	壬丙正 子 困	七甲三 子 坎	
十五節候	冬 至	冬 至	冬 至	大 雪	大 雪	大 雪
起甲子法	上 一	中 七	中 七	中 七	下 一	上 四
管禽	參	牛	星	室	角	
門休	七	七	六	四	三	一
三奇乙丙丁	九 八 七	六 五 四	六 五 四	一 九 八	四 三 二	七 六 五
四吉	四	一	二	二	八	三 五
二十一層祿馬貴人	六 八 三 四	二 八 二 八	四 八 二 八	四 八 六 七	八 八 二 八	
縫針分金	三丙七 子	七辛三 亥	三丁七 亥	七辛三 亥		
正針分金	壬 庚 戊 丙 甲 子 子 子 子 子 謙 屯 復 中孚 頤	二辛八 亥	八丁二 亥			
分野	慶 尙 道	江 原 道				
星度	水	金	水	火	金	
開禧	危十六度	室十七度				
宮次	玄枵之次	陬訾之次				

三百六十度　吉凶

五行星度　二十八宿　龍　六十

干支・五行	宿名	度數	標示吉凶	吉凶	主宰應合星名
亥辛水	壁　九度少（舊太）（三二）	五度	·	關殺	入魁化吉
		四度	○	平	清貴高軒　應帝座講官　上將九卿星
		三度	工	小空	駟馬塡門　應天貴王侯主元星
		二度		吉	合五梁巾幅星　上司侍從星　天皇勅命監察星
		一度		吉	狀元參軍　應北極詔書陰德星
		初度		吉	寶年黃閣
		少度		吉	及第　應貞節星
		十八度	○	平	五官院　應設客陽交星　利長四房
		十七度	○	平	生氣　犯倡妓女巫
亥癸木	室	十六度		吉	文炳綵金盈門珠徒
		十五度	·	凶	癆疫　應天瘟星
		十四度		吉	金門侍講　應德星　恩光星
		十三度		吉	名垂宇宙　應皇極上將斧納星
		十二度	×	差錯	朱峰斧鉞　應紫微少宰鎮官星
		十一度	·	關殺	合天皇帝座星　主父子同朝

度數黃道・分野

原：十六　十七　一　二　三　四　五
江：十　十一　十二　十三　十四　十五

壬戌　火　　婁十二度 (舊太)

度	符	吉凶	星宿
二度	·	凶	天倉　犯天狗星
一度	○	平	犯破家
(八七) 十八度	×	差錯	天倉　應外伯諸侯星
十七度	×	差錯	聘八翰林合天倉星帝后后相女範中官星
十六度		吉	良佐　應儲封文昌星
十五度		吉	

乙亥　木

度	符	吉凶	星宿
十四度	·	凶	陽差　應元宰火彗星
十三度	○	平	威鎮三台　犯天刑絶嗣
十二度	○	平	五覇天牧
十一度		吉	詩文蓋世　應文臣朝會星
十度	工	小空	滅九族　應上帝宰輔參知星
九度		吉	主管山河　應月殷貴人　華蓋幢幡星

丁亥　火　　奎十八度

度	符	吉凶	星宿
八度		吉	臣富　應傳書天倉福壽星
七度		吉	黃道壽富　合八座星　利少房
六度	○	平	天府文客　犯刑訟
五度	·	凶	虛名不實　犯天折
四度		吉	祿祚千緒
三度	○	平	五府貴壽　合天貴星　犯官符口舌
二度	工	大空	朗官監司　合中營宰座星

己亥　土

度	符	吉凶	星宿
一度	工	大空	黑道路死
(三四)少度		吉	應三台註福祿壽星　田蠶妻妾星
九度	·	凶	封候　犯殺戮
八度		吉	黃閣功臣　合外屏侍從星
七度		吉	合外屏侍從星　伶行大貴
六度	·	凶	損長換妻

婁　　奎(六〇)　　三　二　一　十六　十五 ｜ 十四　十三　十二　十一　十　九 ｜ 八　七　六　五　四　三　二 ｜ 一　八　七　六　　壁(六〇)

道　　原　　江

胃十五度太（舊少）

甲戌　金

度	符	吉凶	星名
十四度	·	凶	光祿卿　犯他絶星
十三度	○	平	大司馬　犯官符
十二度		吉	白馬金鞍
十一度	工	小空	天府總領　應天乙三公四相星
十度	·	凶	
九度		吉	天潢　合天河大旺星

丙戌　土

度	符	吉凶	星名
八度		吉	太陰女貴　合侍從將軍星
七度	○	〃	商賈財帛　應國將侍客星
六度	○	〃	合天庫　應元勳貴人天使星
五度	○	平	九經學士　犯惡病
四度	工	大空	犯速死

戊戌　水

度	符	吉凶	星名
三度	·	關殺	朝野馳名　犯軍徒
二度	○	〃	朝郎執法　犯病訟
一度	○	平	內翰承旨　合玉蕨月華星　黑道
（三五）少		吉	朝士執政子婿登廟　應朝臣大權星
十二度	·	〃	黑道陽差　應金馬大貴人
十一度	·	凶	御監進士　犯少亡　姦淫債瓜星
十度	○	〃	胸藏萬卷　犯棺木
九度	○	平	虎符雄將

婁（八〇）

庚戌　金

度	符	吉凶	星名
八度	工	小空	狗首
七度		吉	文武全才　應天魁三錫星
六度		吉	御賜彤弓　應天使黃門金吾錦衣太宰星
五度		吉	郎官六品將權　應陽極小師正詹和義星
四度		吉	金庫　合天大將軍星　應仁廉德政武德星
三度	·	關殺	華蓋

甲戌						丙戌					戊戌			庚戌				
十四	十三	十二	十一	十	九	八	七	六	五	四	三	二	一	十一	十	九	八	七	六	五	四

平安道　　平原　　江原道

乙酉 水	丁酉 火	己酉 木 畢十六度半	辛酉 土 昂十一度

乙酉 水

度	기호	吉凶	내용
十二度	·	關殺	進士
十一度	·	吉	應九卿天子耳目星
十度		凶	犯咸池鰥寡沐浴殺 應上帝司祿星
九度		凶	賤价
八度		吉	文章及第 合文章高貴星 犯財耗星
七度	工	大空	法場

丁酉 火

度	기호	吉凶	내용
六度	·	關殺	鳳節光族 犯天牢
五度	·	凶	淫奔 應內府寶庫星
四度		吉	合天王諸郎星 元宰天府星
三度		吉	五諸候 合天王諸郎星 金翰天王玉堂星
二度		吉	大臣多壽 合天陰星

己酉 木 （畢十六度半）

度	기호	吉凶	내용
一度		吉	八座貴
十一度	工	〝	應天關礪石星 犯婦人惡死
十度	工	小空 吉	應長庚少微星 犯花酒
九度	○	吉	黃道
八度		平	中郎將官 犯白虎
七度	·	吉	七歲能文 犯顚狂
六度		凶	

辛酉 土 （昂十一度）

度	기호	吉凶	내용
五度	·	關殺	瓊林春宴
四度	○	平	黃道 犯破財蕩業星
三度	×	差錯	聾啞自吊
二度	○	〝	漁樵耕牧 應少微中座星
一度	○	平	海道兵衛 應文昌中郎 犯凝啞聾
(八一) 太度	·	關殺	合天錢星
九度	·	凶	酌通 合陽天嗣星

畢 昂(三〇)　　昂 胃(六〇)

十五　一 二 三 四 五　六 七 八 九 十 一　二 三 四 五 六　七 八 九 十 一 十二

平　安　道

癸酉 土	庚申 木	戊申 金	丙申 水
觜少度（舊半）　參九度少（舊半）		井三十一度少	

丙申　水

度	符	占斷	星宿
十度		平	身佩金魚　合太保星
九度	○	平	三孝二品　應傳舍義星
八度	○	大空	天子臨軒　應祿元天職星
七度	工	平	女約桑中　應參旅陰主星　利少房
六度	○	吉	四方問道　合生氣

戊申　金　井三十一度少

度	符	占斷	星宿
五度	○	平	青年虎榜　應弓弧星　犯殺戮
四度	·	凶	將軍自刎　犯天鉞天刑
三度	·	凶	犯牢獄
二度	·	凶	出使亡軀　合天關星　利二房
一度		小空	術勳至尊　合傳送星　利長房
少度	工	吉	天地合德　應錢帛軍士星
九度		吉	座臨帝側　應紫微文炳　五官帝座星
八度		吉	金關來宣　合紫微星

庚申　木

度	符	占斷	星宿
七度		關殺	夭折
六度	·	吉	太學明經　合國子監官星
五度	·	凶	木府　水溺自吊　癆瘵長病
四度	×	差錯	詩人墨客　合天河泗瀆星
三度	○	平	黃爲青聰　合太白星

癸酉　土　觜少度（舊半）　參九度少（舊半）

度	符	占斷	星宿
二度	·	關殺	合玉堂星
一度	○	平	天子親臣　犯孤寡
少度	○	吉	白華青霄　應太白星
半度	○	〃	摠宰　上應天台金馬星
十六度	·	平	太極御座
十五度	·	凶	犯鬼殺夭折　合天令三公星
十四度	工	小工	台館貴人　應元宰大臣星
十三度	·	凶	

參　觜（四〇）

下段（黃道度）：

癸酉	庚申	戊申	丙申
十三 十四 十五 十六 十七　一 二	三 四 五 六 七	八 九 十 十一 一 二 三 四 五 六	七 八 九 十 十一
安黃　黃	黃	海　（井）	道

丁未　火　柳十三度少（舊牛）　鬼二度少（舊牛）

度	符	吉凶	星名
二度	・	關殺	文臣宰輔
一度		吉	河閭小官　合文昌侍郎星　犯句紋鬼
少度		吉	合天台上將星
二度		吉	天台上將丁一品　應中星谷將財庫星
一度	・	凶	犯積屍債負星　合尙書星
（三二）少度	○	平	上應長星　利二房
三一度	・	凶	
三十度	工	小空	應上卿國師星　龍德星
廿九度	工	〃	犯聾啞　破家落水
廿八度	○	平	賜金蓮燭　犯聲啞

柳（二○）　鬼（二○）　井（三○）

己未　金

度	符	吉凶	星名
甘七度	・	關殺	紫微相　應火廷天帝長壽星
甘六度		吉	合紫微垣帝座星
甘五度		吉	官袍血色　上合富貴星　天庫衣冠星
甘四度		吉	天狗　應內府大權星
甘三度	・	凶	神童及第天牢
甘二度	×	差錯	

壬申　木

度	符	吉凶	星名
甘一度	○	平	關殺　多災　犯句陳星　半吉利少房
二十度	○	平	辛苦官
十九度	○	吉	子多　合福德星
十八度		平	合中獄天目星
十七度		吉	壯元宰相　合太師公侯星
十六度		吉	生氣

甲申　火

度	符	吉凶	星名
十五度	工	小空	駕星陰錯
十四度	○	平	郎觀第　犯天賊
十三度		吉	紫閣名星
十二度	・	凶	聘召不起　犯孤神姦淫披頭天哭星
十一度	○	關殺	

黃道度（下段）

群	黃道度
丁未	廿九　三十　三一　三二　三三　｜　一　二　｜　一
己未	廿三　廿四　廿五　廿六　廿七　廿八
壬申	十七　十八　十九　二十　甘一　甘二
甲申	十一　十二　十三　十四　十五　十六

黃　海　道

戊午　水			
張十七度太			
度	符	吉凶	星宿
六度		吉	謀猷皇業
五度	·	凶	天牢刑獄　合太陽星
四度		吉	帝師北征　應紫府文魁星
三度	×　南針差錯	吉	帝師　犯正針殺
二度		吉	合郎官星　應天馬內閣中書星

辛未　金			
星六度少（舊太）			
度	符	吉凶	星宿
十三度	·	吉	名播華夷　應內侍客星
少度		吉	合金闕客星
一度	○	凶	庸人　犯詞訟
二度		平	帝佐承流　犯瘟皇
三度		吉	金聲玉振
四度		吉	合文昌高壽星
五度	×	凶	花酒文昌運轉　犯狷狂五鬼星
六度	○	差錯	犯錢賭星　合宗子祭酒星
少度		平	無成　合宗子祭酒星
一度	·	吉	黑頭宰相　合貞節星

癸未　土			
度	符	吉凶	星宿
十二度	工	吉	柱史　應朝臣太子天府中書星
十一度	○	小空	九流奇術回祿
十度	·	平	傳驢　犯詞訟
九度		凶	

乙未　水			
度	符	吉凶	星宿
八度	·	關殺	樞密院　應南極星
七度		吉	汗馬功臣　應壽星
六度		吉	貴襟金玉　應五車金玉星
五度		吉	執政諸侯　應麒麟師府元勳星
四度	工	大空	
三度	·	凶	登瀛疾病

下段（宿度・分野）：

張（三〇）○　星（三〇）○　柳（三〇）○

度數：二 三 四 五 六 ∥ 一　十三 一 二 三 四 五 六 ∥ 一　九 十 十一 十二 ∥ 二 三 四 五 六 七 八

分野：道　　畿　　京（海 京）

庚午 水

度	吉凶	내용
十度	吉	合生氣 應宗人太廟星
九度	凶	先吉後孤 應黑道星
八度	凶	犯徒流小耗星
七度	平	諫官言相 犯徒流小耗星
六度	關殺	福壽

（下：六 七 八 九 — 羅道）

壬午 土

翼二十度少（舊太）

度	吉凶	내용
（七五）太度	關殺	富貴不久
一度	平	百孫齊顯 合長壽星 犯熒惑星
二度	吉	多財長壽 合文武大權長壽星
三度	吉	掌國柄 合文章星
四度	吉	大方伯 應太微星
五度	小空	

張（五三） 翼

（下：一 二 三 四 五 — 全 羅道、畿全）

甲午 木

度	吉凶	내용
十七度	〃	印大如斗
十六度	平	神童
十五度	大空	鳥紗帽 犯遊魂羅網
十四度	凶	遊魂 合玉堦
十三度	吉	棠陰畵錦

（下：十三 十四 十五 十六 十七 — 京畿道）

丙午 火

度	吉凶	내용
十二度	吉	天府權衡 合中官天壽星
十一度	吉	榮顯 合北斗樞星 應朱雀火合星利二房
十度	凶	天貧
九度	吉	鳳詔鸞章 合北斗權星
八度	吉	名標靑史 應五魁星
七度	小空關殺	

（下：七 八 九 十 十一 十二 — 京畿道）

| 辛巳 木 | 癸巳 土 | 乙巳 火 | 丁巳 金 |

辛巳 木

度	符	吉凶	星名
十六度	·	關殺	道統之學
十五度	○	〃	朗官　合外質庫婁星　犯喪門星
十四度	○	〃	錦衣公子　合玉印星
十三度	○	平	黃道　應天屏中人星
十二度	·	吉	相府合太極左府左相星金吾元首官司星
十一度		凶	

癸巳 土

度	符	吉凶	星名
十度	·	大空關殺	親王臣子　夭亡
九度	工	大空	先貴後貧　犯姦淫
八度	○	〃	太乙貴人　應木字設客星　利長房
七度	○	平	聲振海宇　蛤天目星
六度		吉	名並日月　應總制三公少台星
五度	○	平	三公九卿　合天堂星

乙巳 火　軫十八度太

度	符	吉凶	星名
四度		吉	合五尙書帝座星
三度	·	凶	淫亂客死
二度	工	〃	五伯英雄　俱合諸侯星
一度	工	小空	小亡　俱合諸侯星
少度		凶	犯天刑星
二十度	·	吉	合諸侯星　應中殿兵權星
十九度	○	平	威振一邦　合兵權武庫星　不入品
十八度		吉	文臣一品

翼（七五）

丁巳 金

度	符	吉凶	星名
十七度	·	關殺	
十六度		吉	應大臣星
十五度		吉	黃道
十四度		差錯	玉堂人物　俱犯流財赤蛇星
十三度	×	〃	臺閣　俱犯流財赤蛇星
十二度	×	平	應明堂星
十一度	○	吉	黃道　應天子忠儀星

全　羅　道

道（辛巳木）	羅（癸巳土・乙巳火）	全（丁巳金）
十　十一　十二　十三　十四　十五	四　五　六　七　八　九　／　一　二　三　／　七　十八	十　十一　十二　十三　十四　十五　十六

壬辰　土　氐十六度半（舊少）　（五六）少

度	符	吉凶	星宿
一度	工	大空	天子腹心
少度	·	凶	應權度舍人少卿星
九度	○	平	常座　先凶後吉
八度	·	吉	文武乘備　應司禮中官德星
七度	○	凶	男盜女娼　犯芒星
六度	·	平	貴星少善終　應侍講太宰星
五度		關殺	朗官二代

甲辰　木　亢九度少（舊太）　（八七）太

度	符	吉凶	星宿
四度	·	關殺	
三度	○	平	相府文章　犯兵死　文大發
二度	工	小空	犯破軍星
一度	·	凶	太子太師　應差錯　披頭星
太度	○	平	應文司鑾輿星
十二度		吉	國棟　合帝政星
十一度		吉	田庫庫樓忠烈王上應玉帛太子侍從星垣

丙辰　火

度	符	吉凶	星宿
十度		吉	勢壓鄉邦
九度		吉	北斗高照　合北斗高照星
八度	·	凶	儲運　犯金殺
七度	×	差錯	應四正星　利長房
六度		吉	驛馬貴人
五度		吉	千丁大族　應少子星　利次房

己巳　金　角十二度太　（七五）太

度	符	吉凶	星宿
四度	·	關殺	關殺
三度	·	凶	木龍火脚金度　主天劫
二度	·	吉	食邑分茅　應建樞天罡正使星
一度	·	吉	三邊節制　應文苑中貴星
太度	·	凶	
十八度	工	小空	月殿人物　犯曲脚殺
十七度	·	凶	

氐　亢（二〇）六　　　六　　　　　角　軫（四〇）

道					羅											全
一	九	八	七	六	十一	十二	一	二	三	四	五	五	六	七	八	九	十	十六	十七	一	二	三	四

全羅道

癸卯　土　心六度少（舊無少度）

（四八）

度	符	占	星	宿
三度	·	凶	太子侍從　應文行九常太陰縣君星	
二度	工	小空	應司徒尙寶星	
一度		吉	應天命常侍星	
太度	○	平	陰德監司吉慶	心
五度		吉	合左宗星	房（六〇）
四度		關殺		

乙卯　木　房五度半（舊太）

（八七）

度	符	占	星	宿
三度		吉	貴人上殿　合靑龍星	房
二度		吉	駟馬宏車　應鳳凰星	
一度	×	吉	高牙大纛　應啓明天乙貴人星	氐（三〇）
太度	○	吉	竝小度應蒼龍帝車恩星	
十六度	·	差錯	天子門生	
十五度	·	平	巨富　犯雷門	
十四度		凶		
十三度		凶	言諫犯刑　應瘟疫木孛星	

戊辰　火

度	符	占	星
十二度	·	吉	合生氣　犯廉貞　先大利後凶
十一度	工	平	爲詰勅使　應中書行人星
十度	○	平	金玉積山　應權左相陰隲星
九度	○	小空	總憲小厄
八度		吉	官淸似水　應木德天命貴人星
七度		關殺	

庚辰　水

度	符	占	星
六度	·	凶	合將星　將軍自殺
五度	○	吉	千古文章　合文星少軍黃道星
四度	·	平	合羽林騎官大帝輔星
三度		關殺	折威

道　　淸　　忠　　羅忠

甲寅　土　箕九度半

度	符	吉凶	星名
五度	·	凶	瀋劍
四度	·	平	店肆小商　應盛武師府尙書星
三度	·	平	閣門侍詔少子星　利少房
二度	○	吉	焚香追遠　應忠良天喜福德星
一度	○	吉	兵權萬里　應大將軍星
十八度	·	凶	姻親女貴　應天帝名儒星　犯天貧
十七度	·	關殺差錯	應少傳星

（下　箕／道／七八九一二三四五）

丁卯　木

度	符	吉凶	星名
十六度	·	凶	路亡
十五度	○	平	天子重臣
十四度	○	平	七歲成文　應東曹官府司生星
十三度	○	平	貴後流亡　應帝宮玉殿笙樂星
十二度	○	平	清修節義　合上帝行宮星
十一度	·	關殺	合帝春星

（下　鏡／九十十一十二十三十四十五十六）

己卯　金

度	符	吉凶	星名
十度	工	小空	應有司憲臺星　先貴後貧
九度	○	吉	合帝座刑曹
八度	·	凶	陰錯近光
七度	○	平	栗陳貫朽　應伯爵太史星

辛卯　水　尾十八度

舊無今改正　堪輿集有十九度

度	符	吉凶	星名
八度	·	平	人丁百億　犯火災星
七度	○	吉	紫微仙郎　應春官紫微長壽星
六度	·	吉	黃眉降里　應功曹天庫財帛星
五度	工	大空	病凶　合天蠶星　利少房
四度	·	凶	伏屍仇冠
三度	·	凶	虎牢囚獄　路亡客死
二度	○	凶	白虎　騰蛇　豊肥
一度	·	平	青春白筆　合天春　利長房　羅網
		關殺	緣竹管絃　天子龍幸

（下　咸／清　尾　心〔五七〕／四五一二三四五六七八）

宮·五行	度	符	吉凶	占辭
丙寅　火	二十度	·	凶	單傳
	十九度		吉	豕宰　合大貴星　犯長病星
	十八度		吉	五福　應宰相樞軸少保星
	十七度	×	差錯	代生良佐　應文章恩榮星
寅宮　木	十六度	·	凶	合衡門星
	十五度		吉	姻連帝胄　合三元　應師旅上將軍星
	十四度		吉	應中官國家柱石星
戊寅　火	十三度	○	平	先貧後富　犯天休星
	十二度	○	平	先貧後富　犯天休星
	十一度	工	小空	合三公龍相相龍星　犯天哭星
	十度	工	小空	合股肱大臣　應財貨天德貪狼星
	九度	○	吉	合黃門　應東府青龍中人星
庚寅　金	八度	○	平	應五帝左相正賓星
	七度		關殺	平平後顯　先貧後富
	六度		吉	桂子蘭孫　合貴人星
	五度	·	平	生氣
	四度		大空	凶多吉少
	三度	○	吉	天章三錫　應天命星
	二度	工	吉	光祿大夫　應仁德太廟禮儀星
壬寅　水（斗二十三度）	一度	○	吉	合生氣高甲　應樞密貨財天市星
	半度（五九）	·	平	應天財祿庫星
	九度	○	凶	先貧後貴惡死　應輸苑文章星
	八度	·	平	吉凶均平　應忠義貞節星
	七度		凶	百萬貔貅　犯誅誡
	六度	工	小空　關殺	箕（四〇）

咸鏡道

丁丑　水　虛九度少

二度　・　關殺　巡誓小官功藝犯披頭鰥寡星
一度　・　凶　女淫賊　犯忤逆天殺星
十一度　・　凶　破敗不善終　犯土孛訟詞星
十度　・　平　應行人星　合天鉞星
九度　○　小空　子貴孫榮　應帝師文炳金吾天財星
八度　工　吉　合橫道少保五官星

己丑　金

七度　○　吉　文章翰苑　合貴人星
六度　・　凶　郎官第　犯殺戮
五度　○　平　泰楚交鋒　應監察三台都司星
四度　・　凶　忤逆君父
三度　　平　應郎官星

辛丑　木　女十一度

二度　×　大空關殺　天子問難
一度　　吉　合境墓　應韶儀后相行官星　子肖孫賢
初度　　吉　合虛梁
七度　　平　應瓠瓜相后妃德範星
六度　○　吉　聖誓不壽　應東府尙書星
五度　　凶　金馬玉堂
四度　・

癸丑　土　牛七度

三度　・　關殺　男貴女賤
二度　○　吉　合女帝星　應天伯諸侯司工星
一度　○　小空　應文魁星　犯天賊星
（四七）半度　工　吉　應王位小師懲政星
甘三度　　平　神仙
甘二度　　平　方佰　犯告訴星
甘一度　・　凶　不善終　五分水關殺　應天泣星

虛　一
女（三五）　十一　十　九　八
　　　　　慶尙道
女　七　六　五　四　三

牛（二十）　二　一
牛　七　六　五　四
斗（二五）　三　二　一
甘五　甘四　甘三　甘二

乙丑　　壬子　　庚子　　戊子
土　　　木　　　金　　　水

危十六度
今從諸家刪之
舊有十七十八度

戊子　水

十五度　○　平　生氣
十四度　·　凶　黑道　犯小鬼魁妖星
十三度　工　大空　犯陰人招搖忤逆
十二度　工　大空　合雷電太子相星
十一度　吉　公吏　應侍讀　北極小輔星

十一　十二　十三　十四　十五
道

庚子　金

十度　·　吉　九卿　應陽光晶明星
九度　○　凶　巫人大殺
八度　○　平　孝廉
七度　平　應天福註祿星
六度　吉　金庫　合華盖天財寶庫星
五度　工　小空　錢糧

危
四　五　六　八　九　十
尚

壬子　木　危十六度

四度　·　關殺
三度　吉　黃堂　應金關文魁寶客星
二度　吉　神童應帝合聚寶星
一度　×　北針差錯
少度　×　北針差錯　應右座休塵星　利二五房
九度　·　凶　哭泣

危
（虛九五）
虛
八　一　二　三

乙丑　土

八度　·　關殺　經筵
七度　吉　兄第同朝　應天心中極貴人星
六度　差錯　勳名宇宙　合元首華蓋大貴星
五度　吉　過府　合玄明天爵大魁星
四度　吉　廉內貴戚　合玄武富貴星
三度　×　凶

二　三　四　五　六　七
慶

甲子　金

十度　凶
九度　吉　五帝貴　合天皇帝座星　犯天仇
八度　凶　騰蛇詞訟　犯禍害
七度　凶　災亡
六度　吉　黃道文秀
五度　關殺　四宗人府　五聾啞

丙子　火
室十八度少

四度　小空
三度　工　吉　合人道　應天府牛馬星
二度　吉　羅省　應天元次相文司星
一度　吉　雷有聲　應武英內閣星
（九五）十六度　·　關殺　舊十七度刺史　十八度　武光合删

室
危（四〇）

五　六　七　八　九　｜　一　二　三　四

江　原　道

瀛海經渾天星度五行　稍訂用黃道

角宿屬木十二度	一度至四太度屬金	己巳金
	太度至十半度屬火	丙辰火
	十一度至十二度屬木	甲辰木
亢宿屬金九度少	一度至四太度屬木	甲辰木
	太度至九度少屬土	壬辰土
氐宿屬土十六度少	一度屬土	壬辰土
	二度至六度屬水	庚辰水
	七度至十二度屬火	戊辰火
	十三度至十六度少屬	乙卯木
房宿爲日五度半	一二三度屬木	乙卯木
	四五度半屬土	癸卯土
心宿爲月六度半	一度至四少度屬土	癸卯土
	少度至六度半屬水	辛卯水
尾宿屬火十九度	一度至八少度屬水	辛卯水
	八度至十一度半屬金	己卯金
	半度至十七太度屬木	丁卯木
	太度至十九屬土	甲寅土
箕宿屬水十度半	一度至五度半屬土	甲寅土
	半度至十度半屬水	壬寅水
斗宿屬木廿五度少	一度屬水	壬寅水
	二度至八度屬金	庚寅金

	九度至十四度半屬火	戊寅火
	半度至十六度屬木	寅宮木戊寅管局
	太度至廿三少度屬火	丙寅火
	少度至廿五少度屬土	癸丑土
牛宿屬金七度少	一二三度屬土	癸丑土
	四度至七少度屬木	辛丑木
女宿屬土十一度少	一二十屬木	辛丑木
	三度至七度屬金	己丑金
	八度至十一少度屬水	丁丑水
虛宿爲日九度	一二度屬水	丁丑水
	三度至八太度屬土	乙丑土
	太度至九度屬木	壬子木
危宿爲月十五度半	一度至四度屬木	壬子木
	五度至十太度屬金	庚子金
	太度至十五度半屬水	戊子水
	半度至　半度屬火	丙子火
室宿屬火十七度	一度至太度屬火	丙子火
	太度至十少度屬金	甲子金
	少度至十五度屬木	癸亥木
	十六度至十七度屬水	辛亥水
壁宿屬水八度太	一度至五半度屬水	辛亥水
	半度至八太度屬土	己亥土
奎宿屬木十六度半	一度屬土	己亥土

	二度至八少度屬火	丁亥火
	十四度至十六半度屬火	壬戌火
婁宿屬金十一度太	一二度屬火	壬戌火
	三度至八少度屬金	庚戌金
	九度至十一太度屬水	戊戌水
胃宿屬土十五度少	一二三度屬水	戊戌水
	半度至八度屬土	丙戌土
	四度至十五少度屬金	甲酉金
	九度至半度屬土	辛酉土
昴宿爲日十一度少	一度至五度屬土	辛酉土
	少度至十一少度屬木	己酉木
畢宿爲月十七度六	一度屬木	己酉木
	半度至七少度屬火	丁酉火
	二度至十三太度屬水	乙酉水
	七度至十七半度屬土	癸酉土
觜宿屬火少度屬太		癸酉土
參宿屬木十一度　十一度至三少度屬土		癸酉土
	一度至八度屬木	庚申木
	少度至十一度屬金	戊申金
井宿屬木三十三度少　一度至六太度屬金		戊申金
	太度至十二半度屬水	丙申水
	太度至十七度屬火	甲申火
	半八度至廿四半度屬木	壬申木

	十度至三十度屬金	己未金
鬼宿屬金二度少	二度少屬火	丁未火
柳宿屬土十三度少	一二度屬火	丁未火
	三度至八度屬水	乙未水
	九度至十三少度屬土	癸未土
	少度至半度屬金	辛未金
星宿爲日六度少	六度少屬金	辛未金
張宿爲月十七度少	一度屬金	辛未金
	二度至六度屬水	戊午水
	七度至十二太度屬火	丙午火
	太度至十七半度屬木	甲午木
	半度至少度屬土	壬午土
翼宿屬火十八度太	一度至五太度屬土	壬午土
	太度至十少度屬水	庚午水
	少度至十六太度屬金	丁巳金
	太度至十八太度屬火	乙巳火
軫宿屬水十七度少	一度至四太度屬火	乙巳火
	太度至十少度屬土	癸巳土
	少度至十五太度屬木	辛巳木
	太度至十七少度屬金	己巳金

甲子金龍宮 管室五六七八九十 合六度屬金 取納音金

丙子水龍宮 管危十六室一二三四 合五度屬火 取天干火

戊子火龍宮 管危十一十二十三十四十五 合五度屬水 取地支藏水

庚子土龍宮 管危五六七八九十 合六度屬金 取天干金

壬子木龍宮 管虛九危一二三四 合五度屬木 取納音木

乙丑金龍宮 管虛三四五六七八 合六度屬土 取地支藏土

丁丑水龍宮 管女八九十十一虛一二 合六度屬水 取納音水

己丑火龍宮 管女三四五六七 合五度屬金 取地支藏金

辛丑土龍宮 管午四五六七女一二 合六度屬木 取天干化生木

癸丑木龍宮 管斗廿一廿二太牛一二三 合五度零屬土 取地支藏土

丙寅火龍宮 管斗十七十八十九二十 合四度屬火 取納音火

寅宮戊寅所管 斗十四十五十六 合三度屬木 取寅宮木

戊寅土龍宮 管斗八九十十一十二十三 合六度屬火 取地支藏火

庚寅木龍宮 管斗二三四五六七 合六度屬金 取天干金

壬寅金龍宮 管箕六七八九太斗一 合五度零屬水 取天干水

甲寅水龍宮 管尾十七十八箕一二三四五 合七度屬土 取天干化土

丁卯火龍宮 管尾十一十二十三十四十五十六 合六度屬木 取地支藏木

己卯土龍宮 管尾八九十 合三度屬金 取天干生金

辛卯木龍宮 管心四五六尾一二三四五六七 合十度屬水 取天干生水

癸卯金龍宮 管房四五太尾一二三 合五度屬土 取天干化生土

乙卯水龍宮 管氐十三十四十五十六半 房一二三 合七度半屬木 取天干

木

戊辰木龍宮　管氐七八九十十一十二　合六度屬火　取天干化火
庚辰金龍宮　管氐二三四五六　合五度屬水　取地支藏水
壬辰水龍宮　管亢五六七八九太氐一　合六度零屬土　取地支藏土
甲辰火龍宮　管角十一十二太亢一二三四　合六度零屬木　取天干木
丙辰土龍宮　管角五六七八九十　合六度屬火　取天干火
己巳木龍宮　管軫十七十八太角一二三四　合六度零屬金　取地支藏金
辛巳金龍宮　管軫十一十二十三十四十五十六　合六度屬木　取天干化生
木

癸巳水龍宮　管軫五六七八九十　合六度屬土　取地支藏土
乙巳火龍宮　管翼十八十九軫一二三四　合六度屬火　取納音火
丁巳土龍宮　管翼十一十二十三十四十五十六十七　合七度屬金　取地支
藏金

庚午土龍宮　管翼六七八九十　合五度屬水　取天干生水
壬午木龍宮　管張太翼一二三四五　合五度零屬土　取地支藏土
甲午金龍宮　管張十三十四十五十六十七　合五度屬木　取天干木
丙午水龍宮　管張七八九十十一十二　合六度屬火　取天干火
戊午火龍宮　管張二三四五六　合五度屬水　取玄空金生水
辛未土龍宮　管柳十三半星一二三四五六太張一　合八度半太屬金　取天
干金

癸未木龍宮　管柳九十十一十二　合四度屬土　取地支藏土
乙未金龍宮　管柳三四五六七八　合六度屬水　取納音金生水
丁未水龍宮　管井廿八廿九三十半鬼一二半柳一二　合七度二半屬火　取

天干火

己未火龍宮 管井廿二廿三廿四廿五廿六廿七 合六度屬金 取天干生金

壬申金龍宮 管井十六十七十八十九二十廿一 合六度屬木 取天干生木

甲申水龍宮 管井十一十二十三十四十五 合五度屬火 取天干生火

丙申火龍宮 管井六七八九十 合五度屬水 取天干化水

戊申土龍宮 管參八九半井一二三四五 合七度半屬金 取天干生金

庚申木龍宮 管參三四五六七 合五度屬木 取納音木

癸酉金龍宮 管畢十三十四十五十六半 參一二 合六度二半屬土 取天干
　　化生土

乙酉水龍宮 管畢七八九十十一十二 合六度屬水 取納音水

丁酉火龍宮 管畢二三四五六 合五度屬火 取納音火

己酉土龍宮 管昂六七八九十十一畢一 合七度屬木 取地支藏辛金化生
　　木

辛酉木龍宮 管胃十五昂一二三四五 合六度屬土 取地支三合丑土

甲戌火龍宮 管胃九十十一十二十三十四 合六度屬金 取天干化生金

丙戌土龍宮 管胃四五六七八 合五度屬土 取納音土

戊戌木龍宮 管婁九十十一十二太胃一二三 合七度零屬水 取地支藏金
　　生水

庚戌金龍宮 管婁三四五六七八 合六度屬金 取納音金

壬戌水龍宮 管奎十五十六十七十八婁一二 合六度屬火 取地支藏火

乙亥火龍宮 管奎九十十一十二十三十四 合六度屬木 取天干木

丁亥土龍宮 管奎二三四五六七八 合七度屬火 取天干火

己亥土龍宮 管壁六七八九太奎一 合五度零屬土 取天干土

辛亥金龍宮 管室十七十八壁一二三四五 合七度屬水 取地支藏水
癸亥水龍宮 管室十一十二十三十四十五十六 合六度屬木 取天干生木

開禧度

角十三度	斗廿三度	奎十八度	井三十度
亢　九度	牛　七度	婁十二度	鬼　三度
氐十六度	女十一度	胃十五度	柳十四度
房　六度	虛　九度	昴十一度	星　七度
心　六度	危十六度	畢十六度	張十八度
尾十七度	室十七度	觜　一度	翼二十度
箕　九度	壁　十度	參　八度	軫十八度

二十八宿總圖

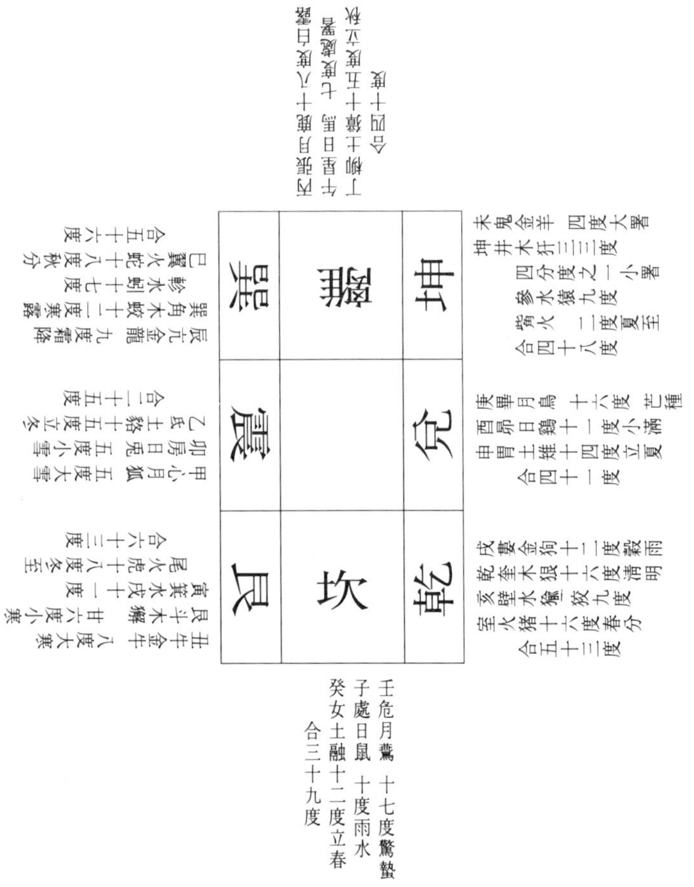

巽	離	坤
震		兌
艮	坎	乾

離（南・上）
丙 張月鹿 十八度 白露
午 星日馬 七度 處署
丁 柳土獐 十五度 立秋
合四十度

坤（西南）
未 鬼金羊 四度 大署
坤 井木犴 三十三度
申 參水猿 九度四分度之一 小署
觜火猴 夏至
合四十八度

兌（西）
庚 畢月烏 十六度 芒種
酉 昴日雞 十一度 小滿
辛 胃土雉 十四度 立夏
合四十一度

乾（西北）
戌 奎木狼 十六度 穀雨
乾 婁金狗 十二度 清明
亥 室火豬 十六度
壁水貐 九度 春分
合五十三度

坎（北・下）
壬 危月燕 十七度 驚蟄
子 虛日鼠 十度 雨水
癸 女土蝠 十二度 立春
合三十九度

艮（東北）
丑 牛金牛 八度 大寒
艮 斗木獬 廿六度 小寒
寅 箕水豹 十一度
尾火虎 十八度 冬至
合六十三度

震（東）
甲 心月狐 五度 大雪
卯 房日兔 五度 小雪
乙 氐土貉 十五度 立冬
合二十五度

巽（東南）
辰 亢金龍 九度 霜降
巽 角木蛟 十二度 寒露
巳 翼火蛇 十八度
軫水蚓 十七度 秋分
合五十六度

全國分野圖

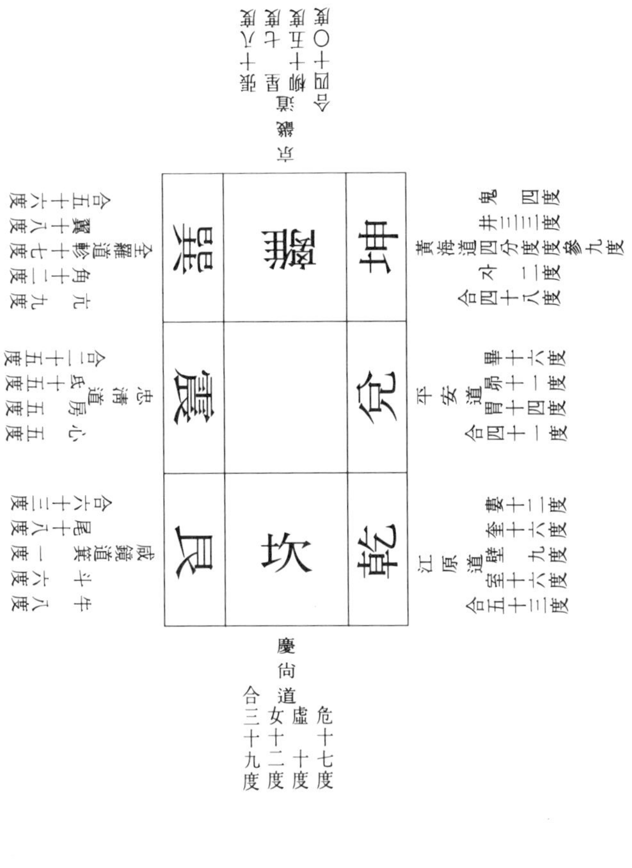

京畿道 張十八度 星七度 柳十五度 合四十〇度

巽	離	坤
震		兌
艮	坎	乾

慶尚道 危十七度 虛十度 女十二度 合三十九度

左(동)편:
全羅道 翼十八度 軫十七度 角十二度 亢九度 合五十六度
忠清道 氐十五度 房五度 心五度 合二十五度
咸鏡道 尾十八度 箕十一度 斗二十六度 牛八度 合六十三度

右(서)편:
黃海道 鬼四度 井三十三度 參九度 觜二度 合四十八度
平安道 胃十四度 昴十一度 畢十六度 合四十一度
江原道 奎十六度 婁十二度 壁九度 室十六度 合五十三度

■ 참고문헌

1. 무감록(撫感錄), 道詵
2. 현녀비경(玄女秘經), 不詳
3. 청오경(靑烏經), 靑烏
4. 청오정경(靑烏精經), 靑烏
5. 장경(葬經), 郭景純
6. 설심부(雪心賦), 卜應天
7. 감룡경(撼龍經), 楊筠松
8. 의룡경(疑龍經), 楊筠松
9. 설천기(泄天機), 廖 瑀
10. 옥수룡경(玉髓龍經), 張子徵
11. 발미론(撥微論), 蔡牧堂
12. 인자수지(人子須知), 徐善繼/ 徐善述
13. 청낭경(靑囊經), 楊筠松
14. 황낭경(黃囊經), 楊筠松
15. 묵낭경(墨囊經), 范越鳳
16. 지보경(至寶經), 謝覺齊
17. 촌금부(寸金賦), 謝子敬
18. 심룡기(尋龍記), 曾文遄
19. 태화경(太華經), 許太華
20. 금함부(金函賦), 劉敦素
21. 천보장법(天寶葬法), 劉江東
22. 옥척경(玉尺經), 劉秉忠
23. 최관편(催官篇), 賴文俊
24. 이기장법(理氣葬法), 賴文俊
25. 협죽매화(夾竹梅花), 吳景鸞
26. 용집(龍集), 李淳風
27. 혈법신경(穴法心經), 楊筠松
28. 용격(龍格), 廖金精
29. 혈격(穴格), 廖金精
30. 사격(砂格), 廖金精

31. 수격(水格), 廖金精

32. 구성정변(九星轉變), 廖金精

33. 갈형취류(喝形取類), 張子徵

34. 괘례(掛例), 廖 瑀 (宋)

35. 피사간금(披砂揀金), 賴文俊

36. 지리정종(地理正宗), 대만 竹林書局

37. 산양지미(山羊指迷), 周景一, 대만 大方出版社

38. 피간노담(披肝露膽), 劉伯溫

39. 일립속(一粒粟), 潭仲簡

40. 나경발무(羅經撥霧), 葉九升

41. 지리녹요(地理錄要), 蔣大鴻, 대만 武陵出版社

42. 소서(素書), 顧陵岡

43. 보경(寶鏡), 顧陵岡

44. 감여비급기서(堪輿秘笈奇書), 劉伯溫/諸葛亮, 대만 雙和圖書社

45. 감여조장비급(堪輿造葬秘及), 張糧鑛, 대만 武陵出版社

46. 지리이기탐원(地理理氣探原), 吳基祥, 대만 竹林印書局

47. 투지괘기문용법(透地卦奇門用法), 吳明修, 대만 武陵出版社

48. 상지경(相地經), 杜思沖

49. 직지원진(直指原眞), 澈螢

50. 지리현룡경(地理玄龍經)

51. 탁옥부(琢玉斧)

52. 지리탐원(地理探原)

53. 점혈비술(點穴秘術)

54. 귀후록(歸厚錄)

55. 종후록(從厚錄)

56. 도천보조경(都天寶照經)

57. 천원오가(天元五歌)

58. 천원오토경(天元烏兎經)

59. 팔택명경(八宅明鏡)

60. 간풍수조택길택(看風水造宅吉宅), 白雲山人, 대만 武陵出版社

61. 경관(景觀)·건축(建築)·풍수(風水), 天津大學編 중국 地景企業出版社

62. 가상학대전(家相學大全), 柄澤照覺, 일본 史籍出版社

유종근(柳鍾根)

　호는 수강(秀崗). 1930년 전남 담양에서 출생. 일찍이 백양사 金陀 스님에게서 불교의 가르침을 배웠고 이후 동국대를 졸업하기까지 許景九 선생에게서 한학을 이수했다. 대학 졸업 후 육군장교로 10여 년 복무 후 제대하고 木山 선생 문하에서 풍수학을 수업했다. 80년대부터 서울에서 이수학회를 조직, 풍수학을 강의하는 한편 불교대학·한양대 등에 출강했다. 저서로는 『풍수정설』과 역학 관련 해설서들이 있다.

최영주(崔藻周)

　1948년 강원도 동해에서 출생. 고려대 국문학과를 졸업하고 언론계에 투신, 경향신문·중앙일보 문화부 기자를 역임했다. 현재 중앙일보 심의위원, 중앙일보와 중앙경제신문·이코노미스트 등에 풍수기사를 연재했다. 수강 선생으로부터 풍수학을 수업하고 있다. 저서로는 수강 선생과 함께 간산한 『신한국풍수』, 문화기행 『돌의 나라 돌 이야기』, 『한국아나키스트 군상』, 『외래종교의 어제와 오늘』 등이 있다.

한국 풍수의 원리 ②

글쓴이 / 유종근·최영주
펴낸이 / 유재영
펴낸곳 / 동학사

1판 1쇄 / 1997년 6월 25일
1판 2쇄 / 2002년 6월 17일
출판등록 / 1987년 11월 27일 제10-149

주소 / 121-809 서울 마포구 대흥동 216
전화 / 702-6119, 702-6120·팩스 / 703-6973
E-메일 / dhak1@hitel.net
홈페이지 / www.donghaksa.co.kr

ⓒ 유종근·최영주, 1997

ISBN 89-7190-040-7
ISBN 89-7190-038-5 (세트)

* 잘못된 책은 바꾸어 드립니다.
* 저자와의 협의에 의해 인지를 생략합니다.